苍生

刘平勇 著

北京联合出版公司

自序

铁打的营盘，流水的人。营盘不大，故事却多。在岁月的长河里，在那些留在营盘或走出营盘的人身上，发生了许多令人深思的故事。这些故事牵扯着个人的、群体的、社会的、经济的、政治的、人性的方方面面的碰撞、阵痛、撕扯、无奈和新生。这里的山水草木、沙石瓦砾以及生活在这片土地上的所有人，在奔腾的时代洪流里，映射出百年来剧烈变化的社会景象以及农村面临的转型局面和人心走向。那些鲜活典型的人物形象，那些跌宕起伏的故事，为读者构建了一部相对完整而又曲折的农村变迁史。

目录

父亲 _ 001

小叔 _ 021

平民 _ 033

井 _ 046

小广播 _ 059

彭三儿 _ 068

牲口 _ 082

晒太阳的女人 _ 102

燃面 _ 135

田园 _ 162

目录

沙滩上的鱼 _ 179

山泉的诅咒 _ 205

晚歌 _ 228

我是张小根 _ 240

我是英子 _ 255

扳腰 _ 313

黄毛 _ 332

月光 _ 354

香味 _ 372

苍生 _ 393

父亲

在营盘，父亲绝对是一个传奇人物，单说他五十岁那年忽然死去，三天后又忽然活过来的那件事儿，就足以令人称奇。

那天是端午节，村里人都习惯借着节日去游山玩水，称为"游百病"。据说在这一天游山玩水，人能与大自然融为一体，可以驱邪避灾。父亲也不例外，随着村里的男女老幼，扛着锄头到山上去游玩。

父亲回来的时候已近傍晚，他说头有些晕，就到床上躺一会儿。吃饭的时候，母亲去叫父亲，发现父亲已经没了呼吸。

那是一个伤心的端午节，我们一家人悲伤到了极点。父亲好好的，怎么就忽然死去了呢？请先生看过了，说要第七天出殡。可在第三天的深夜，悲伤的母亲吃惊地发现，父亲的棺材里有奇异的响声。咚咚咚的，像轻微的叩门声。村里的人打开棺木，发现父亲居然睁着眼睛看着大家，这把在场的人吓得半死。族长伸手探探父亲的鼻息，居然有轻微呼出的热气。大家七手八脚地把他从棺材里抱出来，父亲眨了眨眼睛,断断续续地说,我怎么在棺材里?

母亲问父亲,你怎么忽然就死了呢?

父亲说,我是死了,我还见到了阎王,阎王说他弄错人了。

父亲又说,阎王说他要的是赵老八。赵老八是我家的邻居,小父亲一岁,他就站在人群里看热闹。他听见父亲说的话,当场就一个踉跄瘫在地上晕了过去。赵老八是三天后死去的。整个村子笼罩着一种神秘的气息。所有的人看到我父亲,都像看到鬼魂一样感到恐惧。许多人都觉得,我父亲一句话就可以把人处死。村里人没有谁不怕我父亲的,都认为他能通阎王,生怕他一不高兴,一句话就把人"点"死。

原来的父亲十分和善,跟村里人的关系很好,现在,人们都躲着他。父亲的孤独可想而知。

我父亲的传奇还不仅如此。年轻时,他还莫名其妙地被抓了壮丁,又莫名其妙地在死人堆里活了过来。

1948年那个春天的早晨并没有什么特别之处,但它却不可逆转地改变了父亲刘大顺的命运。

战争的硝烟弥漫在整个中国大地,连云南高原上这个尘埃一般细小的营盘,也能嗅到硝烟的气息。那天早晨,所有的植物都像新生的婴儿一样,嗷嗷待哺地仰着粉嫩嫩的小脸,等待着乳汁一般的春雨的降临。二十岁的父亲一如既往地起得很早,他光着膀子,挑起那担褐色的木桶到沙沟边去挑水。父亲每天必须要挑上三担水,才能把家里的那口石水缸装满。村里所有的人都说父亲孝顺、勤劳。他结实的肌肉和轻快有力的步伐，让贫穷瘦弱的营盘显得生机勃勃。

那一天早晨，当父亲挑第二担水的时候，就看见村口走来一队身穿黄色衣服的国民党兵，尽管他们扛着枪，但还是显出拖拖沓沓、疲惫不堪的样子。父亲赶紧站在路边让国民党兵走过。可一个高高大大的国民党兵斜着眼睛看了看父亲，然后哈哈笑了两声，对其他兵说，把他带走！是块当兵的料子。就有十多个兵蜂拥而上，扭住了父亲，父亲拼命挣扎，但却寡不敌众。父亲大喊，我不去！我不去！我不当兵！我不当兵！我家里还有老父老母，老父老母就只有我一个独儿子。可那些兵根本不理他，推推搡搡把他带走了。

当爷爷知道父亲被抓走时，就顺手从门前矮墙上的簸箕里抓了一把辣子面装进兜里，拼命往村外赶，他的鞋子跑脱了一只，又摔了一跤，膝盖也摔出了鲜血。他跑到村口，一眼就看见了那一担他再熟悉不过的褐色木桶。木桶倒在泥土里，水把泥土打湿了一大片。大顺不见了！爷爷的泪水就出来了。爷爷向着知情者所指的方向飞快地追去。追到了村公所，爷爷终于见到了他的宝贝儿子大顺，他被绑在村公所的一根柱子上，那些黄衣服兵端着碗在稀里哗啦地吃饭。

爷爷连忙从兜里抓出辣子面，往自己的眼睛里揉。爷爷就什么都看不见了，眼睛火辣辣地疼，泪水一个劲地流。他抓着儿子的手臂又哭又喊，儿呀，你不能走呀！你不能丢下爹不管呀！

父亲大叫着，你们放了我！你们这些王八蛋放了我！爹，爹，你眼睛咋了？你眼睛咋了呀！

只听砰砰几声闷响，父亲长长地啊了一声，就没声音了。一个兵用枪托对着父亲的胸脯恶狠狠地说，你狗日的还敢骂人！老子揍死你。

爷爷连忙转过身，给那一群黄衣服兵跪下，磕头。哭着说，长官呀，求求你们了，求求你们放过我儿子吧！我眼睛瞎了，我就一个儿子呀，我老伴儿常年生病躺在床上，没有儿子我咋个活呀！爷爷的额头磕出了血，地上都磕出了一个坑，坑里浸着爷爷紫褐色的血。爷爷用这种残酷的方式自戕，还是没有把父亲留下来。

爷爷大病了一场，半年后才慢慢好起来。他的眼睛看东西再也不像过去那样清晰了，看什么都是模模糊糊的。之后的每一个秋天，奶奶都会把那半青半黄的玉米做成浆粑粑，用一个破烂的筛子端着坐在村口，眼睛望着出村的山路，一声声地呼唤着我父亲的乳名，顺儿啊，你回来吧！回来吧！妈已做好浆粑粑等你回来吃呀！顺儿，你在哪里呀？你快回来吃吧！趁浆粑粑还热呢。奶奶就这样坐在村口，喊破了嗓子，哭瞎了眼睛，最后郁郁而死。奶奶死的时候，依然坐在村口的土坎上，眼睛望着远方的山路，膝盖上放着一个筛子，筛子里装着两个浆粑粑，在阳光里黄亮亮的。

父亲被穿黄衣服的国民党兵抓到的时候是光着膀子的，爷爷请求穿黄衣服的国民党兵让他回家给父亲取一件外衣，但没有得到允许。爷爷只得把自己的破棉袄脱给父亲穿上。父亲穿着那件破棉袄就开始了他鲜为人知的艰难行程。

这群穿黄衣服的兵每到一个村都要抓一些人，父亲跟着这一支人数逐渐增多的队伍，足足走了八个月才走到北平。

途中，父亲是有过逃跑的打算的。但在亲眼看到几次逃跑后被抓回来的人的下场后，他就打消了逃跑的念头。

第一次看到的是一个小个子的小伙子，看上去不足十八岁，唇上才冒出一些淡淡的绒毛。那天队伍经过一段很长的山林，那小伙子就趁人不备一头扎进浓密的树林里。忽然听到有人喊，有人逃跑！有人逃跑啦！接着就听到砰砰两声枪响。一个兵举着枪大声说，哪个狗日的敢逃跑，这就是他的下场！父亲一扭头，就看见了两个兵拖着一个满脸鲜血的人走了出来。一个兵说，报告首长，人死了。一个高高大大的兵说，活该！扔了！于是就把那个满脸鲜血的人扔在了路边。

父亲的心一紧，打了一个寒噤，有尿液流在了裤子里。

第二次看到的情景更让父亲心惊肉跳。那天队伍住在一个四合院里，屋子除了瓦片，全是木的，木地板，木墙壁。

半夜里，撕心裂肺的惨叫声惊醒了父亲，父亲起身看到了令人毛骨悚然的一幕。煤油灯像醉汉似的在冷风中东摇西晃。四个脱得精光的男人，紧贴墙壁站着，手举得老高。几个兵一手提着铁锤，一手握着银亮亮的五寸长的大洋钉。把那几个脱得精光的男人的脚掌钉在木地板上，手掌钉在木墙壁上。随着铁锤的起落，那些男人就惨叫，一声接着一声，每一声都敲打在父亲的心上，于是就有温热的液体打湿了父亲的下身。

有人大声喊，全体起床！集合！所有的人都心惊胆战起来。看着那四个脱得精光的男人气息奄奄的样子，所有人的腿都在打战。那些男人的手掌上流出的鲜血，沿着手臂流向他们的腰部、腹部、大腿、小腿直至脚掌，像无数褐色的毒蛇爬满了他们的全身。

一个兵高声说，弟兄们，我们要为党国立功，大家要珍惜这个机会！谁要是不识抬举，敢再逃跑，我就叫他生不如死！大家看清楚了没有？这就是不识抬举的逃跑者的下场！

离家越来越远，父亲逃跑的想法也随之烟消云散。只是他放不下我的爷爷和奶奶，他一闭上眼睛就看见了额头上流着鲜血的爷爷、泪流满面的爷爷、呼天抢地的爷爷，看见了躺在病床上的奶奶、哭红眼睛的奶奶。他仿佛听见奶奶呼唤着他的乳名，那声音飘飘忽忽，时远时近，有时打成结，有时化成雾，有时变成鞭：捆绑着父亲，包裹着父亲，抽打着父亲。但有什么办法呢？父亲的思念就像雨后的彩虹，看得见，却摸不着。

逃跑是行不通的，要是因为逃跑丢了命，那就永远也见不到爷爷和奶奶了。留得青山在，不怕没柴烧。就认命了吧！说不定还会像那个兵说的，这是一个"为党国立功"的机会，说不定还会"干出一番大事"来，到那时再回家跟爷爷和奶奶一起享清福。

八个月的风餐露宿，让父亲变了一个人。八个月里，父亲没有好好洗过一次脸，没洗过一个澡，没吃过一顿好饭，没睡过一个好觉。爷爷脱给他的那件破烂的棉袄，棉花早已经被荆棘剐落了，被风吹走了，只剩下渔网一样的外壳挂在父亲的身上。鞋子烂了，脚趾跑到外面喝风。裤子破了，羞处都露在外面。身上散发着恶臭，全身痒得难受，伸手一抓，竟是一把虱子。父亲的脸黑得像煤炭工人的脸，眼窝深陷，眼神暗淡无光。胡须像深冬的枯草，零乱而了无生气。原本身强力壮的父亲，此时就像一个流落街头多年的老乞丐。

到了北平，父亲就换上了一套黄色的军装参加了战争。只握惯锄头而从没握过枪的手，竟然也能把步枪的子弹射出去。父亲接着就参加了三大战役，在平津战役中，父亲所在的部队起义了，父亲就这样成了中国人民解放军第四野战军一二九师的一名战士。后来过黄河渡长江解放海南岛，再后来负伤复员娶妻生子……

父亲是在一个名叫巴所岗的战役中负伤的，当时父亲还是一个副班长。父亲那个班的人正在持枪匍匐前行，突然一颗冒着青烟的手榴弹被扔进了人群。正当大家时手足无措，父亲一个箭步上前，飞起一脚踢在手榴弹上，手榴弹飞出几米远后爆炸了。父亲的小腹被三块弹片击中，顿时鲜血如注，但他用手捂住伤口，继续前行。这时父亲突然听到一声大喊，同志们，冲啊！父亲一抬头，看见老班长挥着右手往前冲，一颗子弹从老班长的嘴巴里穿过，老班长的军帽后面绽开了一朵鲜艳的红花。父亲没有一丝犹豫，身子一扭背起老班长就走。老班长猛地推了一下父亲，说，快走！嘴巴里不断地喷涌出鲜血。多年以后，父亲依然觉得小腹隐隐作痛，依然觉得老班长那喷着鲜血的嘴巴里发出的声音清晰可闻。

父亲走了，奶奶死了，爷爷也在悲痛和绝望中死了。

父亲一走就是八年，直到1956年的秋天，父亲才从海南岛复员回家。八年了，父亲带回了三样东西：一个留下三块伤疤的身子，一身绿色的军装，一沓战友的照片。

踏上养育了自己二十年的土地，父亲的心激动得差点跳出了嗓子眼儿。他一遍又一遍地设计着见到爹和娘时应该怎样做。拥抱，哭泣，大喊大叫，还是呆呆地站在远处？这些都不恰当。他想，他得悄悄地叩开柴门，给爹娘一个惊喜。然后，左手拉着爹，右手拉着娘，甜甜地喊，爹，娘，儿回来了！爹娘就一把把他搂在怀里，老泪纵横，泣不成声。用布满老茧的手掌，轻轻地抚摸他的脸，抚摸他的全身。爹说，这不会是做梦吧？娘说，这是我们的儿子，我们的儿子啊！

父亲的想象过于奢侈，他看见了曾经养育过他的土地，却没看见把他养大的爹娘和那间见证过他成长的老屋。老屋已经成为一片废墟，长得一人高的狗尾草在风中簌簌地摇晃。幸好村里还有一些人记得父亲，他们把无父无母无家可归的父亲热情地招呼到家里。可这种热情，烘不干父亲的心，父亲的心沉重得像吸饱了雨水的乌云，随时都有可能落一场悲伤的暴雨。

爹呀！娘呀！家呀！你们在哪里呢？父亲的伤痛只有黑夜和繁星知晓。

父亲在废墟的旁边搭了一个草棚暂住。

合作社的社长批给了父亲一些木料，父亲就亲自到山上去砍，去扛。那些木料粗糙的皮把父亲的肩膀磨破，血把木料染红，父亲咬牙挺着，哼都没有哼一声。在村民的帮助下，父亲终于建起了一间房子，黄色的墙，青色的瓦，散发着松树香味的木门。

从草棚里搬到新房的时候，父亲流泪了。父亲跪在屋子的中央砰砰砰地磕了三个响头，泪流满面地说，爹，娘，儿盖新房了，儿有家了，你们就放心吧！你们就安息吧！儿不孝顺，没有本事照顾你们，儿有罪呀！爹，娘，儿要为你们娶媳妇，娶一个漂漂亮亮的媳妇，为你们生孙子，生许许多多的孙子。爹，娘，只因儿子不识字，连一封信都没写给你们，害得爹娘在焦急中死去。儿累死累活也要让你们的孙子好好读书，为你们争气。

时间的大手一挥，新房子已变成了老房子，年轻人也变成了老年人。父亲的三个儿子一个女儿也已长大成人，纷纷挣脱了他的怀抱，走出了他的视线。父亲的孤独就浮出了欣慰的海水。父亲排解孤独的方式，就是修建三间呼唤儿子回来的房子。父亲省吃俭用，节衣缩食。把钱一分一厘地节约下来盖房子。父亲的节约已经跟吝啬结姻，被村里的人翻来覆去地传成笑谈。

营盘常常流传着这样的笑话，说父亲坐在门口吃饭，忽然看见一只狗在院子的一角拉屎，父亲的脸上就一下子布满了笑容。父亲放下碗，顺手抓过一把草或者瓜叶豆叶之类的东西，把那一截一截的狗屎一一捡起，丢在厕所里做肥料。

说父亲在外干农活，即使要小便，也要拼命憋着，直到回到家里把尿撒在家中的尿桶里。父亲常说一泡尿就等于一个大萝卜。这句话从营盘传出，即便是几十里之外的村子都知道。甚至有人传说，父亲有一次忽然晕倒在路上，那是被尿憋晕的，当尿液失去了控制，喷涌而出打湿了父亲裤裆的时候，父亲醒了过来，用手摸着水淋淋的裤裆叹息道，可惜了可惜了！我的一个大萝卜又不在了。

说父亲在生产队的时候，经常去瞧夜，父亲带去的家当通常是一张破毯子，一床破棉絮，一只黑砂锅，还有一把五齿小钉耙，一只烂撮箕。破毯子，自然用来垫，破棉絮当然用来盖，但黑砂锅却不是用来煮饭的，而是用来装尿的，五齿钉耙则是用来抓粪的，狗屎牛屎马屎人屎羊屎，什么都抓。当然，羊屎疙瘩又细又小，五齿钉耙抓不起来，父亲就蹲下身来，一颗一颗地捡起来，装在那只破破烂烂的撮箕里。每次去瞧夜，父亲不仅能赚到两分工分，而且还能抓到一撮箕粪，赚到一砂锅尿，因为别人去瞧夜都是没带砂锅去的，都是把尿撒在外面的。

说有一次父亲瞧夜回来，看见路边有人生火留下的灰烬，就想把灰烬带到家里去沤肥，但一看，砂锅里装满了尿，撮箕里装满了粪，怎么拿呢？父亲马上就想到了那床烂毯子，于是用手把那还热乎乎的灰烬捧到了烂毯子里。不料走着走着，烂毯子就冒起烟来，原来灰烬里还有火星未灭，把烂毯子烧燃了……

关于父亲的传说很多，也许有的说法有些言过其实。不过，父亲是一个节俭、勤劳的人，这一点倒是毋庸置疑的。父亲在吃和穿上节俭得让儿女们实在有些难为情。儿女们觉得他一个人在农村中孤苦伶仃，无人照顾，都劝说他到城里生活，可他死活不肯。他说，我一个人扛一个人的嘴巴难道还扛不住？再说，我走了，我地里的庄稼谁来管？我的鸡我的鸭我的猫我的狗谁来瞧？我的猪谁来喂？我地里的葱蒜和菠菜，谁来浇水？我不到城里就是不到城里，城里不是我这种糟老头住的，城里也不是你们这些娃儿常住的，你们就是图个新鲜，总有一天你们一定还是要回老家的，老家才是你们的家。

父亲偶尔也进城，比如说他要到城里卖一些苞谷豆子洋芋之类的东西，买一些钉耙板锄以及薅秧用的竹制的手笼头之类的东西。父亲进城从来不会坐车的，他要走路，哪怕肩上挑着百十斤重的东西，他也要走路。按父亲的话说，走路还要轻松一些，身子还要舒坦一些。坐车，晕车的滋味可不是好受的呢！尽管五十里的山路，父亲进城也是要打回转的。也就是说，早上进城，晚上是一定要转回家里的。当然，父亲进城也是不会忘了到儿子和女儿家去的。他要把一些青苞谷、青红豆、新洋芋之类的东西送到儿女的家里。儿女们说，爹呀，路又远，这些东西又重，你何必拿来呀！城里的菜市场上啥子都有嘛！

儿女们是心疼父亲，可父亲却不高兴了。丧着脸说，什么，嫌不好？城里的是城里的，我拿来的是我拿来的。城里的哪有我拿来的新鲜？儿女们赶紧笑着说，是的是的，城里的哪有爹拿来的新鲜味好呢？我们喜欢着呢！父亲绷紧的脸才露出几分笑容，自豪地说，味道好着呢，全都是我亲手栽种的呢！

父亲到儿子家是不吃饭的。他凡是有事进城，都要用一个小布袋装着两个大米粑去。儿子总会热情地说，爹，还没吃饭吧？我们做饭给你吃。父亲总会笑着说，吃了，吃了，我早就吃了。

儿子说，你在什么地方吃的呢？

在街上啊。父亲说完怕儿子不信，又说，在西街上吃的啊，那个小馆子叫什么什么的来着，那炒豆腐好吃着呢！然后用舌头舔了舔嘴唇，表示嘴唇上还有油呢。儿子当然相信父亲真的吃饭了，父亲到自己的儿子家还有什么不好意思的呢？

等儿子儿媳上班去了，父亲就从布袋里拿出大米粑来，用手拍了拍，放在手里掂了掂，一掰两半，大口大口地吃起来。本来是想用火烤热，软和和地吃的。但却找不到火，难道城里人做饭是不用火的吗？他看见了一个漆得红通通的火炉，炉面就是一张方方正正的大桌子，他用手一摸，冷冰冰的，没有半点火气。再往四周一看，找不到半点火的影子。他就只好将就着吃了，只是在心里叹息，唉，这个日子咋个过呀！看倒好看了，就是冷火秋烟的。

父亲吃饱了，对着水管吸了一气冷水，就打主意回家了。但他怎么也打不开儿子家的那道红色的铁门，他足足摸索了两个小时，但无论如何都没把门打开。父亲急出了一身汗，看来今天回不去了，屋里那一摊子事儿咋个办？那些鸡、那些猪、那些狗、那些鸭不饿坏才是怪事呢。万一家里进去了小偷，把他的粮食偷走了那可怎么办？不！必须回去。但怎么回去呢？父亲就往窗子外面看，一看他的头就晕乎乎的，五层楼的房子怎么会有那么高呢？还有，每扇窗子都是玻璃和钢筋隔着的。父亲立即打消了从窗子里面出去的念头。父亲在心里骂道，妈的，这城头简直就不是人住的地方！想出去都他妈没办法。

儿子下班回来的时候，一眼就看见了父亲的脸丧得拧得出水来。儿子说，爹，你咋了？是不是儿子哪里做错了？父亲不说话，只是挑起他的竹筐就往外走。儿子赶紧上前堵在父亲的面前说，爹，都五点过了，你还要到哪里去？父亲冷着脸说，我要回家去！

儿子说，爹，天都黑了，你还回什么家呀？

父亲说，天黑了就不回家啦！不回家我住哪里？

你就明天回去不行吗？

你倒说得轻巧，家中可以没有人吗？

父亲挑着竹筐已走出了门。父亲走出门后冷冷地说了一句，城头真他妈不是人住的！

儿子不知父亲怎么了，只得跟在父亲的身后往外走。

父亲要走路回家，儿子要带着父亲去车站坐车。

父亲说，坐车受罪，我要走路。

儿子说，天都黑了，必须坐车！

父亲执意要走路，儿子执意要坐车。最后父亲还是跟着儿子到了车站。

幸好，还有车，儿子就让父亲坐上车，然后为父亲买了票，再叮嘱父亲慢走。

当儿子转身离开车站时，父亲就跟售票员吵了起来。原因是父亲要求售票员退票，售票员不退。父亲愤怒地说，你咋个不退？老子不坐你的车还不行吗？

售票员也愤怒地说，不退就是不退，你老几十岁了，说话干净点，你是谁的老子？

父亲说，你说老子是谁的老子就是谁的老子，老子打江山的时候，你还没生出来呢！

售票员是个二十七八岁的女子，从穿着神态上看去虽然有些落伍的时髦，但在同类角色中，还是显出几分非同一般的涵养。（在这高原小城，大部分同类角色的女子，骂起人来总是口若悬河，凶起来状若母虎下山。）

售票员嘲讽地说，你这人才怪了，你打你的江山，关我啥子屁事！

父亲生气地说，没有老子们打江山，你能有今天？

售票员哈哈地笑了起来，无遮无拦地露出两排雪白的牙齿。她笑得上气不接下气地说，这老头子还真逗，还挺有幽默感呢，你又不是我爹，也不是我爷爷，你对我立啥子功啦？

父亲真的生气了，一下搂起衣服来，露出小腹上巴掌大的三块伤疤。立啥子功，你看这伤疤，老子差点把命都丢在战场上了，三大战役老子都挺过来了，国民党的手榴弹都没把老子炸死，你说老子立了啥子功？

售票员怔了一下，车上的人也都怔住了。

售票员的语气平和了许多，她说，我管不了那么多，反正坐车就是要交钱。

父亲说，我不坐车了，你退我钱！

售票员说，票都买了，不能退了。

父亲顿了顿说，老子的东西落在我儿子家了，老子不坐车了，你总得退老子钱吧！

其他坐车的人纷纷说，人家老了，人家不回家了，就退给人家吧！

售票员看了看父亲，又看了看其他乘客，就从包里拈出一张五块的票子，说，拿去拿去，退给你！

父亲拿着钱就高高兴兴踏上了回家的山路，直到深夜才回到家里，但父亲的脸上始终挂着笑容。因为他又赚到了五元钱，五元钱，能够买五斤大米了啊！五斤大米，够他吃五天了啊！

父亲对钱的热爱让儿女们都感到不可思议。每次儿女们给父亲钱的时候，父亲伸出的手都是轻快的，脸上的笑也是从心底升起的。儿女们总在想，父亲要那么多钱做啥呢？不见他买好的吃买好的穿。多年来，父亲穿的是粗布衣裳，吃的是清白淡菜。儿女们买去的好烟好酒，他总是偷偷拿到街上，卖给开小商店的王老五。父亲不知那些东西的价格，常常三文不值二文就卖给了人家。据说，父亲把儿女们送他的两瓶五粮液和两条精品云烟拿到王老五的商店去卖，王老五给了他两百元的酒钱，一百元的烟钱。父亲欣喜得一夜睡不着觉，对王老五感激得不行。

有一天王老五悄悄地贴着父亲的耳朵说，老哥呀，你这东西是从哪里来的？

父亲不高兴地说，哪里来的？是我偷来抢来的。王老五连忙满脸堆笑说，我不是这个意思，我是说，你儿子他们知道你拿东西来卖给我吗？

父亲说，不知道，他们肯定不知道，他们是拿来给我吃的，但这么值钱的东西，我咋个舍得吃了呢？

他们说，爹，那酒味道还好吧？

我就说，好，好得很呢！

他们说，爹，那烟味道咋个样？

我就说，不错，真不错呢！

他们就说，那是好烟好酒，值钱呢！

我问他们，值多少钱？

王老五一听，脸色就变了，连忙问，他们说值多少钱？

父亲说，他们没说值多少钱，他们只说很值钱。

王老五的脸色立即又变了过来。

父亲在心里暗自高兴，他为自己脑筋转得快而满意。王老五狗日的还挺狡猾的，差点上了他的当。要是自己说出那酒只值几十元一瓶，王老五狗日的还会给他一百元一瓶吗？他记得他当时问儿子那酒和烟要值多少钱时，儿子笑着说，爹，你问这干啥呀？父亲再问，儿子还是笑着不回答。父亲说，要值几十元钱一瓶吧？儿子想，要是说出那酒要值三百多元钱一瓶，那烟要值二百多元钱一条，父亲还舍得自己喝自己抽吗？于是，儿子就笑着说，是啊，要值好几十元一瓶呢，烟也要值好几十元一条呢。父亲啊的一声，眼睛睁得老大惊奇地说，这么贵的东西你们买来干啥呀？儿子说，买来给你享受的呀！更何况，这东西也不是我们出钱买的，是人家送的。父亲的眼睛一亮，转而又迷惑起来，他说，这么贵重的东西，人家凭什么要送给你？

儿子说，我能帮人家做事啊。

父亲说，你能帮人家做啥事呀？

儿子说，爹，这你就不明白了，我帮人家做事，人家送点东西给我，也属人之常情，你只管好好享受这些东西就是了。

父亲觉得奇怪，儿子究竟帮人家做了什么事，会有人送那么贵重的东西给他？自己苦了几十年，怎么就没有人送半点东西来呢？不过，奇怪归奇怪，父亲的心里还是蛮滋润的。毕竟有人送那么贵重的东西给儿子，毕竟儿子又把那么贵重的东西送给了自己。就在父亲眼睛一亮的时候，父亲就决定把那些贵重的东西拿到街上去卖了，换成钱，为儿女们盖几间漂漂亮亮的大瓦房，那也算对得起儿女们了。要不，再好的东西，一旦吃进了肚子还不是一样变成了尿和屎。还好，王老五这狗日的不知道真实价格，让老子把他蒙了。不过，蒙了就蒙了，王老五狗日的有的是钱，你看他那大票子，一数就哗哗响，像他妈淌水一个样。

王老五贴着父亲的耳朵说，老哥呀，你千万不要跟你儿子说你把这些东西卖成钱了。你要是说了，他们就不会再给你东西了。父亲笑着说，我有那么憨吗？我都给他们说那些东西被我喝了抽了。

王老五呵呵笑着说，老哥真有心计，真有心计呀！我就喜欢老哥你这种节约的人，有时想着无时，有远见呀，老哥。其实再好的东西，只是吃在嘴里舒服一小会儿，到了肚子里还不是一样变成尿和屎。都是直爽人，我王老五就只给你买东西了，其他人的我还不敢要呢，是真是假谁知道？这年头，假货多得像山耗子，多得一脚能踩死一大窝。老哥你人耿直，又是乡里乡亲的，兄弟我信得过。

父亲也呵呵笑着说，你狗日的真聪明，跟我想在一起了呢！我刘大顺今后有好东西都拿来卖给你，你狗日的也像我一样耿直。我就喜欢你这德行。父亲嘴里这么说着，心里却在嘲笑，他在心里说，王老五呀王老五，人家都说你狗日的是人精一个，哪知道你狗日的却是蠢猪一头。

父亲笑，王老五也笑。

生命的长河里常常闪亮着记忆的碎片，就是那些不起眼的碎片，无声地见证着人生的无常和沧桑。母亲短暂的生命曾像闪电一样照亮父亲幸福的天空，可瞬间父亲的天空就暴雨倾盆，父亲的日子就溃不成军。父亲常常从木床上欠起身，嗫嚅着呼喊母亲的名字，可却不见母亲的身影，母亲的身影早已随风飘逝。母亲早已到属于她的那堆黄土里去了。父亲的心一下紧缩起来，父亲的呼吸渐渐粗壮起来，父亲觉得好像一下子有了精神，他掀开被子，赤着脚便站在了地上，有一股凉气从他那薄如纸片的脚心向上涌，一直涌到腹部、背心以至头顶。父亲感到头有些沉重，而且微微发晕，他低头找自己的鞋子，可却找不到，鞋子不知跑到什么地方去了。

父亲的目光落到那灰色的墙壁上，那镜框挂在墙壁上，在微弱的灯光下发出暗红色的光。父亲昏暗的眼睛忽然亮了一下，那个褐黄的镜框写满了岁月的风尘。几十年了，它就那么静静地挂在靠北的那面墙上，那时的墙是透着新鲜泥土芳香的嫩黄墙壁，年轻的父亲用他那握过钢枪和甩过手榴弹的手掌把它拍得光溜溜的。现在，当年的光滑布满了时间的脚印，当年的嫩黄早已消失，流散在风里。只留下漠漠的灰色，时光的容颜一般。那镜框，犹如那面墙壁上的一道久治不愈的疤痕，有时却又落在父亲的心上，痒痒的，暗红暗红的，父亲常常忍不住轻轻地抓，轻轻地挠，在抓挠中感受到一种痒痒的幸福，一种痒痒的疼痛。

父亲把镜框抱在怀里，他用手掌抹去玻璃上的灰尘，他的眼睛闪着亮光，他看到了一张张年轻的脸庞。第一个，有两道浓眉，面带微笑的年轻人,就是军帽上绽开大红花的老班长。第二个,是山东的张建军,这个十九岁的小伙子,子弹穿过他腰间的蓝花瓷碗,他倒下去的那一瞬间,回头望了在他身边冲锋的父亲一眼,嘴里只发出了一个短促的"啊"字。第三个、第四个……那是二十一个来自全国各地的死去的战友。他们在镜框里面带微笑,雄姿英发,憧憬的目光里有一层梦幻色彩。父亲看到左下角的那张年轻的面孔,那五角星在军帽上熠熠生辉,透露出威严,他知道这是自己。但他又不相信是自己,他用僵硬粗糙的手背摩挲年轻的脸面,他的心跳得厉害,他的手在颤抖。他的嘴唇颤动着,他想说什么,可却什么也说不出来。

父亲发现身子在颤抖,于是把镜框放在床上,慢慢地、极其费力地爬上床,他想拉被子把自己盖好,却拉不动,他咬着牙拼命地拉。只听当啷一声,那个在墙壁上挂了几十年的镜框落在地上碎了。父亲的心一紧,他想欠起身,把那砸碎的镜框拾起,可他只是轻微地动了动就什么都不知道了。这是父亲被回忆的碎片所击伤的一个司空见惯的一个事例。年老的父亲常常觉得有些不可思议,一个活生生的人活到最后,留下的就是那一小抔黄土。

父亲闭上眼睛,就看见了强壮如牛的自己,穿着一身威武的军装,胸前挂着一个硕大无比、鲜艳欲滴的红绣球,挺拔地站在通向山外的小路上。一头漂亮的小毛驴驮着一个全身火红的美人儿一摇一摆地从山外走来,火爆的唢呐声惊飞了一只正在休息的山鹰,它展翅飞向辽阔的蓝天,硕大的翅膀把春天的阳光扑腾得叮当作响。雪白的羊群停止了吃草,昂着漂亮的头颅脉脉地看着山道上那一团红艳的美人,柔情地唱着动人的赞歌。

强壮如牛的父亲双手托起一片美丽的火烧云,轻轻地放在还散发着油漆味的木床上,把红盖头一掀,露出母亲那张貌若天仙的脸蛋。强壮如牛的父亲就变成了一汪柔情的水,瞬间激情的风又掀起了一股樯倾楫摧的浪,那张木床就成了一片海,他们在大海里一扑腾就是十多年。扑腾着扑腾着,就扑腾出了一串娃儿,扑腾着扑腾着就抖落了青春和红颜,扑腾着扑腾着就扑腾进了一抔黄土。那抔黄土掩埋的是那曾经貌若天仙的老伴儿吗?看着那堆了无生气的黄土,父亲想,属于自己的那抔黄土又在哪里呢?

一眨眼间,父亲就看到那个零乱的坟场里高起了一堆新土,新土上有坟飘在摇晃,像一只呼唤的手,对着父亲。一个缥缈而又熟悉的声音对父亲说,老头子,你还在磨蹭什么呢?迟早都要到这儿来的。父亲摇了摇头,又点了点头,似笑非笑地轻声说,是啊,还在磨蹭什么呢?黄土都快埋到腰杆了,还有什么东西让你留恋呢?黑亮亮的棺材早已准备好了,为儿子们落叶归根准备好的三间大瓦房早已修好了,你还有什么放不下的呢?

小叔

张开义，是我的小叔。他其实不姓张，真名叫刘得胜，张开义是小叔的保爷取的。他的保爷姓甚名谁，我不得而知。之所以把他叫作张开义而不叫刘得胜，是因为从我记事起，父亲就叫他张开义，而不叫他刘得胜。

为什么父亲不叫小叔的真姓大名？我是在初中毕业后才有所知晓的。父亲一直叫小叔张开义，显然是包含着明显的不屑。父亲的这种不屑，是觉得小叔不配跟他同姓同辈。为什么父亲会产生这种不屑，我实在理不清。在过去的日子里，每当父亲提起小叔，都会用或激昂、或压抑、或愤怒、或惋惜、或恨铁不成钢的语气说张开义这样张开义那样，仿佛张开义跟我父亲一点血缘关系都没有，甚至压根就是一个外姓人。其实，张开义是我亲亲的小叔，是我父亲亲亲的兄弟。张开义跟我父亲是同母异父。但张开义的父亲是我父亲亲亲的小叔，也就是说，父亲的这个小叔，是父亲的父亲的亲兄弟。这虽然跟同母同父略有区别，但与别的同母异父更亲一层。就是这种关系，父亲却用润物细无声的方式,在不知不觉中轻而易举地让我家几姊妹觉得张开义不是自己人,而是一个与己无关的外姓人,或者说是寄养在我家的外姓人。

一晃,这个叫张开义的我的小叔就从一个白净的书生变成老头了。

一晃,小叔的两个儿子一个女儿就比小叔高了。

一晃,小叔的大儿子才二十岁就喝农药自杀了。

我知道这"一晃",表示的是时间的快,就像电影里的"蒙太奇",前一个镜头还是天真烂漫的儿童,下一个镜头就是白发如霜的老头。这"一晃",于局外人来说,确实快如流星,转瞬即过。但于"局内人"小叔来说,这"一晃"的漫长和疼痛,只有他自己能够感知。

小叔是我父亲唯一的亲弟弟。刚粉碎"四人帮"那年,小叔高中毕业,没考取中专。由于家庭贫穷,他就回到了村里,跟所有的庄稼人一样,日出而作,日落而息。但小叔是一个孱弱的书生,对种地真的一窍不通。他稚嫩的肩膀难以承受那沉甸甸的担子。一挑草、一担粪常常压得小叔龇牙咧嘴,汗流如雨。

小叔作为一个农民的后代居然插不成秧。他下到水田里,真的像人们骂他的那样:笨得像一头猪。他在水田里手忙脚乱,热汗淙淙,但还是很快就被那些干农活的好手围在田里,让他独自品尝耻辱。

在农村,作为庄稼人,你干农活不行就不像庄稼人,不像庄稼人就别混在庄稼人的圈子里,否则就只有遭到冷眼和耻笑的份儿。小叔就是遭到庄稼人冷眼和耻笑的人。但面对这一切,小叔是咬着牙挺住的,尽管眼里含着泪水,小叔明白,谁叫自己没有那个读书的命呢?

小叔在心里其实是后悔的，他觉得自己读了十多年的书，不仅不起任何作用，反而失去了当一个称职的庄稼人的机会。小叔心里明白，一个称职的庄稼人也不是生来就称职的，是长期锻炼出来的。他坚信，只要吃得苦中苦，总有一天自己也会成为一个称职的庄稼人。

小叔娶妻了，生子了。小叔从一个单薄白净的书生变成一个粗壮黝黑的农村汉子了。

小叔跟我父亲分家了。这在农村，显得很自然，就像农村人常说的"树大要分丫，人大要分家"一样名正言顺。

随着爷爷奶奶的去世，小叔和我父亲的矛盾也就越来越突出了。这些矛盾其实都来源于一些陈芝麻烂谷子鸡毛蒜皮的小事儿。譬如一些锅瓢碗盏香蜡纸烛的分配不均啊，你说我的行为难看，我说你的语言难听，公说公有理婆说婆有理，常常让小叔和父亲吵得面红耳赤，大打出手。

当时我们还小，我们怎么也不明白小叔和父亲为什么老是为这些小事吵得不可开交。我和姐姐苦口婆心地劝解，却只落得一个里外不是人的结果。父亲骂我们，这些年算白养你们了，帮着外人说话。显然，父亲指的外人就是小叔。我对父亲说，小叔是你的亲兄弟，怎么会是外人呢？父亲气得声音都变了。他说，不是外人，你就去跟他过吧！你怕洋芋皮都别想吃上一片！小叔也在骂我们，说我家玩人强马壮。小叔愤怒地说，不要狂得太早了，蒋介石八百万军队都完蛋了！不就是多几个人吗？再过十多年，我照样人强马壮。小叔说这些话，作为当时读小学的我确实听不懂。但后来我才明白，小叔在当时说那话时也许就已经暗下决心，一定要多生一些孩子，让他尽快人强马壮起来，好跟我家抗衡。

小叔后来有了两个儿子一个女儿，但生第三个孩子时因违反了计划生育政策被征收了几千元的社会抚养费。小叔是起早贪黑地在地里劳作，在山上打柴，省吃俭用才交齐了的。听我母亲说，小叔得了一场怪病，据医生说，他是不可能再有孩子了。要不，小叔还是一心想要孩子的，他要想法让他家人强马壮起来。在小叔的心里，所谓人强马壮就是指人多。我在心里想：要是小叔还能生孩子的话，他究竟要生多少个孩子呢？

我常常想起多年前的那些让人不可思议的场景。

父亲指着小叔的鼻子尖愤怒无比地吼，你还有没有良心？你的良心被狗吃啦？要不是我做牛做马面朝黄土背朝天省吃俭用地供你读书，你能轻闲十几年读到高中毕业吗？你摸着良心想一想，你对得起谁？你还好意思跟我争碗争筷的？

小叔也指着父亲的鼻子尖大嚷，你以为你为我好，你这是在坑我、害我，我要是早点不读书，挑肩磨担栽秧什么的，我也不会比别人差，我也不会遭到别人嘲笑和羞辱。我知道你的如意算盘，你就是不把我当成一家人，把我当成眼中钉，想法把我赶出家，让我学不到本事，好让你一个人在家吃好的穿好的，让你一个人活得好！高中毕业怎么啦？起屁的作用！倒让我长不像冬瓜短不像葫芦遭人笑话！

父亲的脸就扭曲了，眼睛就潮湿了。父亲抓住小叔的衣领就狠狠地给了小叔一个响亮的耳光。

小叔也挣脱父亲的手狠狠地给了父亲一拳。

父亲和小叔就扭打在一起了。

我的心里五味俱全,我究竟该怎样看待我的小叔和父亲呢?

小叔是当时村里唯一一个高中生,那时村里还没有一个因为读书而在外工作的人。小叔看不到读书的作用和希望,所以经常和父亲像外人一样吵得不可开交。但当时的农村,谁家的弟兄不是这样因为一些陈芝麻烂谷子鸡毛蒜皮的琐事吵得天翻地覆呢?或许,这就是当时中国农村的真实写照吧。

现在,小叔变成一个小老头了,他的两个儿子一个女儿都成了大人。

近些年来,村里出了几个大学生和中专生,这些大学生和中专生摇身一变,变成了城里人,有的还在一些乡镇当了官,他们的父母因此精神倍增。小叔看到这些,才真正感受到了读书的作用。他也不由得暗下决心,一定要让儿子和女儿读出书来。于是小叔早出晚归,把全部心血都倾注在他所侍弄的两亩土地上。为了节省煤炭,小叔每天都到山上打柴。村里人常常看到这样的场景:两团柴草在绵延的小路上缓缓移动。那是小叔,那比他高出许多的柴草严严实实地遮住了他矮小的身子,于是小叔家门口的柴草便堆成了小山,小叔家低矮的小屋里常年笼罩着柴草的浓烟。为了省电费,小叔家是全村唯一没有安装电灯的一户。有月亮时就借月亮光照亮,没月亮时就早睡、早起,实在需要在夜里做事时就忍痛点上煤油灯。尽管如此，小叔还是不能如愿，原因是小叔生了一场怪病，把家折腾得一贫如洗，再加上那时生产垫本高得惊人，这费那税的，五张嘴巴吃两个人的土地上的产出，一家人能不饿肚子就已经不错了。三个孩子都把小学读完了，学习成绩非常好，但怎么也没钱继续读书了，于是就先后辍学了。后来，小叔的两个儿子到外地打工去了，只剩下女儿在家帮着他种地料理家务。

我的母亲对我说，我的小叔心比天高，命如纸薄。那些年读书，书学费还是很贵的，小叔想让他的儿子上学，但怎么也找不到半分钱，于是想来想去就想到了去城里摸奖票。小叔看到卖奖票的宣传车开到了村子里，就和婶婶商量，决定到城里去摸一次奖票，说不定就真的发了。于是小叔和婶婶就把家里的所有的鸡蛋拿到乡街子上卖了，卖得四元钱，刚好是两张奖票的钱。在一个细雨迷蒙的早晨，小叔和婶婶带上一布包洋芋，把四元钱藏在衣服最里面的夹层里，就朝着写满小叔梦想的城市挺进了。

从山路走，村庄离城四十里。小叔和婶婶在中午时分终于到了城里。他们相信手气会好的，因为婶婶在山路上的一个寺庙里向菩萨虔诚地许了愿，祈祷菩萨保佑他们能得奖，让他们的儿子能上学。

小叔和婶婶用山泉洗了手，在心里许了愿。小叔和婶婶热汗长流地挤进人群，各自把被汗水浸得软塌塌的两元钱递到卖奖票的那些人的手里时，他们的心都快跳出喉咙了。小叔和婶婶颤抖地刮开奖票时，他们彻底地失望了。小叔软塌塌地蹲在地上，婶婶也蹲了下去。扶着小叔的手臂，失神的目光交织在一起，泪水无声地滴落在城市灰色的水泥地上。

小叔和婶婶饿着肚子踉踉跄跄地赶回村庄时，天已全黑了，满天星斗漠然地闪烁在村庄的上空。

第二天天一亮，小叔又扛上打柴的扁担和绳索柴刀朝着山里走去。他的身子很虚弱，但他知道他无法停下脚步。

每当谈到小叔时，我年迈的父亲就会发出一声悠长的叹息，说，真不知道是不是一个娘养的，都几十年了，这头犟牛硬是没有跟我讲过一句话。

在父亲六十五岁时，五十岁的小叔终于跟父亲讲话了。那是一个深秋，田野里金黄的稻子在晨风中快乐地舞蹈，父亲刚起床，就看见小叔勾着腰站在门口，一看见父亲，就像小孩一样，哇的一声大哭起来，把父亲吓了一跳。父亲惊讶地问他怎么了？他语无伦次地说，哥，武武喝农药死了！小叔哭着蹲下去，用瘦得皮包骨的手捂着脸，任凭泪水从指缝里涌出来，滴在一泡黝黑的鸡屎上。不知是因为小叔几十年了才喊他一声哥，还是为年纪轻轻的武武而惋惜，父亲目光僵滞，嘴唇颤抖，热泪长流。父亲弯下腰双手抓住小叔的双臂，拉起。两人像雕塑一样木着。

武武是小叔的大儿子，死于二〇〇五年三月八日。小叔说武武每天六点钟就被窝里听收音机，六点半准时起床，可这天早上七点都过了还不见起床。小叔就在楼下喊，可没有回应，小叔就上楼去喊，仍然没有回应。小叔擦燃火柴一看，惊呆了。武武直挺挺地躺在被窝里，眼睛半睁着，嘴角堆着一团白沫。小叔把被子一拉开，看见武武的双手抱着胸口。伸手一摸，身子已经僵硬了。楼上有一股农药味，枕边摆着250毫升的"毒斯本"瓶子，药瓶已空。小收音机也摆在枕边，但没有一丝声音。

武武是服农药自杀的。

小叔说做梦都想不到武武会这样。小叔说武武是个乖孩子，又聪明，又懂事。五年前他还在乡中学读初一，学习很好，从小学到初中一直都是班长。可就在他刚读完初一第一个学期后，一场暴雨把小叔家的老房子淋垮了，一家人只能住在草棚里。住在草棚里倒不要紧，可武武死活都不再读书了。小叔说，我就是卖血都要供你读书，你就去读吧。可武武说，我不读，我不能让你们没有房子住，我不能让你们饿着肚子也要卖粮食，还到处借钱供我读书。小叔说武武说这话时，才十五岁。

小叔说他心脏上有毛病，家里借了高利贷两千元钱去给他治疗。武武为了还债，就丢下书包到一个建筑工地去打工，十元钱一天，他干了一年，不仅还清了欠款，还学会了盖房子的手艺。十六岁那年，武武就一个人去打土坯，拉土坯，砌墙，给家里修起了两间房子。过度的劳累使他又瘦又黑，可他从来没有叫过一声苦，搬进新房子的那天，一家人兴奋得流眼泪，武武高兴得一夜没合眼。

后来，武武累病了，走路都像树叶一样轻飘飘的。到医院一检查，医生说是心肌炎。家里没钱，又借了高利贷三千元钱。可这三千元的债怎样还呢？出院后，武武又到建筑队去打工，每天依然是十多元的工钱。长期在泥水里泡，整天在冷风中吹，武武的病又加重了。起初是双腿肿，然后是心脏出了问题，据说是患上了风湿性心脏病。但武武还是熬着，挺着。实在挺不住了，才不得不去医院治疗。钱，依然是借的高利贷。病稍好，他又去打工。就这样，挣钱治病，病好又去挣钱，直到现在还欠着七千多元的债。

小叔说，武武在病中还坚持在门口挖了一口三丈多深的井，还修了两间新式猪厩。小叔说，我现在才明白武武为什么这么拼命地种地，喂猪，煮饭，洗衣，打工，还常常为我和他妈打洗脸水，端洗脚水，原来他是早就想好了啊！小叔哭着拿出一张纸，那是武武的遗书。一张数学作业本上撕下来的泛黄的纸上写着：爸爸、妈妈、姐姐，我爱你们，我对不起你们，我本想再去打工挣钱，可我的病是个无底洞，再多的钱也填不满，我多活一天，你们的负担就要重一分，我能做的我都做好了，我要走了，只是现在还欠人家七千元钱，到今天为止连利是八千五百三十元，儿帮不了你们了，你们慢慢还吧！最好养个母猪，猪崽要喂精饲料，用科学方法去养。爸爸、妈妈、姐姐，我爱你们，我对不起你们，我走了！我不忍心拖累你们了！

小叔拿着那张纸失声痛哭。空荡荡的房子被悲恸的哭声填得满满当当。

自从跟父亲讲过话以后，小叔就给我出了一个难题。他家的牛车坏了，他要在城里买一辆新的牛车。买牛车也不是什么难事，难的是小叔让我用我的小轿车把他的牛车拉回村里去。我不知道小叔为什么会产生这种奇怪的想法。我告诉他,说一是我不知道城里什么地方卖牛车,二是轿车装不下牛车,即便是把轮子拆下来,轿车的尾箱也装不下两个轮子,再说还有一根较长的铁轴也放不下去。小叔说,他观察过了,把牛车拆散了,两个轮子和一根铁轴,勉强可以放下去的,即便露些在外面也不要紧,尾箱的门不要关上就行了。小叔说,至于城里什么地方卖牛车,他让我开着车在城里找一转,不就能找到了吗?

我对小叔说,我去试试。

小叔笑了,干净利落地说,好!我就知道你会帮我的!

我找了许多地方,包括五金门市、农机公司,都没找到牛车,一个工人还笑我说,都机械化这么多年了,哪还有什么牛车卖?我想,要是买到了牛车,我也不会用轿车拉的,你想,那牛车都是铁家伙,随便把车碰掉一块漆,也要几百千把元钱才能弄好。我甚至怀疑小叔脑壳进水了,专产生一些稀奇古怪的想法。如果买到,我就出百十元钱请一辆农用车拉去给小叔,老家离城里也就二三十公里。

我回老家去时,我告诉小叔,说城里真的找不到哪里卖牛车。

小叔狐疑地看着我,那目光里包含着失望、忧伤和对我的不信任。他自言自语地说,我就不信,怀远街也会缺缎子。怀远街是我们昭通城的一条老街,专卖缎子。

我也有些生气了。我说,你不信你去买吧!我真的帮不上你的忙。

小叔噗地吹了一下鼻子,转身就走,有些不耐烦的样子。我正觉得自己说话办事有些过了,小叔忽然转身,挤出一丝笑,说,我去买也可以,但买好后,你要用你的车把我和牛车一起送回来!

我心里十分别扭，没好气地说，小叔，我想不通，怎么就一定要用我的轿车拉你的牛车呢？我出钱租一辆农用车帮你拉回来还不行吗？

小叔长长地叹了一口气，猛然转过身，果断地说，不用了。

我知道得罪小叔了。但转念一想，得罪也就得罪了，得罪了还清净些。

小叔果然被我得罪了，他不但不跟我讲话了，跟我父亲和我的家人也不讲话了。

父亲生气地说，我就知道，这个张开义就是张开义，绝对不是我们刘家人，你看他说的话做的事，哪里配姓刘？

直到如今，小叔的牛车也没有买。

2011年春节，我回家过年，才了解到小叔跟他在外打工回来的小儿子大吵了一架，病了一个多星期。吵架的原因是因为一辆电动摩托车。小叔要买一辆电动摩托车，用来接送他在村东上幼儿园的外孙。他的小儿子不买，原因是小叔年龄大了，都六十二岁了，他连自行车都不会骑，怎么能骑电动摩托车呢？又加上村里的路坑坑洼洼的，不像城里到处都是水泥路，要是摔伤了，那可不得了。再说，村东幼儿园离家不到半里路，走路都不要吸半支烟的时间，有什么必要骑电动摩托车呢？小叔就骂他的小儿子是白眼狼，没良心。然后不喝水，不吃饭，躺在床上不起来。最后小叔胜利了，他的小儿子花了三千二百元买了一辆红色的电动摩托车。小儿子教他骑，但他勾腰驼背的，总是骑不稳。小儿子一生气，就不教他了，说，想骑得很，就自己去学吧！

小叔学不会骑车，只学会了推车。先是连推都推不稳，还摔了两跤，摔断了一只镜子，小叔心疼得直流眼泪。最后推得稳了，每天早上，他把外孙抱到电动摩托车的踏板上站好，推着车到村东幼儿园，然后再推着车回来。晚上他再推着车去村东幼儿园接上外孙，又推着回家来。村子里的人对他笑，他也笑。

有人说，骑电摩托啦？

小叔笑着点头说，是呀！

有人说，咋个不骑上呢？电摩托不骑就变成手推车啦！

小叔的脸有些发烧，说，路烂，抖呢！推着，把稳些！

从此，灰色的村庄里，人们经常看到，在乡村土路上，一个勾腰驼背的小老头推着一辆红色的电动摩托车，电动摩托车的踏板上站着一个唱儿歌的小男孩：小老鼠，上灯台，偷油吃，下不来，叽里咕噜滚下来。

有一天，小叔真的像他外孙唱的儿歌那样叽里咕噜从电摩托上滚下来了，摔伤了右腿。我父亲摇着头说，这个张开义呀，显摆什么！黄泥巴都埋了半截的人了，还这样？

平民

好多年前，我接到一个陌生的电话，刚按下接听键，就听见一个高声大气的声音，大哥，我是平民呀！我纳闷，我不知道平民是哪个，我说，你是谁啊？

大哥，我是平民呀！声音震得我的耳朵嗡嗡叫。我不知道平民是谁，凭讲话的声音和架势，一听就知道是一个没有读过几天书的武棒棒（指没有心计的人）。

我说，我不知道你是谁啊！

咦！大哥，我是平民呀！你兄弟呀！我爹是刘老贵呀，你记不得了吗？刘老贵你喊大叔呢！你记不得了吗？我家住在你家南面，沟埂边，两间茅草房，你想起来了吗？你出去教书的时候，我最多四五岁，还没读一年级呢！你记不得啦？有一次我掉进水沟里，还是你把我抱起来的啊！不是你，我怕早就被水呛死掉了！大哥，你想起来了吗？

一说刘老贵，我想起来了。刘老贵家应该是当时我们营盘村最穷的人家了。无论春夏秋冬，刘老贵一家老小都是穿着破筋筋的衣服。

一到冬天,几个小孩皴裂的脸冻得乌紫,因为又冷又饿,清鼻涕清口水流到下巴上。我还隐约记得,有一次一个小孩掉在沟里,是我把他提上坎来的。原来这个小孩就叫平民。

我说,你有事吗?你就说!

平民在电话里哈哈笑着说,大哥终于想起我来了,我就说,你不会想不起我来的。

我说,出来工作二十多年了,那时你们还小,还真没印象呢!一说大人的名字,还是有印象的。

平民依然高声大气地说,大哥,你家在哪里住?

我立即有些警惕,说,哎,你有什么事?你就在电话里说嘛!

不怪我势利,这些年,只要是老家那边的人找,就一定不是什么好事。不是借钱的,就是要你帮他做这做那的。比如说牛被盗了,让你帮着找公安局;娃儿无证驾驶被交警逮住了,让你帮着去说情;谁谁偷了国家的电缆线被抓了,让你跟法院的说别判刑……等等的等等,在他们的心里,好像你就是联合国主席,没有办不到的事。你帮了,他们高兴;你帮不到,他们就生你的气,在背后把你骂成一团狗屎!你回老家去,他们可以把你当成一株草、一棵歪脖子树或者一颗石子,恨不得踢你几下才解恨!

我想,这个平民在哪儿呢?他在做什么?他想怎么样?

我说,有什么事?你就说吧!

他说,大哥,没什么事,我就是想来你家玩一下!你家住在哪儿啊?

我说，你现在在哪儿？

他说，大哥，我在城里。

我说，我在外面，没在家里呢！

他说，你什么时候回家？我等你！

我说，很晚吧！改个时候我跟你联系吧！

他说，好的。

我又补充一句，你现在做什么工作啊？

他高声说，我开了一个酒厂，自己煮酒，就在你们城里。我是回老家遇到大伯，才知道你的电话的，要不，就在你们城里，我也找不到你呢！

我想，既然平民能够在城里开一个自己的酒厂，不管大小，都算不错的了。这起码能证明他有正事可做，不是不务正业的。我平生最讨厌那种不务正业的人。

好些天我都没有给平民打电话。

有一天晚上，平民忽然打响了我的电话，大哥，你在家吗？

我站在阳台上，正要告诉他我不在家，就听见他说，哦，我看见你了，你在三楼阳台上，我就在你楼下，你看，一辆白色的面包车！我往下看，就看见一个矮小的男人砰地关上车门，一边打电话，一边抬着头向我招手！

我说，你怎么知道这里的？

他说，我昨天回老家去，提一壶酒给大伯，大伯告诉我的。

他说的大伯，就是我的父亲。我曾经多次对父亲说过，不要把我的电话告诉一些不太亲近的人，父亲很能理解我的苦衷。可这次父亲怎么就跟平民说了呢？后来说起这事，父亲跟我解释说，平民很能干，能在城里开酒厂，做事也还大方，你看，来看过我两次，每次都提一胶壶他自己煮的酒来，绝对的粮食做的，很醇正的，不错呢！

平民抱着一个比他身子还粗的陶罐上楼来，喘着粗气说，正宗的燕麦酒，百分之百的粮食做的，我自己煮的，给大哥尝尝！

我连忙招呼他坐下，说，我不喝酒，不喝酒，坐一会儿你还是把它带回去，卖了，你在城里闯也不容易！

平民红着脸不高兴了，说，大哥，你这就是在打兄弟的脸了，我有心送给你，还能抱回去？你说你不会喝酒，你在城里做官，难道你的朋友就一个都不会喝酒？还是喝惯茅台五粮液了，嫌我的酒土了？

我一边泡茶一边说，哪里哪里，现在好多名酒假的可多了，真正的粮食酒金贵着呢！

平民高声笑着说，就是嘛！我煮的酒，绝对的粮食酒！

灯光下，我看见平民的个子矮小，头也很小，短发，八字眉，脸黝黑，定是风吹日晒所致。也许是因为八字眉的缘故，平民即便是笑，也是一脸的愁容。平民穿一件深蓝色的防寒服，很旧了，皱巴巴的，上面至少分布着两三种说不清道不明的东西留下的可疑的颜色。裤子是一条灰色的牛仔裤，大腿上破了一个洞，一只裤脚挽在小腿肚处，另一只的脚边被踩得卷了起来，上面裹着已经干了的黄泥。皮鞋翘翘的，被黄泥所染，分不出颜色。我在心里思忖，既然在城里开了一个酒厂，不管怎么说他也算是一个小老板了，可怎么看，他都像一个做苦力的小工。

我说，厂里有多少人？

平民说，四个。顿了顿他又说，两个孩子，大的六岁，小的四岁。除了孩子还有媳妇和我自己。

我说，那你们两口子太辛苦了嘛！

他说，没办法。我开着车到山里收燕麦、苞谷、荞子来煮酒，煮了酒，我又到各家酒店去推销，媳妇带着孩子，也可以帮着我点儿。她还比我苦呢，她还喂着二十五头架子猪，都一两百斤了，就用煮酒的酒糟喂。他高兴地说，到了年底，这些猪一头至少都有三百斤，按现在的市价，每斤毛重十元，留下五头给家里和朋友吃肉，还剩二十头，就有六千斤，十元一斤，就可以卖六万元。他说他的厂房和设施投下十八万去，今年年底在酒上，至少可以赚十万元，加上卖猪的六万元，就只差两万多元就能把投资下去的钱赚回来了。明年就基本可以净赚了。一年赚十五六万元钱是不成问题的。听了他的话，我心里也为平民高兴，虽然平民其貌不扬，但却很能吃苦，很有头脑。对于一个没读过什么书的农村人来说，能够有今天，已经不容易了。我心里自然对他有些敬佩。

在交流中，我知道平民小学时成绩很好，但由于家庭贫穷，读到小学二年级就辍学了。他在家里跟着父母种地，十五岁的时候到县城的一家国营酒厂当学徒，一干就是八年。后来这家国营酒厂破产了，他就出来用学到的技术开了自己的酒厂。先是在乡里开，后来有了一定的资本，就到县城里来了。他说之所以来找我，是因为我在他心中是他的救命恩人，他很敬仰我。又加上他的厂还没办卫生许可证，他去找人办，人家推三推四的，他说我在城里做官，请我帮他协调一下。再一点，如果人熟，工商管理费是不是可以少交一点？他刚进城，才起步，今后有钱了，壮大了，多交一点，那就是小儿科了。

我说，我倒没有做什么官，但可以试试。

最后都如了他的愿。他更是对我佩服得五体投地。

有一天，他花了几千块钱买了两只羊，在一家馆子里加工了，让我请我各行各业的朋友来吃。我告诉他没必要破费。他说，大哥，一个篱笆三个桩，一个好汉三个帮，这一点兄弟是懂的。我刚到城里，举目无亲，只有你了。大哥，你就把你的朋友请来，让兄弟认识认识，今后罩着兄弟一点，兄弟也要好混些。我理解平民的想法，我的朋友虽然没有什么做大官的，但在好多部门都还是有点小实权的。那天我请了三十多个朋友。大家聊天，喝酒，吃肉，气氛热烈异常。我带着平民一个一个地敬酒，一个一个地介绍。平民高兴，一扬脖子就一杯。平民挨着发名片，挨着一个一个记我朋友的电话。我请求朋友们关照平民这个小兄弟，还声情并茂地说，一个农村的穷孩子到城里来发展十分不容易，还得仰仗各位弟兄关心和帮助。朋友们大都来自农村，对这个农村小兄弟自然有感情，都说，那还用说，只要弟兄们能做到的，决不推辞！

平民后来果然顺风顺水的，生意也还不错。虽然他跟我联系的很少，但跟我的朋友们的联系却不少。我是后来才听我的一些朋友在闲谈中说起平民的。说平民某天在某个地方开车违规了，打电话给我的某个朋友，我的某个朋友帮他摆平了；说平民请我的某个朋友帮他推销了好多好多酒；说平民请我的某个朋友帮他的朋友办了一个建房证……总之，平民跟我的许多朋友都有了密切的联系。对这些，我不介意，我觉得，朋友们能帮平民办点事，我还是很欣慰的。

过年了，平民抱着一坛酒来给我拜年。他不好意思地说，没想到，猪价会降了一半，又加上运气不好，二十五头猪死了十五头。发给昆明的一吨酒，全是用特制的坛子装的，五十元一斤呀，两千斤就是十万元呀！狗日的跑了！踪影都不见了！平民一脸忧伤。他说，他连买燕麦、苞谷、荞子的钱都没有了，还咋个煮酒呀！狗日的房主人家房租又要提价，原来是五万一年，现在要提到九万。看来，我还得搬到乡下去，城里是住不得了。

我说，昆明的一吨酒，没有签合同吗？

平民说，签了，但人都找不到了，合同还有什么作用呢？酒也被那个骗子运走了。狗日的骗子就打了五千元钱的定金给我。

我说，那房子你签过合同吗？

平民说，签过，但是只签一年的。现在一年完了，他要提价了，你还没有办法呢！

一天晚上，已是深夜，平民打来电话，说，大哥，我跟我媳妇吵架，她跑了。

我说，跑哪里了？

平民说，不知道。

我说，你快去找啊！

平民说，我哪里找啊？县城那么大。

我有些不高兴地说，你都找不到，我又能找到？

平民叹息了一声，说，大哥，你不是跟公安局局长熟悉吗？

我说，这跟公安局局长有什么关系？

平民说，大哥，你跟公安局局长说说，让他派警察在各家旅馆查一遍，我想，她跑不远的，深更半夜的，肯定是在哪家旅馆里！

我又好气又好笑。我说，你以为警察是你家养着的家丁？帮你去找媳妇？

我说，既然你不去找，就等着她自己回来吧！

平民说，要是她不回来呢？

我说，那是你的事。

我把电话挂了，觉得平民真是脑子进水了。

有一天，平民来找我，一脸的疲惫，一脸的悲戚。他说他媳妇闹着要跟他离婚。离婚的原因是，媳妇嫌他没有文化，做事不把稳，让人家骗了都不晓得；还嫌他不持家，大手大脚的，又没有钱，偏偏要冒充成有钱人，让她和孩子跟着他担惊受怕受罪。平民的媳妇我见过，长得漂亮，能干，也善良，把个家里打理得井井有条的。可平民也还是不错的，有冲劲，主意也多，只是运气不太好罢了。怎么平民的媳妇就要跟他离婚了呢？但转念一想，就觉得，婚姻这玩意儿，就像人们脚上的鞋子，舒适不舒适，只有当事人知道，别人永远都是局外人，是不能妄加评论的。

我问平民,你现在的文化究竟到哪个程度?

平民笑着说,小学二年级都没有读完么,大哥,你想能有多高的文化。不过,写我的名字我还是能写的,只是,写个收据什么的,就不会了。

我说,你媳妇读到哪里?

平民说,初中毕业。平时开个发票,写个收据的,都是她。

平民八字眉一扬,眼睛一亮。忽然说,大哥,我今晚来,我正要请教你,咋个才能快速让我有文化?

他的话把我惹笑了。我说,文化不是一下子说有就有的,你要慢慢学,一点一滴地学,学得多了,就有文化了。

平民急切地说,大哥,你给我想想办法,最迟要多久,才能有文化?

我被他提的问题难住了,怎么对他说呢?我觉得平民脑子是不是真的出了什么问题。

平民说,大哥,慢慢学,倒是可以,但是,再慢,就来不及了,我媳妇现在就要跟我离婚,离婚协议她都写好了,就等着我签名了。

我说,你不想离,你就不要签名啊!

平民说,我当然不签啊!只是,我要尽快有文化,尽快有钱,让我媳妇服我啊!可怎么才能尽快有文化,尽快有钱呢?我就不信我会一辈子倒霉下去,总有一天我会有文化会有钱的。平民一副咬牙切齿的样子。

我说,那你就把你的这些想法好好跟你媳妇说一说吧!争取她的理解和支持，我看你媳妇还是很善良的。

平民在县城里还是站扎不住了。他把厂搬回了老家。据说，他东拼西凑了十来万元钱盖了厂房，安置好了煮酒的设备。可这些钱全是借的高利贷。他的酒还没煮出来，催还款的人就踏破了门槛。难怪之前他来找我，让我借给他一千元钱，说匆匆忙忙进城拉水泥，钱没带够。他说第二天他还来拉水泥，就送来还我。可都快一年了，还没有音信。

快过年时，平民来找我还钱。他红着脸说，大哥，对不起了，太忙了，又加上手头确实有点紧，拖到今天，不好意思了！

我说，多大点事。生意还好吧？

平民说，还行。

平民说，我还想请大哥帮我一件事。选个好点的天气，请大哥帮我把你城里的好朋友请下去，你看你的朋友不是有好多会写字的、会画画的，还有工商、城管、警察。把他们都请下去吧！我杀两只羊，大家在一起喝一顿酒，再麻烦他们给我写些画些东西挂在墙上，我知道，你的那些朋友，好多都是名人呢！人越多越好，车子越多越好。

我说，没必要了，这一弄，至少也是几千元，你就省着点，拿去买粮食煮酒吧！更何况，我的这些朋友还帮不了你煮酒呢！

平民说，大哥，不瞒你说，我们村子里的人，真的狗眼看人低呢！我在城里混的时候，好多人以为我是大老板了，找我借钱。我也想借给他们，但是，你知道的，大哥，我都一屁股两肋巴的债哪有钱借给他们？后来我把厂搬回村子里，有人问我，在城里好好的，怎么要搬回乡里来？我都撒谎说，乡里的水好，煮出来的酒质量更好，卖价更高。可后来那些狗日的要账的经常跑到村子里来找我，散布我的坏话，说我是个穷鬼，在城里混不下去了才被迫回村子里的。村子里的人对我就不好了，认为我是拔了毛的凤凰不如鸡了。大哥，小黑狗你知道吧？就是开手扶拖拉机那个，八斤大叔家的大儿子，还跟我小学一年级一个班呢！那天我拉石头，石头垮下来打了他家地里的十一棵菜，你说他是人不是人？乱骂我一通不说，还让我一棵菜赔他五十元！大哥，你说，哪有五十元钱一棵的白菜？我很生气，不赔他，他就整天纠缠捣乱。我受不了这口窝囊气，真想教训他一顿，又觉得一个村子的，又是一大家子，乱了规矩不好做人。最后，我还是砸了五百五十元钱给他。他二话没说，捡起钱转身笑眯眯地走了。你说这种人，还好意思笑呢！平民说这话的时候，脸都气得乌黑。

平民说，大哥，你就帮兄弟这个忙，让你的这些朋友到我们村子里去走一转，给兄弟撑撑门面，让那些狗眼看人低的人看看，我刘平民也是朋友遍天下的，也是有后台有背景的！

我理解平民，我也知道这种做法是虚幻的，不能解决问题，即便你刘平民再有多少人模狗样的朋友，也还不了你的高利贷，也不能让你很有钱，倒把你的钱糟蹋了。但我能这样跟他说吗？这是他的一个绚丽的虚幻的梦，我不能让他的梦破灭。

我说，现在很忙，找个恰当的时间吧！到时，我跟你联系。

一晃，半年又过去了。我也不想给平民带来更大的负担，平民的事也就忘记了。我回老家，看见村子里有几间空心砖和牛毛毡砌成的平房，跟父亲说起。父亲说，那就是平民的厂房，但好久都没煮酒了，说平民连煮酒的粮食都没有钱买。父亲说，平民离婚了，他媳妇答应帮他还十五万的高利贷，两个孩子跟平民，平民就同意离了。听说，他媳妇早就跟着他孩子的后爹了，只是平民不知道。还高利贷的钱，都是他孩子的后爹拿出来的。父亲还说，平民跟他讲了，他城里还有一套房子，现在至少要值三十万，只是当时是贷款买的。现在平民的媳妇去还贷款，房子也归他媳妇所有。平民诡秘地跟我父亲说，那房子的房产证是他拿着的，房产证上的名字是他儿子的，等到他儿子长大了，他就让他儿子去跟他妈打官司，那房子飞都飞不掉，准是他儿子的！

我担心地对父亲说，看来，这一辈子，平民要翻身是难了！

父亲笑着说，平民说他有他的主意。平民说，他要是想办法找到钱了，还是去买粮食来煮酒，有手艺就不会饿死人。老辈人都说，老天是饿不死手艺人的。平民还说，实在混不下去，他也有办法，他现在是光脚板的，光脚板的还怕穿皮鞋的吗？他说他老丈人家很有钱，他媳妇现在嫁的男人也就是他儿子的后爹现在也有钱，他们会怕他的，他们不是想好好活下去吗？如果他活不下去了，他还会让他们好好活下去吗？

父亲的话，让我心生悲凉。我觉得平民的心里已经种下了危险的种子，这种子一旦生根发芽，必将害人害己。我想，一定要找个机会跟平民好好谈谈。

一晃，一年就过去了。有一天我回老家，看到田野里那些破败的厂房，忽然想起了平民。我问父亲平民的情况如何。父亲说，平民进监狱了，五年。父亲摇着头说，这娃儿，可惜了，你咋个能够拿刀子杀人呢？两刀呀！杀在胸口上，幸亏没有伤到心脏，人救活了。你说杀的人是谁？是他老丈人呀！

为什么呢？

听说他还要煮酒，没钱买粮食，他就去向他老丈人借两万元钱，他老丈人不借。他就把人家杀了！这个平民也是的，你跟人家姑娘都离婚了，人家还会借你钱？简直脑子进水了！父亲惋惜地说。

我心里很愧疚，脑子里一直在想一个问题，要是我找个时间早些跟平民谈谈，平民还会进监狱吗？

井

一

之前,整个营盘四十多户人家共用一口井。天刚放亮,挑水的人就在井边排起了长队。排到后面的,至少要等半个小时。

正和老汉的家离井足有一里地,中间隔着一个小山包。路是黄土路,两尺来宽,对面走过,必须侧着身子。正和老汉挑着空木桶,爬上缓坡三分钟,走下缓坡三分钟,便可到达井边。要是挑满了水,爬上缓坡四分钟,走下缓坡四分钟,方能到家。到了雨季,挑水就特别艰难,路滑难行,黄泥淹过脚背;到了冬天,冰雪覆盖地面,行走起来一步三滑。经常会有人摔倒,轻则弄得满身泥,重则摔烂木桶,伤了身子。营盘村每年都有人因为挑水摔伤,正和老汉两年前就摔断了一条小腿,半年后才能行走。尽管如此,人们还是常常回忆起那时的许多温暖场景。挑水的人,大多是大小伙、大姑娘们,家里孩子还小的人家，就得大人亲自去挑。男男女女排成长队，大小不一的木桶担在肩上，蔚为壮观。大家说说笑笑，窄窄的河埂上充满了欢声笑语。姑娘小伙们窃窃私语，大人们嘻嘻哈哈说着成人的话题，说家长里短，也说奇闻怪事。张家的猫一窝下五个崽，李家的鸡一天下三个蛋，王家的女儿出嫁三转一响（缝纫机、自行车、手表、收音机）全部配套……大家想谈什么就谈什么，挑水的路途变成了幸福的驿站。

后来，正和老汉的四个儿子为了减轻正和老汉的负担，特意在门口挖了一口两丈多深的水井，还买了一个坠了铁块的胶桶，用绳子拴好，只需轻轻往井里一丢，胶桶就歪在水里装满了水，一提，就把清亮亮的水提了起来。这井水又旺又清，味道又好，正和老汉很是高兴。为了安全和卫生起见，正和老汉用一个很大的竹簸箕罩在井口上，谨防孩子们到水井旁玩水，又防止草屑灰尘被风吹到井里。

再后来，营盘村的好些人家，都仿效着在自己家门口挖了水井，图个方便。隔壁的正德老伴儿家，由于只有一个儿子，劳力欠缺，没有挖井。正和老汉就主动上门，让正德老伴儿到自家井里打水。

正和老汉说，大嫂子，你就没有必要跑那么远去挑水了，用我家井里的吧！那井可深了，水清幽幽的、满当当的，味道也好，甜津津的。

正德老伴儿说，大兄弟，咋个好意思呢？

正和老汉笑着说，有啥不好意思的，隔壁两邻的，不就像一家人吗？那么多水，别说我们用，就是半个村的人都用不完！

正德老伴儿说，等儿子打工回来，我也让他在我家门口挖一口井。

正和老汉说，有啥必要呢？何必花精力！正和老汉看了看正德老伴儿家的木桶，木桶里没有水了。正和老汉就提起木桶往外走，边走边说，水可好了，我去打来你尝尝！正德老伴儿连忙追出来，说，不用不用，我去打，咋个好意思让你打呢？

正和老汉弯腰打水，哗啦啦地把胶桶里的水倒在木桶里，一只木桶只装得下两胶桶水，正和老汉倒了四次，两只木桶就装得满当当的。正德老伴儿站在旁边看着，微微笑着。正和老汉提起装满水的木桶就往正德老伴儿家走，正德老伴儿跟在后面。正德老伴儿的家离井很近，不到二十米。

正和老汉放下木桶，直起腰来，脸微微发红。正德老伴儿说，大兄弟，都这个岁数了，你还这么有力！

正和老汉说，大嫂子，我小你两岁呢！大男人嘛！正德老伴儿笑，正和老汉也笑。

之后，正德老伴儿就经常过来打水。正德老伴儿提着空木桶过来，正和老汉就帮着打水，然后提着装满水的木桶去正德老伴儿的家。正和老汉走在前，正德老伴儿走在后，两三句话的工夫，就到了家里。

孩子们去上学的时候，离做饭的时间还早，正和老汉就会去找隔壁的正德老伴儿说话，正德老伴儿也常常过来找正和老汉聊天。毕竟，正德老伴儿每天都要来打一次水。

孩子们去上学的时候，就是正和老汉一个人守着四间瓦房一个场院。正德老伴儿也是一个人守着一间瓦房一个场院。在没有挖水井之前，正和老汉和正德老伴儿都是各自在自己的院子里待着，都做着大同小异的事。就是扫扫场院，做做饭。太阳好的时候，提个凳子坐在场院上晒太阳，看云彩，听风在院墙外呼呼地吹，或者打瞌睡，或者随心所欲想些远远近近的事。要是天气冷，就坐在火炉旁看着空空荡荡的屋子发呆。

后来因为打水的事，正和老汉和正德老伴儿交往就多了起来。他们经常坐在场院里有一句无一句地说话，说的无外乎是村子里的一些鸡零狗碎的事情，当然也说他们年轻时候的事情。有一搭无一搭的，断断续续的，有时甚至是前言不搭后语的，颠三倒四的，就像是日子是一个花瓶，哐啷一声掉在地上，满地的碎片，他们东一块西一块地拾着，但无论如何都拼凑不出原有的样子了。

正德老伴儿说，那晚老牛皮家的牛被两个贼偷走了。老牛皮发现了，要冲上去，但贼手里拿着明晃晃的刀。老牛皮就大喊抓贼，不一会儿，村里听到喊声的老人们都起来了，有几个孩子也起来了，但是大家不敢往前追，也追不上，只有两条狗追了上去，但被两个贼用刀砍伤，只得眼睁睁地看着贼赶着牛走掉。

正和老汉叹息说，村里的年轻人都去打工了，咋个行？遇着这样的事，咋个办呀！

正德老伴儿说，我也是觉得，村里的年轻人走光了，要不得。你看前不久黄狗大爷死了，连个抬棺的人都找不到，幸亏黄狗大爷的儿子有办法，花钱在城里请了一帮抬棺队的人来，才把人抬了。你说，要是换了别人家，咋个整呢？

…………

说着说着，话题不知不觉又转移了。

正和老汉说，大嫂子，你可还记得，你刚嫁给正德大哥时，我还去闹房，我说了个吉利：清水下田，浑水栽秧，先生儿子，后生姑娘。你的脸呀，比柴火还要红。那时呀，我也老大不小的了，还躲在你家后窗下听床呢！

正德老伴儿笑了起来，张着掉了门牙的嘴巴。说，我知道的，那时就数你调皮！

正和老汉呵呵笑着，说，那时我和几个小伙伴，就肯当跟屁虫，在你身后偷看你的大辫子在屁股上甩来甩去。

正德老伴儿用手摸了摸稀稀疏疏的白发，叹息说，那时我的头发就是好，有人用一百个鸡蛋换，我都没有换。现在都白了，快掉光了。

正德老伴儿也呵呵笑着说，说起鸡蛋，我想起来了，你那时那个能吃呀！供销社的老刘跟你打赌吃八十个鸡蛋，你要是吃不下，你就要为他家挖出两亩田。你居然一口气吃掉了！害得老刘家婆娘跟老刘吵了一大架，老刘的脸被抓了五条血痕，老刘家婆娘也被老刘打落了两颗牙齿！

正和老汉呵呵笑着，一脸的骄傲。说，我那时的力气是营盘村最大的，我挑过二百八十斤洋芋走十里山路不歇一口气！

长马头细马尾的事翻来覆去地说，总也说不够，总是呵呵笑着，开心的样子，像两个老儿童。

正德老伴儿今年六十二岁了，大正和老汉两岁。正德老伴儿的丈夫正德在十年前，死于非法开采的小煤窑，正德老伴儿哭了七天七夜，哭瞎了一只眼睛。她的儿子儿媳三年前一起到广州去打工，年初出去，过年回来，丢下一个六岁的女儿菊花在家里，由正德老伴儿照管。现在，正德老伴儿的孙女儿菊花都九岁了，在村小学读三年级。正德老伴儿做事麻利，爱干净，经常把菊花收拾得漂漂亮亮的，菊花学习又好，屋里的墙上都贴满了一排大红大绿的奖状。正和老汉为此很羡慕，他的四个孙儿看上去也很聪明，但就是很少拿到大红大绿的奖状。

二

正和老汉的生日是腊月二十七，再过两天就是除夕。之前正和老汉是没有庆贺过生日的。原因是，农村人都认为，庆贺生日是老人的专利，不像城里人，孩子一生下来，每年的生日都要庆贺。在农村人的心目中，一个人的年龄是要到了花甲才算老人的。现在是腊月二十三，只差四天正和老汉就进入花甲了，就变成货真价实的老人了。可就在腊月二十三的中午，一件没有任何预兆的事发生了。

正和老汉有四个儿子——大树、二树、三树、小树，四个儿子年龄都只相差一岁。也就是说，正和的老婆刚生完老大，立即就怀上老二，以此类推怀下去，中间连喘气的机会都没有。要不是计划生育抓得紧，要不是正和老婆生完小树后患了怪病丢了性命，不知还会有多少棵树要长出来，直到长成无边无际的森林。正和老汉的四个儿子向爹学习，全都生的是儿子。大树的儿子八岁，在村小学读二年级；二树的儿子七岁，在村小学读一年级；三树的儿子和小树的儿子都是五岁，读学前班。他们虽然都各自有自己的大名，但正和老汉习惯把他们叫大宝、二宝、三宝、小宝。

四个娃儿的爸爸妈妈都到外地去打工了，说是去赚大钱回来盖砖房，供娃儿们读大学。正和老汉就在老家照管四个娃儿的学习和生活。正和老汉的四个儿子四个儿媳很感激他们的父亲，他们到外地打工三年了，他们的娃儿跟着爷爷生活得很好。他们每次回来，都会买好多东西来孝敬正和老汉。正和老汉很高兴，出门进门都是满脸的笑，眼睛都眯成了一条缝。

今年四个儿子齐刷刷地向正和老汉承诺，说老人已到花甲之年，他们一定在腊月二十四这天赶回来，用两天的时间准备，热热闹闹地为父亲庆贺六十大寿。正和老汉满心欢喜，从正月初六儿子们离家的那一刻起，就盼望着生日的到来。他为养了四个孝顺的儿子，为四个孝顺的儿子娶到了四个孝顺的媳妇而自豪，他要尽力照管好四个孙子。他晚睡早起，为孙子们准备早点，为孙子们做好早饭、晚饭，督促孙子们写作业，照管孙子们洗脸、洗脚、睡觉。

正和老汉管教孙子是很严的。他要求四个娃儿放学就立即回来，而且要一起回来。娃儿们很听话的，大多时间做得都很好，只是偶尔也有违规的时候。比如有一天大宝就无奈地跑来向爷爷告状，说二宝、三宝、小宝偷看瘸子媳妇给娃娃喂奶。

瘸子媳妇原来不瘸，她跟着丈夫在外地打工被砖机切了一条腿。后来不能打工了，就回来了。她只有二十一岁，脸红红的，身子胖胖的，看上去很好看，她的娃儿只有半岁，还在吃奶。瘸子媳妇常常在阳光下把衣服撩得老高，给娃儿喂奶。小宝看见了，就躲在墙角看，二宝、三宝也要看。当他们看见瘸子媳妇白白亮亮的奶子时,眼睛都直了,听着那颗长着黄毛的脑袋吸奶的咕咕声,三个娃儿的喉咙里都有了响声。大宝叫他们走了,他们不走。大宝说要告爷爷去,他们还是装没听见。直到爷爷的竹条子打在他们的身上,他们才一溜烟跑掉。回到家里,爷爷罚他们跪在地上,厉声问,今后还看不看?直到他们保证不看了,才放了他们。

三

腊月二十三这天,阳光很好。村子里外出打工的人都陆续回来过年了,天空中不时响起孩子们燃放的鞭炮声,年味越来越浓了。腊月二十四,正和老汉的四个儿子也就齐刷刷地回来了。他们要回来为他庆贺六十大寿。

都中午了,正德老伴儿还没有提着空木桶过来提水。这是不正常的,平时都是在吃早饭以前过来的,正德老伴儿要提水去做饭。

大宝、二宝、三宝、小宝在场院上追着玩。正和老汉对几个娃儿说,你们玩着,离井边远一点!我过去看看菊花的奶奶就回来!几个娃儿高兴地回答好。正和老汉每次要出去,都要这样交代,尽管井口用竹簸箕盖着,但正和老汉还是担心娃儿们到井边玩,担心他们掀开竹簸箕去玩井水。因为刚挖好井的时候,井口是裸露着的,几个娃儿就高兴地扑在井边看水里的影子,看水里的太阳,只要丢一颗小小的石子下去,井里的影子和太阳就扭曲变形,摇摇摆摆的,怪好看的,几个娃儿高兴得大喊大叫。正和老汉还用竹条抽了他们一顿，警告他们下不为例，并且找来了一个大簸箕，罩在井口上。

现在正和老汉要出去，四个娃儿可高兴了。正和老汉刚一出门，二宝就奔到井边，要掀开簸箕往井里照自己的影子。

大宝连忙喊，二宝，你忘记爷爷的竹条了！

二宝就把伸出去的手缩回来，说，我又不掀开，我只是看看。

大宝走回去，二宝对三宝和小宝说，你俩看，这竹簸箕像不像观音菩萨的莲花宝座？

二宝小宝齐声说，像！

这段时间，娃儿们都在看《西游记》，对孙悟空腾云驾雾和观音菩萨坐在莲花宝座上的样子羡慕极了。

二宝说，要不要我们也当一回观音菩萨啊？

三宝和小宝齐声说，要！

二宝看了看屋子，没有见大宝，就抢先坐在"莲花宝座"上。双手合十，模仿着观音菩萨的神态。

大宝是老大，他们三个平时都听大宝的。

三宝小宝看着二宝当了观音菩萨了，就冲过去也要坐在"莲花宝座"上，二宝不让，三宝、小宝强行坐上去。刚坐上去，"莲花宝座"就噼啪一声散架了，三个孩子就全都掉进了井里。大宝正在屋里玩变形金刚，听到响声，连忙跑出来，不见二宝三宝小宝的影子，他听见井里有哗啦哗啦的声音，就跑过去一看，二宝、三宝、小宝像煮开锅的饺子一样在井里扑腾。井水离井口足有两米深，大宝惊叫着，束手无策。大宝忽然想起来了,抓起门口的一把锄头从井口伸下去,大喊,二宝、三宝、小宝,你们抓住锄头,我把你们捞起来,下面是有人抓住了锄头,大宝就用力往上提,可他提不动,有一次,他提起了好长一段距离,可实在没力气了,就连人连锄头被拉到了井里。

四

正和老汉从出去到回来,没有超过十分钟。

正德老伴儿果然病了,说是感冒,身子发烧,躺在床上,菊花正在端着碗为奶奶喂药。

正和老汉说,我就说咋个不见你过来提水!我就过来看看!

正和老汉就问了问正德老伴儿的病情。正德老伴儿说,好多了,半夜时倒是烧得头发昏。正德老伴儿说,她好久没有洗澡了,就烧了一盆水,抹一下身子,哪知道就感冒了。正德老伴儿自言自语地说,唉,老了,真的老了,身子骨变娇气了,要是在以前,一天到黑淋着大雨劳动都不会病。

两个老人长一句短一句地说了一会儿话。

正和老汉说,我屋里有一种药,叫快克,可好了,我上次感冒,也发烧,吃两颗就好了,我回去拿来给你吃,大儿子上次带回来的。

正德老伴儿感激地说,不必不必!都快好了的!

正和老汉伸手去摸了摸正德老伴儿的额头,说,还没好妥呢!还烫手呢!要完全治好才行呢!他转身就要回去拿药,刚走出门,又转过身，提了提木桶，木桶空着，他就提起两只空木桶，往外走。

到了场院，一看，四个娃儿不见踪影，他就喊了几声，没有回应。他快步走到屋里，屋里没人，他跑到场院上，一眼就看见井口敞开着，旁边躺着一个没有了底的簸箕。

正和老汉的头嗡的一声，三步两步奔到井边，井里漂着几颗脑袋，有一颗脑袋还会动，两只小手缓缓地扑打水面，那是大宝。正和老汉连忙抓起一根木棒，伸到井里，大声喊，大宝，你抓住木棒！大宝就伸手抓住木棒，但好像没有半点力气，只是头露出了水面，嘴里吐出一口水，微微睁开眼睛看着正和老汉。正和老汉往上提，那双抓住木棒的手就往下滑。正和老汉不敢再往上提了，他怕大宝的手完全滑离木棒，那就完了，看来大宝实在没有力气抓紧木棒了。

正和老汉就紧紧握住木棒，嘶着声音喊，大宝，你不要松手，我喊人救你！他就大声喊，菊花！菊花！你快过来！

菊花跑过来了，一下就被眼前的场景吓蒙了。正和老汉说，你快去村子里喊人，喊年轻人来救大宝！

菊花一溜烟跑了。菊花在村子里大喊救命，喊出好多老人和小孩来，菊花就往回跑，后面跟着的一群老人和孩子也在跑。

在外打工提前回来的年轻人王三狗听见了喊声，连忙跑了出来。他们赶到正和老汉的场院，正和老汉一脸绝望地扑在井口抓着一个木棒，他哭着说，救人！救人！

王三狗把木棒抓在手里，对着井里喊，抓紧木棒！抓紧木棒！井里没有半点反应。王三狗抬起头，看着周围的人，悲伤地摇了摇头。

他快速地将拴着胶桶的绳子一头拴在木棒上，一头拴在自己的腰上，把木棒横担在井口，下到井里。他让村民再找一根绳子来，他用绳子拴住孩子的腰，让几个还有些力气的老人往上提，一个一个地把四个孩子提上来。

四个孩子摆在场院上，村里的男男女女、老老少少站了一场院。悲伤的泪水，让空气都变得咸咸的。哭得最悲伤的是正德老伴儿。正和老汉已经不会哭了，他已经晕过去好多次了。刚一醒来，他就用拳头砸地，他的一双手血淋淋的，十个手指都露出白骨。围着他的是一大群老人，他们束手无策，只是陪着流泪。

五

腊月二十四这天中午，正和老汉的四个儿子四个儿媳提着大包小包的东西陆续回来了。眼前的场景是他们做梦都想不到的。他们变得像木头人一样杵在场院里，之后就是抱头痛哭，把头发一把一把地抓下来握在手里，大包小包的东西零乱地丢了一地。

六

整个村子的人都在忙着为四个娃儿准备后事。

谁也没有精力去在意像个死人一样躺在床上的正和老汉。太阳快要落山的时候，正德老伴儿想去看看正和老汉，忽然惊叫着跑了出来。

正和老汉死了。正和老汉是咬断自己的舌头而死的,他嘴里含着半截舌头,枕头上的血都快干了,变成了褐色的血块。他的眼睛绝望地睁着,怎么抹都闭不下去。

小广播

　　小广播不叫小广播。她姓唐，叫唐什么，没有多少人能够知道。上至六七十岁的老翁老妇，下至三四岁的小孩，都叫她小广播。于是她的真实姓名反倒被人们忽略了。小广播之所以叫小广播，一是因为她的声音大，二是因为她话多，三是因为她嘴不稳，该说不该说的，都整天呱嗒呱嗒地说。基于这三个原因，总让人想起公社的广播，于是就赢得了小广播的美名。小广播也"不负众望"，直到现在都六十多岁了，还依然名副其实。

　　小广播家地里的黄瓜番茄之类的东西，要是被人摘了一两个，小广播就会站在地里迎着村子骂个三天三夜，从天亮骂到天黑，再从天黑骂到天亮，直到把嗓子骂得讲不出话来。但遇到人，小广播依然沙着嗓子恶狠狠地说，老娘就是要骂，老娘就是要把他吃下去的东西骂得吐出来！那些骂人的话，全是我们营盘和营盘之外最恶毒的话。村里曾有个读书人总结性地说：小广播是营盘上下方圆十里骂人最歹毒的，是歹毒话的集大成者。比如：烂孤寡、五保户、望门寡、绝子断孙的、砍血脖子的、五马分尸的、有娘养了无娘指教的……这一长串的骂人话数不胜数，就是最好的语言学家，相信也难以解释。

小广播最操心的事，就是为儿子找一个媳妇。儿子二十五岁了，已经说了九次媒了，但都黄了。儿子虽然个子小，但也还算英俊，眉清目秀的。也能干，在离家很远的城市当泥工，一年下来，也会把工资藏在防盗短裤里带回家来。只是恰恰跟她相反，儿子的话特别的少。有人说三锤打不出两个屁，其实是半个屁都打不出来。有人说，凡事都讲个平衡，儿子之所以三锤打不出半个屁，是因为小广播把儿子一生的话都讲完了。给儿子提了九次亲都黄了的主要原因有两个。一是儿子闷头闷脑的，人家跟他说话，他只会咧着嘴毫无来由地笑。人家还来不及了解儿子的能干，就中途逃走了。二是因为人家一听是小广播的儿子，就望风而逃了。都说，龙养龙，凤养凤，耗子养儿会打洞，小广播的儿，能好到哪里去？

营盘的人不喜欢小广播的原因，不只是她话多话散，也不只是她骂人厉害，最关键的是她极其夸张的吝啬和不懂人情世故。按说，请媒人说亲，是要郑重其事的。俗话说：成不成，酒三瓶。意思说，你要去请媒人说亲，你就得郑重其事地买了礼物，亲自上媒人的门，表达诚意。小广播不是不懂，而是心疼礼物。小广播经常提着一个找猪菜的竹篮，趁着村里办红事或者白事的机会，在人群里窜，寻找她心目中可以帮她说亲的媒人。可这些她心中的媒人，表面上答应她，实际却一点也不上心，有的还会悄悄给女方家说一些小广播的坏话，以致九桩亲事都黄了。有的刚一提就被拒绝了，有的亲自来到家看了看房屋，看了看小广播的儿子和驼背男人，听了听小广播"声名远扬"的声音，就没有下文了。

有好心人对小广播说，你要请媒人，还是不要在人群中去遇了！你就买点东西亲自上人家的门，诚心诚意地请人家，这样才有希望！

小广播笑着说，要得要得，我今后就亲自上人家的门，诚心诚意去请人家！可小广播嘴上一套，行动一套，她哪舍得买东西去上人家的门啊。

终于有个姑娘看上她儿子了。这个姑娘跟她儿子在广州一起打工，才二十岁。姑娘被砖块砸伤了手，是小广播的儿子带着她到附近医院包扎的。小广播的儿子虽然话少，但目光分明透着关心和焦急。这个二十岁的姑娘，就喜欢上了小广播的儿子。姑娘家离小广播家不远，一个乡，但不是同一个村。回家过年的时候，姑娘跟着小广播的儿子回了家，知道了小广播的家底，也领教了小广播的声音。两间瓦房，屋子的墙壁用石灰抿白，虽然屋子空空荡荡的，但迎着正门的墙壁前摆着一台二十五英寸的长虹彩电。

姑娘在小广播家住了两天。小广播大喜过望。这个姑娘高个子，鸭蛋脸，牙齿白白的，看上去很有样子的，也很健壮。小广播尽量闭上自己的嘴，以掩盖自己的毛病。但话还是多得满屋子里只有她的声音：二喜，你去楼上割一块肉来，要瘦的，肥的翠翠吃不下……二喜，你去找背猪菜来嘛！河边大沙地的……二喜，你爹怎么还不回来呢，天都快黑了，这个老东西，还在磨蹭什么……

姑娘回去了，小广播就跟儿子和丈夫商量，要在这个腊月间给儿子和姑娘把婚结了。她怕夜长梦多,好端端的一个姑娘又飞了。

小广播这次狠了心,买了三瓶金六福酒和两封月中桂绿豆糕请了王三娘做媒人。媒人得了好处,也尽了力。姑娘的爹妈也过来看了情况。最后决定,要一万六千八百元的彩礼,六只火腿,一千六百八十斤大米,然后才答应把女儿嫁过来。

小广播一听,先是晕了三分钟,醒来后就泪流满面。这么多钱和这么多东西,她哪里见过?她心疼,但是她一咬牙,双手往脸上一抹,把泪水往地上一甩,就笑了。毕竟儿子有媳妇了。这么多年来,九次说亲都黄了,她心里害怕。

好在儿子打工存得有一万元钱,这些年养母猪下猪崽又卖了五千元。她走遍全村,终于借够了一万六千八百元。当然办酒席至少也还要五千元,家里还喂着三头四百斤左右的肥猪。大米倒是有的是,至少也有三千斤。小广播五马调六羊的,卖了两头猪,留一头办酒席,将卖两头猪的钱买了六只火腿,剩下的四千元添着办酒席。

送钱送米送火腿到姑娘家的时候,出问题了。问题就出在小广播身上。十七个雪白的尿素口袋装满了大米。在农村,这些口袋可有用了,装这装那都要用,有时上街要买点什么或者卖点什么,一找口袋却找不到,可误事了。所以小广播特别看重这些口袋。小广播笑着对姑娘的爹说,你找几个口袋来装米,口袋我还得带回去。姑娘的爹不高兴了,觉得小广播在为难他,就高声说,把你家的东西全都带回去,我家要不起!小广播连忙赔笑脸,用手在自己的脸上啪啪地打了两下,连说,对不起,对不起,都怪我这张屁股嘴,不会说话,大人不计小人过,你就原谅了我们吧!

姑娘的爹的脸色才变了过来。小广播双手递过钱去,说,亲家,你要好好数一下,一万六千八百元,一分不少。姑娘的爹接过钱,放在茶几上。小广播急了,说,亲家,还是好好数一下,俗话说,接钱不数,打折晌午。爹亲娘亲,赶不上钱亲。亲家还是好好数一下吧!

姑娘的爹抓起茶几上的钱,朝着小广播的脸就砸,说,拿着你的钱滚回去!我家的姑娘不嫁人了!

小广播不知道做错了什么,不知道怎么就得罪了姑娘的爹。她啪地跪在地上,一个劲儿地用巴掌打自己的脸。边打边说,你这屁股嘴,叫你乱说!叫你乱说!亲家,你就原谅我吧!都怪我空长百岁,不会说话,不会做人。直到小广播嘴角淌出了鲜血,姑娘的爹才让小广播站起来。

儿子结婚那天,小广播穿上了压在箱底起了褶子、有了怪味的新衣裳,满脸笑容。她估计连上亲戚和村邻(至于朋友,小广播是没有这个概念的),至少也有十五桌。四百多斤的猪肉,全部拿出来操办了。通过村里的几个厨子,一个活生生的猪,变成了酥肉、排骨、肉片、肉丸子……尽管小广播的吝啬出了名,但唯一的一个儿子费了九牛二虎之力终于娶媳妇了,她还是忍住了吝啬,即便疼,也疼在心里。可是,尽管如此,小广播还是得罪了一些村邻和厨子。

村里的一个小伙子帮忙去买十五只鸡,连蛇皮口袋共九十二斤八两,拿回来小广播一称,就只有九十二斤。小广播就不高兴了,她觉得小伙子在秤头上赚了八两,至于价格,倒是打电话征求小广播同意了的。小广播像牙疼一样笑着对小伙子说,怎么就少八两了呢?十一元钱一斤,八两,就是八元八角钱,够买好几斤米了呢!小伙子不高兴了,说,我亲自看着他称的,秤杆还翘得老高的呢!怎么会少呢?小广播又亲自称给小伙子看,果然少了八两。小伙子脸色不好看,觉得应古话了:老公公背儿媳妇过河,费力不讨好了。这时一个厨子看不过,就说,别说少八两,就是少一两斤,都是正常的,都半天了,鸡不会屙屎吗?一个鸡屙掉一两屎,十五个鸡就屙了一斤半,这才少八两呢!小伙子就说,是啊!鸡会屙屎呢!这八两是被鸡屙掉了。小广播看了一眼厨子,有些不满,但又不敢得罪。就皮笑肉不笑地说,就是屙屎,也屙在口袋里,我是连口袋称的。另一个厨子说,有些鸡屙的是稀屎,老半天了,难道稀屎里的水分不会蒸发掉?蒸发掉了,你又怎么能称得出来呢?兴许那八两,就是稀屎里蒸发掉的水分。

又一个村邻笑着说,不完全是,鸡是在院坝里自由自在地捉虫子吃,你把它装在口袋里,它肯定知道它活到尽头了,又闷又气,这些鸡还不会气瘦掉几两吗?人都会气瘦掉,鸡就不会吗?大家就哈哈大笑,说,是呢是呢!

小广播的脸红一阵白一阵,一张老脸上挤出几丝笑容,说,是呢是呢!我只是说说,只是说说。买鸡的小伙子就吐了一口痰在灰尘里,一转身走了,连晚饭都没来吃。

几个厨子在做酥肉,每做一锅,都会夹一点尝尝咸淡生熟。小广播看着厨子嚼吃东西的嘴巴,心很疼,但又不好直说,就时不时看一眼厨子,眼神里满是不愉快。厨子看在眼里,也不收敛,反而对旁边帮忙的人说,你们尝尝,你们尝尝啊!看看我们的手艺咋样?大家就尝,都说,不错不错,比城里的厨子手艺还高呢!

有人说,还城里呢!你去过城里吗?

说话的人就满脸不高兴地说,小看人,好几年前了,我跟我家远星就去过城里,在城里吃了两顿饭,那个厨子比你们哪个都胖,做的酥肉就是没有这个好吃呢!说到这里,说话的人就一脸的忧伤。大家也不再争论。因为说话人的儿子远星两年前在昆明打工,莫名其妙就掉到一个水塘里淹死了。

小广播看着这些人动不动就吃肉,心疼。但一提到远星,她的心就不怎么疼了。远星在外打工死了,一个好端端的人,说没就没了。自己的儿子也在外打工,他好好活着,而且还讨媳妇了。这么大的喜事,人家吃一点肉算得了什么?再说,这会儿多吃些,到吃饭的时候不就要少吃一些吗?还不是一样的呢!早吃晚吃,都是那个肚子。

几个大火塘的火,燃得红花绿焰的,有的火塘上煮着菜,有的煨着水,有一个火塘上,什么都没有,由于天气冷,一些帮忙的人围着烤火。小广播看在眼里疼在心里,心想,浪费呀!少烧一个火塘不是也可以吗?更让她觉得浪费的是,火还烧得很旺,厨子就用火钩往下面掏,红艳艳的炭块滚落在地上,刺得小广播的眼睛生疼。她拿着一个铁铲子,把那些炭块撮到离火塘不远的地方,用一个小铁锤慢慢敲,把表面燃烧过的灰烬敲落,剩下未燃尽的炭放在一只锈迹斑斑的铁桶里。冷风打着旋涡,把她敲起来的白灰扬起来,落在锅上,落在饭菜上,落在人们的头上。一个年纪大一些的厨子看不下去,就说,小广播,你等事情过了再慢慢敲不行吗？还怕哪个会来跟你争？你看，饭菜上都是灰，不想给客人吃啦？

小广播笑着说，要得要得，我是说趁现在得闲，敲一敲，以后农活来了，忙不赢呢！我就拿远点敲，拿远点敲啊！小广播就到房子后面去敲，北风像刀子一样割，但小广播还是流着清鼻涕一个劲地敲。

十八个菜摆满了桌子，每碗菜都舀得很满，像小山一样，尖尖的，一桌吃完了，只把尖尖的小山顶吃平。然后又把这些菜分类返回锅里，下一桌再舀出来。小广播用一个盆端着一些米饭，把饭倒在每一个装过菜的盘子和碗里擦。一边擦，一边说，可惜了，油噜噜的，事情过了慢慢热了吃。

小广播的丈夫饿得受不住了，就跟着客人一桌子吃饭。小广播把瘦小的丈夫悄悄地揪起来，拉到门背后，压低声音恶狠狠地说，你这不懂事的老五保户，剩菜剩饭那么多，你还会享福得很，去吃新鲜的。你不会等着客人走了，我们热剩菜剩饭吃？油噜噜的，还怕填不饱你的狗肚子？小广播硬是把她丈夫手里的碗抢下。

有几个吃了饭的客人悄悄说，酥肉是煳的，肉片太咸，排骨简直啃不动。几个厨子在火塘旁有说有笑，眼神和笑声都显得意味深长。

小广播计划的是十五桌，可到最后只有六桌。准备的菜除了鸡是十五只，鱼是十五条，别的菜都至少够三十桌人吃。

小广播看着锅里、盆里堆成小山一样的剩菜，唠叨着，这么多剩菜，怕到明年二三月间都吃不完，还要放得住才行。

有人说，天冷，放得住的。

也有人说，哟，怪了，这么冷的天，怎么排骨和肉片都有些臭了？

小广播一尝，果然有了臭味。

一个厨子说，哎呀，搞忘了，这些做熟的菜，不应该放在火塘旁烘着，要离火远一些。都是烘出来的问题！

小广播眼里就有泪水了。她恶狠狠地吃了一点有臭味的肉，压低声音恨恨地说，再臭，也是肉！我家也是要把它吃完的。

彭三儿

在营盘，说起彭三儿，没有人不知道的。

彭三儿三十岁逃走的时候，已经是两个孩子的妈妈了。大的是男孩，九岁，小的是女孩，八岁。

彭三儿逃走，是因为一桩人命案，死者是干翠翠。干翠翠死的时候，刚好四十岁，死在乡卫生院的木椅子上。彭三儿听赶集的人说干翠翠死了，她就慌忙逃走了。她东躲西藏，逃到了昆明。彭三儿对昆明很熟悉，她在昆明打工有十年了，这次回来，是为了收割稻谷。哪知道才回来两天，稻子还没有开始收割，就遭遇了人命案。

彭三儿和干翠翠，还有村子里的两个婆娘——王二桥和马大嘴，她们坐在大路边的核桃树下乘凉。正值中午，天气炎热，她们打主意乘一会儿凉，就各自到田里收割稻子。说起在外打工的事，王二桥对马大嘴说，他婶子，听说这会儿在外打工的女的，好多都在做见不得人的事。

马大嘴笑着说，听倒是听人家这样说，是真是假就不知道了。

干翠翠接过话说，彭三儿在外打工好多年了，问问她不就知道了吗？

彭三儿的脸一下就红了，说，问我？我也认不得（不知道）。我只认得老老实实打工，堂堂正正赚钱的。

干翠翠笑着说，彭三儿，你认不得，你的脸咋个恁个红呢？

彭三儿的脸就不红了，而是变白了。

大家就起哄笑。

彭三儿就在笑声中顺手抓起一个鸡蛋大小的石头，顺手一挥，就敲在了干翠翠的头上。鲜血，就像蚯蚓一样在干翠翠的脸上爬。干翠翠用手一摸，就摸到了热乎乎的血，她的脸上就布上了一大块血渍。干翠翠站起来，扑向彭三儿，两人扭在一起。王二桥和马大嘴被突如其来的举动吓坏了，只是嘶着声音喊，出人命了！出人命了！

刚好干翠翠的男人王巴子顺着大路走过来，看见抓扯在一起的彭三儿和干翠翠，他被干翠翠满脸的鲜血吓坏了，立马抓起他常年不离身的两尺多长铜烟锅，劈头就向彭三儿打去。彭三儿本能地一躲，烟锅刚好挖在干翠翠的后脑勺上，干翠翠手一松，就倒在了地上，彭三儿借此机会就往后山上奔跑。

彭三儿在集市上听到干翠翠死了。她恐慌无比，她在心里一遍又一遍地对自己说，不是我打死的，不是我打死的，我只是把她的头打出了血，她还在跟我拼命呢！她的力气还那个大呀！怎么会死呢？干翠翠是王巴子一铜烟锅挖死的。她记得她一躲闪，干翠翠啊地叫了一声，就松开了手。

彭三儿逃到昆明去了。尽管她相信干翠翠的死,绝对不是因为她的那一石头,但因为那一石头,干翠翠的脸上确实布满了鲜血。她不敢回去,她知道她有理也说不清了。

彭三儿后来很后悔,她后悔自己太冲动,怎么抓起石头就往人家头上砸呢?怎么眼睛都不看一伸手就会抓到一块石头呢?平时要找一块石头还不容易呢!那块石头怎么就跑到她的手边来了呢?看来,是命中注定了。彭三儿想,干翠翠也活该,怎么专捅别人的疼处呢?十八岁那年,她到昆明去打工,举目无亲的她在一家小旅馆里当服务员,一个月两百元的工资能做什么啊?小旅馆里好多姑娘都做那事,后来她也做了。第一次是跟一个秃顶老男人,她陪他喝了很多酒,昏昏然然地就被老男人做了,老男人给了她五百元钱。老男人走了,她握着崭新的五百元钱流泪。后来就顺理成章了,尽管每次只有五十元,但一个月下来,除了老板的提成,至少也有两千元。两千元啊,是两百元的十倍呢!

有一次,她遇到了村子里来昆明打工的张五根,事都做到一半了,张五根才叫她一声彭三儿,彭三儿也才认出他是张五根,两人都有些尴尬。事毕,彭三儿说,张五根,只有这一次,我不收你的钱,你走吧!只是,你要把这事烂在肚子里!你要是把这事传回老家去,我不会放过你的!张五根一脸坏笑,说,你放心,我就把它烂在肚子里,一泡屎屙掉。只是今后我来找你,你要给我打折嘎!

彭三儿呸地吐了一泡口水在张五根脸上,转身就走。

后来彭三儿就离开了小旅馆,因为她发现自己的私处奇痒难耐,疼痛不止。她到一家私人医院去治了半个月才痊愈。赚来的钱全部交给了医院。彭三儿再也不做那事了，她重新找了工作。她觉得，端盘子洗碗擦皮鞋都比做那事强。她其实做那事就只做了两个月，但是，那种事在别人心目中，做一次跟做一辈子又有什么区别呢？但她得疼爱自己，所以她断然走上了正路。

彭三儿恨张五根，要是张五根不说，干翠翠怎么会往她的疼处捅呢？你看干翠翠那种表情，就是什么都知道的表情。除了干翠翠，还有多少人知道这事呢？她越想越害怕。她在心说，干翠翠，你活该！

事情大概过了半年，彭三儿才敢跟老家的人联系，老家的一个亲戚告诉她，干翠翠死于颅内出血，乡卫生院的医生说，干翠翠受了两处伤，一处是皮外伤，看上去吓人，但不会致命；另一处是内伤，虽然外面没出血，但血出在里面了，恰恰是这种内出血，要了干翠翠的命。

彭三儿就请亲戚去找当时在场的王二桥和马大嘴，请她们作证，当时是王巴子去打彭三儿，彭三儿躲闪开，铜烟锅就挖在了干翠翠的后脑勺上的。可王二桥和马大嘴都说，她们当时被吓坏了，没看清楚，再说，都半年了，也记不清了。彭三儿又让亲戚去找乡卫生院的两个医生。医生说，医院整天都在跟病人死人的打交道，时间长了，没印象了。亲戚说，当时医院没有出一个死亡证明吗？医生说，死者家没有要求啊！匆匆忙忙就把死人抬走了。彭三儿就恨自己当时为什么要逃跑，就恨自己合该倒霉。

当时，干翠翠一死，王巴子家就向派出所报了案，要求警察抓捕凶手。彭三儿没被抓到，问题是彭三儿的丈夫王老六也带着两个孩子跑掉了，只剩下上了铁锁的一幢二层小洋房。王巴子家生气了，就把铁锁撬开，把装有死者的棺木抬到小洋房里。扬言说，什么时候抓到凶手，什么时候解决了案子，才把死人抬出来，要不，就把那幢小洋房当作干翠翠的坟墓。

臭味从洋房里弥漫出来，整个村子笼罩着一种阴森、恐怖、怪异的氛围。好多人晚上都不敢经过小洋房，都说小洋房里闹鬼。还是一个先生给王巴子出主意，说为了表示对死者的尊重，还是让死者入土为安吧。于是，王巴子就把彭三儿家的两千多斤稻谷、两百多斤猪肉、一坛油、二十五只鸡还有杂七杂八的东西，全部用在了干翠翠的葬礼上。

小洋房的铁门紧锁着，淡绿色的油漆在风吹日晒中斑驳着，形成奇形怪状的图案。门檐上结满了蛛网，不时有野猫蜷着身子在门槛脚打盹。

王老六在县城里租了房子，以卖菜为生。两个孩子在城边的一所小学上学。

第三年，王老六死于肝硬化。王老六六十岁的母亲接替儿子照顾两个孩子。

第八年，王老六的母亲死于脑出血。十六岁的儿子和十五岁的女儿成了孤儿。彭三儿悄悄把两个孩子带到了昆明，在小饭馆里帮人家端盘子刷碗。

此时的彭三儿，已经在一家鞋子美容院里帮人家擦皮鞋七年多了。她把自己的名字改成潘小四，她不是彭三儿了，人们只知道她是潘小四。她人也长胖了，原来只有一百斤，现在长到了一百五十斤。半点都没有原来的秀气样子了。别说别人不认识她，连她妈见到她都认不出来。

她在鞋子美容院里认识了一个六十岁的老头，老头是个退休干部，老婆患乳腺癌死了。老头很喜欢潘小四，把她当成手里的宝爱着，疼着。潘小四也很喜欢老头，他开朗，乐观，懂得怜香惜玉，虽然年龄大，但身体却很棒，男女之事还猛着呢！她和老头同居了，老头的一儿一女都是国家干部，看着老头跟她在一起的快乐和幸福，心里也很高兴，还经常买衣服之类的东西给潘小四。潘小四觉得，这一辈子，就这样过下去，也很不赖的。

可是这种日子，很快就破灭了。

那一天，潘小四正在为老头保养皮鞋，老头坐在潘小四前面的凳子上，目光像水蛭一样紧紧地盯着全身晃动的潘小四。因为是夏天，潘小四穿着一件白底紫花的衬衫，老头从高处看下去，就看见潘小四那对硕大的奶子像一对活蹦乱跳的小白兔在衬衫里欢快地嬉戏。老头的嘴角就有亮晶晶的液体流了出来，眼珠子像子弹一样就要射出去了，目标正是那对活蹦乱跳的小白兔。皮鞋美容院里的人很多，老头子只能忍着，要是只有他们俩，他的双手早就捏住了那对小白兔，任它在手心里蹦蹦跳跳。老头子从上衣口袋里抓出一颗大白兔糖，慢慢脱去糖衣，低下头，直接把糖塞进潘小四的嘴里。在低头的一瞬间，狠狠地剜了一眼潘小四衬衣里的那对小白兔。正在专心工作的潘小四，忽然嘴里被塞进了一块糖，吓了一跳，抬起头，看着一脸坏笑的老头子，眼里一泓春水，柔情四溢了。她用舌头把糖块在口腔里搅动，那糖块从她的嘴巴一直甜到了心里。

老头子在昆明有一套三室一厅的房子，她跟老头子在这套房子里同居了将近两年。鞋子美容院离老头住的地方不远，最多不过一公里。每天下班，她都喜欢走着路回去，老头子做好了饭等着她。跟老头子在一起，她几乎就只做三件事：吃饭，陪老头子逛公园，跟老头子做爱。老头子曾经让潘小四不要到鞋子美容院去工作了，说他不缺钱，他可以给她钱用，可潘小四不肯。潘小四说，你有钱，那是你的！我年纪轻轻的，能赚钱，闲着干什么呢？再说，一直用别人的钱，心里不踏实。于是潘小四照样去鞋子美容院上班，老头子照样隔三岔五地去找潘小四保养鞋子，照样付潘小四工钱。老头子喜欢看潘小四工作的样子，工作中的潘小四特别性感，老头子白天看在眼里，晚上干劲十足。潘小四也喜欢这个可爱的老头，他坐在凳子上，身子靠着椅背，眼睛眯着，微微笑着，专心致志地看潘小四，潘小四总会被老头子的目光弄得心里痒酥酥的、甜蜜蜜的。

忽然，一声愤怒地大喊传来：彭三儿，你干的好事！你要把我害死才行吗？

鞋子美容院的人都被惊呆了，只见一个十七八岁、穿着一身淡蓝色运动衣的男孩，怒冲冲地将一张纸砸在潘小四的胸前。潘小四定睛一看，那是一张通缉令，通缉令上的照片是她十多年前照的，瘦精精的，扎着两根麻花辫，咋个看都不像她现在的样子。

这个男孩就是潘小四的儿子王小二。

王小二吼道，彭三儿，我告诉你，你再不去自首，我就带着警察来抓你！说完扬长而去。

后来，鞋子美容院的人还是弄明白了，原来潘小四不是潘小四，而是彭三儿。多年前杀了人，把名字改成了潘小四，躲藏在鞋子美容院里。那些人都感慨，这么个面善的女人，原来是一个杀了人潜逃在外的通缉犯？！

显然，潘小四在鞋子美容院里是待不下去了。她只得跟老头子回家。她想，老头子知道了她的真相，肯定也不会跟她好了，因为她欺骗了他。潘小四就一五一十地跟老头子把事情的经过说了，老头子先是惊奇，接着是同情，最后是理解。

老头子疑惑地说，天下哪有这样的儿子，硬是要把自己的亲妈送进大牢？

潘小四说其实她的儿子心地还是很善良的，只是他谈了一个姑娘，不知为什么那个姑娘就知道了潘小四是通缉犯，就不跟他好了，可他又特别喜欢那个姑娘。

潘小四还说，她的儿子王小二曾经跟她吵过两次，说就因为她是一个通缉犯，他在外面打工，走到哪里都不顺，走到哪里都遭人鄙视，走到哪里他都抬不起头来！他要她去投案自首，只有这样，他才能够活出个人样来。

潘小四还说，有一次，她的儿子王小二跪在她的面前，哭着说，妈，你就为你的儿子着想吧！你去自首吧！你在监狱里，我会经常去看你，你出狱后，我会一辈子养你！你要是不去，我就带着警察来抓你，抓了你后，我还会一辈子不认你！

潘小四哭了。她说，我这一辈子，真的对不起我儿子啊！我还是打主意去自首，只要儿子幸福就什么都成。

潘小四说，这么多年，她不敢回家。她爹死的时候，她不敢回去，只是在黑咕隆咚的夜晚，找一个没人的角落给爹烧纸钱，一边烧纸，一边流眼泪，泪水落在火焰上，发出吱吱的声音。她丈夫死的时候，她不敢回家，她把自己关在出租屋里，哭得昏天黑地，直到嘴巴张得黑洞洞的，却听不到半点声音，然后昏过去。她想儿子，想女儿，想七十多岁的母亲。可她不敢回去，不敢去见他们。因为她是个通缉犯啊！

后来，潘小四认识了老头子，她的日子有了阳光，但是，心里的痛依然没有缓解。老头子带着她出去玩，她很高兴。可是，这年头，无论住宾馆，买车票、机票，还是找个工作，都必须要有身份证。她是一个通缉犯，原来的身份证显然是不能用了，她成了一个没有立锥之地的人。在鞋子美容院打工，她用的是一个出钱请人办的假身份证。在外面，她不敢轻易使用自己的身份证，她怕被人发现暴露身份。

她看得出来，老头子很喜欢她，就把自己的隐痛说了出来。老头子说，你找老家的熟人帮你打听一下，要是死者家愿意撤诉，十万八万的钱我来出。只要你自由了，我们就天南地北地去旅游，好好享受生活。

潘小四很感动，就找了一个在城里工作的亲戚去打听。死者的丈夫很强硬，说，不要做梦，我就要她杀人偿命！后来，死者的儿子同意撤诉，但要赔偿三十万元。老头子搂着潘小四激动地说，三十万就三十万，只要你能够自由。可再后来，亲戚打来电话，说死者家去撤诉，被警察教育了一通，说这是人命关天的案件，怎么能说撤就撤，简直是法盲！

潘小四无路可走了。她想看看自己的儿子和女儿，可儿子不想见到她。儿子心情很坏，因为那天饭馆里的一个小工跟他发生了争执，那个小工说，一个通缉犯的儿子还拽得很，真是奇了怪了！儿子像疯了似的扑上去，把那小工打得头破血流，然后被老板开除了。后来，儿子重新谈的一个姑娘也因为这件事把儿子甩了。

儿子恶狠狠地盯着潘小四，说，天下就咋个会有你这种自私的妈，不要脸不要命只顾自己快活，半点不为自己的儿女着想，我一辈子都不想见到你！说完呸地一口浓痰吐在潘小四的脚上，头也不回地扬长而去。潘小四看着儿子的背影，想说什么，可她的嘴张着，什么话都说不出，她像抽了筋骨一样，一下蹲在地上，任凭泪水噼噼啪啪地砸在尘土上。

女儿扶起潘小四，哭着说，妈，我和哥哥都想你，只是因为你，我们天天晚上都在做噩梦，都梦见警察到处抓你，好怕啊！哥哥让你去自首，可一去自首，至少也是死缓啊，你就得一辈子在监狱里度过，你能挺得过去吗？可你不去自首，我和哥哥还有你都时时担惊受怕，噩梦不断，这日子咋个过得下去！你看，哥哥都快疯掉了！妈，你还是不要再来找我们了！你该怎样逃，怎样躲，你就逃你的躲你的吧！

潘小四看着女儿，看着像一朵刚刚绽放的山茶花似的女儿，都觉得有些恍惚，有些陌生了，这么好看的一个大姑娘，就是从自己身上掉下来的肉疙瘩吗？潘小四一扬手，用手背揩干了眼泪，说，妈就去自首！就去自首！只要我的儿子姑娘活得好，妈就去自首。

女儿眼泪汪汪地喊了一声，妈！顿了顿又疑惑地说，妈呀！你咋个会杀人呢？

潘小四抬起头，看着天空，坚定地说，妈没有杀人。

那你咋个要逃呢？

妈就是恨自己无知，听说人死了，就慌慌张张逃跑了。再说，你不知道，王巴子在村子里是个很毒辣的人，尽管干翠翠是王巴子一烟锅挖死的，但我打了干翠翠一石头，王巴子一定要说干翠翠是我打死的，要是妈不跑掉，也一定会被王巴子家打个半死，都怪妈胆子小了，一跑，就认定自己是杀人犯了。要是现在，就是打死都不跑，都要把事情说清楚，也不至于像现在人不人鬼不鬼生不如死的。妈后来想找证人证明，干翠翠不是妈打死的。可人家死活不证明，妈知道，不是他们想昧着良心害我，而是他们不敢，如果他们证明了，王巴子家是不会放过他们的。妈只有认命了。潘小四哭，女儿也哭。

后来发生的事就让潘小四肝肠寸断了。女儿给她打了个电话说，妈，我到广州打工了，在昆明我好害怕，你不要找我，你找不到的。我都十八岁了，会照顾好自己的。那个人对你好，你就跟他好好过吧！你都四十多岁了，还是不要去自首了，一去你就一辈子在监狱里度过了。我的一个朋友说，监狱里的日子不是人过的。至于哥哥，我在广州站稳脚跟了，我也会让他离开昆明的。妈，你要小心些，不要让警察抓到，就跟那个男人好好过！

潘小四一脸清泪，她想说什么，可电话挂了！

女儿一个人到广州了，她说她要在广州站稳脚跟，然后再把她的哥哥叫过去。女儿才十八岁，她咋个站得稳脚跟啊？她忽然想起自己十八岁时在昆明的遭遇，她的心像被拧出了胸腔那样疼，那样空。

潘小四打女儿的电话，电话已关机。后来潘小四就一个劲地打，一天，两天，一个月，两个月，直到最后听到漠然的声音：对不起，您所拨打的号码是空号。

潘小四不想让儿子和女儿一个个地离开她，她打儿子的电话，儿子的电话也变成了空号。

潘小四找到一个无人的角落号啕大哭了一场，然后回到老头子的家，对老头子说，我要去自首！

老头子疑惑地看着她，说，怪了，别人犯了法是拼命地躲，你却要去自首！老头子伸手摸了摸潘小四的额头，说，没发烧啊！怎么会说胡话呢？

潘小四说，这种日子我受够了，躲得了初一，躲不了十五。

老头子说，通缉令上的照片跟你现在判若两人，警察就是有十只眼睛也认不出你！老头子顿了顿又说，哦，你是不是不喜欢我了？还是我哪里对你不好？你要以此离开我？

潘小四说，你对我恩重如山，我一辈子都记得。可是我对不起我的儿女，我不去自首，他们都离开了我，远远地离开了我，不知躲到哪里去了。我离不开他们。再说，整天提心吊胆地过日子，生不如死的，还不如到监狱里自在。我儿子姑娘都对我说过,我去坐监狱,他们会来看我的。

老头子叹了一口气,自言自语地说,世上哪有这种人啊,硬要逼着自己的妈去坐牢!

潘小四对老头子说,我知道你做过官,有钱,你的儿女也很有本事,你要是心中还丢不下我这个妹子,我去自首后,你就用钱用关系把我从监狱里捞出来。听说这年头只要有钱有关系,就可以把一个人从监狱里捞出来,听说名堂多得很,什么保外就医啊,还有什么什么的,我说不来。只要我出来,我就死心塌地伺候你,一辈子伺候你,你想要我咋个伺候就咋个伺候!

老头子眼睛湿湿的,他摸着潘小四的脸,说,妹子呀,我咋个舍得你?你对我这么好,我咋个舍得你呢!你既然心已定,你就去自首吧!我就是倾家荡产也要把你捞出来,能早捞出来一天就一天,能早捞出来一年就一年。我们今后的日子是过一天少一天啊!

两人拥抱着哭泣。然后就昏天黑地地做爱,仿佛要把剩下的日子一次性过完。

腊月二十八这天,潘小四悄悄回到了老家,她又变成了彭三儿。她在妹妹家,她让妹妹把母亲接来,她决定跟自己的亲人在一起团年,然后就去自首。她把自首的理由说了,家人虽然心里难过,但还是支持她。她跟亲人说,那个老头子很爱她,她去自首了,老头子说过会倾家荡产把她捞出来的。

妹妹说,这世上哪有这么好的人,他那么有钱,要个女人还不容易,姐,你也别犯傻了,天底下喜欢钱的年轻漂亮女人多得很,你肯定指望不上那个老头子的。妹夫说,世上还是有好人的,只要他真的爱姐姐,他会把姐姐捞出来的!母亲也流着泪说,会的,一定会的,我家这么好的姑娘,他一定会的!

彭三儿坚定地说,我也相信会的,一定会的!

彭三儿大年初一就去自首了。

现在她还在看守所里,痴痴地等待着老头子把他捞出来。捞出来后,她就要老头子带着她,到天涯海角去寻找她的儿子和女儿。

牲口

我曾经问过父亲,为什么村子里的人都叫他牲口?

父亲若有所思地说,大家都这样叫他,他也答应,他就是牲口了。

在我们营盘,牲口其实指的是畜生。要是哪些人做事不像人做的,不中看,我们营盘的人就会鄙视地骂一声,你看你,咋个像牲口一样的!把牲口一词用在人的身上,其实就是骂人的话语。我们营盘的这个牲口,不是畜生,而是一个大男人。他整个人最大的特点,就是一个字:大。他头大、眼睛大、鼻子大、嘴巴大、个子大。甚至他手指上、脚趾上的骨节,都像罗汉竹的竹节一样,看上去怪吓人的。营盘的男人还传说,他的雀儿也比别的男人大。

那时,我只有七八岁,就觉得特别好奇,都想见识见识。终于有一天,机会来了。头天下了一场大雨,正值七月,村里几百亩快要打苞的秧苗都被洪水淹没了。下村那个唯一的泄水涵洞被杂草淤泥堵塞了。营盘的人都很着急。几个大男人和小伙子跳下去疏通涵洞,都失败了。原因是水太深,站起来连头顶都看不见。只得憋着气潜到水底去疏通，最后都气喘吁吁地败下阵来。这时，牲口来了，他说，我来试试！于是他就快速地脱衣服，脱裤子，当然鞋子本来就没有穿，就不用脱了（那些年，凡是下雨天，我们营盘的男人女人大人小孩很少有穿鞋子的，都怕把唯一的鞋子弄脏，舍不得）。牲口脱衣服非常快，一件七个纽扣的劳动布对襟衣服被他轻轻一拉，两只手往两边一甩，衣服就抓在了他的右手里。他一转眼看见了我，就把衣服一甩，甩成一团，塞到我的胸前，说，抱着！

牲口脱裤子的时候，有些迟疑，他前后左右看了看，然后一弯腰，只一瞬间，就把裤子提在手里，往后一下塞在我的手里，头也不回，扑通一声就跳到水里，只留下一个弯树桩一样的瘦骨嶙峋的裸体背影给我。本来我是想看看他的雀儿的，都说很大。我很好奇，可是没看到。我奇怪的是，牲口居然把裤子脱了跳下水里去，而之前下去的几个男人都是穿着裤子下去的。那年头的男人，是很少穿得起内裤的。还是后来我好奇地问父亲，为什么牲口要把裤子脱光了跳到水里去？父亲告诉我，说牲口一年到头就只有一条裤子，弄湿了在家里就只有光着屁股了。当时的我就想象牲口在家里光着屁股走来走去的场景，觉得十分滑稽可笑。

我抱着牲口的衣服裤子站在沟埂上，总觉得有一种奇怪的味道扑进鼻孔。我四周看了看，翕动着鼻翼，最后确定那奇怪的气味来自牲口的裤子。我看见牲口裤子的裆部有白色的尿斑，布都变硬了。我有些恶心，想把手里的衣裤丢了。可我又想，牲口是在做好事，他是为了抢救村子里几百亩的秧苗。更重要的是，我要等到牲口从水里起来时，看他那特别的地方。

牲口抓着一根手臂粗细的铁钩，一会儿潜进水里，一会儿又从水里蹦出来，从嘴里吐出几口浑水，喘几口粗气，又一头钻进水里。站在沟埂上的人越来越多，除了大男人，还有老头、老婆子，还有年轻媳妇，还有大姑娘，还有毛孩子。看着不见半点秧苗影子的白荡荡的水，都叹息，天呀，再不把洪水泄了，几百亩谷子就全泡汤了。大家都把希望寄托在牲口身上。老队长站在沟埂上，一个劲地抽他的兰花烟，满脸的焦急。牲口已从水里冒起来，老队长就大喊，牲口，咋个样？能疏通吗？你耐得住吗？如果挺不住，就上来，再想办法！

牲口吐出一口浑水，喘着气说，耐得住的，队长，快要通了，里面塞得太紧了！说着又钻进水里。就在牲口从水里蹦出的那一瞬间，我看见了牲口特别的地方，一团黑色的草浮在水面上，还有一个乌黑的小圆球，像一个在水里泡变质了的烂梨。我想，那就是人们传说的东西了。可只一瞬间，还没看得清，那东西就消失在水里了。

牲口再一次浮出水面，老队长又大喊，牲口，咋个样，耐得住吗？

牲口依然吐出一口浑水，喘着粗气说，没事，队长，快了！说完又钻进了浑水里。这次，我看见牲口的脸都变得乌青了。

沟埂上的人都万分焦急，一个老太婆说，看来呀！牲口这娃，怕耐不住了，脸色都变了。

一个老头子说，就是！

一个年轻媳妇说，快把牲口喊起来了，再想其他办法，要是有个三长两短，那咋个了得？

整个围里的水都白荡荡的，人们一声声地叹息，都说今年的水稻又泡汤了。

忽然，哗啦一声巨响，水面上卷起了硕大的漩涡，黄色的泡沫、散乱的枯草开始飞速地旋转。站在沟埂上的人惊呼，通了通了，涵洞通了！

在人们的惊呼中，老队长忽然撕心裂肺地大喊，牲口！牲口！快上来！

人们再看水面，哪有牲口的影子！

水声轰隆，涵洞的另一边，浑水汹涌！人们忽然醒悟过来，向着涵洞的另一边拼命奔跑。牲口被漩涡卷进涵洞冲走了，人们顺着沟埂跑了两百多米，发现牲口被一根扑在沟里的树枝挡住了。此时的牲口褐黄褐黄的，像一根被水流卷光了皮的白杨树干。

人们把牲口捞上来，让他平躺在沟埂上。牲口脸色乌青，赤身裸体的，看上去很难看，甚至让人害怕。我从来没有看见过一个大男人这么难看的裸体。就在这时，我看见了牲口特别的地方，那地方是一团拳头大小的黑毛，上面歪歪地躺着一只褐色的蔫茄子。这有什么特别的呢？那么难看！我的身子在打哆嗦，但我依然紧紧抱着牲口散发着尿臊味的衣裤。

老队长扒开人群，蹲下去，用手探了探牲口的鼻息，忽然尖着声音叫起来，还有气的，还有点气的！老队长干核桃似的老脸因为激动而扭曲变形。

这时，人群里冲进来一个三十多岁的妇人，她是王寡妇，是营盘的赤脚医生。她顺手一把扯过一个年轻的后生，命令他蹲下。王寡妇一把抓起牲口的双脚，抱起，搭在后生的肩上，让后生双手紧紧抓住牲口的双脚，王寡妇抱住牲口的身子，让牲口倒趴在后生的背上。王寡妇命令后生，抓紧他，跑，快跑！大步跑！有些蒙的后生忽然反应过来，背着牲口就在沟埂上跑，越跑越快。牲口哇哇地吐出了许多浑水来，打湿了后生的后背，那水沿着后生的屁股流向大腿，流向小腿，淌到地上，就像村子里的母牛边走边撒尿。后生渐渐跑不动了，王寡妇大叫，坚持住，跑回来！后生只得坚持住，跑回来。只见牲口的身子在后生的背上不断地往下滑，快要滑到地上了。后生一屁股坐在地上，王寡妇一把抱住牲口赤裸的身子，以免他砸在地上。牲口又躺在了地上，王寡妇从我手里一把抢过牲口散发着尿臊味的衣裤，盖在牲口特别的地方。牲口的胸口开始一起一伏的，然后慢慢睁开眼睛，看着黑压压的男女老少的脸，这些脸都在笑，都在流眼泪。离他最近的那张脸，是王寡妇红彤彤的脸，她嘴唇上那颗黑豆大的痣好像在跳动。牲口忽然坐起来，一脸的茫然。他忽然伸出左手摸了摸自己赤身裸体的身子，惊叫一声，我的裤子呢？

众人大笑，妇女们把头转开，老队长亲自给牲口穿裤子。我看见老队长轻轻拍了一下牲口歪躺在黑毛上的蔫茄子，笑着说，真是牲口，命都差点丢掉了还这么大！

在轰隆隆的水声里，人们发现，白荡荡的水渐渐矮了下去，已经能看见稀稀疏疏的秧苗尖了。两个年轻的后生扶着牲口走在沟埂上，后面跟着村里的一大群人，他们谈笑风生地往回走。

老队长对王寡妇说，谢谢你，闺女！要不是你，牲口早没命了！

王寡妇笑着说，牲口是被水呛晕的，你看他肚子鼓那么大，满肚子的水呢！对呛水的人，就是要用这种方法才能救命，我在县里培训时学过。

长大后，我才知道牲口的来历。牲口不是我们村里的人，牲口一岁的时候，他的父亲患了怪病死了，牲口三岁的时候，他的母亲带着他嫁给了我们村的刘三爷。刘三爷带着一个三岁的女儿，名叫刘婉婉。之前刘三爷的老婆在田里栽着秧，忽然一头栽在田里就断了气。牲口来到了刘三爷家，从此就和刘婉婉成了兄妹关系。牲口大刘婉婉三个月，是哥哥，刘婉婉小牲口三个月，是妹妹。牲口特别照顾刘婉婉，春天就采许多野花戴在刘婉婉的头上，夏天、秋天到了，就到村子后面园子里偷樱桃、杏子、栗子、李子、苹果给刘婉婉吃，到了冬天，就带着刘婉婉去摘冰挂，滑冰。没有人敢欺负刘婉婉，要是哪个敢惹刘婉婉，牲口就会给对方一顿拳脚，直到对方告饶。牲口从小个子就大，比同龄人至少要高出一个头，力气也大，十一岁的时候就能挑一百斤洋芋。牲口从小就不爱说话，只是埋头做事。特别是拉车，只顾低着头，把身子弯成一张弓，吭哧吭哧地往前走（那年月，我们营盘村几乎每家都有一辆手推车，用来拉粪拉粮食的，掌辕的几乎都是家里的男劳力，刘婉婉的父亲是跛子，拉车不便，所以牲口从八岁就开始掌辕了）。每当看到这样的情景，村里的人就带着欣赏的口气教育孩子，说，你看人家，才八岁，拉那个车，像牲口一样，多卖力，又稳沉。哪像你，十四五岁了,还不会掌辕。后来,牲口的叫法就传下来了。其实牲口小的时候是有名的,叫张小乖,到了刘婉婉家,叫刘家家。只是到了后来,人们都喜欢叫他牲口了。

二十岁那年,牲口和刘婉婉结了婚。刚结婚那时,我们营盘人都认为牲口和刘婉婉是天生一对地设一双的幸福夫妻。那时,虽然是合作社,但人们在劳作之余总会听见刘婉婉百灵鸟般清脆甜美的歌声。

大田栽秧行对行,
一对秧鸡来歇凉。
秧鸡低头望秧水,
小妹抬头望小郎。
哎呀我的郎呀,
小妹抬头望小郎。

牲口虽然不会唱歌,但一脸的幸福。他斜躺在地埂上,拔一根茅草,把光滑的秆放在嘴里慢慢地嚼,鸡蛋大小的喉结,在他古铜色的脖颈上滚上滚下。眼睛里装不下刘婉婉好看的身影,恨不得把刘婉婉一口吞到肚子里去。

那年月,田间地角,房前屋后,总能看见牲口和刘婉婉成双结对的身影。刘婉婉漂亮,牲口强壮,又相依相偎的。人们都说,多么好的一对小夫妻呀,天造地设的一样,真是上辈子修来的呀!

这一对小夫妻在营盘的人缘是极好的。刘婉婉做事麻利,嘴甜,热情，乐于助人，谁家有个红白喜事的，必然有她。她做得一手好豆腐，她做的豆腐白、嫩、甜，出豆腐的比例比别人做的高。村里有个读过高中的人就叫刘婉婉"豆腐西施"。起初村里人不知道什么叫"豆腐西施"，后来高中生解释了，才知道西施是古代的一个大美女，把在女人堆里打滚的皇帝老儿都迷得昏天黑地的，那种美有多厉害就可想而知了。说刘婉婉是"豆腐西施"，其实就是说她是做豆腐出名的大美女。按农村话说，也就是实在是逗人想的。其实，那年月，人们是很少在乎美不美的，人们在乎的只是衣裳穿得干净些还是不干净些。至于刘婉婉美不美，整天在地里劳作的村里人肯定不在意，在意的只是刘婉婉穿的衣服很干净，做的豆腐又白又嫩。至于美，人们心里好像还没有这个意识，一个女人再好看，要是干农活不行，要是没有点特别的本事，那也无用。村里人都清楚，美是不能当饭吃的。

　　至于刘婉婉嫁给牲口，村里人都觉得是实在般配的。但高中生例外。因为高中生曾经叹息过几次：可惜了，这么好的大美女竟然嫁给了大字不识一个的牲口！就像潘金莲嫁给了武大郎，西施嫁给了包兴亮（包兴亮是我们营盘村的傻子，三十岁了还不知道穿裤子，整天只会在猪盆里跟猪抢食吃）。村里人听不懂高中生在嘀咕什么，就有人反驳高中生，说，可惜什么？刘婉婉嫁给牲口，碓锤配碓窝，正合适！牲口哪点差了？要我说呢，牲口是我们营盘村最有本事的，什么事都会做，哪家都离不开他。要是刘婉婉嫁给你这种游手好闲的人，那才可惜呢！

高中生也不示弱，说，要是刘婉婉嫁给我，我就懂得疼她爱她，把她捧在手心里，教她读诗，跟她对山歌。你看牲口，只会傻乎乎地笑，什么诗了歌了，狗屁都不懂！你说刘婉婉亏不亏？

对方生气地说，就你说的疼了爱了诗了歌了，算什么狗屁？能当饭吃？能当水喝？连泡尿都不如，尿还能当肥料，种庄稼有用呢！

两人就由口战，发展到动起武来。可高中生哪是对方的对手，嘴巴出了血，额头长了包，只得自认倒霉，气鼓鼓地逃走。高中生之后再也不敢发感慨，只是偷偷地躲在角落里欣赏他的"豆腐西施"，即便发感慨，也只在心里自言自语。高中生常常在心里谩骂，都是一群大字不识几个的土包子，哪里懂得美和浪漫？

至于牲口呢，他吃得亏，能做事，力气大，下得苦力。谁家有下重力的苦活儿，必然要找他，他也绝对不会拒绝。谁家起新房，三四十斤一个的土坯，他一次可以抛两个，而且要抛一丈多高，一抛就是一天。三四个人砌墙，他一个人抛的土坯就够用。谁家要是老人过世了，抬重的活儿，必然是牲口的。

牲口，我家核桃树顶上还有几个核桃，老是摘不到，你个子高，爬树厉害，帮我们把它摘下来吧！

牲口，我家那个祖传下来的银镯子掉到井里了，你帮着捞起来吧！

牲口，帮我补一下手推车轮胎！

牲口，帮我挑一担柴！

牲口，帮我修一修桌子！

……………

这些话是我们营盘村人经常听到的。男女老幼，都会把牲口当牲口一样呼来唤去。但是，牲口从不拒绝。在他看来，人家请你，是看得起你！你还能拒绝人家吗？于是，牲口就成了整个营盘村的牲口。人们都习惯了他的帮助，这种帮助已经变成了经常性的行为，渐渐地也就忽略了他存在的重要性。就像空气，有它的时候，人们都不在意，没有它的时候，哪怕只是几秒钟，人们都会感到憋气。牲口就是这种像空气一样的人，无处不在，但又常常被人们忽略。

一眨眼，牲口就有了个女儿。

一眨眼，牲口又有了个儿子。

女儿十岁那年，牲口幸福宁静的生活发生了大地震。首先让他觉得意外的是，刘婉婉不再跟他形影不离了。刘婉婉不再喜欢唱山歌了，而是变得心事重重郁郁寡欢了。最重要的是，刘婉婉在床上跟他的亲热劲明显下降了，冷淡了。起初，牲口没有觉得什么不对，随着年龄的增长，男女之间的那点事儿肯定不像年轻时那么火爆。可后来发现，刘婉婉几乎不准他近身了。刘婉婉先是瘦了，后来又白白胖胖了。刘婉婉年轻时候都不喜欢穿着打扮，可到了三十多岁，却开始喜欢打扮了，会搽雪花膏在脸上了，衣服的品种样式也多了。而且还突发奇想在路边开了一个小百货店。这是二十世纪九十年代初期，刘婉婉的穿着打扮俨然是一个城里人了。可牲口的腰却有些佝偻了，背有些驼了，显老相了，皮肤变得粗糙了，越来越黑了。跟刘婉婉走在一起，人们一定不会把他们看成是夫妻，而是会看成父女了。

刘婉婉的商店不允许牲口插手，进货、销售、看店，都是刘婉婉一个人做。牲口就负责田地的栽种、管理、收割，还有家里的杂事，包括一家人的吃喝拉撒和猪马牛羊鸡鸭狗的管理。牲口就是牲口，再苦再累都毫无怨言，可是牲口有时也想做做牲口都想做的事情，刘婉婉却不准他近身，这是他最苦恼的。

刘婉婉三天两头到城里去进货，每次都是搭村里高中生的便车去的，早上空着手去，晚上带着大袋小袋的货物回来。刘婉婉面色红润，明眸皓齿，遇到熟人总是谈笑风生的，就像电视里的女强人一样。

土地承包到户以后，高中生先是种地，然后就做小生意，再后来就在集市上开了一个"红似火"百货批发门市，方圆十里的小百货商店大都跟他拿货。高中生是我们营盘村最先富起来的人。营盘的人传说，高中生还没富起来的时候就说过一句话：未来的社会没有知识是行不通的，无论做啥事，都要有知识，就是当小偷，有知识的也比没知识的混得开。起初营盘的人都认为他的话是放屁。可后来高中生富起来了，有了钱，买了车，穿皮鞋，戴手表，头发光油油、亮堂堂的，一举手一投足都像城里人一样，有知有识的。于是人们才开始在心里佩服高中生，认为高中生说的话是千真万确的真理。甚至村里的一些人，还把高中生说过的话当作金玉良言来教育自己的孩子。

后来刘婉婉裹着高中生的闲言碎语就在营盘里传播开了。

有必要交代一下，我们营盘村人说的"裹着"，指的就是男女之间那些说不清道不明的收着藏着的龌龊事，其实也就是城里人说的婚外恋。有人传说天刚麻麻亮的时候就看见高中生从刘婉婉的小百货店里出来。也有人传说半夜三更村里的几个小年轻到刘婉婉的小百货商店的后窗边偷听，说刘婉婉叫床的声音又尖又长，像猫叫春。还有人传说高中生带着刘婉婉在城里开宾馆，刘婉婉每次跟着高中生去进货，其实就是到城里的宾馆里跟高中生打炮。

高中生说话做事，包括长相，都不是过去的样子了。过去的高中生瘦小，猥琐，胆怯，尽管眼睛很明亮，但闪着的却是犹豫胆怯飘忽不定的目光，那是没有根、没有底气的表现。现在的高中生，胖了一些，准确地说，应该是一种极富男人魅力的富态。他红光满面，眼睛透着自信，说话做事有板有眼，但又显得轻松幽默温润人心。看上去就像电影电视里那些帅哥级成功男士。他开着面包车在乡间大道上奔跑，目光直视前方，头潇洒地摇晃着，还高声地唱歌。有时唱的是村里有个姑娘叫小芳，长得好看又善良；有时唱的是有一个美丽的小女孩，她的名字叫作小薇，她有双温柔的眼睛，她悄悄偷走我的心；有时还会唱一个是阆苑仙葩，一个是美玉无瑕。

高中生人缘很好，营盘村的男女老幼，要到县城去，大都搭过他的便车。他也大方，只要遇到村子里的老少爷们，总把带过滤嘴的烟发给人家抽。他的包里还经常装着水果糖，遇到村子里的妇女、大姑娘或者小孩子，他总会变魔术似的抓出几颗糖塞在人家手里，笑嘻嘻地说，吃几颗糖耍吧！闲着也是闲着。于是村子里的男女老幼都把高中生当作偶像级的人物来崇拜。营盘村有好几个学习好得出奇的学生在作文课上写《我的理想》时，都写道，长大后要做一个高中生。老师觉得奇怪，说，怎么就只做一个高中生呢？还有更好的理想啊，可以做科学家、文学家，即便做个小学老师，也比高中生强啊！可学生坚定地说，不，我就要做高中生！老师觉得莫名其妙。

让营盘村人感到奇怪的是，刘婉婉也变了，变得水灵灵的像城里人了。于是就有一些上了年纪的看不顺眼了。都说，人家高中生是高中生，又有钱，又大方，又是男的，一个男人怎么做都不为过，你一个女人，大字不识几个，从小就在草窠窠里长大，你看，穿的裤子那个紧，屁股都鼓得像包子样，你看衣服那个短，一抬手肚脐眼就跳出来喝风，还跟着人家高中生疯痴痴地南一趟北一趟跑，像什么话呢？更不像话的是，一个原来唱大田栽秧行对行山歌，把全村的男女老幼都听呆了的好姑娘，怎么现在就整天只唱小芳和小薇了呢？人家高中生唱的，你凑什么热闹呢？都两个娃娃的妈了呢！还唱什么阆苑仙葩、美玉无瑕，明明就是一棵狗核桃花，看着好看，臭不可闻。

于是，就有好心人跟牲口说刘婉婉的事了，可牲口不相信。牲口坚定地说，刘婉婉不是那样的人。

说的人多了，牲口就急了火了，说，你们不要乱说，刘婉婉不是那样的人，再说口说无凭，要眼见为实。

可有一天，牲口果然眼见为实了。牲口把高中生和刘婉婉堵在了床上。

是王三娘告诉牲口的。王三娘去地里找猪菜，尽管天擦黑了，但王三娘还是看清了高中生推开刘婉婉商店的铁门，然后铁门快速关上了。王三娘是不恨高中生的,因为她吃过高中生好多的水果糖,还得过高中生送的一件灰色毛线衣,一到冬天穿在身上,她就暖和和地想起高中生的好。但王三娘恨刘婉婉。牲口像牲口一样死心塌地为你刘婉婉流血流汗地卖命,你却躲着人家偷汉子,而且偷高中生这么好的汉子,也不撒泡尿照照自己,哪里配得上人家?王三娘当时憋着满肚子的气找牲口,可牲口不信。牲口说,你这么大年纪了,还咸吃萝卜淡操心,你回去歇着吧!刘婉婉是什么样的人,我还不知道?

王三娘气愤地说,我亲眼看见的,你不去,我就找族长去!我们营盘村从古至今还没出现过这种事呢!牲口啊,你是好人,但你也是个牛高马大的男人啊!你咋就这么窝囊?

牲口一气之下,就牙齿咬得咯咯响,一头扑进了夜色中。

牲口拿出牲口所有的力气拍铁门,那震耳欲聋的响声使得整个营盘里的狗都狂吠起来。牲口愤怒了,用拳头打烂后窗的玻璃钻了进去。电灯光照亮凌乱的床被,披头散发的刘婉婉坐在床上,双手紧紧地抓住被角捂在胸前,两条雪白的手臂在微微发抖,惊恐地看着牲口。高中生裸露着有些肥硕的上身,他已穿好了他的那条灰白色的牛仔裤,正在哗啦啦地系着他那条有着银扣子的棕黄色裤带。

高中生的镇静让牲口有些发蒙。高中生用手指慢条斯理地梳了梳有些凌乱的头发,看着牲口微微笑了笑,然后瞬间收起笑容,眉头一皱,像举起手枪一样伸出右手的食指,指着牲口,厉声说,牲口,你给我出去!你会为你的不礼貌付出代价的!

牲口的胸口鼓荡了几下,眼珠鼓得像牛卵子,好像一用劲就会像子弹一样飞出去。牲口握紧他海碗大小的双拳,直握得骨节嘎嘎直响。他朝着高中生走近两步,走得极慢极稳。高中生昂着头,微笑着望着牲口,眼睛都不眨一下。刘婉婉一下从床上跳起来,两个奶子白晃晃的。她大喊一声,牲口,你不能打他!不怨他,是我心甘情愿的!刘婉婉赤身裸体站在两个男人的中间,背迎着高中生,面迎着牲口,两只手像翅膀一样张开,护着高中生。她咬牙切齿地说,牲口,要杀要剐,你就冲我来吧!是我勾引他的!来吧!她把头扬得老高,迎着牲口的拳头。高中生一把抓过印着大红牡丹花的床单捂在刘婉婉身上,又一把将刘婉婉拉到身后,自己迎了上去,定定地看着牲口喷着火焰的眼睛,说,牲口,你也是个男人,有种你就冲我来!对一个女人下手,只是一泡粪!

刘婉婉从高中生身后冲上前来,说,我最好的光阴都给了你,你该知足了!你就是一个十足的牲口,跟着你哪是人过的日子?她一只手抓着床单,一只手放在高中生的肩上,嘟着嘴说,牲口,要不,你就唱小芳吧!唱小薇也行!或者你唱阆苑仙葩也行!你看!你懂啥啊?你就是一个十足的牲口!

牲口嘎嘎直响的拳头忽然就散了,眼里的火焰也瞬间熄灭了,高大的身子也似乎矮了下去。他踉跄了一下,转过身,拉开铁门,走了出去,黑咕隆咚的夜,轻易就吞没了他。

从此牲口就和刘婉婉正式分居了。刘婉婉住商店,牲口住老屋。以前十天半月的,刘婉婉还会给牲口沾一下腥气,现在的牲口,却连刘婉婉的屁都闻不到一个了。

牲口的心死了。他把全部精力都花在干农活上。他家地里的庄稼是整个营盘最好的，他养的猪是整个营盘最大的。他每年至少要养五头猪，到杀年猪的时候，每头猪至少都是四百斤以上。有一年竟然养了一头七百八十斤的猪，据说养了足足两年。村里的人都说，他对猪比对自己还要好。猪菜要精心地洗，精心地切细，煮的时候不盖盖子。牲口说，盖了盖子就会有一种熟汤气（难闻的气味），味道不好。苞谷面磨得细细的，一把一把抓在手里，撒在锅里，慢慢地搅，然后变成亮晶晶的稀粥，闻着清香扑鼻的。他在院子里，坐在一个木凳子上，定定地看着猪们吃食。目光柔和，面带微笑。

在他家的猪还是小猪崽的时候，他就每天在猪背上用食指和拇指去卡量，从一卡两卡，到十卡十几卡，小猪从十多斤到几百斤，都是在他不知不觉地抚摸下变化的。他一年至少要杀两个猪，其中最好的肉和火腿，他都要送给刘婉婉去。他一般都是在晚上，不声不响地把猪肉挑到刘婉婉的商店门口，轻脚轻手放在铁门前，然后敲三下铁门，确定刘婉婉在里面，然后就退到黑暗中，直到铁门打开，刘婉婉把肉拿进屋里，他才在黑暗中回家。借着屋里的灯光，他发现有几次刘婉婉转动着头，朝黑暗里张望，然后轻声说，牲口，你走了吗？你不进屋来坐会儿吗？每当听到这样的声音，牲口的心就会为之一震，喉咙发紧，鼻子酸酸的，眼里也好像有暖暖的东西在涌动。

每次杀猪，牲口都要躲在角落里偷偷地抹眼泪。他不敢看杀猪的场景，就请村子里的青壮年帮忙。每次杀猪，大半个村子里的人都会吃到他家的猪肉。他家杀猪的那天就是营盘的节日，妇女做饭，男的吹牛打牌，孩子在地上跑，鸡鸭猪狗在散漫地游玩。吃流水席，至少也有十桌呢。每年牲口都要卖几个大猪，村子里的人都在猜测牲口究竟存了多少钱，但都难以猜到。

每年都要这么热闹一次，每一次，牲口都从村民的目光里看到了自己的价值。人们离开的时候，都会说一声，多谢了嘎，牲口！牲口就会幸福地笑着说，明年，明年再来啊！

牲口依然像年轻时那样乐于助人，但腿脚毕竟不如年轻时利索了。有一次跳下水井去帮人捞掉下去的水桶，被呛得半死；有一次上房帮人家修房顶时摔下来，把一只小腿摔骨折了。后来村民就不敢再要他帮忙了。

至于刘婉婉，她依然风风光光地开商店，生意出奇地好。

本来一段时间里，村里的人都不愿意到她的商店里买东西，都觉得她败坏了营盘村的风气，甚至都不想正眼看她。但营盘村离集镇毕竟十多里地，要买个油盐酱醋日用品的毕竟不方便，又加上刘婉婉不管村子里的人怎样对待她，她都不在乎，嘴巴甜得像抹了蜂蜜，什么大叔二伯三婶子七大妈八大娘的，该喊什么就喊什么，当打半斤酱油的，给六两，当收一元的让一角。村民也会比较，刘婉婉商店里的东西，质量过硬，价廉物美，再加之方便，渐渐地，营盘村的人就喜欢到她的商店里买东西了。

刘婉婉还是依然声情并茂地唱她的小芳、小薇，唱一个是水中月，一个是镜中花。刘婉婉依然跟高中生明里暗里来往，肆无忌惮的。村里人起初是愤怒，随后是习以为常，再后来就是麻木。

这年头，曾经偷偷摸摸的男女之事，也渐渐变得明目张胆司空见惯了。

那些做皮肉生意的"小姐"也从城市"转战"农村了。她们花枝招展，穿着高跟鞋，三个一群五个一党地走在乡村大道上。廉价的脂粉味混合着苞谷、洋芋、豆子的花粉味，把整天在土地上劳作的农村汉子们撩拨得坐立不安。

一个小小的集镇，歌舞厅就有五六家。起初营盘村的妇女还为自己的男人到集镇上找"小姐"大吵大闹，后来也就偃旗息鼓了，因为实在没有精力去折腾了。后来她们就想办法控制住男人荷包里的钱。谁都明白，要是没有钱，这些臭男人连"小姐"的屁都闻不到一个。村里有几个有几分姿色的妇女一狠心，也学着电视里的那些女人找情人。既然自己的男人花钱找"小姐"，那么自己不花钱就找个男人又为何不可？所以到后来，刘婉婉和高中生混在一起，也就不再吸引村里人的眼球了。只是偶尔有人会在茶余饭后闲聊时说，像牲口这样的人造孽了，那么好的人偏偏遇到一个扫帚星。另一个人说，是呀！这个世道怪了，乱麻麻的。说造孽，赵莲花更造孽，你看好端端的一个人，摔一跤就瘫在床上，一瘫就是二十年，男人就是把野女人带在她面前来胡搞，她都没有办法动一下。不过高中生也算有良心的了，还花钱请人伺候了她二十年，现在死了也值得。要是换成心黑的人，别说二十年，两三年怕就想办法把她弄死了。这里说的赵莲花，就是高中生的老婆。

奇怪的是，高中生和刘婉婉从偷偷摸摸到明目张胆地在一起十多年了,如今高中生的老婆赵莲花死了,村里人都以为他们会成为一家人了,可是后来高中生却娶了一个大学生。那个大学生大学毕业两年了还没找到工作,后来就跟着高中生跑业务,每个月两千元的工资,一年后就嫁给了高中生。

刘婉婉的女儿出嫁了,嫁给了一个生意人。儿子也娶媳妇了,小两口到广州打工去了。刘婉婉心灰意冷,再也唱不动歌了,商店也没心肠开下去了。半年不到,就瘦了一圈,面黄肌瘦,眼窝深陷,头发枯焦花白,没有人形了。

刘婉婉把商店盘了出去,又把她最喜爱的梳妆镜砸成了碎片,跟着她女儿走了,再也没有回营盘村来。

至于牲口,做了一件让营盘村人吃惊的大事。

他一口气打了五座石碑,气派,豪华,懂行的人都说,至少要十五万才行。这五座碑的主人分别是,牲口的父亲、母亲,刘婉婉的父亲、母亲,还有一座是牲口和刘婉婉的合墓碑。

村里人都很羡慕牲口,同时也感到迷惑。迷惑的是,刘婉婉对牲口那么绝情,牲口还为她爹她妈打碑立墓。更让人想不通的是,几十年来,刘婉婉做了那么多对不起他的事,他还要给自己和刘婉婉打一座合墓碑。

据说,立碑那天,牲口是带信给儿子、儿媳、女儿和刘婉婉的,但没有一个人回来。牲口抱着冰冷的石碑,哭成一团稀泥。无论村里人怎么劝,都无济于事。

六十岁的牲口,瘦成了一个枯树桩,他的哭声,和着冬日的冷风,像鞭子一样抽在人们的身上、心上，使人不禁瑟瑟发抖。

有人听清了牲口含混的哭诉，刘婉婉，我已经修好了房子，我们要埋在一起！埋在一起！众人感叹嘘嘘，有泪浅的，就陪着牲口哭。

父亲告诉我，说牲口几十年攒下的钱，全部用来打碑了。现在瘦得没有半点儿人形了。别人以为他有钱，可他生活稀一顿干一顿的，有时在猪食锅里刨两个煮洋芋也就抵一顿饭了。他现在风都吹得动了。脑壳可能也坏掉了，经常一个人坐在他和刘婉婉的合墓碑前，叽叽咕咕地说话，说些什么谁都听不懂。有时连晚上都在坟地里不回来。造孽呀！这种人就是死在外面都不会有人知道。

晒太阳的女人

一

我打开门,一个陌生的男人站在门外。他头发长而凌乱,至少一个星期没有洗过的样子。脸黧黑,目光呆滞,稀稀拉拉的胡须像冬天的枯草。他身上穿着的灰色夹克和青色裤子看上去皱皱巴巴的,脚上那双沾满泥土的黑色皮鞋已经变了形,歪歪翘翘的,像刚拱过泥土的野猪的长嘴。他有些激动地说,坤哥,我终于找到你了!我以为这辈子见不到你了。

我疑惑地说,你是?

他说,我是贵保,哦!坤哥,你没怎么变,只是发福了,还是一眼就能看出你来!

我说,你就是贵保?我在脑海里努力搜索着那个我儿时最要好的伙伴贵保的模样,眼前的这个男人跟那个剃着东洋头的贵保半点都不搭界。唯一不变的，是他额头上那颗黄豆大小的黑痣。

他说，坤哥，都三十多年没见了吧！

我点着头嗯嗯着，是啊，都三十多年了！你怎么就找到我了呢？快进来！快进来！

他一边走，一边说，这鬼城市，恁个大！我都找你十天了，才把你找到。

走到客厅，他忽然站住了，前后左右看了一遍，眼里射出一道惊奇的亮光，说，这么大的房子，恁个漂亮，买的还是租的？

我说，买的。

他笑了，说，坤哥，还是你厉害！我就说，你是名人，配住这么好的房子。

二

我泡了一杯碧螺春，打开一包软云烟，再打开电视。我让贵保坐在客厅里喝茶，抽烟，看电视。我到厨房，准备做几个小菜，和贵保好好喝几盅。我记得，橱柜里一直放着一瓶酒，至少十五年了，那是一个朋友送的醉明月。那酒十五年前的价格就是三百五十八元，可贵了，当时我半个月的工资呢，我一直舍不得喝。现在，我要把它喝了。最重要的原因是，我三十多年未见的兄弟贵保来到了我的家，再珍贵的东西，我都舍得拿出来。

从厨房的窗户看出去，一轮明月挂在幽深的天空上。这样的夜晚，和最好的兄弟对坐，喝着最好的酒，赏着最亮的月，说着最深的体己话，那些尘封在岁月深处的事儿，一定会循着酒香流出来。醉明月，多么诗意的名字！我想，我那在橱柜里静坐了十多年的醉明月，它长长的等待，就是为了今晚与我和我的好兄弟相见。

贵保每隔一会儿，就会悄无声息地来到厨房，站在我的旁边。我一回头，被吓了一跳。我笑着说，贵保，厨房窄，油烟又大，你到客厅去喝茶吧！

贵保惊奇地说，坤哥，你会做饭做菜？！你什么时候学会的啊？

我说，好多年了，自从我一走上工作岗位，就得自己伺候自己了。快去客厅看电视去吧！我一会儿就做好了，到时，咱哥俩好好喝几盅！

贵保回客厅去了。不一会儿，他又站到了厨房的门口！

我说，贵保，你还是去客厅喝茶吧！

贵保说，我就喜欢站在坤哥旁边。坤哥，我有好多话要跟你说！这年头，要找个人说话，还真不容易！他吐了一口长长的烟雾，说，坤哥，这次我来找你，就是专门来跟你说话的，再不说，我就要爆炸了。

我说，贵保，哥知道，你是想哥了！哥高兴呢！

一盘炸花生，一盘青椒肉片，一个炸洋芋丁，一碗清水大白菜，还有一个煳辣子蘸水。这已经够丰富的了，要在平时，我是没心思做饭做菜的，早上一盒方便面，晚上一盒方便面，我的日子，简洁而方便。

这是初秋，高原小城的夜晚清凉舒适。我们把小餐桌搬到阳台上，有清风吹拂，有明月照耀。

装四两酒的钢化杯，一人一个。我斟满了酒，顷刻酒香四溢，月亮在酒杯里跳跃。

贵保激动地说,哥,好酒,好酒!然后抓起丰满浑圆的酒瓶歪过来歪过去地欣赏。

我说,在我手里都十五年了,一个朋友送的,一直舍不得喝。奇文共欣赏,好酒弟兄喝。今晚兄弟来了,咱哥俩好好品尝!

贵保没说话,只是点了点头,然后举起酒杯,与我的酒杯碰了一下。顿了顿说,哥,我敬你!我们轻轻地喝了一小口,然后会心地笑了。他说,这么好的酒,须得慢慢品!

三

杯子里的酒矮了一半,我觉得身子发热,目光也有些恍惚。这么多年来,我爱酒,但不胜酒力。平时喝上二两,脚就有些飘,今晚,我是决意要醉一次的,跟我三十多年未见的好兄弟醉一次!

这么多年来,发生了那么多令人纠结的事,心里的苦楚无处说。尽管我心里明白,生活就像强奸,反抗不了就得学着享受,可是,那么厚重的屈辱压在心上,谁还能学得会享受呢?我用快乐的外衣,罩住我忧伤的心灵。这个世界,没有多愁善感的男人的立锥之地。我举起杯,跟贵保的杯子碰了一下,说,来,兄弟,喝一口!我们喝了,贵保直着眼睛看着我,目光有些飘忽。他说,哥,我说过,我有好多好多话要跟你说,只能跟你说!都快奔五的人了,大半辈子都混掉了,硬是没有一个能够掏心窝子的人,哥,你知道吗?为了找你,我找了多长时间？十天，十天啊！我知道你在蒙城，我就不信找不到你！哈哈，果然找到了。我心里的话，就只能跟你说，哥，你不会不想听我说吧？

我说，好兄弟，哥听，哥一定听！

贵保说，哥，你还记得她吗？

我说，她是谁？

贵保说，李美芳。

我一时想不起来，自语道，李美芳是谁呢？

哎呀！我妈呀！这回你知道了吧！

我说，哦，知道，怎么不知道，连婶子我都不知道吗？你说！你说婶子怎么了？

贵保说，她死了，三年前就死了！死了也倒没啥，人嘛，都是要死的！更何况，我这一辈子，都栽在了她的手里，我是恨她的！问题是，我爹一个月前也死了，本来死了也就死了，没啥的，我一直觉得，这个窝囊废，即便不病死，也早该羞死才对！可是，这个老头子，这个跟我捉了一辈子迷藏的老头子，临死的时候，却要跟我说那些稀奇古怪的事儿。他不说，那还好，我已习惯了恨。他一说，倒把我打蒙了，我的心，像打开了五味瓶，啥子味道都有，要命的是，还疼，那种钝刀子割肉的疼，让我一夜一夜睡不着觉。哥，你说，我是不是得病了？我觉得我的病，是憋出来的，是那些太多太多的话憋出来的，它们变成一把又一把的钝刀子，一刻不停地割我的心。我想说，可是那些傻事能说给谁听呢？我就想到了你，哥，那些话只能对你说。如果找不到你，我相信我会疯掉的！

　　我喝了一口酒，思绪就回到了我的家乡营盘。在那条贯穿村子的土路上，走过来一个人，一个女人，一个高个子女人，村里的女人都没有她高。她的头发又密又黑，梳得油光光的，在脑后盘成一个髻，圆圆的像一个黑色的饼，上面插上一根银簪，那银簪在阳光下白亮白亮的。特别是那张脸，怪好看的，额头光洁，细眉大眼，鼻梁高高的，嘴唇润润的。尤其是那牙齿，我敢保证，是营盘最整齐最白净的。她喜欢穿蓝色的对襟衣，黑色的裤子，白胶底的黑布方口鞋，那衣裤，平平整整的，没有半点补丁，这在营盘是很稀奇的。因为除了村西的那个老工人家外，营盘的男女穿的衣裤，都是有补丁的。那些补丁在衣服的肩膀上、袖肘上，在裤子的膝盖上、臀部上。当时要看哪家的女人针线好，从她家人穿的衣裤的补丁上就能得出结论。这个女人还爱笑，不是营盘女人那种能够把别人家的狗都吓得慌慌张张躲进屋里的哈哈大笑，而是那种好看的微笑。看着那种微笑，心里总会产生一种想上去拉她手的感觉。她经常走在村庄的土路上，给人留下最深的印象，就是微笑。不管是空着手，还是提着竹篮或挑着担子；不管是天阴下雨，还是阳光灿烂，她都是微笑着的。她的腰比一般的女人细，屁股比一般的女人大，走起路来像跳舞。我们村的男人，总喜欢躲在僻静处看她。这种情况，总会有男人被他的媳妇揪住耳朵往屋里拖，边拖边说，看！看！老娘叫你看！长着一身骚肉的狐狸精有啥好看的？男人咧着嘴，辩解道，我哪里看人家？我是看天气呢！天气好，我要下地呢！女人加大了手上的力气，嘲讽道，还看天气呢？天气长在人家的屁股上？你看你那眼睛，都长出钩子来了，恨不得把人家的裤子钩到脚背上去！男人不敢辩解了，只嗷嗷叫着缩到屋里去。

我曾经靠近过那女人，那女人身上有一股好闻的气息。我问我妈，那是什么气息？我妈一把将我拉到怀里，说，坤儿，今后不准你靠近那女人，那女人是妖精变的，她身上有妖气！你靠近她，她会害人的。

五岁的我说，她不会害人的，她还给我水果糖吃，可甜了。我就喜欢她身上的香气。

妈打了我的手臂一下，生气地说，我说会害人的就会的，那种人给你的东西咋能吃呢？有毒的呢！

我说，没有毒，我已经吃了，我怎么没有中毒呢？

妈提高了声音，说，总之，我告诉你，那个女人的东西不能吃！今后不允许你靠近那个女人！听见了没有！她又狠狠在我的手臂上打了两下。我哭了。我不明白妈为什么会这样说那个带着香味的女人。

后来我渐渐长大了，我妈才跟我说，那女人身上的香味，并不是什么稀奇的东西，其实就是女人搽脸用的百雀羚。一般的女人是用不起那种东西的，要有钱的女人才用得起。我对妈说，是不是那个女人很有钱？

妈点了点头，然后又摇了摇头说，有，可是那钱不干净！

我说，钱怎么会不干净呢？

妈说，怎么会干净呢？那钱又不是她的，是别的人给的，别的男人给的！

我说，别的男人怎么不给你钱呢？

妈一下生气了,抬手就给我一个耳刮子,说,你妈是那种人吗?那种钱,看着就恶心!

四

贵保跟我碰杯,说,哥,你在发啥子呆?我在跟你讲话呢,你没听吗?

我说,兄弟,哥听着的呢!你讲吧!

贵保说,哥,你肯定还记得,打小你就一直护着我。我记得,1973年,我五岁,你七岁,你比我大两岁。保管员家儿子张大根,还比你大一岁,他欺负我,是你一拳打在他的鼻梁上,出了好多血。后来你爹把你捆起来吊在你家门前的核桃树上,用细竹棍抽打你,细竹棍都打断了三根,你的手臂上、背上全是血痕。你硬是没有哭,你用眼睛狠狠地瞪着保管员和张大根,张大根居然被你瞪哭了,保管员拉着张大根,吼了一声,哭,哭个屁!又没有抽你,你哭个屁!没出息!然后保管员把你父亲手里短了一截的细竹棍抢过去,一扬手丢得老远,说声,够了!他狠狠地瞪着你,一字一句地说,算你有种!

后来那个张大根就再也没有欺负过我了,一见到你就吓得尿裤子!

我俩哈哈大笑。

我说,一晃,我们都老了。现在,那两个人咋样了?

贵保说,咋样?都一个下场,不得好死!

我说,咋个不得好死?

贵保说，保管员那个老东西，缺德事做多了，老天也要惩罚他，我还是后来听人说，保管员刚好六十岁生日的那天，半夜起来拉屎，莫名其妙就掉进了他自己家的茅厕里，第二天早上捞起来的时候，全身都是屎，把整个村子都弄得臭烘烘的。至于那个张大根，三十五岁那年去贵州的一个啥子煤矿挖煤，就再也没回来，据说是因为瓦斯爆炸死了。可是又有人说，张大根是他老婆胡翠花伙同野男人把他骗到煤矿上害死的。村里的人说，张大根刚死，胡翠花得到了一大笔赔偿金，就跟着一个野男人跑了，留下两个娃儿，一男一女。后来两个娃儿也外出打工去了。现在就留下两座瓦房，门前的野草都长得齐腰深了。

我说，你恨他们？

贵保说，咋不恨？哥，你不知道，但我知道啊！张大根虽然后来不敢欺负我了，可是他爹保管员，利用手中的权力，处处为难我家，还欺辱我家，还对我妈打了好多鬼主意！我恨不得扒了他的皮，吃了他的肉！哥，有些事情，我慢慢跟你说！

我叹息了一声，唉！人呀，此一时彼一时啊！当年威风八面的，现在却啥都没有了，只有荒草萋萋了。

贵保说，现在说起来，心里还满是恨，可是，人都成骨渣渣了，恨又有啥用呢？哥，不说那些了，我只想问你一句！你说，我妈是像他们说的那种人吗？

本来我想说，你说的是哪种人？但我马上意识到，我不能说，这是贵保心里最最疼痛的疤。

在我有限的记忆里，村子里的人都在传说，贵保的母亲李美芳是有着不光彩的历史的。传说李美芳是西村最漂亮的女人，她读过书，识字，在村子里很是清高，许多小伙子在她家的房前屋后一夜一夜地唱情歌，想以此来打动她，但她丝毫不为所动。可是有一天来了一个年轻男人，据说是知青。那知青高个子，鬈发，身子有些单薄，戴着一副眼镜，乍一看，还以为他只戴着一副镜框呢。他看人的时候，总喜欢蹙着眉，一副若有所思的样子。他还喜欢在太阳升起的时候，坐在田埂上看书。李美芳就被这个年轻男人看书的样子深深地打动了。那个男人的影子就在李美芳的心里生了根。有一天，李美芳在小河边洗衣服，一回头就看见了那个男人站在河岸上定定地看她。那男人手里拿着一本书，微风吹动着他黑亮亮的鬈发，像小河里的波浪一样。李美芳的脸一下红到了脖根，她轻声说，有啥好看的？男人说，你真美，简直就是一幅油画！那声音又柔和又刚劲。后来两人就有了来往，后来李美芳就知道那个男人叫杨春波，家在城里，高中刚刚毕业。后来李美芳就经常把长得最光溜最好的洋芋用柴火烧了，刮得黄生生的给杨春波吃，后来杨春波也就把从城里带来的百雀羚送给李美芳，后来就发生了让李美芳背一辈子污名的事情。

传说李美芳邀约杨春波到村子背后的大青山相会。那是秋天，正是吃核桃的季节，漫山遍野的核桃树上结满了翠绿的核桃。他们的约会地点选在核桃林中间一棵最大的核桃树下，那里有厚厚的草坪，四周是绿色的屏障，又舒适又安全。李美芳先到，她环顾四周，没有半个人影，只有一些叫不出名字的鸟儿喳喳地叫。李美芳感到百分之百的安全，但心却抑制不住地狂跳。杨春波来了，两人环顾四周，确定没人，就猛地抱在一起，手忙脚乱地亲热。亲着亲着，就躺在了草地上。李美芳又激动，又不好意思，她紧紧闭上眼睛，任凭杨春波解开她的衣服。两人正在忘乎所以的时候，李美芳想近距离地看看杨春波的脸，当她睁开眼睛的时候，她惊奇地看见核桃树的枝丫上，有一双黑亮亮的眼睛，直直地看着她。李美芳倒吸了一口凉气，她啊的一声，身子开始痉挛。她猛地推开杨春波，从草地上跳起来，提着衣服和裤子就往核桃林里奔跑。杨春波一下愣住了，他不知道发生了什么事情，他甚至想，是不是把李美芳弄痛了。他愣了几秒钟后，立即提起裤子向李美芳追去。边追边喊，等等我！等等我！你多心啦？你多心啦？我都轻轻地，轻轻地，是不是把你弄痛啦？

问题就出在趴在核桃树上的那个孩子身上。他看见了不该看见的事情。那个孩子是我们营盘老队长家的儿子，这个十二岁的孩子，那天逃学，一个人去偷核桃，刚摘下两个，忽然就有人来了，他想下树来逃掉，但来不及了。他只能惊恐地看着他从未看到过的景象。

营盘和西村只是一桥之隔，一座古老的石桥就把两个村子连在了一起，无论哪个村子发生啥事，另一个村子很快就会知道。如果那个孩子不把令他惊恐不安的事说出来，那就不会有后来剪不断理还乱的事情，问题是，这个十二岁的孩子天生就装不住半句话，他省略了他逃学的过程，而把令人不齿的偷核桃换成爬到树上逮麻雀，直接说出了他看到的惊魂一幕。他当队长的父亲对此事特别感兴趣，就又哄又吓地对儿子说，娃儿，你不能乱说啊！乱说了是犯法的，你看见什么就只能跟爹说什么。就这样,这个十二岁的娃儿就一遍又一遍地跟他爹说,每一遍说到最后,都会说一句,爹,我看见的就是这些,每一句话都是真的。而老队长每听一遍眼睛都格外地亮,那种亮光一闪一闪的,像星星掉到了他的眼睛里。有时他也会抬起头,闭上眼睛,好像要把星星关在眼睛里,一副神思恍惚的模样。老队长当然知道那个貌若天仙的李美芳,同时也知道那个文绉绉的知青。他想,那个狗胆包天的知青要是在营盘,他一定不会给他好果子吃。遗憾的是,那个知青是在西村。

传言就像蒲光英,只要有风,就飘得满世界都是。本来就出名的李美芳很快就更加出名了。只要她一出门,整个西村甚至营盘在内的男男女女老老少少,都会对她指指点点!让她如芒刺在背。一些调皮捣蛋的,绘声绘色地对着她喊,你多心啦你多心啦!我都轻轻地,轻轻地,把你弄痛啦!一段时间之内,整个村子的人,就像打了鸡血一样,很亢奋,悲愤的、狂喜的、幸灾乐祸的、惋惜的、伤感的,各种表情糅合在一起,整个村子散发出一种古怪的气息。忽然有人提议说,那个知青简直是恶魔,破坏了我们西村的风水,你想想,他居然脱去了我们女神的外衣!有人说,真想不通,那么高高在上的女神,怎么会做出那种事情来呢?有人说,还不是受到那魔鬼的引诱!大家一致认为,一切罪恶都是因为那个魔鬼才产生的,不教训他天理不容!于是在某一个晚上,那个知青糊里糊涂就被蒙上了一个肮脏的麻布口袋,遭到了一顿拳脚棍棒。后来那个知青就消失了,据说回城里去了。

可怜的是,这个李美芳,就成了人们茶余饭后谈论的主角。

当一尊神像坍塌为一摊烂泥的时候，每一个人都想去和一把踩一脚。现在的李美芳从神像变成了泥，她曾经高傲的头抬不起来了，她整天躲在屋里不敢出门，但她又不得不出门。她父母的工分不能养活这个家，她得参加生产队的集体劳动，每天换回八分工分。李美芳有时扛着锄头，有时挑着箩筐走在西村的土路上，总是低着头，紧着身子，悄无声息的。但她依然感受到有密密麻麻的刺扎在她的身上，那是村里人的目光。如果是抬不起头来的只有李美芳，那还情有可原，问题是，抬不起头来的，还有两个人，那就是李美芳的父亲和母亲，自从传言弥漫西村的那一刻起，他们就像被霜打过的茄子，蔫了。

后来，雪上加霜的事情又发生了。一桩是一天晚上李美芳去上厕所，险些被人强奸了。那是初夏的半夜，一弯下弦月挂在屋后的老槐树上，李美芳到厕所拉肚子，当她站起来走到墙角的苞谷草旁时，一个蒙面男人忽然从后面一手抱住她的腰，一手捂住她的嘴，嗡着声音说，别叫！叫了我弄死你！李美芳就感到那个男人已经扒下她的裤子，她感到有坚硬的东西抵住她的臀部，她拼命反抗。那个男人说，骚娘们，知青可以弄，老子也可以弄！你以为你还是金枝玉叶？当那个男人放开一只手去解自己裤子的时候，李美芳狠命地用臀部往后顶过去，那男人哎哟一声倒在了苞谷草上，接着又痛苦地尖叫了一声，哎哟妈呦！李美芳提起裤子便跑到了屋里。第二天西村里便传出了一桩奇事，十八岁的王二狗走夜路摔了一跤，居然把阳根摔断了，更要命的是，还把屁股摔了一个洞。李美芳天亮时看见，屋后立着一根五寸长手指粗的竹桩，上面还有隐隐约约的血迹。那是父亲前两天砍竹子来编箩筐留下的。

当时西村的队长张大头只有四十多岁,两年前,他的父亲老队长在带领全村人抗洪抢险的时候被洪水冲走了,全村人都很感动,就推选张大头当了队长。可这个张大头是一个好色之徒,他早就对李美芳垂涎三尺了,只是有贼心没贼胆。李美芳的绯闻在村子里传播的时候,他的欲望更加膨胀了。于是在他精心设计下,在一片苞谷林里,他把李美芳弄了。李美芳的衣服被他撕成了碎片,他的脸也被李美芳抓成了筛子。当他发现李美芳还是处女的时候,他居然哭了。他的兴奋和愧疚让他忘记了伤脸的疼痛。

李美芳借着夜色的掩护衣不蔽体的跑回家里,她的母亲搂着瑟瑟发抖的她一个劲地流泪,嘴里骂着,这个畜生!这个畜生啊!李美芳的父亲知道真相后,把牙齿咬得咯咯直响,这个一生软弱的男人放出了狠话,老子不杀死这个狗日的畜生誓不为人!

果然在半个月后的一个晚上,队长张大头死在他家厕所的粪塘里,警察发现,他的头上有一个拳头大小的深洞。西村的人都喜欢看热闹,唯有李美芳的父亲躲在屋里瑟瑟发抖。警察对前因后果一分析一排查,很快就锁定了他。警察只问了两句话,李美芳的父亲就如实交代了。第一句是,坦白从宽抗拒从严,你老实交代,你是怎样杀了张大头的?第二句是你为什么要杀死张大头?后来李美芳的父亲以故意杀人罪,被判处了死刑。后来,李美芳的名声就更臭不可闻了。再后来,李美芳二十一岁时,嫁给了我们营盘村的眼镜刘得志。刘得志是我们营盘村唯一戴眼镜的人。他是在城里读过初中的人,后来因为心脏上有毛病辍学在家。有人说，怪了，那个李美芳，怎么就只喜欢戴眼镜的人呢？那个知青是戴眼镜的，这个刘得志也是戴眼镜的。也有人说，怪了，这个刘得志也是吃错药了，怎么会看得起一个臭不可闻的女人呢？就有人说，人家长得好啊，再说，你看刘得志那瘦精精的样子，哪像个男人，还戴个眼镜，孔夫子挂腰刀，文不文武不武的，心脏又有毛病，好女人哪个看得起他？

五

我们碰了一下杯，然后吸溜一声喝了一口酒。贵保红着眼睛说，哥，我妈的那些馊事你是知道一些的，我就不明白，咋个那些馊事烂事总跟她有关呢？现在想起来，最让我接受不了的就是1975年那件事，你想想，街上那么多人，我妈一丝不挂地游街。哥，现在想起来，我都还在心疼，她是我妈啊！贵保哭了起来，准确地说，是呜咽，声音不大，但他的整个身子都在抽搐。他用左手捂住眼睛，但泪水还是从指缝里流了出来。他抹了一把眼泪，然后抹在衣襟上，又伸手捂住眼睛，声音颤抖地说，哥，说真的，从那时起，我恨你爹，他是族长，他有权力把我妈拿去游街，可是，我妈也是整个营盘村刘氏家族的人啊！他这样做，难道只是丢我妈的脸？丢的是整个刘氏家族的脸啊！后来长大了，一想起那件事，我的心都在流血！村子里那么多男人都去了，都看见了我妈那种生不如死的样子。后来我也想过，她怎么不死呢？她怎么还有脸活下去呢？我后悔，后悔当初为什么要跟你去呢。

我说，兄弟，别哭了！都过去了！

贵保又把一把眼泪抹在衣襟上，颤声说，哥，哪过去了？它在我的心里疼呢！

我疼爱地摸了摸他的头，往事纷至沓来。那是1975年夏天的一个早晨，我父亲起得很早，披着衣服，拿着他那除了睡觉都握在手里的两尺来长的铜烟杆出了门。头天晚上，刘得志来到我家，用手遮着嘴在我父亲的耳边神秘地说了好一会儿话，他出门去的时候眼里有泪水，他用手臂抹了好几下。临出门的时候，又回过头来，可怜巴巴地说一声，大哥，拜托您了，不要伤到她，她其实很好的！我父亲冷笑了一声，鼻子吹了一下，低声说，很好很好好得很！我好奇地问父亲，眼镜来我们家做啥？怪兮兮的。父亲瞟了我一眼，厉声说，小娃娃家，没你的事！我躺在床上，对刘得志和我父亲那种怪兮兮神神秘秘的样子感到特别地好奇，遮着嘴巴讲悄悄话的事，只有小孩子才会做，没想到大人也会，我想，他们一定在讲什么神奇的事。

我躲在一棵树下，看着我父亲和二十多个男人站在场院上说话，他们看上去很兴奋。这时七岁的贵保来找我打角板，因为昨天我赢了他三十个角板，他今天一大早就想来赢回去。我说，贵保，我爹他们一大早就在这里集合，神秘兮兮的，好像是要去干什么好玩的事，我俩偷偷跟着他们去！贵保说，我们不打角板啦？我说，看回来再打。贵保欣然答应了。

我父亲端着烟杆走在前，蓝色的烟子扭着身子在空中飘。后面走着二十多个村里的男人，精神爽爽的，土路上扬起了一溜黄色的烟雾。

我和贵保像电影里的特务一样，远远地跟在那群人的后面，只要他们之中一有人回头，我们就立即躲在树后或者土坎下，他们转过头去，我们立即就显形跟在他们的后面。贵保说，坤哥，我们要去哪里啊？我说，不知道啊，他们到哪里我们就去那里。贵保说，去干什么啊？我说，不知道，看他们神神秘秘的，肯定有好玩的事，我们去看一看。贵保说，大人们有啥好玩的事啊？我俩还是来打角板吧！你昨天赢了我三十个，我今天要赢回来。我说，你说话不算数，说好的，看完后回来再打角板的。你看他们朝着老镇走，老镇很好玩的，我都好久没去老镇了。我摸出包里的一毛钱，说，老镇上有瓜子糖卖，到时我买了分你吃！贵保说，好，一言为定，不准反悔！接着就欢快地跟着我走。走着走着，贵保又忽然说，我们跟着大人去看什么啊？我说，不知道啊！我们跟着他们走就是了，昨晚你爹来我家，跟我爹咬着耳朵说话，他们一定有啥事瞒着我们，我们一定要去看看。贵保说，他们说什么啊？我说，我哪里知道？我们不是要去看了才知道吗？不过，你爹昨晚从我家出去的时候，好像哭了，我看见他用衣袖抹眼泪。贵保惊奇地张着嘴，说，我爹哭了，他咋哭了呢？我说，你问我我问谁呢？他是不是又跟你妈吵架了？贵保说，哪里啊？我妈昨晚没在家，我爹说我妈去我姑姑家了。我奇怪地说，贵保，你爹怎么不跟着我爹他们去呢？贵保说，我哪里知道呢？我出来时，他还睡在铺上呢。

老镇离营盘只有七八公里，到老镇了，我看见大人们向着老镇的卫生院走去。我爹拿着烟杆一挥，其他男人就靠拢过来，围着我爹。我和贵保躲在墙角，看着我爹在清晨的薄雾里说话，可我们却听不到他说什么。他们走进卫生院那道生锈的大门,我们跟了进去,躲在一棵叫不出名字的树下。我们村里那个力气最大的张铁腿飞起一脚,踢在一扇木门上,那门就轰然倒下。大人们就冲进屋去,接着就听到嘈杂的人声和噼噼啪啪的声音,有个男人在痛苦地号叫,有女人在妈呀妈呀地叫喊。贵保吓得抖了起来,我也紧张得出汗。贵保声音发抖,说,哥,我怕,你爹他们打人!我也害怕地说,他们怎么能打人呢?不一会儿,一个瘦瘦的男人捂着一张花床单,头破血流连滚带爬地出门来,蹲在门前的一块石板上瑟瑟发抖。我爹用他的烟杆指着那个瘦男人的脸,咬牙切齿地说,这就是你勾引良家妇女的下场!

接着,一道白光一晃,一个只穿着一条花布裤衩的女人披头散发地被几个男人推搡着走出门来。她的眼睛眯着,牙齿紧紧咬着下唇,嘴角的血像一条蚯蚓在爬动。她的两个奶子好白好大,随着她的步子不安分地晃动。她脖子上挂着一双天蓝色的方口鞋,鞋口处绣着红色的小花。

我惊奇地说,贵保,那不是你妈吗?

贵保被突然出现的场景惊呆了,他瞪大眼睛,张着嘴。忽然像子弹一样飞出去,抓住那个女人的右手,撕心裂肺地喊,妈!妈!女人绝望地看了贵保一眼,脸上的肌肉像电击了一般抽搐。她一甩手,把贵保甩出好远,然后一甩头,裸着身子走在惊恐不安的薄雾里。很快,贵保就被我爹抓住手臂,厉声呵斥,你这娃!哪哈偷着跟来的?谁叫你来的,滚回去!我爹一回头,就看见人群中的我,他一咬牙,一烟杆就向我挖来,骂道,狗日的,敢跟踪大人!我爹把贵保交给张铁腿,说，你把他俩赶快带回去！张铁腿就抓着贵保来追我。贵保拼命反抗，拼命喊妈！但他逃不过张铁腿的手。于是他就狠狠地咬了张铁腿的手一口，扯下了一块二指大小的皮肉。

后来年龄稍长一些，我才知道那次事件是我的族长父亲，为了家族荣誉而战的一次捉奸行为。我一直不明白，贵保的妈李美芳，先跟知青乱来，后来嫁到了我们营盘又跟镇卫生院的郭医生胡来，难道真的像我妈说的，吃屎的狗改不了吃屎的秉性吗？再后来，我听说，那个郭医生被开除工作了，开除工作不久，他就割腕自杀了。至于贵保的妈李美芳，倒是老老实实把自己关在屋里，没脸见人。贵保说，那些年的好多个夜晚，他爹和他妈以为他睡着了的时候，常常吵架，吵得很凶！有时还大打出手，可是到了第二天，又像什么事情都没有发生一样，悄无声息地该干什么就干什么。

六

贵保抹了一把眼泪，说，哥，后来我肠子都悔青了，我真不该跟着你去的。你知道吗？我回来后三天没吃饭，我用头去撞我家的墙，撞得头破血流，我只想快快死去，可是我爹把我背到了医院把我救活了。我爹看着醒过来的我，鼻涕一把眼泪一把的又哭又笑，他搂着我说，我的儿呀，你还是醒过来了！你要是死了，爹一定陪着你去死。我骂我爹，你早该去死！连自己的老婆都管不住，还不如去死！我爹眼睛睁得老大，露出凶光，随即就暗淡下来。他说，娃，你长大后就会知道，你妈是个好人！你妈真的是个好人！我爹这么说的时候，我就想起我妈光着身子游街的样子，我忽然哭了，哭得肝肠寸断。

贵保向我歪过头来，用手扒开稀疏的头发，头顶有鸡蛋大小的一团没有头发。他说，这就是那次留下的。我摸了摸他稀疏的头发，心里发酸，我说那会儿你的头发又黑又厚，现在都快掉光了。我又不由自主摸了摸自己的光头，笑了笑说，我的在五年前就掉光了，唉，光头方便，还可以节省洗买发水的钱来喝酒。贵保，你都五十岁了吧？贵保说，过了五月初一就满五十岁了，哥，你五十二岁了，你大我两岁。我说，是啊，岁月不饶人啊！

贵保说，哥，从那天起，我就再没有叫过我妈一声妈，直到她死。要是我爹临死前不把那些事一股脑儿告诉我，到现在我也不会叫她一声妈的。要是那样，会更好，我会在绝望中麻木地生活，倒也轻松。可是我爹偏偏告诉我了，他要是早些告诉我，也许，我会试着原谅他们的。我爹怎么能够这样呢？他怎么能把那么大的事情埋在心中一辈子呢？害得我家破人亡，差点丢了性命。看来，他就是有意想折腾我，让我一辈子不得安宁。

我妈的漂亮在我们村是被公认的，这从村里的男人们看她的眼神就可以证明。我略懂事的时候听到我妈跟那知青的传闻，我恨过我妈。我曾经问过她，说那些传闻是真的吗？我妈惊奇地盯着我看，然后轻轻地撕我的嘴，压低声音说，我的乖宝宝，你怎么听那些不得好死的人乱说呢？你看你妈妈是那种人吗？我说，不是。妈妈笑了，一下把

121

我搂在她的怀里,我也笑了。可是,自从发生那件事,无论我在哪里,我都总会看见那天早晨我妈光着身子走在大街上的样子。我的心那种疼呀,说不出。你知道的,我读一年级的时候,学习都是很好的,我还得过一张奖状,那张奖状曾经贴在我家火塘旁的墙壁上,那是我们一家人的光荣,可是自从发生那件事后,我就把它撕下来,丢到了茅厕里。上课的时候,我听不见老师说的话,脑海里全是那天早上的情景。老师经常骂我脑子出问题了,罚我站,我也不在乎。我的学习一塌糊涂。我记得三年级的时候,保管员家儿子张大根跟我吵架,骂我妈是破鞋,我气愤不过,抓起板凳就打在他头上,把他的头打了一个洞,血流得满脸都是。我爹和我妈被吓坏了,带着我,提着家里仅有的九个鸡蛋去保管员家赔礼道歉,保管员把鸡蛋砸在我妈的头上,那白的黄的液体糊住了我妈的脸,我爹和我妈还在一个劲地低着头说对不起对不起啊!我忍无可忍,从地上爬起来,炮弹一样冲向保管员,我的头砸在保管员的大腿上,保管员纹丝不动,呵呵笑了两声,一把抓住我的领子,把我扔出去,重重地砸在我爹的身上,把我爹打倒摔在地上。我妈哭喊着冲了过来,抱住我,边哭边查看我的伤情,她绝望地看着保管员,说,你咋个能这样狠心啊?孩子千错万错你也不能这样狠心啊!我心里的恨化成了炸药,快要爆炸了,我拼命挣扎,我想冲出去,跟保管员同归于尽。可是我妈紧紧地抱住我,我用头使劲砸我妈的身子,我妈只是哭着任凭我去砸。

保管员厉声说,我家大根难道说错了吗?难道你不是破鞋吗?大清早的就上下无根纱地在街上游,难道还不是破鞋吗?刘家人的脸都被你丢尽了还不是破鞋吗？你别忘了，那天我是亲自把你从别人的床上逮下来的！滚！别弄脏了老子家的场院。我妈不敢再说话，抱着我的头，我爹抱着我蹬来蹬去的脚，慌忙火急地离开保管员家的场院。我还听见保管员骂道，小狗日的敢顶撞老子，老子不教训你，长大了怕要翻天怕要杀人哟！这个老东西说得对，我十五岁那年还真把他杀了。遗憾的是，没把这老东西杀死。当然，这是我后来才知道的，当时的我，以为这个老东西必死无疑。

我不知道为什么，那时我们家，总是处处受人欺负。得罪保管员家，是因为我打了他的儿子张大根。那么，什么地方得罪了队长张发财，什么地方得罪了会计张结巴了呢？如果没有得罪，那么那些赚工分又少又苦又累的活儿为什么就全落在我爹我妈的身上？为什么他们要把我爹我妈的工分定了比别人的少一个层次。别的男人每天十个工分，而我爹的只有八分，别的妇女每天八个工分，而我妈的却是六分。我爹我妈也去找过，可他们说，这是生产队的干部开会研究决定的。本来我想回来跟着劳动，赚工分，可我爹我妈硬是要我读书，他们说，只有读出书来才能出人头地，才能不受人欺负，可我无论如何读不进去，满脑子都是对我爹我妈的恨，对生产队里欺负我家的人的恨。我家的粮食一年只够半年吃，分粮食的时候，我家的苞谷洋芋是最小的，谷子是半成熟的。我爹体质弱，一脸蜡黄，他去找队长理论，队长说，分粮食是保管员的事，你去找他。我爹就说，那我的工分怎么就跟妇女的一样呢？我婆娘才三十多岁，可她的工分才跟老女人的一样呢？队长说，你看你那风都吹得倒的样子，给你八分算是给面子的了，哪个妇女不比你的体力强？你自己想一想！

　　我爹气得直喘气。他悄悄地跟我妈说，张发财这个老狗日的，说你名声坏，扣你两分工分也正常。他后来说，跟我说不清楚，叫你亲自去找他。我妈说，这个老不死的，名声好坏跟工分有啥关系？去找他，找他干什么？分明不安好心。他爹，我不能去！两分工分不要了！我爹哭丧着脸，一个劲地点头。

　　我爹问我妈，要不要去找保管员理论，为什么分给我们家的粮食总是差的？我妈说，他是故意收拾我们家的，找他起啥作用？我爹叹了口气，说，是呀！就慢慢熬着吧。

　　那年六月，正是青黄不接的时候，我家一粒粮食都没有了。我们一家人都饿得软塌塌的，我爹的身子开始水肿，连走路都成问题了。我妈咬着牙齿说，无论如何都得找到粮食，就去借吧，天无绝人之路，总会找到的。我妈一早就出门了，到了晚上，果然背着半口袋玉米回来了。我妈用衣袖抹了一把脸上的汗说，总算借到了，可以吃玉米粥了。我觉得蹊跷，这年头，大家都没有多余的粮食，我妈在哪里能借到粮食呢？半个月后，我跟踪了我妈。

　　我妈出门的时候，太阳正要落山。那天的太阳好大，红得像刚从猪血里捞出来。我妈从村口的河埂上走去，我悄悄跟在她的后面。我看见血红的太阳被西边的山梁吞下去了一半，留着一半，像一张刚喝过猪血的嘴。河埂的一边，就是我们生产队的场院，场院上有一排用青石砌成的瓦房，那就是我们生产队的保管室。场院上堆着好多草垛，像小山一样，我悄悄地跟着我妈穿梭在草垛之间。我妈向保管室走去，到了门口，她站住，回过头向四周看了看，然后一推门，门便开了。我正奇怪妈怎能轻易就推开了保管室的门呢！我妈一闪身进去了，门又合上了。我连忙跳到门口，心跳加快，我紧张地摸了摸口袋里的尖刀，那是我爹削竹子的刀，我出门时顺手装进了口袋里。我把耳朵贴着门缝，就听见一个瓮声瓮气的男人说，这次要豆子还是苞谷？我妈压着声音说，豆子和苞谷都要点。男人说，你也太贪心，怎么能要两样呢？就一样了吧！我妈说，我想磨点豆腐给娃和他爹吃！男人呵呵笑了两声，说，行，那就让我先吃你的豆腐吧！就听见重物摔倒的声音，噼噼啪啪的声音。我的血往上涌，涌得我的眼睛发黑。我用肩膀顶门，门被什么抵住的，我再一用力，门开了一半，原来是一个口袋抵着的。屋子里堆满了装满粮食的口袋，那个男人把我妈压在一个口袋上。我冲进去，对着那摇晃的屁股就是两刀，那个男人杀猪一样地叫了起来，我慌忙又杀他的后背，杀他的脖子，直到那个男人不叫了，我才拔出刀，在那男人背上抹了两下，试图把刀上的血渍擦干净，然后把一口痰，吐在那个男人的屁股上，骂了一声，保管员，你这老狗日的，老子今天就叫你死！我又吼了一声，李美芳，你去死吧！然后一转身，跑了。我一口气跑了好远，越跑越害怕，我把刀扔在了河里。我朝着去县城的路跑，我想，我杀人了，我要被警察抓起来抵命了。我再一次恨透了我妈，恨透了营盘。

我从此在省城流浪，一流浪就是八年，老家的什么消息都不知道。我靠捡垃圾为生，后来又进了一家黑砖厂，累死累活拿不到半分钱，唯一的好处就是汤汤水水勉强能填饱肚子。后来我又大街小巷卖老鼠药、卖难民服（人们淘汰不要的旧衣服），啥子脏活累活都干过。哥，你也许不知道，捡点垃圾还分地盘，我被一群小混混打断了手臂，说我不懂规矩侵犯了别人的地盘，让我长点见识。他们下手那样狠，一棒就打断了我的手臂。贵保伸出手，撸起袖子，我就看见他的左手臂上凸起鸡蛋大的一个包，整个手臂都是弯的。

哥，本来我是下决心这一辈子都不回老家的，尽管我爹我妈让我失望，让我伤心，尽管我恨保管员、老队长，但我还是挂念着我爹和我妈，现在我才这样叫的，以前我是叫他们的名字，以前我为有这样的爹妈而感到耻辱。毕竟我的亲人只有他们俩了，所以一九九六年的秋天，我回去了一次，但我没有跟他们见面，我只是偷偷地躲在外面看他们，他们都不知道我回去过。后来我对他们和营盘的了解，完全是我乔装打扮成外地人回到村子打听到的。

贵保站起来，仰着头看着天上的月亮，这时的月亮被一层薄云裹住了，看上去寡白寡白的。他摇了摇头，转到我的身边，一下抱住我，我也抱住他，我们这对三十五年来第一次见面的弟兄，放声大哭。

七

我们坐回原位，又碰了一次杯，我觉得头有些昏昏的。

贵保说，哥，你是作家，我就是在报纸上经常看到你的名字，才顺藤摸瓜找到你的。

我们喝了一口酒。贵保说，哥，嫂子呢？嫂子怎么不在家？

我说，她啊，回老家去了。

她老家在哪里啊？

在很远很远的地方，说了你也不知道的，就不说了。

哥，你这么有才华，嫂子一定很漂亮吧？

漂亮，很漂亮的，可是漂亮又有啥用呢？

怎么没用？看着舒服啊！

哥，你家娃有多大了？是男还是女？

读大学了，二年级呢！女孩。

女孩好。女孩听话。我家那个小杂种，到现在都没有音信，说是去打工，就没下落了。

还是说说你吧！这么多年来，你是咋过的？

别提了，哥，我的日子过成一团烂泥。贵保叹息了一声说。

贵保喝了一口酒，断断续续跟我说起了他的过去。

贵保说，二十八岁那年，我结过婚，那女的只有二十岁，叫张小翠。我是在一家小旅馆认识她的。那些年，到处是"小姐"。其实都是些农村姑娘，来城里打工，举目无亲的，就干那种事。那天，我运气实在是好，我捡到了一个钱包，里面有三百六十元钱，我就去了一家小旅馆，我看中的那个姑娘，就是张小翠。她实在是漂亮，比很多城里人都要漂亮：高个子，细腰杆，大眼睛，白牙齿。她很乖，想着法子迎合我，让我高兴。完事后，我给她五十元钱，她不要，她说，只要三十。我说，另外二十是我给你的。她还是不要，说，之前说好三十，我不能多收你的。我一下子就很感动。过两天，我又去了。我说，这次你一定要收五十。她说，我们这里的行情就是三十，不能多收的。我们交流的时候，都讲着蹩脚的普通话。可是一忘情的时候，就都讲了方言，一听就是家乡话。我激动地问她是哪儿的，她也激动地问我是哪儿的。是的，逃亡在外十多年了，听到乡音，怎能不激动？我说我是清平县营盘的，她说她是清平县西村的，我和她都很激动。我给她一百元钱，她却说她必须免费。我和她就这样好上了。我带着她买了一辆三轮车，在车站旁卖我们家乡的臭豆腐，生意还蛮好的。后来我们有了个孩子，我们在护城河边租了一间房子，日子过得还算滋润。我们好了五年，在孩子四岁生日的那天，却出了大事。我知道，都怪我，全都怪我！是我不是人。贵保声音哽咽着说，那天我和张小翠都破例喝了点酒，因为孩子的生日嘛。喝着喝着就喝多了，我问张小翠，为什么要来城里做那事？张小翠说，她爹曾经是西村的队长，那个时候她们家的日子在整个西村都是最好过的。她说，要是她爹不死，她妈就不会丢下她家三姊妹另外嫁人，要是她妈不另外嫁人，她也就不会到城里干那事，她说她的两个妹妹读书的费用还靠她呢。她说她爹是被她们村子里的李长才杀死的，其实准确地说，是被李长才的姑娘李美芳杀死的。原因是李美芳是个烂人，先勾引城里来她们村的知青，后来那个知青被村子里的男人们打跑了，再后来为了从她爹的手里得到好处，就去勾引她爹，没想到被李美芳的爹李长才发现了，就把她爹悄悄打死了丢在茅厕里。那个李长才后来被枪毙了。张小翠叹息了一声说，要枪毙应该枪毙那个烂人李美芳，让她活着，不知还要害死多少人呢！

当时的贵保一下就蒙了。怎么几十年过去了，还有人这样议论李美芳呢？他真看不懂他这个名叫李美芳的妈！他逃出营盘，可非议却像影子一样依然跟着他，他内心的暗伤忽然撕裂了，疼痛难忍，流着殷红的血。

那时的贵保啪地把酒杯砸了，发疯似的吼道，你给老子住嘴！

张小翠被吓了一跳，惊恐地看着贵保，说，你咋啦？谁招你惹你啦？

贵保说，老子告诉你，今后不许你再说这些屁话！

张小翠不服气地说，说这些话咋个啦？西村人都这么说，你去问问，哪个不说李美芳是烂人是破鞋？

贵保愤怒之极，一巴掌就扇在张小翠的脸上，张小翠的身子像陀螺一样转了一圈才摔倒在地上。张小翠的嘴角流着血，爬起来，像母狼一样冲过来，撕扯贵保。贵保的火气更大了，他又是一个耳光打过去，张小翠又倒在了地上。贵保咬牙切齿地说，你以为你是好东西？你干的那些事还是好东西吗？你滚吧！滚吧！

张小翠爬起来，猛地向屋外冲去！贵保坐在屋里喘粗气。不知过了多长时间，贵保觉得不对劲，他赶紧出门去找张小翠，可怎么也找不到。后来听人说在广州看见过她，他将这个消息告诉了儿子。

贵保哭着说，哥，我真的不是人，张小翠对我那么好，我怎么还要打她骂她呢？可是，她怎么要那样说我妈呢？我觉得我有病，谁说我妈，我就跟谁急。

我说，孩子后来怎么办呢？

129

孩子后来一直跟着我，十五岁那年，他忽然对我说，他要到广州去打工。我说你跟我在省城不也是一直在打工吗？他说，不一样。我说有啥不一样？他说，跟你在一起别扭，压抑，我要自己生活，我还要去找我妈。说过这话的第二天，他就忽然消失了，直到现在也没跟我联系。唉，管他，人这一辈子嘛，一眨眼就过了。

八

其实，关于贵保的母亲李美芳和贵保的爹刘得志的事，那些年我还是零零碎碎知道很多的。那些年，我父母还健在，几乎每年春节我都要回老家的。每次我都会问起我儿时最要好的伙伴贵保的下落，我母亲都会叹息一声，说，那娃自从那年杀了保管员跑出去后，再也没有回来过，是死是活没个准，唉，都是那个李美芳呀，一个妇道人家，你咋个能闹出那么多见不得人的事来呢？害得贵保那娃活不见人死不见尸。

有一年回家，我看见瘦小的刘得志背着头发花白的李美芳到他家门前的场院上晒太阳。刘得志身子一扬，就把李美芳仰面朝天地放倒在场院的干稻草上。李美芳咯咯地笑着，嘴里说，你这死老头子！把我的背都弄疼了！刘得志爬了起来，布满皱纹的黑脸做了个怪怪的表情，然后就转身回屋里，很快就端着一个破旧的瓷缸出来，坐在李美芳的旁边，用手理了理李美芳稀稀疏疏的花白头发，说，今天的太阳这么好，我让你晒个够！晒个够啊！我在心里盘算一下，他们的年龄也就五十岁左右,可看上去就像六十多岁那样苍老。他们晒着太阳,还像小孩子一样你拧我一下,我拧你一下的开心。

后来我母亲说,李美芳几年前忽然瘫痪了,那个刘得志就经常背她到场院上晒太阳,看上去还恩爱得很呢!村里人都说,像李美芳那种人,刘得志还对他那么好,奇了怪了!

母亲说,这一家人还真是怪人,前些年,刘得志经常喝酒,喝多了就打李美芳。可李美芳也不还手,任刘得志打,打累了,还为他端茶倒水。李美芳的脸上身上经常青一块紫一块的,村里人问她,她就说,不小心摔伤的。

我说,看不出来了,还一点都看不出来了,李美芳年轻时候还真漂亮呢!

母亲呵呵笑了,说,老了,没人形了,要是现在还漂亮,那我们村子还不被她祸害成一团糟呢!十多年前,你没看见,我们村子里的好多臭男人,还真像一群公狗,鼻子那个灵呢!

我笑着说,我妈还真幽默呢!

在一旁不吭声的父亲忽然说话了,就你话多,你跟儿子说这些陈芝麻烂谷子的事做什么啊?

母亲盯了一眼父亲,哼了一声,说,又没说你,你激动个啥?我儿子喜欢听呢!我说给他听。

母亲自言自语地说,瘫痪了也好,瘫痪了刘得志和她还要恩爱些。瘫痪了,那些公狗也就散了,村子也就安宁了。母亲说到这里,莫名其妙说了一句,德行!

九

贵保说,去年我回老家的时候,我妈已经死去两年了。本来我是害怕回家的,可我漂在外面几十年,像无根的浮萍,心里没有着落。我知道,在这世界上,我的亲人还就只有我爹和我妈了。以前我一直以为,我有命案在身,还是后来才知道,保管员根本没有死,他也没有脸嘴去报案。他后来是掉在自家厕所里死的,跟我无关的。

我妈死后不到半年,我爹就病了。我回去的时候,我爹抱着我痛哭流涕。我好说歹说,把我爹送到了市里最好的医院去看病。结论是肾衰竭。医生说,要治好我爹的病,必须换肾。说最少需要医药费二三十万元钱。好在,这些年我也积蓄了四五十万元钱。我下决心,一定要把我爹的病治好,如果爹死了,我唯一的亲人也就没有了。

也奇怪,医院找了好多肾源,跟我爹的肾都不配对。我决定为我爹捐一个肾,让我爹用我的一个肾活下来。可我爹死活不肯。有一天晚上,我爹拉着我的手说,贵保,你回来了,爹很高兴,爹原以为这辈子见不到你了。爹要跟你讲一件事,这件事埋在我心里一辈子了。你妈是好人,你妈真的是世界上最好的人,我这一辈子都对不起她。她受了那么多委屈,受了那么多苦,都是为了我和你啊!我爹哭了。我用衣袖为他擦干了泪,说,爹,你慢慢说!

我爹说,他十岁那年发高烧,身子烫得像个火球,我爷爷背着他去县城医院看病,正值洪水季节,要过一条河,当时桥被水冲断了,我爷爷背上背着他,用手牵着我奶奶走进了河里,河水很猛,他们全被浑浊的河水冲了好远。好在保住了性命。后来我爹长大后，他的命根子就出问题了，用现在的话说，就是患阳痿了。我爹跟我妈结婚后，我爹因为他的病伤心欲绝，几度想自杀，是我妈一直呵护着我爹。我妈说，无论如何要把我爹的病治好。那些年很穷，为了治我爹的病，为了让我们一家人不至于饿死，我妈到处求医，到处求人，受尽了多少委屈。我爹说，他毕竟是个男人啊，他的心里那个疼痛，那个矛盾，真是说不出来。他打她，骂她，又心疼她，觉得对不起她。我爹过了好多年生不如死的生活。可是这一辈子，他的病就从来没有好过。

我爹说，我不是他的亲生儿子，我的亲爹应该是那个知青。我爹说，我妈亲自跟他讲过的。我爹说，尽管我不是他的亲生儿子，但他一直把我当作亲儿子看的。我妈跟我爹说，那年知青被村子里的男人打跑了以后，在半年后的一个深夜又偷偷回到了村里，我妈跟他在村边的草垛里度过了最后一个夜晚，天刚亮的时候，那知青就偷偷回城了，再也没有回来过。我爹曾经问过我妈，为什么不跟那知青回城去？我妈说她曾经去城里找过，但哪里去找？

那一晚，我爹和我都一直在流泪。我想，要是我妈还在人世间，我一定会跪在她的面前，求她原谅，我是一个不孝之子啊！

现在，我还能抓住的，就是我爹微弱的生命。我坚决要为他捐肾，可他坚决不同意。我偷偷去化验，可医生表情复杂地看着我，说，还是不配对！我只有求他们，尽量扩大肾源的寻找范围。

半年后，我爹还是死了。那个让我鄙视了一辈子的瘦小卑微的男人还是死了。他的死斩断了我与营盘唯一的联系。营盘是我的伤心之地，我想我是不会再回去了。

贵保抹了一把眼泪，说，哥，你说我爹为什么要告诉我这些呢？他是以此来惩罚我的不孝吗？

我抓起酒瓶，为贵保倒酒，可酒瓶空了。

起风了，我打了个寒战。

阳台上灰蒙蒙的，我们忘记了开灯。月亮不见了，月亮钻到云层里去了。

我把贵保搂在怀里，用手掌为他擦眼泪。我说，兄弟，别哭，有哥在。这么说的时候，我也泪流满面，泣不成声。我一闭上眼睛，我就看见那个一脸微笑走起路来像跳舞的女人，看见那个裸着身子在众目睽睽之下游街的女人，看见那个张着黑洞洞的嘴巴在干稻草上晒太阳的女人。

燃面

一

好又来燃面馆就在蒙城幼儿园大门的旁边。可以说是蒙城最好的燃面馆了。这所幼儿园是全市规模最大、档次最高的,能进这所幼儿园的孩子,其父母要么是当官的,要么是有钱人,总之,小老百姓的孩子,只能望园兴叹。因为地利,又加上这家燃面馆的燃面名气很大,所以生意特别火爆。

大发很喜欢吃这家燃面馆的燃面。一个原因是这家燃面馆的燃面味道极好;另一个重要的原因是进出这家燃面馆的大都是送孩子上幼儿园的年轻女人,她们一个比一个漂亮,这让三十岁了还没结婚的大发看着养眼养心。

从十年前走出营盘打零工开始,到现在当上了一名堂堂正正的公职人员,他至少在这家面馆吃过不下一百碗燃面。可是现在,大发想吃碗燃面都觉得奢侈了，因为燃面的价格像芝麻开花节节高，从原来的一元一碗到现在的六元一碗，相当于两斤大米的价格、四斤玉米的价格、十二斤马铃薯的价格。这三种粮食，无论是哪一种，都够他吃两天以上。他经常在心里算账，用自己每月两千元的工资，减去他和母亲一天的伙食费，减去房租费、水电费、卫生费，减去母亲的医药费，减去必需的捐款、必需的份子钱和必需的生活日用品的费用，他就变得两手空空了。当然，还有一些不可预知的费用，比如肚子闹情绪拉肚子了，必须要吃药；比如不小心踢破脚趾了，要敷药；比如一不留神自行车碰到了人，要赔偿损失……这一切的一切，都有可能发生。因此，大发吃饭，走路，骑车，都格外小心，低头走路，沉默不语，眼睛滴溜溜转，眼观六路耳听八方，于是就给人留下了不好的印象，说他猥琐可怜，实在没有一个男人应该有的气质。

　　大发明白，自己唯一能够节省的，就是早点的开支。早点可吃可不吃。大发家在营盘，属于山区，家里极度贫穷，小的时候，什么时候吃过早点了？多年以来，大发都觉得，早点这一词，只是城市人的专利，农村人一早起来就下地，哪有早点这个概念？那些必须开支的钱，是一分不能少的。特别是保住母亲老命的药钱，一个月至少一千元。他不明白母亲为什么一身都是大病，高血压、糖尿病、胃萎缩、腿脚不能动弹，哪样都可能致命。母亲下不来床，吃喝拉撒都在床上。大发请不起保姆，就只有自己照顾，但他又要上班，不能二者兼顾。有时大发下班回来，母亲实在憋不住了，就把屎尿屙在床上，弄得满屋子臭气熏天的。母亲知道大发的苦，多次拒绝吃药，多次企图自我了断，但都没有成功。有一次，母亲用自己的裤带勒自己的脖子，但她没有了自杀的力气。又有一次，母亲说睡不着觉，要大发为她买安眠药，大发立即警惕起来，每次就给母亲一颗。母亲说很起作用，吃了能睡觉，每天都要吃一颗。有一天，大发忽然发现，母亲把安眠药存了起来，居然存了十一颗。大发明白了母亲的用意，她想用安眠药自杀！还有一次，母亲用头撞墙，撞得头破血流，但她没有死，她实在没有力气自杀。

每次母亲都痛哭流涕，说，儿呀！妈不想给你增加负担，妈这样活着有啥用呀？妈死了，你把药钱节约下来，好好找个媳妇，为我生个孙子，好好过日子！你爹心狠，你才八岁就丢下我们娘俩去享福了！妈看着你老大不小的还一个人，心里难过。

大发跪在母亲床前，泪流满面，说，妈，我就只有你一个亲人了，你要是也死了，我还咋个活？大发咬了咬牙，说，妈，你要答应儿子，好好活着，你要是还想寻短见，儿子跟你一起走！母亲哭了，灰白的头发颤抖着，说，儿呀，妈答应你，好好活着，你也好好活着！

二

大发的领导常常因为工作上一些细小的事情狠狠地批评他。领导批评职工本来是很正常的，但领导的语气转了弯，变了质，在批评的基础上带上了浓郁的挖苦讽刺和不屑，这令大发更加自卑。特别是在董晓琴面前，领导以那种方式批评他，他更受不了。他对董晓琴有意，董晓琴对他也有好感。董晓琴对他的态度,决定着他的快乐和忧伤。

董晓琴比大发晚一年考进这个单位来的。她个子不高,最多不超过一米五,身子略有些胖,第一眼看上去,总觉得有些不对,但哪里不对,又说不上来。大发慢慢琢磨,终于发现,董晓琴的腿比较短,上身就显得比较长。但这并不妨碍她在大发心中的美好印象,因为董晓琴的脸长得很有特点,这特点又恰是大发喜欢的。她的皮肤白皙红润,隐隐约约有些黑点,就像老家的杏子,一看上去就令人欣喜快乐。她柳眉大眼,鼻梁高挺,嘴唇饱满温润,牙齿整齐白净,尤其是那一头长发,扎成马尾辫,乌黑飘逸直抵臀部。这样的女人,用城里人的审美观来看,肯定算不上什么美女,可对于大发来说,她就是十足的美女了。董晓琴这样的长相,十足就是金沙江边姑娘的长相,而大发,就是金沙江边的男人,他喜欢这样的长相。这种长相,朴实、生动、充满活力,就像雨水中的山茶花,野性、不金贵,但却养心养眼。后来事实证明,董晓琴果然是金沙江边的人,离大发家只有三四十里,自然,他俩的距离就近了。

大发和董晓琴的办公桌面对面,大发一抬头,目光越过电脑的顶部,就可以看见董晓琴有着乌黑长发的头顶。这个女孩像一只乖顺的小猫,不声不响的,只是偶尔,会举起白皙的双手,像伸懒腰一样放松一下自己,然后前后左右摇一摇头,转一转脖子,明亮亮的目光快速看一眼大发,好看地笑一笑,就低下头做自己的事。大发喜欢这种感觉,那么好看的女孩坐在自己的对面,心里暖暖的、痒痒的。他俩很少说话,但董晓琴第一次坐在大发对面时,他俩是说了至少三分钟话的。

大发说，看你的模样和说话的口音，你应该是金沙江边的人吧？

董晓琴粉脸上的小黑点忽然生动起来，她说，你咋知道的？我家是金沙江边清水沟的。

大发激动地说，我家是金沙江边营盘的，离你家只有三四十里路。两人东拉西扯又说了一些，显得特别亲近。

董晓琴来得早，擦桌子的时候，会把大发的办公桌也擦了。大发也就有意识来得早一些，把董晓琴的桌子也擦了。有好几次，还亲自把董晓琴的玻璃杯洗干净，然后续上开水。董晓琴一进办公室，看着桌上热气腾腾的水，就会把玻璃杯捧在手里，热情地对大发说一声谢谢。有一次董晓琴带来了两个热气腾腾的馒头，一个给大发，一个给自己，大发吃着馒头，眼睛有些湿润，他怀疑是馒头的热气所致。

可这样的好景不长，准确说只有三个月零十天。这三个月零十天，大发都沉浸在一种莫名的幸福中，他一改往日愁眉不展的猥琐样，脸色红润了，目光有神了，精神状态好得不得。同事们都善意地揶揄他，说，大发，是不是遇到狐仙了？还是彩票中大奖了？大发不说话，只是一个劲地笑。他非常明白，那三个月零十天，来上班的时候，他都一改过去的习惯，就是不走幼儿园门前那条拥挤的大街，而是走旁边的那条小巷。他不再讨厌那条小巷的孤寂和空洞了，反而觉得那条小巷清新怡人。他大幅度地蹬着自行车在小巷里穿行，风清气爽的，车轮摩擦地面发出的沙沙声，像轻音乐一样动听。幼儿园门前的大街上那些曾经让他心动过速的美臀细腰丰胸长发，瞬间高度集中，合成一人,那人就是董晓琴。

可现在,董晓琴忽然变了,脸上写着忧郁的神色,她沉默寡言,也不跟大发说一句话。大发感到郁闷,他曾试探性地对董晓琴说,是不是遇到什么困难了,要是这样,就说出来,说不定我还能够帮上点什么忙。可董晓琴不说话,只是轻轻摇头,她不再伸懒腰似的活动筋骨,不再晃动脑袋放松颈椎了。随之而来的是似有若无的叹息声,随之而来的是领导经常光顾大发和董晓琴的办公室,脸上的严肃样子不见了。当然这指的是面对董晓琴的时候。当领导的目光面对大发时,那严肃的神情瞬间又回到脸上。领导夸奖董晓琴做事认真细致,有创新精神,写的汇报材料,连市上的领导都夸奖。夸奖完董晓琴后,领导总会把大发当作反面教材说一通,说大发做事拖沓、草率,虽然是中文系毕业的,但标点符号和字总出差错;说大发也算一个老员工了,怎么不多像董晓琴这样的新员工学习呢?今后你大发写的材料,拿给董晓琴把关后再送给我!大发的脸火烧火燎的,红一阵白一阵的。大发不断地反省自己,觉得自己对人谦恭,工作也认真积极,写材料也没出现什么像领导说的那些错误,可领导为什么总是对他横挑鼻子竖挑眼的呢?

后来,大发看见领导和董晓琴在一起两次。一次是夜间十一点。母亲胃疼得厉害,而家里的止疼药又没有了,大发到一家小药店去买止疼药,大发就看见领导和董晓琴一前一后从一家洗浴室出来。大发赶紧躲在墙角,没让领导发现。另一次是晚上九点,母亲忽然想吃汤圆,他到夜市去买,就看见领导和董晓琴走在一起,向着夜市隔壁的一家歌厅走去。大发赶紧躲进人群里，好像是自己在做什么见不得人的坏事。大发的心很痛，他知道他最喜欢的山茶花被领导摘下来了，而且紧紧地握在手里，他连看都不敢看一眼，否则就会遭到领导的斥责。

现在的大发，又变回原来的大发了。整天推着破自行车，行走在幼儿园门前拥挤的大街上，外表若无其事、内心心惊肉跳地欣赏着那些送孩子上幼儿园的女人。

三

大发狠着心肠，吃着燃面。他怎么也想不到，两个美丽女人的谈话，会从此改变他的人生。他的对面是两个年轻美貌的女人，她们一边吃面一边说话。

长发的，戴个金丝眼镜，模样儿像《射雕英雄传》里的那个小龙女，大发就喜欢这种装束的女人，看上去养心养眼，就像荞花、洋芋花一样，离自己比较近。短发的，像中央电视台《新闻联播》的主持人，看上去大气端庄，但大发觉得这种装束的女人离自己很远，是隔着屏幕的。

短发女人说，杨姐，我真的跟这个狗日的过不下去了，整天只会不分白天黑夜地打麻将。人呀！真是善变，谈恋爱那会儿，哪是今天这个样？又文静又帅气又会哄人，你就是要天上的星星，他也要想办法摘给你，就是要飞着的鸟，他也能给你哄下地来。哪知道，我一怀上孩子，他就变了，变得面目全非了！杨姐呀！我跟你讲过好多次了，我生孩子的时候，都是我自己打出租车去的，你说伤心不伤心？

长发女人说，小丹呀！姐也是打落牙齿往肚里咽，那个畜生，看外表人模狗样的，其实畜生都不如，你要想当官，有那个本事你自己去争啊！还想打老娘的主意！

短发女人说，打啥主意啊？

长发女人说，畜生都做不出的主意。他是想把我拿去巴结他的领导，你不知道，那个领导又黑又胖，简直就是一头猪！看着就恶心。

短发女人说，那后来呢？

长发女人说，哪有后来，吃过一顿饭，简直倒胃口，真不明白，那么难看那么粗鲁的东西，也能够当上那么大的领导，这个世界真是见鬼了！

短发女人说，他不是当上官了吗？

长发女人说，那叫官吗？就在那个破部门，当个小鬼头。他没把我当人，我也不会把他当人的，把老娘弄鬼火了，他想戴的官帽子戴不上，老娘给他多弄几顶绿帽子戴上，看不把他热死才怪！长发女人冷笑一声，站起身来，短发女人也站起身来，往外走，边走边说，杨姐，明早送孩子来，我们还是在这家吃燃面，味道还真不错！

大发看着两个美丽的背影，心里五味杂陈。看上去那么好看的女人，怎么也烦恼丛生呢？最令大发吃惊的是，两个女人说的话和她们的形象，太不搭界了。那么美丽的躯壳，那么粗鲁的语言，总是让人遗憾和伤感的。这么私密的话，本来是应该烂在肚子里的，可她们旁若无人地在这种人声鼎沸的场合说得掷地有声，这让大发弄不明白，现在的女人究竟怎么了？尽管如此，大发依然喜欢着长发女人的模样，大发依然对长发女人充满了极大的好奇。什么样的男人，愿意把自己漂亮的女人拱手送给别的男人？至于短发女人的遭遇，大发倒没有多大的兴趣，因为这种遭遇，当今社会，实属普遍。

四

大发走进办公室，对面没有董晓琴的影子。大发掏出手机一看时间，已经迟到了半个小时。董晓琴到哪里去了呢？难道一大早就跟领导幽会去了？大发看了看桌上的花瓶，里面已经没有水了，就端着花瓶到洗手间去接水，顺便看一看领导的办公室，领导办公室的门紧闭着。大发叹了一口气，心里恹恹的。

他坐在办公桌前，眯着眼睛，耳里又回荡起那两个漂亮女人的对话。她们是干什么的呢？他们的男人又是干什么的呢？这么想的时候，他忽然厌恨起她们的男人来，尽管他不知道她们的男人是谁。他在心里说，你这些狗日的男人，这么好的女人在身边不懂得好好爱，你还有心去打什么麻将？你还想把她送给别的男人？活该！像这种乌龟王八男人，就是该多给他戴几顶绿帽子，让他喘不过气来，热死他！

第二天早上，大发估摸着第一天的时间走进燃面馆，六元钱一碗的燃面，确实让人心疼。可大发就是控制不住自己，他想去见一见那两个女人，她们昨天说过的，送完孩子，还到这燃面馆吃燃面的。燃面馆内很拥挤，大发坐在一个角落里，强忍着燃面诱人的香味，慢条斯理地吃，他怕自己吃完了燃面，那两个女人还没有来。大发眼睛总是扫视着进门的每一个人。长发女人进来了,她今天穿一件黑底白花的连衣裙,漂亮得像仙女。长发女人扫视了一遍面馆里的人,然后从一个棕色的皮包里拿出手机,轻声说,小丹,你咋还没来呢?哦,什么时候发烧的?退下来了吗?那就好,那就好,那么明天见吧!

长发女人在大发对面的空位上坐下来,她轻轻理了理长发,然后就把目光看向门外,好像坐在她对面的大发根本不存在一样。可大发的心却跳得很快,他与长发女人的距离最多一米,他能嗅到她身上散发出来的淡淡的清香,能用眼角的余光透过镜片看到她忧郁的眼神,还有白嫩的手腕上绿莹莹的玉镯和淡蓝色的经络。大发莫名其妙感到一种强大的压力,他快速吃了一大口燃面,但又不敢随心所欲地咀嚼,他就极斯文地慢慢咀嚼,然后又极斯文地把那一大口燃面咽下肚,那种别扭只有他自己才能够体会。燃面只吃了三分之二,剩下的他却一口都吃不下去,按照往日的惯例,他是要把碗底的作料都舔光的,可今天他就是吃不下去,他总觉得自己的吃相很粗鲁。大发忍痛割爱站起身,往外走,他想大胆地看一眼长发女人,可他却只敢用眼角的余光瞟一眼,他发现长发女人像一个雕塑,一动不动地看着门外。

大发推上自己的破自行车,打主意穿过熙来攘往的人群,今天他没有半点心思欣赏大街上妖艳的女人们了,脑海里就只有那个长发女人的模样,鼻孔里就只有长发女人身上散发出来的淡淡的清香。她是干什么工作的?做生意?全职太太?她那个想把她送给别的男人换官当的男人又是一个怎样的男人呢?

受好奇心的驱使,大发忽然产生了跟踪长发女人的念头,这个念头一冒出头，就长得枝繁叶茂。大发赶紧掉转车头，找一个能看见燃面馆大门的角落站着。

长发女人出来了，向着小街走去，步伐均匀，不快不慢，高跟鞋敲打地面的声音很悦耳。大发推着自行车不远不近地跟着，出了小街，就是一条大街，车水马龙的，长发女人走在人行道上，忽然弯下腰，好像是整理她那双乳白色的高跟凉鞋，大发看见了一个浑圆的臀。大发身子一个激灵，瞬间闭上眼睛，当他再睁开眼睛时，长发女人已从人行道走到了大街的中部，他赶紧推着自行车赶过去，刚要踏上人行道，红灯亮了，密密麻麻的车子把他隔在路边，街的对面是华南大厦，他看见长发女人走进了华南大厦金碧辉煌的大门。大发什么都看不见了，但他弄清楚了，长发女人住在华南大厦里。大发也明白，住在华南大厦里的人，不是老板就是当官的，人们都把华南大厦称为富人区。

大发这次迟到了二十分钟，好在领导没有在，对面的董晓琴也没有在。要是在往常，大发即便迟到一分钟，只要被领导发现，都会被狠狠地批评。

大发给自己泡了一杯茶水，坐在办公桌前，眯着眼睛想，那么漂亮的女人，就应该住那么好的地方。可住在那么好的地方，怎么还那么不快乐呢？转念又想，咦，这个董晓琴去哪里了呢？领导又去哪里了呢？一个单位的一男一女同时消失，这意味着什么？大发叹息了一声，打开电脑，准备完成领导交给他的那个调研报告。

五

　　母亲的肚子鼓胀了起来，呼吸困难，没有了小便，医生说，这是糖尿病的并发症，她的心脏被胸腔里的积液泡着，随时都有停止呼吸的可能。医生说，即便有再多的钱，最多也就缓解一下，建议开点药，还是回家去吧！大发的泪水在眼眶里转，他确实没有钱，他所有的积蓄不会超过两千元，两千元对于这样的病，真的是杯水车薪。他想，无论如何也不能回家，回家，就是等死。在这世上，他唯一的亲人就只有母亲了。医生说的也不一定对，万一母亲的病能够治好呢？母亲那么善良，万一苍天怜悯母亲让母亲的病好起来呢？大发潦草地回忆过去的母亲，不言不语的母亲一生善良，一生奔波，落下一身的病，却没有过上一天好日子。

　　大发决定借钱，可跟谁借呢？他想到他的师专同学，可他的同学大都还在社会上漂着，连工作都没有找到，许多同学都在考公务员这根独木桥上挤着，可挤过去的寥寥无几，即便挤过去了，就像自己，哪又有节余的钱呢？后来，他想到了自己师专的老师，老师热爱文学，大发也喜欢文学，在学校里，老师很欣赏他。可要跟老师借钱，那多难为情啊。大发实在没有办法，还是去找老师了。老师说，在半年前，老婆忍受不了他的清贫，跟一个煤老板跑了，把他的三万六千元钱也卷走了。现在，他的工资扣着买房的贷款，每月只剩下点生活费，实在没有钱。老师在卧室里翻箱倒柜好一会儿，然后又把钱包拿出来，把所有的钱放在桌子上，捡起五百元来，重新放在钱包里，说，我留下五百元做生活费,剩下的你全拿去吧!大发一边数钱,一边流泪,一共六千八百二十元。于母亲的病,这点钱显然是不够的。

大发想到单位去借钱,但单位总共只有七个人,他在这个单位已经三年了,人情冷暖已经看透了,他实在不想在单位里丢人,他想过,要是丢人能借到钱,那丢了也就丢了,可他预感到,即使丢了人也是借不到钱的。他在单位,是那么无足轻重,就像一片轻飘飘的鸡毛,没有人把他当人。

董晓琴看着大发生铁一样的脸色和发红的眼睛,就说,大发,你一定遇到了难事。

大发摇摇头,居然把眼眶里的一滴泪摇了出来。

董晓琴说,大发,你要是遇到了难事,就跟我说,说不定我还能帮上你,毕竟我们还是老乡!

大发看着董晓琴真诚的脸,就说,我母亲病了,很严重,要交很多钱,我凑不够。

董晓琴说,还差多少?

大发说,至少还差四五千。医生曾经跟大发说过,如果要住院,至少要先交一万元的住院费。

董晓琴说,你等着,四五千元我还能凑出来,我向领导请个假,打车回去拿来!

董晓琴话音一落就出了门,董晓琴一出门,大发的泪水就不争气地流了出来。他心里有些愧疚,过去他觉得董晓琴见利忘义属无情无义之辈,其实董晓琴还是重情重义的,他虽然喜欢董晓琴,可自己哪配得上让董晓琴喜欢呢?

董晓琴借了五千五百元钱给大发,她说,本来有六千的,我要留下五百做生活费。

大发交了一万元的住院费,余下的钱准备为母亲买营养品。

大发的心,前所未有的温暖,他觉得活在这人世间还是很美好的,毕竟好人还是很多的,像自己的大学老师,像董晓琴。还有单位上的人,有三个向他问候过,问他母亲的病情是否好转了。还有领导,经常对他横挑鼻子竖挑眼的领导,语气温和地对他说,大发,听说你母亲病得很重,给你十天的假,你就好好照顾一下你的母亲!毕竟,一个人,只有一个母亲嘛!领导又好看地笑了笑,说,祝你的母亲早日康复!这一天,大发的心无比的温暖,就像寒冷的冬天升起了一轮金光闪闪的太阳。

六

大发整天守在母亲的病床边伺候母亲,不停地安慰母亲说病很快就会好起来的,母亲张着没有牙齿的黑洞洞的嘴巴一边喘气一边笑一边流泪。

钱,像流水一样在医院的河道里哗啦啦地流走了。大发忽然想起办公桌的抽屉里还有一张一百零五元的稿费汇款单。这张汇款单是一家省报寄来的,这是他零零星星的稿费汇款单中金额最大的一张。大发在工作之余偷偷写些豆腐块文章,向大大小小的报刊投稿,可这些稿子，就像发育不良的种子，偶尔才会冒出一个小芽来，大发看着这些小芽，就像母亲看着死里逃生的儿女一样的惊喜。大发每当领到稿费汇款单，都会把它端正地放到办公桌的抽屉里，每天来上班把它认真地捧在手里，喜悦地看上两眼，再轻轻地放进抽屉里。大发到邮局取钱的时间，总是汇款单到期前的一两天，他明白，只要钱一取到手，很快就会被用出去，汇款单在抽屉里，每看一眼，心里都有一份喜悦，灰暗的日子也就有了一缕亮色。

大发记得，第一次领到的汇款单，金额是二十元，那时他高兴得想大吼一声：我领稿费了！可他很快就冷静了下来：不能让单位的人知道他写文学稿，一旦大家知道了，肯定会认为他不务正业。但不说他又觉得憋得慌，他觉得自己的成功和喜悦，不跟别人分享就会爆炸。可跟谁分享呢？他想来想去，没有找到一个适合的人。于是他就把汇款单折叠了一下，一半放在衬衫包里，一半露在外面。他站起身，伸了个懒腰，还发出嘘嘘的声音，他希望坐在对面的董晓琴抬起头，一眼就看见露在外面的汇款单，然后惊奇地说，哟！大发，你衬衣口袋里的东西是什么？要掉了呢！那他就赶紧拿出来，压住心底的喜悦，平静地说，一张稿费汇款单，谢谢！大发希望看见董晓琴惊奇地睁大眼睛，说，大发，你都领稿费啦？都吃外快啦？快拿来我看看，多少呀？大发，你真了不起！你是我们金沙江边人的骄傲和自豪呀！我们金沙江边人还没有哪个能用文字换钱呢！大发就不好意思地笑着，递过去……

可董晓琴头也没抬，也没说话。大发很失望。大发就走过去，装

149

着请教业务上的一个问题，他一弯腰，那张汇款单就掉在了董晓琴的桌子上。董晓琴拾起来，随手就递给了大发，说，你的东西掉了。大发接过来，看了看，说，一张稿费汇款单。董晓琴果然睁大眼睛看着大发，笑着说，稿费汇款单？你在外面发文章了？看不出来嘛！多少，拿来我看看！董晓琴一看，叹息了一声，我还以为两千元呢！原来是二十元，什么狗屁刊物，给这丁点儿钱，打个车去取还不够车费呢！大发的心咯噔一下，说，就是就是。董晓琴忽然笑了笑，说，明早请我们吃早点吧！你看，六个人，六元一碗的米线，共三十六元，你再添上十六元，为你庆贺一下吧！这不是一般的早点，是非常有意义的早点，叫大发稿费早点！大发一惊，然后笑了笑，爽快地答应，说，好，一定一定。

半个月后的一天早上，领导拿着他费了九牛二虎之力才完稿的一个调研报告走了进来，严厉地说，大发，我告诉你，请你还是以工作为重，你看你这文章，文理不通，逻辑错误，该说的问题说不清楚，不该说的问题，像老妈妈的裹脚布又臭又长。我看你的水平不是这样的臭嘛！是不是把精力花去赚稿费了？！大发一下就蒙了，领导怎么会这样说呢？自己费了心血写的调研报告真的是一堆粪吗？大发此后发表文章领了稿费，再也不敢与人分享了，他只是偷偷一个人哄自己高兴。

现在大发手里没有了钱，他忽然想起办公室抽屉里的稿费单，白天去拿，他觉得遇到同事不好，就干脆晚上去拿。当他打开门拉开灯，眼前的情景把他吓得半死。各种衣服丢了一地，一对裸着身子的男女相拥着坐在沙发上惊奇地看着他,是领导和董晓琴。大家都迟疑了至少五秒钟,大发忽然从梦中惊醒似的,把门拉上转身就跑,边跑边说出一句电视剧台词一样的话:我真的是来拿东西的,我什么都没看见!大发很恐慌,在恐慌中,他开始厌恨这栋老旧的办公楼,怎么门锁就没有反锁的功能呢?要是有这种功能,领导和董小琴就一定会把门反锁上,要是把门反锁上,他就打不开门,要是打不开门,他就不会遭遇那种尴尬的局面。唉!怎么那么倒霉呢?

  大发回到母亲身边,依然六神无主,他知道领导和董晓琴肯定是有一腿的,但他们咋个能在办公室那样呢?领导不是有办公室吗?怎么偏偏要在他和董晓琴的办公室呢?怎么自己又偏偏要撞上呢?后来大发忽然醒悟,这段时间抓得紧,领导宾馆开房出的问题多如牛毛,于是领导就转移到办公室来了,他们以为这样更安全。因为领导给他十天的假,领导没有想到他会半夜三更进办公室。

  第二天,领导就打来电话,声音很温和,说,大发,你母亲的病情好些了吗?

  大发的心跳得厉害,说,好些了,好些了!谢谢!谢谢领导关心。

  领导又说,昨晚你到哪里去了?

  大发的血液一下涌上来,他脑海里犹如涨潮一般,发出哗啦啦的声音。怎么回答呢?向领导认错,说我不是故意的,说我什么都没有看见!大发的脑子像一架高速旋转的发动机,最多五秒,大发轻声说,谢谢领导关心,我昨晚一直在医院陪着我老娘。

  领导呵呵笑了一声,说,你昨晚一直陪着你老娘,你是个孝顺的儿子！很好！

领导又说，这样吧！大发，你老娘什么时候病好了，你就什么时候来上班，你手里的工作，我安排其他人暂时顶上。

大发挂了电话，脸上布满了一层细密的汗水。他沉重的心忽然轻松起来，他刚嘘完一口气，心里又像砸进了一个秤砣，实突突地闷疼。领导葫芦里究竟卖的是什么药呢？

七

大发的母亲还是死了，大发货真价实地人财两空了。但大发一点不后悔，钱没了可以去挣，只是娘没了，他十分悲伤，在这个世界上，他唯一的亲人走了，他就像一棵孤零零的树，在风雨中摇摇晃晃。

大发本来就瘦的身子，又瘦了一圈，像一根枯树枝。母亲的葬礼虽然简单，但单位上的六个同志都去了，而且还随了份子，领导随了三百，董晓琴随了二百，其他的都是一百，这对于大发来说，是很重的礼了。他的心里很温暖。当他第一天来上班的时候，泪水总是很不争气地在眼眶里打转。

大发尽量装作什么都没发生一样。可是心里却什么都发生了。他不敢看董晓琴，董晓琴的裸体白亮亮的，像一道激光，在好长一个时段让他失明。他偷偷瞟了一眼董晓琴，他看见董晓琴光洁雪白的脖颈上扎着一块淡蓝色的丝巾，像一只欲飞的蝴蝶。董晓琴长发披肩，脸又粉又红，真的有着一种赏心悦目的美。可这种美，瞬间就变成了一根又一根毒针，扎在大发的心上。大发感到伤心，董晓琴跟自己同是金沙江边人，同喝金沙江水，养出来的那么好的身子，却跟自己没有半点关系，却让一个至少大她二十岁的黑脸男人强行霸占！不！要是董晓琴主动投怀送抱呢？

大发的悲伤很快就被他自己化解了。大发想，你悲伤啥呢？董晓琴与你有啥关系？人家怎样是人家的自由，有你啥相干？

领导走了进来，亲切地说，大发，看你瘦成这样，还是要保重身体啊！你是个孝顺的儿子，很好！家里还有啥亲人？

大发说，没有了。

领导说，就你一个人了？

大发说，就我一个人了。

领导说，看你的简历，你都快三十了吧？

大发说，嗯。

领导说，还没女朋友？

大发说，没。像我这样的人，要啥没啥的，哪个看得起？

领导说，不，你还是很优秀的，有文采。还是创造条件，抓紧找一个，成个家！

大发感动了，说，谢谢领导关心。

大发脑海里瞬间闪过与自己交往过的女人，那些女人，就像秋天的树叶，飘飘的，没有一个落在实处。第一个，是金沙江边的女人，山茶花一样漂亮，跟他相处了五年，但见他二十八岁了还没找到工作，就嫁到四川去了。第二个在县城做生意，相处了十八天半，开始说喜欢他的老实，但在第十九天的上午，因为一件小事，说他，像你这样老实的人，在这个不老实的社会，不饿死就是老天有眼了。第三个是个教师，家在城里，相处了十三天，那女子请大发到她家吃饭，女子年迈的父母让大发杀一只鸡，大发从来没有杀过鸡，勉为其难杀了，却没杀死，那鸡在屋子里飞了三圈，鲜血溅满了屋子，还让女子父亲的白衬衫变得红梅花儿开。女子的父亲鄙夷地说，一个连只鸡都杀不死的男人，今后咋个生活？第四个是跑保险的，香艳无比，她让大发带她去喝咖啡，大发从来没有进过咖啡店，结果是女子带大发去，大发对喝咖啡的无知，让女子很反感，最后一结账，两杯咖啡居然三百六十元，大发只有三百元钱，最后是女子补上六十元才结了账。走出咖啡店的时候，大发头晕乎乎的，显然，那么贵的咖啡把大发搞蒙了。大发一个趔趄，险些摔倒，嘴里说，这哪是咖啡啊？分明就是海洛因！结果大发从西边走，那女子却头也不回地朝东边走了。那女子当然不知道，那三百元钱对于大发有多重要。那几乎是当时的大发所有的积蓄，是母亲五服中药的钱。母亲还躺在病床上喘气呢！第五个，应该是董晓琴。不，这只是大发的一厢情愿，也许董晓琴根本没把大发看在眼里，就不提了。

从此，大发就对女人有了厌倦，但体内却又时时涌起翻滚的浪花，那是肉体对他内心的背叛。后来他忽然发现，他喜欢从幼儿园门口的大街上缓缓而行，看着满眼的漂亮女人，他干渴的心，就有了几分湿润。

八

看见长发女人站起身往门外走,大发赶紧把最后一口燃面扒在嘴里,一边咀嚼一边往外走。长发女人今天穿的是一条蓝灰色的牛仔裤,上身穿一件乳白色的蝙蝠衫,脖颈上还扎着一块翡翠色的丝巾,看上去清纯得让人心疼。

长发女人提着一个乳白色的皮包朝着那条小巷走去。清晨的阳光脆生生的,照在她绸缎一样的黑发上,微风轻轻拨弄着长发,几缕不安分的长发便在阳光里亮闪闪的,有着金子一般的质地。大发推着自行车,离长发女人十米左右,他能嗅到她身上散发出来的清香,身心感到无比的愉悦,长发女人精致浑圆的臀部有节奏地轻轻摇晃,他的心也随着摇晃,似梦非梦。

一声惊叫惊醒了大发。一个鬈发男人向着他飞奔过来,长发女人已摔倒在地上,伸出一只手指着那个飞奔的男人,声嘶力竭地喊,抢人啊!大发瞬间明白了,把自行车一横,那个鬈发男人被自行车一绊,摔倒在地上,大发猛地扑过去,抱住鬈发男人的双腿,鬈发男人拼命挣扎,但挣脱不了,就拔出腰间的刀,狠狠地在大发手臂上扎了两刀。大发手臂鲜血直流,但始终不放手,被喊声惊醒的人们涌上来,一起制服了鬈发男人。

大发被送进了市人民医院,陪在他身边的是长发女人。

大发的伤口缝了二十针,由于流血过多,脸色苍白。长发女人后来知道大发是个公职人员,唯一的亲人也死了,心里很疼,就每天为他送饭,为他做营养品,什么土鸡汤、鸽子汤、王八汤,什么营养,就做什么。其间,长发女人问过大发的名字,大发如实回答了。又问大发家住哪里?在哪里工作?大发说老家在金沙江边,现在一个亲人都没有了,现在在城郊租房住。至于在哪里工作,大发觉得不好意思说出来,他的工作单位地志办是一个十分冷背的单位,好多人都不知道有这样的单位。当初之所以考这个单位,就是因为害怕热门的单位竞争太激烈。大发当时的想法就是,只要有一个工作就行。他考了四次热门的单位,都被淘汰了。长发女人告诉他,她的名字叫李霞,原来在毛纺厂当办公室主任,后来毛纺厂垮了,她就下海做生意,主要经营家居用品。她的女儿娇娇五岁了,在上幼儿园。

李霞说,谢谢你,大发,那天要是包被抢了,损失可就大了,她所有的银行卡、证件都在包里,现金倒才两万,她准备去付一笔生意款的。要是那些卡和证件丢了,那就出大麻烦了。

住院的那段时间,是大发最幸福的人生时光。他从来没有享受过这样的待遇,那么美丽的女人整天为他送好吃的,还坐在床边陪他说话,她看他的伤口时那种心疼的模样,让大发想哭。那长发撩在他的手臂上,痒痒的,那香味飘进他的鼻孔,悠悠的。大发巴不得自己一直这样住在医院里,但他又想,在医院里多住一天,李霞就要多付一天的医药费,这医院每天的费用高得惊人,他曾问过护士,护士说,每天不会低于三五百的。于是住了十天的院,大发就要求出院了。

应该说,大发心里一直纠缠着一个神秘的问题。那就是这么漂亮的李霞，她的男人怎么会拱手把她送给别的男人呢？大发的脑海里时常想起燃面馆里那两个美丽女人的对话。那对话让他觉得这个世界实在是不可思议。李霞的男人究竟是一个怎样的男人呢？他究竟在什么部门做一个什么样的官？他对这样的男人产生了极大的兴趣。

好多次，大发都想问一问李霞，但话到了嘴边，他又咽了下去。怎么能开口呢？这是人家的隐私呢！

有时大发又会感到羞愧和害怕，要是李霞知道他跟踪她，他在她的后面欣赏她的腰身，嗅她身上散发出的香味，她会不会恼羞成怒，骂他是臭流氓？

在住院的第九天，那个神秘的问题终于有了答案。领导打来电话，问大发病是不是好了。要是好了，就来上班，说大发耽搁的时间够长的了，再不来，就要停发工资了。大发住院的当晚就跟领导请过假的，说自己患了阑尾炎，要住院，要请一段时间的假。

大发脸色苍白，脸上布满了细密的汗水。大发说，领导，对不起，快好了！最多再是两三天就可以来上班了。

李霞刚好送饭来，就说，大发，是谁呀？看你那么紧张！

大发用手抹了一把汗，说，没事，没事，领导，领导要我回去上班！

李霞说，什么狗屁领导，你是见义勇为的英雄呢！不给你奖励就是好的了，还那么催着去上班？

大发笑了笑说，什么见义勇为的英雄呀！不就是碰巧碰上了吗？不就是随便拦一下吗？

李霞说，要不是你坚决反对，我早把电视台和报社的记者找来了，

157

让他们好好宣传宣传你!这年头,像你这样的人多一些就好了。

李霞的手机响了。李霞听了一会儿,忽然高声说,杨大海,你少跟我来这一套!想要娇娇,休想!你那点烂事,老娘早就一清二楚了,那个叫董晓琴的小骚货,俗不可耐!老娘早跟她摊牌了!

李霞优雅地把手机放进包里,然后怪异地笑了笑。自言自语地说一声,想跟老娘玩,看你那德行!

大发惊得像遭了雷击一样,待在床上。他在心里说,杨大海,不是自己的领导吗?董晓琴,不是自己一个办公室的老乡吗?

李霞说,大发,你怎么了?

大发说,没,没,我觉得心跳得厉害!

李霞说,那我叫医生!

大发说,不,不,不要紧的,马上就好!

李霞紧张了,看着大发怪异的模样,说,大发,你到底怎么了?

大发喘了一口气,说,你刚才叫杨大海?!

李霞说,是啊,怎么了?他是我老公,要跟我离婚,还想要娇娇!你认识?

大发说,不认识不认识!我的一个小学同学也叫杨大海。

李霞说,唉!不说这些了,晦气!你好些了吗?

九

大发出院了,他心里很忧伤,他明白,今后要见李霞,只有经常到那家燃面馆吃燃面了,因为李霞经常在那里。还想跟踪李霞,已经不现实了。他觉得对不起李霞,李霞为他交了住院费七千元,出院时,死活要给他两千元,说是营养费,也是报答费。说他帮了那么大的忙,有啥需要帮助的事,就找她。李霞把电话号码留给了他。

大发断定,那个杨大海,那个自己莫名其妙害怕的领导,就是李霞的丈夫,就是把李霞拿去巴结领导换官当的男人!他忽然开始鄙视那个男人,他觉得那个男人就是一泡粪,李霞是多么好的女人啊!那个男人却不懂得珍惜!

十

大发去上班了。董晓琴早到了,坐在对面。董晓琴说,大发,病好妥了吗?

大发看着董晓琴,她的脸没有了过去的红润和光泽,头发也有些凌乱,好像瘦了许多,不到一个月的时间,董晓琴似乎老了十岁。

大发的心很痛,他不想说话,心里裹着一团莫名的愤怒。好半天大发才冷冷地说,好着呢!

领导进来了,丧着的脸像乌云一样又黑又湿,好像轻轻一碰,就会大雨倾盆。领导的心情显然不好。要在平时,大发肯定突然从座位上站起来,两腿颤抖,冷汗涔涔了。可今天,大发一点也没有害怕的迹象,他是那么镇静,端端正正地坐在椅子上,一动不动,好像自己才是领导一样。大发冷冷地看着领导,眼睛一眨不眨,嘴角还有一丝嘲讽的笑容。领导忽然不适应了,他低头看了看自己的衣服,又看了看皮鞋,又看了看一脸惊愕的董晓琴,又看了看办公室的四周。然后大吼一声,大发,你狗日的看什么看?难道老子的脸上有花?

大发还是没动,目光像两把冷箭,直直地刺着领导。然后哈哈大笑,笑得前仰后合,笑得眼泪一把鼻涕一把,然后喘着气说,粪呀!一泡粪呀!真的是一泡粪呀!

领导摇了摇头,说,狗日的疯了,一定疯了!董晓琴,你帮我联系一下精神病院!然后一转身,啪的一声,重重关上了门。

十一

第二天一早,大发就走进燃面馆,狠着心吃了一碗大碗的燃面。他想,老娘死了,今后就不用再为老娘出医药费了,他把老娘的医药费拿来吃燃面,绰绰有余。每天就可以名正言顺地看见李霞了。李霞果然来了,依然是那么漂亮,微笑着跟他打招呼,在众人羡慕的目光中,大发感到自己无比的荣耀和幸福。

当大发幸福地走进办公室时,忽然进来几个彪形大汉,这几个人在领导的指挥下,不到三十秒钟就把瘦小的大发捆绑了起来,抬到楼下的一辆面包车上,准备把他送去精神病院。大发拼命反抗,他用头去撞人和车,但被制服了。

领导和医生都说,他病得很厉害!属于躁狂症!很危险的,会伤害人的!

领导笑着跟医生握手，说，劳驾你们了！费用嘛，就挂在我们单位上！

医生说，没事的，比这还危险的病人，我们医院多的是，我们会有办法的！

田园

一

菜花的真实姓名叫什么,可能我们营盘的人都不知道。

自从这个女人嫁到村子里,村子里的男女老少,就都叫她菜花。

菜花二十岁那年嫁给了我的堂哥。闹房的那天晚上,我跟许多人并排坐在桌子前,又激动,又有些慌张。因为我怕喝酒,又怕说吉利。

在大家的哄笑声中,我连忙把早就准备好的吉利说了出来:清水下田,浑水栽秧,先生儿子,后生姑娘。我看见新娘子穿着一件菜花黄的对襟衣服,菜绿色的裤子,头发扎成两根又粗又大的麻花辫,眼睛又黑又大,脸蛋红红的。她有些害羞地看我一眼,微微一笑,牙齿又白又整齐。堂哥看着她说,菜花,这是兄弟,大兄弟,你就说吧!菜花就急促地说,先生儿子,后生姑娘。兄弟,大兄弟,喝杯喜酒!我看她又黑又大的眼睛看着我,就端起酒杯,一口喝了,直呛得我咳个不停，泪水长流。惹得在座的人哈哈大笑。从那时，我就记住了，这个好看的女人，叫菜花。

也许是菜花的牙齿又整齐又白净，所以她经常都是笑眯眯的。不知道为什么，十岁的我就是喜欢菜花。那时，生产队经常集体出工，集体开会。一群跟我差不多大的小孩子常常会跟在菜花的身后，嗅她身上的气味，那是一缕缕油菜花的清香味，那时的我就聪明地想，原来人们都叫她菜花，她肯定是油菜花变的。

我们还会趁她不注意，揪一下她的衣角、裤子或者麻花辫。她总会放下身上的锄头、挑箩或者背篓，返身来追我们。她笑眯眯的，露出整齐白净好看的牙齿。我们转身风一样地跑，但她的速度比风还快，每次都要抓到一至两个。而我，每次都会被她抓到。后来我才明白，不是我笨跑得不快，而是她每次的目标都是着我。更重要的是，我也很想让她抓到。因为每次抓到我，她都要用硕大的手掌捧着我的头，在我的额头上啪地吻一下。然后装作生气的样子，说，看你还敢揪我的辫子！那种感觉真好，湿湿的，暖暖的，还有丝丝缕缕的菜花香味。我敏感地发现，菜花抓到别的孩子，也装着生气的样子，也说，看你还敢揪我的辫子？但却没有捧着他的脑袋亲吻他的额头；只是把手掌举得很高，然后轻轻地拍在他们的小屁股上。

菜花越是这样，我就越想跟着她，村子里的人都在笑我，说我是菜花的跟屁虫。

菜花穿的衣服，不是绿的，就是黄的。人们笑她说，难怪名字叫菜花，连穿的衣裳都是菜叶菜花色。说不定，前身是棵大白菜。

163

二

我们村子的人一出工，男女老少两三百人，走在阡陌纵横的田埂上，队伍拉得老长，花花绿绿的，像一条硕大的菜花蛇。菜花在哪里，总能让我们一眼就看出来。

菜花爱笑，随时跟堂哥走在一起，很亲热的样子。村里人都说，看他俩好得穿一条裤子似的，年轻人，就是图个新鲜，要是一辈子都这样，那就让人羡慕了。

其实，村里人虽是这样说，但却没有半点恶意。村里人都很喜欢堂哥和菜花的。

堂哥是劳动的好手，栽种收割都以一抵俩，又乐意帮助人。无论是喜事丧事，他都跑前跑后的，帮人家把事情做到最好。菜花当然也不例外，重活轻活都做得顶呱呱的。特别是插秧，手指掠起的水简直不会间断，快得让村里人吃惊。菜花做的豆腐，比别人做的更白更嫩味道也更鲜美。更重要的是，做出来的豆花也比别人做的要多。也就是说，如果别人用一斤豆子能做一斤二两豆腐，那么菜花用一斤豆子就能做出一斤四两豆腐来。菜花也把她做豆腐的技术毫不保留地教给村里人，可他们怎么做都没有菜花做得好做得多。于是村人就说，豆腐是有灵性的，是认人的，看菜花长得好，逗人爱，就以好品质来迎合她。于是，做豆腐这门手艺，在村子里就变得有些神秘了。

我们村子都有这种说法，无论是喜事还是丧事，都是要做豆腐的，要是哪家做的豆腐品质不好，无论怎么做都像豆渣样的，那就预示着这家人有灾星，不吉利。过去我们村子里，这种事每年都会发生一两桩的。但自从菜花嫁到我们村子里来，无论哪家要做豆腐，都是请菜花去做的，多年来，从没有发生过豆腐做得像豆渣一样的事。人们都说菜花是福星，也就更喜欢菜花了。

土地分到各家各户以后，房前半亩多的土地，菜花全部种成了蔬菜。有小葱、大葱、蒜苗、芫荽、黄瓜、豆子、青菜、白菜，应有尽有的。一到夏天，整个菜园有黄有绿有紫的，生机勃勃的样子。蓝天白云，惠风和畅，蝴蝶翻飞，蜜蜂忙碌。特别是清晨，露珠儿亮亮的，各种植物水灵灵的，走过菜地，空气中便弥漫着香香甜甜的气味。菜花每天最低三次走进菜园，或蹲或站，或看或摸，或洒水，或施肥，或除草，或采摘，回来时，手里总有几棵小葱或芫荽，几个黄瓜、豆子或者几片青菜白菜。她的脸上总是挂着笑意，这已成为我们村子里一道独特的风景。

如果你在阡陌纵横的田埂上，看见一个高个子男人，穿着粉生生的衣服，肩上扛着锄头或者担着箩筐，不紧不慢地走着，那个人一定是我的堂哥。他脸色黧黑，牙齿很白，一见到人，总是笑眯眯的。堂哥的后面，肯定跟着一个穿黄色衣服、绿色裤子，拖着两条大麻花辫，比堂哥矮一头的秀秀气气的女人，那个人一定就是我的堂嫂菜花。他俩总是一起出门，一起回家，一起在地里劳作。有时还唱山歌：

大田栽秧行对行，
一对秧鸡来歇凉。

165

秧鸡低头望秧水，
小妹抬头望小郎。
哎呀我的郎呀，
小妹抬头望小郎。

有时，菜花唱的却是另外一种调子，很好听的，总让我想起九曲十八弯的山泉水围着青山转的样子。等我长大了后才明白，菜花唱的是黄梅戏《天仙配》：

树上的鸟儿成双对，
绿水青山带笑颜。
随手摘下花一朵，
我与娘子戴发间。
从今不再受那奴役苦，
夫妻双双把家还。
你耕田来我织布，
我挑水来你浇园。
寒窑虽破能避风雨，
夫妻恩爱苦也甜。
你我好比鸳鸯鸟，
比翼双飞在人间。

菜花一边唱一边劳作，有时还深情地看堂哥一眼，目光常常会与堂哥的目光相接。堂哥拄着锄把，深情地看着菜花好看的身子，目光携着菜花一波三折的歌声，飘向悠悠的白云，直达遥远的天际。他的嘴微微张着，发出嘘嘘的声音，一副享受和幸福的样子。

我们村里的人都很喜欢也很羡慕堂哥和堂嫂菜花，都说他们是牛郎织女转世的。

更让人惊奇的是，我们村里不止一个人看见，在春光明媚的日子里，菜花走在田野里，总有成群结队的蝴蝶围着她翩翩飞舞，有的还落在她的麻花辫上、手臂上、衣服上，好像她就是一朵硕大的油菜花。

三

时间一晃就过了许多年。菜花的女儿都十六岁了。

村庄在一夜之间，好像发生了翻天覆地的变化。

首先是村子里除了读书的人，大都外出去打工了。接着是一些家庭把猪马牛羊卖了，把田地低价租给了别人，举家到外面打工去了。任凭土房子在风雨中衰败着，任凭木门上的将军锁锈成了一个铁疙瘩。

再后来，村子里的砖房逐渐多了起来。原来，村子里唯一的砖房就是村主任家的两层楼，这在村民的眼里已是红苕地里的夜明珠了，很打眼的。可一觉醒来，村子里多出好几幢三层四层的楼房来了。张老三家的、毛二狗家的、李老四家的、杨八斤家的……这些人家的楼房是咋个盖起来的？还不是用打工的钱堆起来的。

小伙子们出去的时候还是毛头毛脑的，回来的时候就变得有板有眼很有几分老板派头了。而姑娘们，出去时穿的还是对襟衣和布鞋，回来时穿的就是鲜亮亮的衣服了，就像电影电视里的那些人儿，穿着高跟鞋。这让村民觉得奇怪，那鞋跟手指粗细，走路竟然还稳稳当当的。这些曾经土不拉叽的姑娘，一下子就变成白天鹅了，看上去更高了，更苗条了，胸是胸腰是腰屁股是屁股的。姑娘们的脸也白生生的，红润润的，头发柔顺得像黑油油的绸缎，有的还染成了黄色，像水波浪一样的，真的让人开眼界了。特别是那牛仔裤，把个大腿和屁股裹得圆滚滚的，让人看得心惊肉跳。

菜花的女儿十六岁了，出落成大姑娘了。菜花就有些恍惚，好像才是一眨眼间，自己就变成一个大姑娘的妈了。闹房时的心跳和脸红，跟着堂哥在地里劳作时山歌缭绕、眉目传情的快乐和开心，好像已经很遥远了，但仿佛又像是在昨天。

四

后来女儿出去打工了。

临走的那天早晨，菜花偷偷地掉了眼泪。女儿从来没有离开过爹和娘，现在忽然就要离开爹娘了，不知什么时候才能回来。菜花的心就好像吊在半空了，悬悬的，痛痛的。看着女儿的背影渐渐远去，消失在田埂的尽头，菜花就奔到自己的菜园里，看看四周没人，呜呜痛哭起来。把青翠的菜叶、金黄的菜花、纷飞的蝴蝶、嗡嗡叫的蜜蜂还有那些叫不出名的昆虫,哭得颤颤的。

堂哥轻轻扶着菜花的肩膀,轻声说,不哭了,走,回家吧!

菜花说,我舍不得女儿呀!就是想哭。

堂哥说,娃儿出去赚钱,闯世界,也是锻炼嘛,你要高兴才是!

菜花就用手掌把脸上的泪水抹干了,笑了笑,露出洁白整齐的牙齿,跟着堂哥回家了。

菜花一夜未眠,嘴上说的,心里想的,全是女儿的样子。那些样子像放电影一样的,一幕一幕地出现:刚出生时的样子、三岁时的样子、十岁时的样子、十六岁的样子,吃饭的样子、玩耍的样子、生气的样子、调皮的样子、干活的样子……菜花忽然觉得,女儿走了,把她的心也吊到半空了。

菜花依然喜欢唱歌,整天就对着自己的田园,自己的猪鸭鸡狗唱。

她习惯了守望,目光总是在劳作的闲暇之中,栖息在通往山外的小路上。她从来没到过任何城市,但她仍然空空地想象着陌生的城市,想象着女儿在城市里的样子,那样子是虚幻的,不实在的,但确确实实存在着。

要过年了,村子里外出打工的人们都陆陆续续回来了,病恹恹的村庄忽然就有了生机了,那些花枝招展的姑娘,把灰茫茫的村庄装扮得鲜亮亮的,村庄里飘荡着丝丝缕缕的新鲜好闻的气息。

女儿终于回来了。女儿变了,变得出奇地好看了,洋气了,像电视里的人似的。她穿着牛仔裤、高跟鞋、红色羽绒服。原来的麻花辫不见了,变成了披肩发;黑亮亮的,像水一样的光溜。脸蛋像桃花一样的粉红,嘴唇红彤彤的,像熟透的樱桃。眉毛也好像变得更细了,眼睛更黑了,更大了,看人时,好像会有雾茫茫的水汽升腾起来。

年来了,巧巧到街上买来了门神对联,贴在门上,喜气就出来了。又买了两挂鞭炮,三支礼花。做了十二个菜,还买了几瓶云南干红。堂哥和菜花把每一道菜夹了一点放在一个碗里,祭祀已逝的亲人。

黑夜来临了,鞭炮放响了,噼噼啪啪的鞭炮声震得人心悠悠的。

三个酒杯斟满了红红的酒。一家三口人相对而坐,眼里和心里都充满了幸福,但又不知道怎样表达。

还是巧巧打破了沉默。巧巧说,爸,妈,祝二老身体健康,百病消除,长命百岁。

菜花抹了一下眼睛,说,菩萨保佑,让我女儿一辈子幸福,一辈子平安。然后就轻轻地跟女儿和堂哥碰杯,然后就喝酒。

女儿喝了半杯,喝得很轻松,红红的嘴唇轻轻地抿了抿,很好看的。菜花喝了一小口,喝得很沉重,眉头皱成两个疙瘩。堂哥喝了一大口,眼睛亮亮的,笑容挂在脸上。巧巧知道,这么多年来,妈妈是从来都不沾酒的,爸爸偶尔喝点酒,但也对酒不是很喜欢。

一瓶酒慢慢就喝光了,大都是女儿喝的。妈妈絮絮叨叨地讲她小的时候,讲爸爸如何对她好,讲村子里的奇闻趣事。女儿也讲外面世界的花花绿绿,讲城市的街如何宽,楼如何高,灯如何亮。堂哥话少,只是满面红光地看着妻子和女儿,一副憨憨的、幸福的样子。女儿说,她在外面样样都好,就是想家,想妈妈,想爸爸。再后来,一家人就到外面的山墙边为已逝的亲人烧纸钱,泼水饭。堂哥、菜花和巧巧一边烧纸,一边泼水饭,嘴里叨念着亲人,说,来领钱财水饭去了!那燃烧的纸,发出怪怪的味道,那在冷风中摇曳的火光,忽明忽暗,把堂哥、菜花和巧巧的身影照得飘飘忽忽。

放礼花的人可多了,夜空里每隔一会儿就会开出一簇簇漂亮的花朵。

巧巧说,爸,妈,我们放礼花吧!

爸说,我看女儿放。

妈说,我也是看女儿放。

巧巧就把礼花拿到门口,点燃,指向夜空。砰的一声,夜空里就开出了一簇漂亮的花朵,砰的一声,又开出了一簇漂亮的花朵。妈高兴地说,好看!好看!真好看啊!

巧巧每天早上起床,都拿出一个好看的盒子,在脸上花很多的时间,之后,巧巧的脸就粉生生的了,嘴唇也红彤彤的了,眼睛也水灵灵的了。

菜花说,巧巧,你要是在外面过得不开心,你就回来,你爸我俩带你种地,现在政策也好,这样税那样税都取消了,还有这样那样的补助,有吃有穿的,照样过舒心日子。

巧巧说,妈,我过得很好呢!城市总比农村强多了呢!

堂哥和菜花都说,那倒不一定呢!现在的农村不像过去要什么没什么,现在是电视也有了,手机也有了。你看村子里种地的,好些都骑摩托呢!要种子啦化肥啦,只要掏出手机,一个电话打过去,就有人送来。

171

巧巧笑着说，爸，妈，你们是没到过大城市，真有些老土了，大城市可漂亮了，找个时间，我带你们去开开眼界！

堂哥和菜花都说，谁说我们不知道大城市，天天晚上电视里都在放，什么北京啦、上海啦、广州啦！甚至连外国我们都见过了，到处都是人，到处都是车，乱哄哄的，我们才不稀罕！

巧巧高兴地说，爸，妈，你们看我像不像电视里的人？女儿说着，站了起来，甩了甩乌黑的长发，扭了扭腰，甜甜地笑了笑，又说，要是女儿在农村，有这样好看吗？

堂哥说，比这还好看！

菜花也说，是比这还好看呢！

菜花说，原来你爸和我到毛二狗家或者杨八斤家去看电视，巧巧，你猜你爸和我为什么想看电视？告诉你，就是想你，看你在的广州是个啥样子？现在可好了，我们也买了一个四十几寸的，想看就看了。

巧巧说，爸，妈，你们都看见些什么了？

菜花说，都看见些什么，我都说不来，只是我看到你在的广州了，就是大街，就是房子；只是，就是看不到你在哪里上班呢！

巧巧说，妈，广州那么大，像我们这种打工的人要上百万，你怎么会看得见我呢？

菜花说，我在电视上看了，说大城市里坏人多得很呢，特别是对好看的姑娘使坏，你要注意呢！

巧巧说，妈，你就是话多，大城市也不完全像你说的，好人也多着呢！

堂哥和菜花想把巧巧留在身边，这样一家人就圆满了。可是，巧巧就是向往大城市，不管怎么留她，她都还是走了。

堂哥和菜花只是叹气，说，现在的年轻人真是奇怪，城里究竟有什么好的？

巧巧走了，日子又像过去的日子一样，慢悠悠地来，又慢悠悠地去了。春天来了，堂哥和菜花在自己的田园里，该下什么种就下什么种，门前的那片田园里，照样种满了小葱、大葱、蒜苗、芫荽、黄瓜、豆角、青菜、白菜，应有尽有的。一到夏天，整个菜园照样有黄有绿有紫的，生机勃勃的样子。菜花照样每天走进菜园，或蹲或站，或看或摸，或洒水施肥，或除草采摘。回来时，手里总有几棵小葱或芫荽，几个黄瓜或豆角，几片青菜或白菜。她的脸上照样挂着笑意。只是这笑，不像过去那样水生生的了，她已是四十多岁的人了，人也显得胖了些，但脸依然红润润的。她依然喜欢穿菜花黄的衣服，看上去，像一朵硕大的菜花。

五

那年夏天，我回家接母亲进城看病，又看到了堂哥和菜花。菜花牵着一头牛，悠闲地看着牛在菜园地边吃青草，堂哥用木桶挑水浇菜园。堂哥和菜花都四十多岁了，但看上去很精神的，只是微微有些发胖。

堂哥和菜花热情地跟我打招呼，要邀请我到他们家里坐一坐。我高兴地去了。

他们家的房子已换成了砖面房，砖是红色的，瓦是青色的，四周皆是田园和绿树。天是那样的蓝，那样的高远，云是那样的白，那样的飘逸。门口是一块青亮亮的水泥地，四周种满了各色各样的花。一条黄色的狗躺在一棵花树下，伸着红色的舌头乘凉；一只白色的猫趴在一棵樱桃树的枝丫上伸懒腰；几只鸡在开满鲜花的墙角悠闲地觅食。我的心忽然被这情景沉醉了。我说，嫂子，你们过的是神仙一样的日子啊！菜花笑着说，还行！大兄弟你过的日子也不错啊！你看你都发福了。我摸了摸自己腆得有些高了的肚子说，整天在城里奔波忙碌，人胖了，病也来了，血糖血脂都很高，真羡慕嫂子你们的生活啊！

菜花笑着说，那你就不要走了啊！

我说，那好啊！只是不要嫌我吃闲饭啊！

堂哥认真地说，怎么会呢？这些年，又不是没有吃的。

菜花家里很整洁，有红木沙发、大彩电，还有洗衣机，墙壁是雪白的，墙壁上还斜斜地贴着刘德华、周星驰、苏有朋的照片。菜花说，这些都是巧巧贴的，她就喜欢这些。菜花又说，电视、沙发都是前年巧巧回来过年买的。

我说，巧巧是？

菜花说，你侄女呢！都二十岁了，在广州打工。

我说，做什么工作呢？

菜花说，不知道，说在什么五星级大酒店，做什么大堂经理。

堂哥就拿出一个影集，翻出巧巧的照片给我看。巧巧真漂亮，像模特。我夸巧巧长得漂亮，有本事，堂哥和菜花就一个劲地笑，很幸福的样子。

然后是喝茶，茶是上好的碧螺春，清香宜人。堂哥说，巧巧买的，好几盒呢！

闲聊时，我说，嫂子，还记得我那时像个跟屁虫似的整天跟着你吗？

菜花咯咯笑了起来，露出好看的整齐白净的牙齿。她说，怎么记不得？你那时老是爱扯我的辫子。我后来还梦见过好些次呢！

我说，你那时也是堂哥的跟屁虫呢！堂哥走到哪里，你就跟到哪里！

菜花的脸微微红了，笑着说，我现在都还是你堂哥的跟屁虫呢！我要是哪天不跟着他，他干活都没有劲儿呢！

堂哥在一边没说话，只是笑，憨憨的幸福的样子。

我说，嫂子，你还记得吗？你那时最喜欢唱歌了，山歌唱得好，还会唱黄梅戏呢！真想再听嫂子唱上两段！

堂哥说，你嫂子现在有闲心了都还唱呢！

我说，嫂子，就唱上两段吧！

菜花笑了笑，说，别听你堂哥胡说的！他倒想得美！我都老了还唱山歌给他听。

我笑着说，那嫂子就唱给我听啊！

菜花喝了一口茶，就唱了：

大田栽秧行对行，

一对秧鸡来歇凉。

秧鸡低头望秧水,

小妹抬头望小郎。

哎呀我的郎呀,

小妹抬头望小郎。

菜花又唱了《天仙配》:

树上的鸟儿成双对,

绿水青山带笑颜。

随手摘下花一朵,

我与娘子戴发间。

从今不再受那奴役苦,

夫妻双双把家还。

你耕田来我织布,

我挑水来你浇园。

寒窑虽破能避风雨,

夫妻恩爱苦也甜。

你我好比鸳鸯鸟,

比翼双飞在人间。

我轻轻地打着拍子。眼前的菜花变成了原来的菜花,堂哥也变成了原来的堂哥，而我也是原来的我了。

我要回家了，堂哥和菜花一再留我吃饭，说等一会儿好好陪我喝几杯，说巧巧带来的那种云南干红还是不错的。我羡慕地看着堂哥和菜花，想象着我的侄女巧巧，站起身，在他们热情的挽留声中走了，我的母亲在家里盼着我回家呢！

六

母亲说，堂哥和菜花就整天守护着自己的田园。

春天来了，堂哥和菜花慢慢地点种，移栽，泼水……人们只要往菜园里一看，总会看见堂哥和菜花在地里忙碌。几阵春风一吹，几阵春雨一下，田园便生动起来，绿是绿黄是黄的，各种蔬菜应有尽有的。夏天要到了，田园里更是生机勃勃的样子。各种蔬菜发出的香味，惹得蜜蜂蝴蝶翩翩起舞。累了，堂哥和菜花就坐在菜园边长满青草的土坎上，看着停栖在手臂上的蝴蝶出神，听蜜蜂唱歌，看蝴蝶飞舞，嗅各种蔬菜散发出的香味。有时微微抬起头，眯着眼睛看天，看通往外面的山路。

村子里有棵老槐树，枝繁叶茂的，是夏天乘凉的好地方。有老头披着衣衫，端着烟锅，眯着眼睛坐在树下咂烟；有小孩在树下跑跑跳跳；有老太婆袒胸露怀的在树下东一句西一句地闲聊；有干完活儿小憩的妇女在树下张家长李家短地瞎侃。许多事都在老槐树下传播。堂哥和菜花也常常加入到这支队伍里来。我走到老槐树下，这些看着我长大的家乡人，热情地与我打招呼。尽管我也是中年人了，但他们依然叫我的乳名，我既感到亲切，又感到有些说不清道不明的陌生。

堂哥和堂嫂的田园，到处都是碧绿的菜叶、金黄的菜花，还有小葱、大葱、蒜苗、芫荽、黄瓜、豆角，应有尽有的。整个菜园有黄有绿有紫，生机勃勃的。蝴蝶在翻飞，蜜蜂在忙碌，空气中弥漫着香香甜甜的气味，更让人感到惊奇的是，许许多多各种颜色的蝴蝶时不时的落在一个女人的头发上，肩膀上，手臂上。旁边，还有一个神清气爽的男人，用木瓢舀起清凌凌的水，在田园里哗啦啦地浇菜。

一个穿着菜花黄衣服的农村女子，在白云悠悠的蓝天下唱山歌或者黄梅戏，那个女人就是我的堂嫂菜花。在她旁边，有一个憨憨的、一副幸福模样的男人，那是我的堂哥。他们就这样，一生一世守护着自己的田园！

沙滩上的鱼

一

一个黑布口袋里，装着打门球的工具；一个红布口袋里，装着红黄绿三色交织的一块丝巾；一个白色的塑料袋里，装着好多个小塑料袋，每个小塑料袋里分别装着许多毫不相干的东西：二两干辣椒、三两大蒜、一两姜、半斤花生米、一斤烧过皮的五花肉、一斤小白菜、半斤豆腐。

她爬到三楼的最后一级楼梯，把东西放在门口，然后左手扶着门框，反过右手，用松散的拳头捶几下右边的腰，又用右手扶着门框，反过左手，用松散的拳头捶几下左边的腰，然后撮起嘴唇，嘘出一口长气，仿佛，满身的疲惫，就被她嘘出去了。

这些动作，成了她的习惯性动作。从什么时候开始有这个动作的，她都记不清了。好像是三年前吧。三年前，她刚刚从妇产科医生的岗位上退休。她真的不喜欢这个彰显着衰老的标志性动作，但不知不觉地，这个标签，就牢牢地附在她的身上了。之前的她，轻快得像个舞蹈演员，上楼下楼，高跟鞋击打在灰色的水泥地上，嗒嗒嗒的，有着快板一样的节奏。

一只皮子已经破损的棕色皮包，死气沉沉地贴在她依旧丰满的左臀上。她把它拉到面前来，费力地拉开拉链，在一堆餐巾纸和花花绿绿的健身、美容、瑜伽、商场开业打折之类的广告纸里找出钥匙来。这只包时间有些久了，好像是五十岁时，他买给她的生日礼物。拉链常常会卡住，好像是被太长的时间死死绊住了。她要反复地拉好几次，才能顺溜地把它拉开。

她把钥匙插进锁孔，一拧，开了。这有些不正常，平时她和他都养成了一个习惯，出门一定要反锁的，也就说钥匙要在锁孔里向左转两转，打开时，钥匙要在锁孔里向右转两转。她想，难道他回来了？他不是到昆明的女儿家去了吗？按预定时间，要明天才回来的。

她一打开门，就闻到了一股浓烈的红烧肉香味。她自言自语地说，二楼老张家又煮红烧肉了，从抽油烟机里窜出那么浓烈的味道。这个小区虽然不算老，但她家的厨房里，经常会窜出别人家炒菜的味道。这让她有些心烦。

她提着大包小包的东西向厨房走去。

他果然回来了，正系着围裙在菜盆边洗菜。这让她感到十分的奇怪。更奇怪的是，电磁炉上的高压锅冒着白气，发出吱吱的声音，整个厨房里都是红烧肉的香味。

她在心里说，奇了怪了，太阳从西边出来了！他居然在做饭菜！这是三十年来从没有过的事情。

她叫了一声，老管。

他回过头，手里拿着两片大白菜，大白菜还滴着水。

她又叫了一声，你真是老管？

他一脸惊奇地看着她，说，我不是老管，难道还会是老谭？

她把大包小包的东西轻轻地放在厨房的一角，喊的一声，说，一把年纪了，还酸溜溜的。老谭是跟她经常在一起打门球的老头，文体局退休的，热情开朗，经常会带一些水果、饼干之类的东西去门球场，分给大家吃。当然，分得最多的，还是她。

她伸手摸了摸他的额头，他头一偏让开了，说，你干吗呀？

她说，温度正常的嘛，也不热也不烧，脑子不会莫名其妙坏了吧？

他看着她，有些生气地说，你脑子才坏了呢！怎么做顿饭就说我脑子坏了呢？

她笑了笑说，你不觉得奇怪吗？三十多年了，你啥时候做过饭了？太阳从西边出，你不觉得奇怪吗？

他说，这有啥奇怪的？太阳照样从东边出的，只是我觉得，这么多年来你一直照顾我，很不容易的，很辛苦的。我就想，要好好做顿饭给你吃。

她疑惑地眨巴着眼睛，用手揪了揪自己的耳垂，好像是在努力辨别，自己的耳朵是不是产生了幻听。

她说，你怎么会忽然这样想呢？你是不是遇到什么事了？

他说，这样想有问题吗？我都退休了，也没多少事儿干了，我就想学着做点饭菜给你吃，我心里也好过些，文珍，这么多年了，你又要照顾女儿，又要照顾老公，还要工作，真的很不容易，都怪我过去没多为你着想，有时还要对你发脾气。

她越发感到奇怪了，老管已经百分百不是老管了，老管跟她结婚三十二年来，从来都是大大咧咧衣来伸手饭来张口的，像今天这种儿女情长润心润肺的话语，好像在结婚前偶尔听到过。

她忽然想起了什么，连忙奔进卧室，从衣柜的抽屉里抓出两盒档案似的东西，立即打开看。那是他们几天前拿回来的体检资料。她和他，每年都要体检一次，这是惯例。无病图个安心，有病及时治疗，这是他们对生命的看法。他们只想平平淡淡健健康康白头偕老地活着，对人生并无过多的奢求。说到底，他们对生命是热爱的，坦然的。

她先看老管的，那些数据表明，老管除了血压血糖略有些高，肝上略有脂肪之外，其余都是正常的，总体上身体并无大碍。她又看了自己的，除了甲状腺回声不太正常外，其余都是正常的。难道老管向她隐瞒着什么？是不是老管得了什么绝症？或者她得了什么绝症？要不老管怎么会忽然变成今天这个样子呢？她的处世哲学是，一个人只有在绝境中，才会幡然醒悟，才会从被世俗异化扭曲的人生中，脱胎换骨。现在的老管，真的有一种脱胎换骨的感觉。

她回到厨房，老管正在煮白菜。

她急吼吼地说，老管，你就跟我直说！你是不是有啥事瞒着我？

他迷惑地看着她，说，我能有啥事瞒着你啊？我不就是想做顿饭菜给你吃吗？

她摇了摇头，说，事情没有那么简单。世上没有无缘无故的好，也没有无缘无故的坏！是不是这几天你去了医院，医生跟你说你的身体出啥问题啦？或者是你知道我的身体出啥问题啦？

啊！你的身体？你的身体怎么啦？你快跟我说！你不能瞒着我！他十分的焦急。

我的身体有啥问题？我的身体好好的啊！我是说你的身体啊！她反问道。

我的身体不是好好的吗？你怎么会说我的身体出啥问题了呢？你是医生，是不是你知道什么了？他依然一脸的焦急。

怎么说呢？她说，我只是随便问问，如果没有什么原因，你怎么会变成今天这个样子呢？

我变成今天这个样子难道错了吗？我觉得你不容易觉得你辛苦想为你好好做顿饭菜难道错了吗？如果错了，下不为例，我还是照样过着几十年来一成不变的衣来伸手饭来张口的生活。只要你愿意你高兴就行！

我怎么不愿意怎么不高兴了呢？自从嫁给你，我哪天不是为你洗衣做饭，陪你睡觉，为你生娃。我什么时候有过怨言？现在，你忽然变成这样，跟你说实话，我还真不习惯，我还真觉得有问题。老管，老实告诉我！是不是做了对不起我的事情，你良心发现想以此方法来弥补我？

老管的气一下子粗了起来，他大吼了一声，真是糊涂！这日子还要过不过？他愤怒地把电磁炉上的一锅清水白菜，端了起来，砸在地上，发出爆竹一样的响声，滚烫的水和绿色的白菜，在土黄色的瓷砖上冒着白气。他系着围裙，一屁股坐在椅子上，直喘粗气。

她被他突然的举动惊呆了，一脸的惊恐。她自言自语，狐狸的尾巴，终于露出来了。

他咬着牙说，张文珍，明天，你就去看看你的女儿小米吧！

她一惊，说，小米咋个了？

他说，你去了，就知道咋个了！顿了顿又说，你去了，就知道我为什么变成这样了。然后，没头没脑地又说了一句，狗咬吕洞宾，不识好人心！

她斜了一眼他，哼了一声，冷冷地说了一句，好人？笑话！

二

老管是从女儿小米家回来，就忽然变成现在这个样子的。

老管不是故意去昆明看望他的女儿小米的。老管去昆明是去吊唁他最好的朋友老苟两口子的。老苟两口子在千里之外的省城死了。老管要去看看，送他们最后一程。毕竟，年龄大了，朋友大浪淘沙，所剩无几了。老苟是他从儿时到老都交往密切的人，他们出生在营盘，后来读书，工作，再辗转到城里工作，然后慢慢变老，退休。他没有理由不去送他们。

送完老苟两口子，老管的心情差到了极点。

老苟和他老伴儿都才六十二岁。两年前，老苟从县农业局退休，他的儿子在省城买了一套六十平方米的房子，说省城气候好，能玩的地方多，让老两口到省城安度晚年。老苟和他老伴儿本来是不想去的，说一辈子都在小地方生活惯了，朋友亲戚熟人都在这小地方，活得随便自然才好。可老苟的儿子苦口婆心地劝说，说一辈子都在一个小地方耗着不值，该到大点儿的地方去走走看看，拓宽视野，开阔眼界，人生才更完美。老苟和他老伴儿被儿子的孝心打动了，就决定去省城开阔一下眼界。

　　临走的头天晚上，老苟和他老伴儿还专门拜访了老管和张文珍，千叮万嘱说到了省城一定要联系，他和老伴儿会全心全意陪伴老管和老张。说他们到了省城，手机号码也是坚决不变的，等着老家的人联系。

　　老苟和他老伴儿刚去省城不久，也跟老管通电话联系，说省城的天气好城市大玩法多，就是一天到黑遇不到一个熟人，白天在密密麻麻的陌生人中穿梭，倒也不觉得闷，晚上老两口四目相对，说些家长里短的闲话，可说来说去都是老生常谈，也就没啥可说的了。后来，老苟和老管的联系也就越来越少了，最近半年就根本没有联系了。

　　老苟和他老伴儿死于煤气中毒。据说老苟的儿子要到省城出差，第二天中午就到。老苟和他老伴儿知道儿子最喜欢吃红烧排骨。老两口就到菜市场买了最好的排骨和最新鲜的作料，准备给儿子做红烧排骨。老两口怕第二天早上来不及煮，就当天晚上在煤气灶上煮。他们把煤气灶的火焰调到最小，小火煮的排骨味道更浓更醇，同时又节省煤气。他们躺在床上,上好闹钟,准备按预计的时间关闭煤气灶。意想不到的是,那晚刮起了大风,风从半掩的窗口钻进来,吹灭了煤气灶弱小的火焰。

老苟的儿子发现的时候,在浓烈的煤气中,躺在床上的老苟和他老伴儿,身体已经僵硬了。

省城的汽车神龙见头不见尾,多得根本让人看不见地面,发动机的声音和喇叭的声音混合着难闻的尾气,让老管的头又昏又涨。

人行道上来来去去匆匆忙忙的人,比儿时稻田里的谷花鱼还多,老管一不小心就会碰到迎面来的人,或者踩到人家的脚后跟。沮丧的老管不但不喜欢这样的城市,甚至有些讨厌。老管有些失魂落魄地走在省城大街的人行道上,满脑子都是老苟和他老伴儿各个时期鲜活的影像,满耳朵都是他们熟悉的声音。可这么一对活生生的人,却在这个世界上永远消失了,变成青烟了,就留下那么一小撮灰烬。

老管是亲眼看着老苟和他老伴儿的遗体被推进殡仪馆的火炉的。当浓厚的黑烟融进灰茫茫的天空时,老管觉得自己的五脏六腑瞬间脱离了身体,他的整个身体空了,空得就像纸做的,风一吹就会飘起来。

老管接到张文珍的电话,张文珍让他顺便去看看女儿小米。

小米嫁到省城已经三年了,老管只到过小米家一次,是小米生孩子请满月酒的时候。说实在话,小米还在谈恋爱时,老管就不喜欢这个男人。这个男人当初在省社科联当个小小的公务员,也许因为有个省字当头,自我感觉良好,自以为是,扬扬得意。第一次来到老管的家,这个瘦高个子的男人,一举手一投足,都透着莫名其妙的优越感。这种来路不明的优越感,让当时还是县农业局局长的老管十分厌恶。更让老管生气的是,他的宝贝女儿小米,是那样的不争气,对这个浅薄的、电线杆一样的男人言听计从,百般将就。他觉得小米一定是脑子进水了,要不,她要相貌有相貌,要工作有工作,要青春有青春的,怎么会对这种男人言听计从呢?

老管曾经对小米发出最后通牒,要小米跟这个男人一刀两断。可小米以死相争,决不让步,最后以老管失败而告终。

老管也曾把自己的疼痛向老伴儿诉说,可老伴儿说,只要女儿喜欢就行!过日子是女儿跟他过,而不是我们跟他过。你再喜欢的男人,要是女儿不喜欢也等于零。再说,我们家的小米情商那么高,智商也那么高,要是对方没有过人之处,她会喜欢吗?再说,我看那个小伙子,也很机灵,平台也高,将来定会有出息的。老管生气地说,我们家小米平台不高吗?省城的建设银行,多少人想进去还不能呢!总之,我就是看不起他那小人得志的样子,况且,他还没得志呢!

从此,老管跟小米就有些生分了。小米结婚一年多,他都没有去过小米的家。

小米生孩子请满月酒的时候,是在鸿都酒店。吃完饭,老伴儿说还是到小米的家去坐坐,毕竟就只有这么一个女儿,再说,你老管一直都很疼爱女儿。老管冷冷地说,我疼爱她,谁来疼爱我?老管不想去,就说他有急事要办。老伴儿知道,老管是在生女儿的气,更重要的是,他不喜欢这个已经变成事实的女婿。老管后来当然没有去,晚上也就住在宾馆里。也就说，老管到现在都还不知道女儿的家住在哪里。

老管从殡仪馆里走出来的时候，有些天昏地暗的感觉。他深深感觉到，生命是那么的脆弱。走在陌生的城市里，他觉得自己就是一片秋天的落叶，飘飘然不知去向。就在这时，他忽然想到，这个城市里，有他的女儿小米。他想去看她，毕竟，他和老伴儿，就只有这一个孩子。就在这时，老伴儿打来了电话。老管相信，亲人的心是有感应的。他对老伴儿说，我也正想去看看小米。老伴儿的声音忽然激动无比，那就好，那就太好了！我就想你肯定会去看看我们的宝贝女儿的。

老管打通了小米的电话，小米让老管在原地等着。小米开车来接老管。

小米见爸爸终于肯来看她了，非常高兴。一进屋，就高声叫道，老公，老爸来了，我要到菜市场去买点好吃的。之后又把老管引到沙发上，说，老爸，您坐吧！喝点儿水，我一会儿就来，菜市场很近的。

小米的家宽敞明亮，可称得上豪华。小米的丈夫从米色的沙发上站起来，向老管微笑、点头，为老管让座。老管见面前这个男人比两年前壮实了许多，甚至有些判若两人的感觉。

男人说，喝点啥？绿茶？红茶？还是普洱？或者咖啡？

老管默然坐着不说话。

男人又说了一遍。

老管冷冷地说，你跟谁说话？

男人说，您啊！当然是您，这屋里，除了您还有谁呢？男人笑了笑，轻声说，真逗。

男人熟练地打开一包软礼印象，轻轻一弹，弹出一支烟，递到老管面前，说，抽支烟吧！

老管摇了摇头，过了一会儿又补上一句，我从来都不抽烟的。

男人自己点上烟，深深地吸一口，缓缓地吐出一串烟雾，说，那就喝红茶吧，云南老树的，味醇，平和，养胃。男人坐到茶几前，对着一堆茶具忙碌起来。不到十分钟，男人就在老管面前摆了一个比铜钱大不了多少的白色瓷杯，然后用一个玻璃杯往瓷杯里倒水，那水金黄透明，煞是好看。男人说，趁热喝，味道不错。

老管喝了一口，烫，但口感确实不错。男人立即续上，说，这茶，就是要趁热喝。老管喝了，男人又续。老管的确渴了。从早上到现在，他都没顾得上喝一口水。要是在家，一起床，老管就要喝一大杯白开水的。而今天，因为老苟两口子的死，他很伤心。因为伤心，连水都忘记喝了。老管是见过世面的人，知道这种泡茶的方法叫工夫茶。喝工夫茶，就是要有工夫慢慢喝慢慢品。可老管口干舌燥，喉咙都快冒烟了，他哪有工夫慢品慢喝。

老管说，换一个大的杯子来！

男人说，这茶就是要慢慢品慢慢喝才好！

老管说，我知道，你拿个大点的杯子来就是！

男人笑了笑，站起身，就抓来一个玻璃杯，至少能盛半斤水。

老管说，把茶水续满！

男人有些惊奇，说，续满？

老管说，对，续满。

男人泡茶的公道杯，至少要三杯才能把老管面前的玻璃杯续满。

男人公道杯里的茶水全部倒在老管的杯子里，再泡第二杯，第三杯，终于把老管的茶杯续满了茶水。

老管实在太渴了，不说话，对着滚烫的茶水边吹边喝，吹得呼呼响，喝得咕咕叫。

男人一边泡茶，在老管制造的声音中，嘴角拉出一丝笑，然后又轻轻地摇了摇头，分明有些鄙夷的气息了。

男人的动作，老管也捕捉到了。他脸上的肌肉轻轻跳动了一下，在心里说了一句，假做派！老子喝工夫茶的时候，你小子还在玩泥巴！老管依然不说话，依然以他的方式喝自己的茶。

小米回来了，她用一个布带把一岁的儿子果果吊在胸前，左手提着大大小小的塑料袋，里面有鸡，有鱼，有猪肉，还有姜葱蒜苗大白菜，右手提着一桶金龙鱼油，她歪着头，用肩和脸夹着电话，不停地说话，好像是工作上的事，好像是什么人病了，又好像是说钱短款一万多。小米说，你们再查一下，我吃了午饭就过来！我爹从昭通上来，我要给他做顿饭！好好好，就这样吧！小米放下手中的重物，儿子伸手一抓，就把她肩上的电话抓掉在地上，啪的一声，机子和机壳各在一边。小米拍了一下儿子的手，儿子就哇哇地哭。

小米说，单位上出了一点儿事。

老管说，你赶紧去处理吧！

小米说，不要紧，吃了饭再去！不大点儿事。

老管伸手去接小米的儿子，可孩子身子往后缩，哭得更响了。

老管看向坐在沙发上悠闲自在喝茶抽烟的男人，目光有些冰冷有些愠怒。说，你是个当爹的，你就抱一下你的儿子不行吗？你看小米那么忙！

男人表情漠然地说，这小东西不要我抱呢！一抱他就又蹦又跳又哭的。

小米一看气氛不太好，连忙补台说，亚东工作太忙，很少有时间带果果，果果现在还真不喜欢跟他在一起呢！

小米把果果放在学步车里，对男人说，亚东，你看着果果，他满屋子跑，注意别碰着！然后又对老管说，爸，您坐着啊！喝点茶，看哈电视，我做饭，不大会儿就可以吃了。

虽然嘴上说不大会儿，其实至少一个半小时后饭菜才端上桌来。其间小米在厨房里做饭的时候，发生了两件事情。

一件是果果在学步车里乱跑的时候，碰在了餐桌上，果果哭得接不上气。小米从厨房里奔出来，发现果果额头上有蚕豆大小的一块紫青，心疼得不得了。小米数落李亚东，说，叫你看着，你咋个看的？伤得这么厉害。又忙着给果果上药水，眼里都有泪水了。

李亚东说，不让他动，他又要哭，让他动，肯定会碰着！

小米斜了一眼亚东，一脸的伤心和愤怒。她说，看好了！不要再碰着了！我要去做饭。

另一件事是小米被锅里的油烫伤了手和脸，好在不严重。小米知道爸爸喜欢吃糯米粑，就特意做了几个，用油来炸。可小米没有完全掌握做糯米粑的技术。做糯米粑是讲究技术的，特别是在包糖的时候，一定要压紧，中间不能有空气，否则油一炸，就会炸，就会把滚烫的油吹起来烫伤人。再一点，炸糯米粑的时候，油不能太多，不能淹过糯米粑，只能淹过糯米粑的一半，才不会把油吹起来。小米犯的错误就是，她做的粑没有压紧，中间是空的，油也太多了，糯米粑一破裂，就把油吹起来了。

小米在烫伤的手臂上、脸上涂了点烫伤膏，也就无大碍了。

吃饭的时候，老管近距离地看了自己的女儿小米，她的脸色有些发灰，眼角的鱼尾纹有些深有些密了。她的手背也有些粗糙了，不是他印象中的细嫩光滑了。老管就有些心疼了。小米才二十六岁，不应该是这个模样才对。

老管是最疼爱小米的，从小到大，她的任务就是读书。洗衣做饭的事完全是她妈妈做的。小米聪明漂亮，直到出嫁之前，都是水灵灵的。嫁给李亚东仅仅三年，就变成了另外一个人。小米什么时候变得这么能干的呢？你看她洗衣做饭买菜，管孩子，伺候丈夫，还有那高强度的工作，好像都是她一个人扛起来的。连打电话都没有时间。她吊着孩子提着菜打着电话的样子，真的像个难民。老管眼里有了泪水。老管借上卫生间的时间，把眼眶里的泪水逼了回去，然后用纸巾把流出来的擦干。

李亚东吃完饭就去睡午觉了。老管忽然对这个男人从不喜欢的层面生出了恨意。就是他，加快了小米青春消逝的速度。

老管的脑海里闪现出小米成长的碎片。小米发出第一声啼哭时，是那种美声唱法,高亢、干净、弹性十足。半岁时,小米就喜欢老管把她抱在怀里,看天空,看飞鸟,看蚂蚁搬家,看蜘蛛织网。小米一岁时能站能走能说话,一岁半会背十来首古诗,两岁不到就进了乡村的幼儿园,五岁读一年级,十一岁上初中,十四岁上高中,十七岁上大学,二十一岁凭着自己的才华和天赋考取了昆明的建设银行。

真正让老管心灵空落的,是小米去读大学的时候。老管和老伴儿张文珍把女儿送到遥远的北京读大学,离开的时候,张文珍搂着女儿哭了。而老管呢,仰头看着天空,鼻子发酸。小米却笑着,说,爸,妈,我来读大学,你们应该高兴才是,哭啥呢?我放假就回去陪你们了呢!张文珍一边抹眼泪,一边笑着说,妈高兴呢!妈和你爸都高兴!只是爸妈想我们家的宝贝女儿呢!老管挥挥手,说,就是呢!这么高兴的事,揉眼抹泪的,让人看见怪不好的。走出五十米开外,张文珍还在一步三回头地看站在校园门口的小米微笑着挥手。老管也忍不住回头看,一边向小米挥手,一边说,小米啊,一定要吃好休息好保重身体注意安全啊!想爸爸妈妈了就打电话!不要怕费钱!

坐在火车上,张文珍又几次流眼泪。老管低声说,不要这样好不好,女儿上这么好的大学,要高兴才是!张文珍用餐巾纸擦着眼泪,说,我是高兴的啊!只是想这屁娃仔,十几年来天天在一起,忽然就离开,心头空啊!老管说,是啊,但还得面对呀!

回到家,老管和老伴儿在屋里坐不是站不是,感觉屋子好像空了许多。老管和老伴儿常常神经质似的,时不时就跑到小米的卧室里去看,摸摸被子,拍拍床沿。好像小米还在床上睡懒觉一样。

有两个星期左右的时间，老管天一亮就会起来拍小米的卧室门，叫小米快起床上学去。每次推开卧室门，都只看到叠得整整齐齐的小米的被子。老管拍了一下额头，笑着自语，看你这死脑壳，小米不是在北京上大学吗？

一晃小米就参加工作了。一晃小米就出嫁了。作为父母，那种不舍，谁人都能理解。但再不舍，你还得面对现实，女儿毕竟是要出嫁的。如果嫁给一个父母和女儿都喜欢的男人，那就是造化。可小米找的这个名叫李亚东的男人，老管就是不喜欢，最主要的是不喜欢他那种趾高气扬和莫名其妙的优越感，好像家住省城，他就是省长大人，地州上的，就是他的草民。其实他错了，地州上多少优秀人物，谁不比他强？简直孤陋寡闻了。

现在，这个男人已经成为老管货真价实的女婿，但老管一看他的做派，就不喜欢，这个好吃懒做的男人，对人居高临下，遇到问题避实就虚，连自己的小孩都管不住。老管亲眼看到了，几乎与生活有关的所有事情，都落在小米的肩上，你小米再水灵再漂亮，也抵挡不住俗世烟熏火燎的侵蚀。老管开始恨小米，怀疑她吃错了什么药，不然为什么会心甘情愿义无反顾全身心地伺候那个像含着核桃说话的男人？

三

吃完饭，老管就坐不住了。他要回家。她为女儿难受。

他不知道自己怎么了，为什么忽然想见到老伴儿张文珍。他觉得自己十分的孤单,他想,老伴儿一个人在家里,也一定孤单。想起老伴儿,一种愧疚之情忽然像浓雾一样升腾起来。

坐在回家的汽车上,他看着路两旁的那些山,那些树,那些房屋飞快地往后退。他的心绪也在往后退,退到了三十五年前他与张文珍恋爱结婚的岁月里。

三十五年前,他生了一场病,在市医院的内科住院。输液时,一个只看得见一双大眼睛的娇小的姑娘在他的手背上忙活了至少二十分钟,扎了五针才见血。扎第四针的时候,这个娇小的姑娘,拿针的手在颤抖,身子也在微微颤抖,她说,对不起,请原谅,我有些慌。她的声音,温柔细腻,带着颤音,再配上她那双有些怯生生的大眼睛,他因为疼痛而升起的火气,瞬间熄灭了。他宽慰她,不要紧的,不必慌,不疼,我这人,天生就对疼痛迟钝,你心平气和地扎吧!第五针,果然见血了,白口罩后面发出一声如释重负的嘘声,她的大眼睛弯成了两只豌豆角。他忽然心生喜欢。心里产生一种想看看她真实模样的冲动。后来,他果然见到了她的真实模样:娇小、苗条、柔和。青色筒裤,乳白色毛衣,披肩长发,脸白得能隐约看见淡蓝色的血管。她的脸有些红,微笑着说,哦,晒太阳啊?气色好得多了,再过些天就可以出院了,回去慢慢调理。要不是那双有着双眼皮的大眼睛,他是认不出她来的。他有些激动,说,谢谢张医生!就在那一瞬间,他确定自己真的喜欢上这个女孩了。他看见一朵盛开的玉兰花,在中午的阳光下,散发出迷人的清香。

后来他才知道,这个女孩名叫张文珍,是昭通卫生学校的学生,在市医院实习。因为喜欢，他像一个地下工作者，很快就弄清了张文珍的基本情况。张文珍，家住城郊，父亲是小学教师，母亲种地，家里有三姊妹，她是老大，两个妹妹一个读初三，一个读初一。张文珍十九岁，比他小两岁。他本来两个星期就可以出院的，但他住了四个星期。在多出来的两个星期里，他约她看了两次电影，吃了两次饭，拉过两次手，亲过两次脸，左边一次，右边一次，他觉得她脸上的香味，就是玉兰花的香味。

半年后，她分配在了一所乡卫生院，而他，已在这个乡的农科所工作了两年。天时地利人和都占了，他俩很快热恋了，同居了，偷偷摸摸流了两个孩子后结婚了。在二十世纪八十年代初期，他俩是绝对的初恋，是百分之百把最初的身子交给对方的。女儿五岁的时候，他调到了县农业局工作，他是营盘第一个在城里工作的人。她到市医院进修半年后，也留在了市医院工作。

他曾经是会做饭的，而且是个脚勤手快的人，那是他和她还在热恋期的时候。为了讨她欢心，他到书店买来了一本菜谱，笨脚笨手地开始学习做菜，对于菜艺不精的她来说，也算开眼界长见识了。那时的她，沉浸在幸福中，觉得此生真是掉在了蜂蜜罐子里了，整个身心都是甜的。可自从调到了城里工作，他就不做饭了，回到家，就是坐在沙发上喝茶看电视，很多时候，抱着棋谱研究象棋。她便开始拿起那本布着点点油渍打着卷儿的菜谱，笨手笨脚地研究做饭做菜了。在无可奈何中，一做，就变成了习惯，直到退休，依然是这个习惯。起初，他还觉得她太辛苦了，作为一个妇产科医生，白天在各色各样的女人身上忙活，回到家还要事无巨细地管家务，管孩子、老公，真的不容易。那时的他，对愧疚一词还有些理解。后来他当上了领导，在家吃饭的时候少了，常常深夜回家，经常修炼的功课就是酣畅淋漓地呕吐和半梦半醒地睡眠。时间长了，她也就变成闲置在家里的某个物件了，于他来说，视而不见也就成了必然。

现在他和她都退休了。两人都要在家里吃饭了，但做饭做菜的任务依然落在她的身上。他俩的兴趣爱好不同，他参加一个老年露天歌唱团，专门拉二胡。他也算是台柱子，三十年的二胡功底，使他的二胡声音润心润肺，好几个风韵犹存的老妹子看他的眼神，都有些湿有些润，有些柔情的成分了。她呢，喜欢门球和广场舞，门球打得好，是她们队的骨干力量呢，广场舞跳得棒，那婀娜的舞姿，吸引了好多人。要是从后面看，人们都以为她还是个小姑娘呢！正因为如此，那个在文体局岗位上退休的老谭，把她夸上了天，还把橘子剥出来给她吃呢。这个细节被老管看见了，他把鼻子吹一下，转身走了。以后，只要她跟老管有点儿口角上的摩擦，他都会不冷不热的顶她一句，我呀！才不是那个酸不拉几的老谭呢！

四

老管的变化太突然了，张文珍打死都不敢相信自己的眼睛。她想，这里面一定隐藏着一些不可告人的秘密。俗话说，江山易改禀性难移，这个老管，几十年来，都是过着衣来伸手饭来张口的生活，怎么会一下子就变成乖男暖男了呢？一个懒汉一夜之间就变成了劳动模范，哄鬼鬼都不会相信的。

那天晚上，老管气呼呼地把一锅白菜摔了，气呼呼地坐在椅子上喘粗气。老管其实是有些后悔的，怎么自己的脾气那么暴躁呢？不是已经下定决心要好好对待张文珍了吗？过去，被那些世俗的繁华遮住了眼睛，根本没有闲暇好好看看张文珍，年轻时她是多么的可人啊！那头乌黑浓密的长发，是从什么时候变白变稀的呢？那白嫩光滑的脸什么时候爬满皱纹的呢？老管现在有时间回望过去了，一回望，他的心就变得柔软了。说到底，他本来就是一个柔软的人。他觉得张文珍美好的青春，是在他身上耗尽的，可是他却用漠然来承载。反过来一想，你张文珍也是的，我好不容易幡然醒悟开始对你好，你怎么能粗暴地把那刚刚冒出的好的嫩芽掐掉了呢？不怨你怨谁？

老管忽然想到他的宝贝女儿小米，她那么年轻漂亮，但不久的将来，她美好的青春也会耗尽在那个趾高气扬的李亚东身上。老伴儿的现在，也就是女儿小米的将来。他讨厌李亚东，但他觉得自己跟李亚东也没什么两样。

张文珍惊愕之后，很快就变出了一张笑脸，她用已经有明显老人斑的手，轻轻地抹老管的胸口，轻声说，老宝贝儿，不要生气了！跟你开个玩笑，就认真了。她抹胸口的动作，说话的语气，就像在哄一个不听话的孩子。老管为自己找了个台阶，说，看来，男人不能对女人太好，难怪古人说，唯女子与小人难养也。张文珍笑着说，老宝贝儿，你对我的好我是知道的，你说的都对，都对啊！还不行吗？老管站起身，重新洗白菜，重新煮一锅。

老管费了一个下午的劲，做了四个菜：红烧肉、清水白菜、麻辣洋芋条、麻辣豆腐。红烧肉虽然好看，但太咸太甜。麻辣洋芋条切得不匀称，粗的太粗，细的太细，细的已经焦煳了，粗的中间还是生的。麻辣豆腐果然名副其实，只要吃一口，那种麻辣就会立即让你的脸变成一块干柿子。只有那个清水白菜还货真价实，一清二白的在桌子上冒着热气。老管吃了几口，皱着眉头，自言自语，奇怪，都是按书上说的做的嘛！他自己清楚，比起张文珍做的，真的是天上地下。张文珍吃得好像很香甜似的，嘴里发出嘶嘶的声音，说，好吃，好吃！

潦草地吃完饭，老管站起身去洗碗，碗筷之间碰撞的声音，好像在打仗。张文珍用身子轻轻贴着老管的后背，轻声说，老宝贝儿，你都二三十年没干过这些活了，手生了，以后还是我来做吧！我怕把你累坏了。老管说，这点儿活，就累坏了？我还没那么弱不禁风吧！你做了几十年，还不是没累坏？顿了顿又说，不过，真的很辛苦！她说，你手生，所以就辛苦。我轻车熟路的，当玩儿。不过，老宝贝儿，你这么做，我真的很感动，你能这样想，我就知足了。只是，你怎么忽然就有这种想法了呢？今后还是我来做吧，我习惯了。老管忽然停住了，转过身，定定地看着她，说，明天，你就去女儿家三天，回来后我什么都告诉你！

她疑惑地说，为什么要去女儿家三天，你才告诉我呢？她想，这老头子难道真的有啥花花肠子？非要让她去女儿家三天，难道是调虎离山计吗？她的脑海里浮现出两个女人的模样来，一胖一瘦，都五十来岁,穿得很是时尚,风韵犹存,歌声也还上档次,胖的那个学关牧村,瘦的那个学宋祖英。两人都在露天歌唱团,看二胡高手老管的眼神,倒是有些春天般的温暖的。至于那些落马官员的小三小四们,她倒是没有一丝一毫的担心,一个退休的老头子,哪有那种资本。难道老管的变化真的跟女儿小米有啥关系?她的心里充满了疑惑。

第二天,她还是决定去女儿家三天。她要看这出戏老管怎么演。

张文珍在小米家看见的,与老管看见的,别无二致。她没有获得解决心中那个疑难问题的任何有价值的线索。让老管流泪伤感的有关小米的那些事情,对于张文珍来说,简直司空见惯。甚至张文珍觉得,小米在省城的生活,是令人羡慕的,是那种多少人求之不得的有尊严的生活。张文珍还很策略地向小米打听老管到小米家的情况,但依然一无所获。因为小米说,爸爸在她家很高兴的,爸爸还跟他平时不太喜欢的李亚东快乐地在一起喝茶,聊天,蛮和谐的。

第三天,老管打电话给张文珍,问她是否要回家了。张文珍说,她已经坐上了回家的汽车,但她要在中途的那个仙人洞风景区玩上一天。老管高兴地说,好好好,就是要多出去走走玩玩。可张文珍多了个心眼,她在当天晚上就回来了,她拿出钥匙开门的时候,是晚上十点半。门是反锁着的。她的心有些莫名其妙地慌乱,脑海里立即浮现出几张支离破碎的脸,她忽然感觉到自己的内心有些歹毒和阴暗。

她知道老管是在家里的,只有有人在家里,门才会反锁着。她打不开门,就只有打电话。可老管的电话关机,这可怎么办呢?她只好拍门,开始轻轻地拍,没有反应,她就逐渐加大力气拍,还是没有反应，最后把手都拍痛了，依然没有反应。砰砰的声音震动着整个楼道，她感到沮丧和尴尬。对门的小李打开门，说，张医生，忘记带钥匙啦？她难为情地笑着说，是呀，我从女儿家回来，老管可能睡了呢！小李说，是不是管叔还没回来，我看他在广场上拉二胡呢！她坚定地说，回来了的，门都是反锁上的。小李说，那怎么办呢？要不要请开锁的，我有联系电话，五十元钱就开了。她忙说，不必不必，老管这会儿还没睡熟的，再拍一下，会开。小李说，那好吧，有啥要帮助的，给我说一声！她忙说谢谢。

她不敢再拍门了，因为是夜间，声音就显得出奇地大，再拍，就要惊扰整栋楼的住户了，那就让人反感了。她历来就是一个不愿妨碍别人的人。她家的房子很大，一百八十个平方的，而卧室又在最里面，卧室的门一定是关上的，这是她们家的习惯。她们家的门隔音效果很好，要是老管睡着了，是很难听见外面的拍门声的。

她有些厌恨老管，怎么就睡了呢？怎么就关机了呢？很快，她开始厌恨自己，自己不是跟老管说好要明天才回来的吗？你这样偷偷摸摸提前回来，究竟为个啥？她脑海里忽然又升起一些令人脸红心跳的尴尬景象。她再次拨打老管的电话，始终关机。门又打不开，又不能再拍门，那怎么办呢？难道就在门口守一夜？她忽然想到一个办法，那就是到房子的背后用小石块去打卧室的窗子，就不信震不醒这该死的老管。可深更半夜的搞得啪啪响，这跟拍门有啥区别呢？她决定打电话请人来开锁，这样也容易满足她内心中那个隐秘的期待。

二十分钟后，一个小伙子提着工具箱来了。要她出示身份证。然后拿出一根细铁丝，不到十秒钟，就把门打开了。她感到吃惊，心想，这些人要是把这本事用来干坏事，简直轻而易举！她平时以为睡觉时把门反锁了，就安全了，其实根本不安全。她忽然感到害怕。小伙子说，白天是五十，晚上是一百。她有些不乐意，但还是给了，她不想跟小伙子纠缠，她希望他尽快离去。

她把包往沙发上一丢，然后蹑手蹑脚向卧室奔去。好像卧室里藏着巨大的秘密。她把门推开，立即打开灯，老管条件反射似的坐起来，松弛的皮肉在荧光灯下白刺刺的。老管迷糊的眼睛猛然睁大，直勾勾地看着她，至少十秒钟才反应过来，惊奇地说，是你？是你？你咋个进来的啊？你不是说过要明天才回来的吗？

她笑了笑说，我还是回来了，我不想看风景了，我想回家。

她回转身打开衣柜的门，三道门都打开，然后伸手拨了拨里面挂着的衣服，再把门关上。她又走到床边，俯下身子嗅了嗅枕巾，好像在寻找什么贵重的物品。她出了卧室的门。他说，你干吗呀？她说，没干吗。

躺在床上，老管问张文珍，你在小米家有啥感受？

没啥感受。

你没发现什么不同的吗？

发现啦！

发现什么啦？

发现果果会走路了，还会叫外婆了。

发现小米有什么变化吗？现在的小米与没出嫁的小米有什么变

化吗？

有啊，小米当妈妈了，会做家务事了。我放心了。

你不觉得小米这娃太辛苦了吗？工作，带娃，买菜，做饭，洗碗，洗衣，还要伺候那个只知道吃喝的李亚东，打个电话都腾不出手来，小米在我们身边的时候，哪吃过这样的苦？我看了心就难受。

这有啥难受的？还要为我们的女儿高兴呢！这说明她长大了，懂得做人处世了，像一个妻子了。

她那么辛苦你不心疼吗？

有啥心疼的？我一辈子不也是这样的吗？

我就是这样忽然想到你的。一想到你，我的心就难受。

呵呵，原来你是被我们的女儿小米感动了，愧疚了，忽然醒悟了，就想起要为我买菜做饭对我好弥补我对你的好是吗？

是的，都快一辈子了，你对我就像小米对李亚东一样，我讨厌李亚东。从女儿家回来，我就想，一定要对你好。就像你对我的好一样。过去你对我的好，我总是视而不见。我是在女儿小米的身上看见你对我的好的，看见你的不容易，一辈子啊，真不容易。

呵呵，你对我已经够好了。快一辈子了，不离不弃的，像你这样当了半辈子官的，好多人贪污受贿花天酒地二奶三奶一大堆，你除了好喝醉酒外，哪怕再晚，都要回到家来，最后清清白白地退下来，这是你对我的好，也是你对自己的好。这一点我是清楚的。

老苟和他老伴儿，还好端端的，一下就走了！我还时时想起，他们刚结婚的时候，我们闹得天翻地覆的，那时多年轻啊！就像在昨天。

一眨眼，就是一辈子。他们走了，我们还在，谁也说不清楚，一个人啥时会走。

她不说话。

他也没说话。

两个人躺在被子里对视着。

她说，以后我不要你买菜做饭了，你一买菜做饭，我的心就乱了，不习惯。再说，你那手，只适合拉二胡，做其他，笨手笨脚的。

他说，我心里过意不去。

她说，我想要你一个星期跟我去打两天门球。

我不会打，再说也不喜欢。

你不是想对我好吗？那你会喜欢的。

那你也一个星期跟我去唱两晚上的歌，你的歌声那个好，当年唱那个妹妹找哥泪花流，让我都感动得流泪了。

那我不跳广场舞了吗？

跳，怎么不跳呢？每周参加两晚上的露天歌唱团就行。

两人就搂在一起了，像两条沙滩上的鱼。

山泉的诅咒

一

山泉在半睡半醒之间，忽然听见一声撕心裂肺的刹车声，伴随着一声巨响，一个黑影划出一条优美的抛物线，落在十米开外的地方。他那双睁得老大的眼睛，判断出那一摊肉泥，就是那个小男孩。

山泉被吓醒，才知道自己在做噩梦。山泉抹了一把身上的虚汗，看着黑夜发呆，他安慰自己，不必紧张，这是白天的恐惧留下的后遗症。

第二天晚上，之前的梦境又重复上演一遍。醒来的山泉再也无法入睡，他心里的恐惧比乌云还要厚实。

第三天，山泉拉着一车百货，从县城返回供销社。他的心虚得不行，恐怖的梦境总在他的眼前放映。他安慰自己，那是梦境，不必焦虑。可山泉还是时时走神，有好几次险些出事。他不得不把车停在路边，用两个拇指按住太阳穴，用食指不断轮刮眼眶，让自己清醒，以此来驱赶那可怕的梦。

　　一路上,山泉的心很沉重,像有什么东西堵在那里。他的心莫名其妙地慌,使得他的注意力无法集中。进入一段弹石路后,车子跳得厉害,他的心也随之跳得厉害。有好几次,他都看见一个小男孩,猛地朝侧面横穿公路。他猛地踩下刹车,车子发出刺耳的尖叫声。他额头冒汗,身子伏在方向盘上喘粗气。下车看个清楚,车子前面哪有什么人影。又走了近五十公里,车子进入盘山公路。有些路段,一边是高耸入云的峭壁,一边是深不见底的悬崖。这样的路段,山泉走得多了,见怪不怪的。可今天却不同,他的心总是很虚,头也晕乎乎的,那个小男孩的影子在他的眼前悠来晃去。他索性找个宽阔一点的地方,停下车来,闭着眼睛静静养神。可是他觉得自己着魔了,睁眼闭眼都能看见小男孩悠来晃去的影子。山泉咬着牙,努力摆脱小男孩的影子,他把车开得很慢,平时两个小时的车程,这次山泉走了三个小时,走得战战兢兢,如履薄冰。

　　车子刚进薛家寨,就看见三天前把他险些吓掉半条命的地方人头攒动。山泉的心很紧张。路上一堆一堆的人在忙活,几乎把路占完了。山泉不敢摁喇叭,他怕把薛家寨的人惹怒了,他对薛家寨的人充满了畏惧。山泉的车慢慢滑动,让发动机的声音卑微地提示着占道的人们。

　　终于走过了人群,走出了村庄,山泉的衣服都被汗水打湿了。山泉把车停在路边,走到蹲在墙角咂兰花烟的两个老者身边,恭敬地递上纸烟,说,大爷,村口那么多人,发生什么事了?

　　一老者说,薛元宝家十岁的儿子被汽车撞死了,明天抬。

山泉问，什么时候的事啊？

老者说，前天晚上十点来钟吧！唉，那娃儿也是命短，平时又听话，怪让人喜欢的一个娃儿，成绩可好了，读到三年级了，没有一个学期不拿奖状。

另一个老者叹息了一声，说，要我说呢，这娃儿是薛元宝和他婆娘害死的。妈的，我们这一代薛家寨的人，从来不偷不抢，穷得新鲜饿得硬气的，到了他们这一代，妈的，都变成啥子人了？真的丢尽了薛家寨先人的脸面了！

老者吐了一口烟雾，说，你说的有一些道理，但也不完全对，薛元宝再混，也不至于害死自己的亲生儿子啊？

另一个老者呸地吐了一口痰，用鞋底搓了几下，说，屎！不是他害死的，是谁害死的？那天中午薛大娃就差点被车撞死了，看着人家汽车来了，你妈的像炮弹一样横冲出去，你说危险不危险？可怜人家那个司机，魂都吓掉了，还逼人家给了二十元钱。那天老子是亲眼看见的，薛元宝家的门罅开巴掌宽的缝，薛元宝两口子从门缝里眼睁睁看着这一幕的，分明就是故意的，这不是拿娃儿的命开玩笑吗？真缺德！人家汽车刚一走，薛元宝两口子就伸出头来，看着车屁股，笑得那个开心，还真像捡到金元宝一样。你说是不是报应？当天晚上，可怜的薛大娃就被车撞飞了！

山泉的身子发抖，脸上布满了细密的汗，从老者的话语中，他确定，死的那个小男孩，就是把他吓掉半条命的那个小男孩。更要命的是，小男孩被撞飞的那个时间，正是他做噩梦的那个时间。天啊！难道小

207

男孩的死,跟我的诅咒有关?我只是因为气愤随口而说的啊,怎么就一语成谶了呢?

山泉又连忙给两个老者敬烟,他发现自己的手在发抖。山泉跳上车,开出不到两公里,他握方向盘的手就没有半点力气了,他找了一个宽一点的地方,把车停下来,闭上眼睛,两天前发生的事历历在目。

二

一个人影忽然从一面墙的转角处弹出来。山泉一惊,一个急刹,车轮在地上至少拖了十米,轮子的后面冒出了两道青烟,灰白的水泥地面上,划出两道又宽又黑的印痕,空气中弥漫着刺鼻的橡胶气味。天呀!车头离那个小男孩不到一米。山泉受到突如其来的惊吓,心快跳出了喉咙,三魂吓掉了两魂,豆大的汗水从额头上滚落下来。要是反应稍稍迟钝一点,或者刹车稍微不灵一点,面前这小男孩即便不死,也可能没了半条命。

小男孩面迎车头,把两只小手张开,像小鸟起飞的翅膀,他扑闪着一双大眼睛看着山泉,像在山泉面前表演广播体操。看上去他神色从容,没有半点害怕的样子。

山泉不明白小男孩要干什么,他走下车来,双腿发软,两股战战。他站在小男孩面前,小男孩像钉在地上一样不动。山泉蹲在小男孩面前,伸出双手扶住小男孩的肩膀,摇了摇,小男孩像个不倒翁一样摇晃了两下,又站着不动了。

山泉想，小男孩一定被吓蒙了，好在，没伤到小男孩半点皮毛。山泉绷紧的心，方才松弛下来。他摸着小男孩的头说，以后走路可要小心了，不要突然横穿公路，你知道这有多危险吗？你把我的腿都吓软了，你知道吗？

小男孩睁着一双大眼睛，定定地看着山泉的脸，没有半点惊慌，就像什么事都没有发生一样。忽然伸出一只小手，说，你给我钱！

山泉一惊，说，我为啥要给你钱呢？你挡住了我的车，我的车也没有碰到你半根毫毛，为啥要给你钱呢？

小男孩不但没有被我的话问住，还声音洪亮，斩钉截铁地说，你吓着我了！

可你一点不像被吓到的样子，不慌不忙的。倒是我，被你吓住了，心都差点被吓得跳出了喉咙。你要给我钱才是呢！山泉逗他。

小男孩定睛看了看山泉的喉咙，好像在确认，心是不是卡在了喉咙处。

你给不给钱？小男孩提高了声音。

山泉的心里忽然有了火气，一个小男孩，怎么可以这样说话呢？他觉得这样的场景，这样的说话语气和方式，有点陌生，心里有些隐隐约约的害怕。他环顾了一下四周，四周静悄悄的，公路旁有一扇门，罅开了巴掌宽的一条缝，门缝里好像镶嵌着几张人的脸。

我要是不给你钱，你要怎样呢？山泉的声音有些僵硬。

那你的汽车就走不掉！小男孩刚说完，忽然就躺在水泥地上，身子一滚，就滚到汽车的右前轮下。

209

山泉一下就被震住了。小男孩的言谈举止绝对不是第一次，是久经训练的。套路，他妈的，又是套路！

你起来！告诉我，你要多少钱？

小男孩说，二十元。

你起来吧！二十元就二十元，只是，你一个小孩子家家的，不能这样做！你知道吗？这样做是不好的！要是真的被车撞伤了，或者撞死了，那可怎么好？你爸爸妈妈还不伤心死了？

小男孩说，你先给钱，要不我就不起来。

山泉心里的火往上冒，但被他生生掐住了，他抓出两张十元的票子，在小男孩的面前摇晃了几下，发出嘎巴脆的声音。山泉说，你要二十元，就给你二十元，只是你要答应我，以后别再干这种事了，你还小，要好好读书！

小男孩点点头，一把抓过票子，一骨碌爬起来，飞快地跑了。他猛地推开公路旁一扇罅着一条缝的木门，跑了进去，砰的一声，木门关上了。

山泉心里窝着一口气，他上了车，长长地把憋在心里的窝囊气吐了出来。二十元钱倒是小事，让他憋屈的是小孩子的这种行为和神色，真他妈令人讨厌，更令人讨厌的是，门缝里的那几张脸，分明就是一种早有预谋的敲诈！做人，怎么能够这样呢？

山泉在心里狠狠地说，要是不收手，你这小杂种说不定哪天真就被车撞死了！

山泉心里无比的伤感和担忧，小男孩以此种方式从驾驶员手里要钱，其实就是在跟死神较量。小孩的镇静自若和干净利落的要挟手段，分明是经常训练的结果。小男孩的行为后面，分明有一双双鼓励赞赏的眼睛，那分明是他的父母和亲人的眼睛。难道他们不知道小男孩这样做很危险吗？肯定知道的，傻瓜都知道，可知道了还让孩子这么做，那他们还是人吗？

现在，小男孩果真死了，像他梦境里的那种死法死了，像他诅咒的那种方式死了。小男孩是不是我诅咒死的呢？山泉一遍又一遍地问自己。山泉越想越害怕。山泉对自己很不满意，甚至对自己充满了鄙视。他的内心纠结，悔恨，疼痛难忍。一个十岁的小孩，再怎么坏，也不至于要他死啊！我怎么就要诅咒他死呢？更何况，真正的坏人是躲在门后面的那些大人，哪个孩子会是坏人呢？都是那些利欲熏心的大人把他带坏了。我怎么不诅咒那些大人却诅咒那个小孩呢？不，什么人都不能诅咒，即便诅咒，也不能险恶到要他的命啊！生而为人，孰能无过？

但山泉总是觉得，小男孩就是他诅咒死的。他也曾找过许多理由证明，即便他不诅咒，凭小男孩的冒险行为，迟早也会出问题的。可山泉转念一想，在他诅咒之前，小男孩像炮弹一样飞到他的车前，小男孩不是化险为夷毫发未损吗？被他在心里诅咒后，当天晚上，小男孩就命丧黄泉。这难道不是你山泉诅咒死的吗？山泉想推脱责任，但他的心不允许，因为不允许，他就感到无比的害怕。他在心里发誓，以后无论遇到什么让他生气愤怒的事情，他都必须忍耐，绝不轻易诅咒别人。

山泉回到家里，大病了一场。薛家寨那个十岁的小男孩死了，是被别人的汽车撞死的。他为那个不认识的倒霉的驾驶员伤心难过抱不平。本来这个小男孩差点死在了他的车轮下，可苍天有眼，让一场车祸有惊无险，冥冥中救了小男孩一条命，同时也救了山泉自己。也就因为一句心里的诅咒，那个小男孩丢了一条命，那个倒霉的驾驶员捡回了一生的不安。赔一大笔钱，那是一定的，弄不好，还要坐几年的牢。山泉又增加了一份沉甸甸的内疚，他觉得，是自己害了那个不认识的倒霉的驾驶员。

三

山泉老了。多年来，那个被车撞死的小男孩，一直在他的心里摇来晃去。那小男孩经常在他的梦中笑，梦中哭。有时还大喊大叫，老头子，还我的命来！

老了的山泉开不动汽车了，他的身体也越来越差。他经常躺在床上，含混地说，我该死啊！我怎么就要给他二十元钱呢？我不是在纵容他吗？我要是劈头盖脸熊他一顿，不给他半分钱，那天晚上，小男孩还会去堵车吗？

山泉老伴儿说，山泉，你就不要一根筋了。是那个小男孩命中该死，你是菩萨保佑着的。山泉老伴儿侧过头看着供桌上供着的那尊菩萨，香火一亮一亮的，那分明就是菩萨的慧眼。山泉老伴儿说，你知道吗？你每次出车，我都会给菩萨上香，请大慈大悲的菩萨保佑你平安无事。

那天晚上我做了一个梦，菩萨告诉我，说那个小男孩是坏人投胎的，他是要来害你的，本来是要死在你的车轮下的，让你倾家荡产坐大牢的。可菩萨说你心地善良，年轻时候救过一个落水娃娃。菩萨就保佑你幸免于难了。山泉当然知道，这是老伴儿在想法开解他。老伴儿一生善良，自从嫁给他，就把心全部交给了这个家。

山泉说，你就别哄我了，我亲耳听见薛家寨的两个老人说，那娃儿很听话的，学习又好，每个学期都拿奖状的，怎么会是坏人投胎的呢？

老伴儿说，你以为坏人的脑门上就会写上坏人两个字，你看这世界上，哪个坏人不是装扮得跟好人一个样？反正我就是相信菩萨的，菩萨是绝对不会看错人的。

以前的山泉，是不相信什么菩萨的。可现在老了，见识了人世间许许多多无法解释清楚的事情，他开始相信菩萨了。

山泉说，你不会是在哄我吧？菩萨真的给你这样说了？

老伴儿说，我咋个会哄你呢？我整天烧香磕头拜佛，我敢拿菩萨来哄你，我还要命不要命啊？

山泉一字一句地说，按你说，那个倒霉的驾驶员是做了坏事了，菩萨不保佑他了，让那个坏人投胎的小男孩害上了？

老伴儿想了想，坚定地说，肯定是这样的。

山泉自言自语，我的错误就在于，我给了小男孩二十元钱，纵容了他，让他误以为，以这种表面轻松但却十分危险的方式，就可以挣钱，导致他当晚就死在那个倒霉的驾驶员的车轮下。可我也无可奈何啊！

当年的二十元钱啊，不是小数，谁愿意拱手给别人二十元钱啊？这血汗钱我真舍不得。可不给，小男孩就躺在我的车轮下不起来，我害怕纠缠的时间长了，那些大人一哄而上，敲诈我一百二百的，我也有口难辩，强龙压不过地头蛇，我是被这些地头蛇咬怕了的。我只有给钱，息事宁人。没想到二十元钱就要了他的命。再一个错误就是，既然钱给出去了，我就应该想，舍财免灾，赶紧走人。可我没有这样做，我憋屈坏了，我在心里恶狠狠地诅咒他，像他这样，早晚要死在车轮下的。我也没有想到，我这一诅咒害了两个人，那个倒霉的驾驶员从此倾家荡产坐大牢了，那个经常拿奖状的小男孩从此消失了。

老伴儿忽然大哭起来，对着供桌柜上供着的菩萨一边磕头一边哭诉，菩萨呀，你就帮帮我呀，这个砍脑壳的山泉鬼摸着脑壳了脑壳进水了，口口声声就把坏事往自己身上揽，口口声声就说那个坏人投胎的男孩是他诅咒死的，说那个倒霉的驾驶员是他害的。菩萨呀，你说他不是脑壳出毛病了是什么啊？要是人家真的找上门来，那可怎么办啊？菩萨呀，看在我对您早烧香晚磕头的分儿上，您就帮帮我啊！我该怎么办啊？

山泉还在自言自语，我该死啊，我怎么就要狠毒地诅咒别人死呢？

老伴儿忽然跳起来，双手抓住山泉的双肩，拼命摇晃，咬牙切齿地说，山泉，你疯了，脑壳进水了，鬼上身了。你以为你是阎王，要哪个死，哪个就得死。你就诅咒我死吧！看看我会不会死？你要是真有这个本事，我可就享福了，你就是大英雄了。我请菩萨把全世界的警察的工资都拿给你，你把全世界的坏人统统诅咒死，让全世界的警察统统失业，改行去做安稳的工作，让全世界的好人都给你献花！

你快诅咒我啊！怎么不诅咒呢？你以为你真的恁个厉害？

你对我恁个好，你恁个善良，村子里的娃娃大人，哪个没有得到过你的帮助？我凭啥要诅咒你？我要诅咒的，都是坏人。

那就说明，那个被车撞死的小男孩是个坏人。

他不是坏人。

怎么不是坏人呢？他平白无故去拦人家的车，平白无故让人家驾驶员又赔钱又坐牢，他不是坏人是啥？

他不是坏人，只是有点讨厌。我咋个能因为他有点讨厌就诅咒他死呢？可我偏偏诅咒了，他也就死了。要说坏，躲在门缝后面的那几张脸才坏，那一定是小男孩的爹妈，如果他们教育小男孩不能这样做，坚决阻止他，小男孩也就不会死。

就是啊，小男孩的死，是他爹他妈恁愿的，是他自找的。你以为是你诅咒死的？你以为你真是阎王爷？想得美！

如果我不给他二十元钱，如果我不诅咒他，他还会死吗？

肯定会死的。久走黑路必遭鬼打，像他那样作，就是作死路，不死才怪。你说那个短命的小男孩的爹妈才是坏人，那你就诅咒他们吧！看你给有本事把他们咒死？

人命关天的事，我不能干！

你不是说他们是坏人吗？是坏人就死有余辜，你就把他们诅咒死吧！省得他们再干坏事！

他们是有些坏，但还不至于坏到让他们死啊！那个令人讨厌的小

215

男孩，我已经把他诅咒死了，我不能再犯错误了。

你知道他们有多坏吗？我听人说，当年他们打断那个驾驶员三根肋骨，还要人家赔十万元，据说还坐了牢。那个驾驶员的老婆受不了这样的打击，喝农药死了。你说坏不坏啊？

山泉忽然张大嘴巴，半天合不下来，眼睛睁得眼珠子都快要滚出来了。好半天，他才满脸汗水疑惑地说，真的吗？

当然是真的，那还有假，昨天我去赶集的时候，遇到娃家大姨妈来赶集说的。

娃家大姨妈咋会知道这些事？

你糊涂啦，娃家大姨妈的姑子就嫁在薛家寨啊！娃家大姨妈的姑子去她家做客说起的。

这种人太坏了！太坏了！太坏了！肯定不得好死的！山泉气得脸色都变青了。山泉忽然用一只手掌捂住自己的嘴巴，全身发抖，惊慌不已。

山泉，你咋啦？

我又诅咒人了！小男孩死了，要是他的爹妈再被我诅咒死，那怎么了得啊？

老伴儿哈哈大笑，说，山泉呀！你真的疯了！脑壳进水了！你太把自己当回事了，你真把自己当成阎王爷了！你叫别人三更死，别人就不能过五更！

第三天老伴儿去赶集，又遇到娃家大姨妈，娃家大姨妈说，三天前的晚上，那个被车撞死的小男孩的爹半夜起来上厕所，掉在他自己挖的粪塘里淹死了。

老伴儿因为恐慌语无伦次地对山泉说了这件事，山泉大叫一声，忽然晕了过去。

老伴儿掐人中，按太阳穴，好多穴位都按了，山泉终于醒过来了。老伴儿这一双手，在村子里称神手，尽管她对穴位说不出个子丑寅卯来，但什么地方管什么病，她是知道的，贫困年代，看个病比登天还难，村子里的老老少少，很少没有被她这双神手眷顾过的。

山泉迷离着一双眼睛，含混地说，我又杀人了，我又杀人了啊！

这种人太坏了！太坏了！太坏了！肯定不得好死的！老伴儿的耳畔还响着那天晚上山泉愤怒地诅咒声。难道山泉还真的能够把人咒死？老伴儿的心里升起了一丝恐慌，但她故作镇静地说，人家是掉在自己挖的茅坑里淹死的，与你有屁的关系？

四

山泉虽然醒了，但像变了一个人，他眼神迷离，走路摇摇晃晃，好像骨头被抽了一样。山泉喃喃自语，以后我绝对不能诅咒人了，我这张嘴啊，简直就是杀人的凶器！

老伴儿心里有些发蒙，半信半疑的，但她还是坚定地说，你这死老头子，就喜欢把事情往自己身上揽，你以为你真的是阎王了，要哪个死哪个就死？那好吧，远的我不说，你就说我们村子里的那个张红毛该死不该死？你知道的，从小就偷鸡摸狗拔蒜苗，三年前把人家花骨朵似的大姑娘王翠翠强奸了，害得人家王翠翠上了吊。现在逃得无影无踪的，警察连根汗毛都找不到，你说张红毛这种死绝良心的该死不该死？

山泉嘴唇颤抖着，眉头扭成疙瘩，一脸的伤痛。

老伴儿高声说，老头子，你不是一直都盼着抓到张红毛这个坏蛋吗？王翠翠，多好的闺女啊！她还是你的亲外甥女呢！你妹妹都差点被气死了呢！现在警察抓不到，你不是会诅咒吗？你不是想让谁死谁就死吗？你有恁个大的本事，你就快把张红毛这个该千刀万剐的咒死吧！

老伴儿的话像暴雨，密密麻麻地把山泉砸得老眼昏花晕头转向。他牙齿咬得咯咯响，喘着粗气说，这畜生，一定不得好死！刚说完，山泉一惊，忽然用双手捂住自己的嘴巴，恐慌地说，我又咒人了，我又杀人了，这畜生是该死，但我没资格让他死啊！即便死，也要警察把他抓起来判刑枪毙掉才是啊！唉，我又说了这畜生该死！唉，我这嘴巴！他扬起手掌，朝着自己的嘴巴打了一下，发出脆生生的响声。

老伴儿看着山泉的举动，又好气又好笑，摇了摇头，叹息了一声，这疯老头子，咋个变成这个样子了？

十天后，奇迹真的发生了。在村子北面的那个堰塘里，发现了一具尸体，那尸体分明就是张红毛的尸体。张红毛的爹张老头看着尸体左边脖颈上的那个十字形的疤痕，当场就晕过去，那十字形的疤痕是张红毛十岁时偷张奶奶家的杏子，从树上摔下来落下的。警察很认真，据说还做了什么DNA检测，最后才确定，尸体千真万确是张红毛的。

可是，人们不禁产生疑问，张红毛犯的事可不小，起码也是死罪，他潜逃在外无影无踪的都三年多了,他怎么会跑到老家的堰塘里来死掉呢?村子里有的人说罪有应得,有的说这娃也可怜,从小死了妈,现在好了,就只剩下张老头这个半死不活的人了,这个家是上辈子造了什么孽了?有见多识广的人说,这个问题肯定没那么简单,肯定有什么秘密。可有什么秘密呢?大家都不知道。

村子里昏过去的人,除了张老头,还有山泉。山泉刚听到老伴儿说,尸体确定是张红毛时,立即就昏过去了。

山泉老伴儿见山泉昏了过去,眼前一黑,就晕倒在山泉的身上。几分钟后她醒了过来,无边的恐惧,充满了她的心。她喃喃地说,这老东西,真的可以用嘴巴杀人啊?!

老头子这一次,一昏就昏了十五天,他呼吸微弱,俨然像死了一样。那几天,成群结队的乌鸦围着山泉家的房子飞,那撕心裂肺的叫声,让人一听,身子就起鸡皮疙瘩。这种奇怪的现象让村子里的人都很恐慌。有胆子大的,捡起石头打乌鸦,但乌鸦丝毫不怕,有人点燃爆竹往鸦群里扔,乌鸦反而飞得更欢,撕心裂肺的叫声又高了八度。房子四周的梨树上、枣树上、杏树上、白杨树上,歇满了密密麻麻的乌鸦,像长满了黑色的果实。村里人说,看来怕是不行了,还是快通知儿子回来吧!

第十天,山泉远在省城的儿子回来了,打算准备后事。没想到第十五天的黄昏,山泉忽然睁开眼睛,坐了起来,把老伴儿和儿子吓出一身冷汗。后来村里人说,就在山泉睁开眼睛坐起来的时候,房子四周树上的乌鸦,就像得到命令一样,扑棱棱全部飞走了,村子的上空,

219

像忽然拉开了一块无边无际的黑布。

醒过来的山泉,忽然变了一个人。他变成了哑巴,再也不会说一句话。所有村子里的人都来看望山泉,都为他死而复活而高兴,同时也为他变成哑巴而惊奇,而遗憾。山泉老伴儿像从一场噩梦中醒来,恍恍惚惚的,高兴、害怕、茫然织成一张网,厚实地罩住了她。死去十五天的山泉,还躺在她的心里,满天的乌鸦撕心裂肺的叫声,还响在她的耳边。

儿子留下一些钱,对他失魂落魄的母亲和他一言不发的父亲说了一堆安慰的话,一转身回到了省城。

五

像死水一样的村庄,刮过一阵风,又像死水一样的平静下来,大家该干什么还干什么。

山泉老伴儿守着不会说话的山泉,彼此内心都充满了恐惧。因为他俩心中都埋着一个秘密。山泉老伴儿从怀疑到相信山泉的嘴巴可以变成杀人的凶器,他诅咒谁死,谁不得不死。那小孩、那小孩的父亲还有张红毛,他们的死,都是有力的证据。山泉老伴儿想,以前自己不是时时在激山泉诅咒自己死吗?那是因为自己不相信山泉的嘴巴真有那么大的神力,甚至还开解山泉。没想到他的嘴巴真的那么神,以后坚决不能激他了,否则自己莫名其妙丢了老命也难说。好在,老头子的嘴巴已经失去了功效,这一定是菩萨的意图,想让老头子少背几条人命。老头子不会说话了，他失去了诅咒的能力。老伴想，这下可好了，总算清净了。

让山泉老伴儿没有想到的是，诅咒不一定要发出声音，诅咒完全可以用内心进行。这一点，从后来发生的事，可以得到有力的证明。

不会说话的山泉在床上躺了两天，忽然从床上站起来，三步两步走到大门口，看着深秋白花花的阳光，张着嘴巴，舒舒服服地伸了个长长的懒腰，一副以睡眠养精蓄锐醒来的样子。他回过头，看着老伴儿，指了指楼上挂着的一块猪肉，又指了指口袋里的大米，再指了指铁锅，再指了指自己的嘴巴和肚子。老伴儿明白，立即生火做饭。山泉吃了一碗肉，三碗饭，这是他从来没有的食量。

不到一个星期，山泉就精神抖擞、容光焕发了。他要去赶集，山泉历来都喜欢赶集，集市上人那么多，他喜欢。

可是山泉第一天去赶集，就出事了。

山泉回来，脸色铁青，立即找来纸和笔写了起来。山泉读过初中，他虽然不会说话了，但他识字能写。老伴儿也读过小学，能认一些字。

原来山泉去赶集，看见一个长发小伙子偷一个老太婆的钱。山泉想喊，却喊不出来。他却伸手去抓那个长发小伙子的肩膀，那小伙子转身一拳，直打在他的胸口上，把他打得岔了气，至少三分钟才缓过来。就有人去追，小伙子就往公路上跑，忽然一个脑袋大小的石头砸在小伙子的身上，小伙子当场死亡。那么大的石头，是谁扔的呢？原来根本没有人扔，是自己飞去的。事实的真相是，一辆汽车刹车失灵冲倒了一根电线杆，电线杆砸在一个公路边卖西瓜的雨棚上，雨棚的四角拴着四个脑袋大小的石头,因为受到外力,雨棚上的一块石头,像炮石一样飞了出去,在五十米远的地方,不偏不倚正好砸在小伙子的身上。公路上人那么多,为什么那石头就长了眼睛,去砸那偷钱的小伙子呢?

山泉写道,我知道我又杀人了,尽管被杀的人是坏人。你一个气饱力足的大小伙子,好吃懒做去偷一个老太婆的钱,你算什么东西?我一个上了年纪的人想阻止你干坏事,你还下狠心打我,把我打得岔气,我咋个不诅咒你?当时我就在心里说,像你这样的,一定不得好死。那人果然死了,而且死得让人无法想象。我知道,他是被我诅咒死的。

老伴儿说,他是被石头砸死的,他罪有应得。

山泉写道,公路上那么多人,那石头为什么不砸别人,却专门砸他呢?因为我在心里诅咒他不得好死。

老伴儿尽管心里装满恐惧,但她还是平静地说,老头子呀!你就别啥事都往自己身上揽了,你怎么那么神!

山泉又写道,我也不知道我为什么会变成这样,苍天呀!你就别给我赋予这种神力了,我害怕啊!我骂人,不是诅咒人,看到不合理的东西,我只是骂一声,缓解心头的恨意,我并不想让人家死。每死一个人,我都觉得是自己的罪,苍天啊!你就可怜可怜我吧!我现在不会说话了,以为再也不会伤害人了,没想到在心里想一想,同样会伤到人。从今以后,我见到所有的人和事,我都面带微笑,我都在心里祝福他们好运。这样也许我会更轻松一些。

老伴儿看着山泉,微笑,点头,表示赞赏。

六

　　山泉依然喜欢赶集，赶集是他排解孤独的重要方式，他现在老了，再也开不动汽车了。他就喜欢到集市上，看看形形色色的人，看看各种各样的东西，听听嘈杂的声音。现在的山泉，走在人群中，面带微笑。那微笑，像画上去的，一成不变地呆板着。山泉昂着头走在人群中，只要与他对视的人，都以为山泉在对他微笑，都会礼尚往来报以山泉微笑。山泉很享受这种种瓜得瓜种豆得豆以笑换笑的感觉。当然，也有一些人一抬头看见山泉挂在脸上的笑，会忽然转过头，轻骂一声，神经病。当然，说这些话的，大都是年轻女子。关于这一点，山泉虽然心里不快，但却能够理解，你一个老头子，看着年轻女子微笑，你什么意思啊？不管怎样，他依然在心里一遍又一遍地对所有人说，祝你们好运！

　　让山泉笑不起来的事，时有发生。比如说在一家名叫好又来的商场门口，一个穿着性感的姑娘，手里拿着电喇叭，既充满激情又无限哀怨地叫喊，所有商品跳楼大削价。走过路过，千万别错过！错过这一次，后悔一辈子！商场的门口挤满了人，一个中年男子，借着拥挤，有意无意地用身子去触碰前面一个穿紧身牛仔裤的姑娘浑圆的屁股。山泉就觉得这个男子很无耻，他无法对他微笑，他无法在心里说出祝你好运。他那像画上去的微笑，在抽搐，在颤抖，很快凋落了，变成黄色的牙齿咬着下嘴唇的模样。他感觉到他在心里要开始诅咒了，但他立即警醒，用双手按住胸口，把那个刚刚冒出的诅咒念头压了下去。

他的嘴唇都被咬出了血，他一转身，离开了人群。

因为长时间的微笑，他的脸颊有些麻木，他努力找回自己的微笑，让微笑再次回到自己的脸上。他在心里默默念叨着，祝你好运！

这时，他看见一个十五六岁的小姑娘，手舞足蹈地在跟一个中年妇女吵架。那个姑娘尖着嗓子喊，苹果，苹果，我就要苹果，别的什么我都不要！山泉想，要个苹果，用得着在这里喊叫吗？现在的苹果满街都是，还少吗？再听，就知道姑娘要的苹果，不是树上的苹果。中年妇女愁容满面地说，我的小祖宗，你就要个便宜点的行不行？反正都是打个电话接个电话的，都差不多的，苹果那么贵，妈哪里有那么多钱？你看，你爹病得那么重，连床都下不来，你爹治病的钱都没半分呢！

小姑娘嘟着嘴喊，不！我就不！

围过来看热闹的人越来越多了，中年妇女看了看周围的人，大概觉得有些丢丑，就拉小姑娘的手，说，走！走吧！小姑娘弯着腰，使劲往后推，喊道，你买不买？不买你就别后悔！中年妇女的脸显得又羞愧又愤怒，使劲拉小姑娘，小姑娘空着的一只手，就去抓中年妇女的脸，中年妇女的脸上很快就浸出殷红的血。山泉很快就看出了是咋回事，心里觉得这个小姑娘太过分了，一点不懂事，一点都不体谅大人的苦。他快步走过去，大喊一声，你这小姑娘太不懂事了！他发出来的声音，却是啊啊的愤怒声，小姑娘怒视着他，吼了一声，滚，关你屁事！山泉的胸口快速地起伏着，心快跳出了喉咙。

你买不买！不买我就死给你看！小姑娘对着中年妇女吼。

山泉被眼前的事气晕了，他在心里狠狠地说，去死吧！去死吧！像这样没有良心的人，死了更好。

一辆土黄色的大货车开了过来，摁着喇叭，人们都往路边让。这时，小姑娘忽然挣脱了中年妇女的手，像炮弹一样一头撞向车头，车子虽然很快停下来了，但小姑娘的头已被车子的前轮压成了照片。

山泉在心里喊了一声，天呀！我怎么要诅咒小姑娘呢？我怎么又杀人了呢？山泉眼前一黑，晕倒在公路边，同时晕倒的，还有小姑娘的母亲。

七

山泉醒来的时候，他已经躺在了床上。许多村民都来看山泉。人们听到山泉老伴儿说，山泉经常晕倒，一晕倒就是好长时间，村民都心存善意地劝她把山泉送到城里的大医院好好检查一下。山泉一个劲地摇头，他知道自己的病根在什么地方。山泉老伴儿却一个劲地点头，表示对村民的感谢，嘴里说，是要找个时间，把老头子送到大医院，好好检查一下。山泉就一个劲地摇头。待村民都走了，山泉老伴儿伏在山泉的耳边说，老头子，我明白你的意思，我不会把你送到医院的，我也知道你的病根，我是绝对不会说出去的。他们都是好意，我这样说是感谢人家呢！再说，让他们知道你用嘴巴和心可以杀人，那他们会咋个对待我们？真是想都不敢想。要是让他们知道了，他们还不像躲瘟神一样躲着我们？要是他们都像躲瘟神一样躲着我们，我们两个老东西不就变成孤家寡人了吗？你说，在一个村子里生活，没有乡邻的嘘寒问暖，那活着跟死了有什么两样呢？

老头子点着头，嘴唇翕动着，在心里说，老伴儿，我的好老伴儿，你是天底下对我最好最好的人。

老头子下定决心不去赶集了。集市上人多，看着这样那样让人揪心的事，他又控制不住自己的嘴，也控制不住自己的心，稍不留神就在心里诅咒，稍不留神就杀了一个人。他想，眼不见心不烦，就安安静静在家里吧！

山泉在家里时间坐长了，心里发慌。他就拿着一个小木凳，坐在大门口横贯村庄的水泥路边，他下定决心，一定要对所有的生命说好话。他不能说话，他就在心里说。他对从水泥路上经过的本村人或者外村人，无论是男的还是女的，无论是老的还是少的，他都在心里说，你好，祝你好运！他还对经过他面前的羊群、牛马以及躺在路边伸着舌头的狗、散步的鸡、觅食的麻雀、搬家的蚂蚁、路过的毛虫，总之，只要是他能看见的生命，他都会在心里说，你好，祝你好运！

山泉的气色越来越好了，他感到无比的快乐和轻松。他已经习惯每天都坐到大路边，在心里对着所有的生命问好，祝福。

可有一天，山泉忽然觉得自己很虚假，他觉得这种问好、祝福，是为了自己的解脱，并不是所有的生命都配有好运的。就像过去被他诅咒死去的那些人，你还能对他问好，祝他好运吗？他觉得自己是非不分，为了内心的解脱，一味地说好话，这也是不道德的。

他忽然产生一种令他害怕的想法，那就是，要是苍天有眼，看见他好坏不分，一味说好话，肯定会惩罚他吧。

就在这时，一辆摩托飞奔而来，喇叭尖叫着，后面的灰尘和草屑卷成一条长龙。山泉赶紧弯腰提起木凳准备退到道路的边上，没想到身子一晃，他倒在了路上，飞驰而来的摩托车从他身子上冲过。山泉醒来的时候，躺在一个脸色黧黑的小伙子的臂弯里，他头上戴着的头盔，比血还要红。

大爷，大爷，你咋个样？小伙子焦急地喊。

山泉的嘴唇翕动着，在心里说，我就说，不是所有的生命都配有好运的。小伙子当然听不明白，只是一脸的茫然，一脸的惊慌。

晚歌

一

秋叶娘坐在门前那把斑驳的椅子上，定定地看着前面那密密麻麻的坟堆。在正午的阳光下，那坟堆上，好像有火焰在跳动。都六十一堆了。其中靠左边的那一堆，是新坟。新鲜泥土的下面，是她的老伴儿。跟她在一张床上滚了六十年，现在却滚到了土里，跟他的爷爷奶奶亲爹亲娘团聚去了。

你倒好，老头子，要去跟亲人团聚，也不打声招呼，悄悄就去了。也不等等我。留下我一个人，咋个好？秋叶娘这么说着的时候，伸手去扯一根不知名的草。那草已经干了，她还没用力，就断了。秋叶娘看着手里的干草，自言自语地说，怎么就干了呢？好像昨天，还是青枝绿叶着呢？她把它向着坟堆的方向扔去，好像年轻时跟老头子撒娇。可那草，被一阵轻微的风吹了回来，落在她的面前。

那片坟地，是老头子家的祖坟地。在小山包的半中腰。小山包的顶部，是松树和灌木，常年绿着。风一吹过，发出呜呜的声音，抑扬顿挫，像唱歌。小山包的脚下，便是村庄，名叫营盘。中间，隔着几块错落的田地。

春天，村里人就在田地上种植玉米、洋芋、豆角。累了，就坐在坟地里的草坪上，歇息。男人漠然地吸烟，女人有一搭没一搭地说话，小孩在坟地里疯跑打闹。前面是灰灰的瓦房，高矮错落。偶尔有狗吠，有鸡鸣。几场雨水一过，几阵南风一吹，那些埋在地里的种子，就嘎巴嘎巴钻出土来，摇着身子疯长，转眼就绿了天地，连那些起伏的坟堆，都变成了绿色的波浪。

夏天了，连风都是热的。热的空气里，弥漫着浓浓的香味，那是植物的体香。那些香味杂着呢，涩涩的，甜甜的，淡淡的，浓浓的，混在一起，总让你回想起十八九、二十岁的光景。

要是秋天，果实们都被一双双粗糙的手带回了家里。留在地里的，是曾经葱绿现在干枯的秸秆：洋芋的、玉米的、豆角的，还有一些叫不出名的杂草。秋风悠长地从山梁上吹来，吹在它们的身上，发出干涩的声音。心，不由就有几分痛。

冬天就更不同了。小山包，土地，村庄，甚至那起起伏伏的坟堆，都瘦了。萧瑟，荒凉，让人心，有些惶惶然。这时，就渴望下一场雪，一场厚厚实实的大雪，满世界的干净，满世界的白。侧耳倾听，就会听到，许多生命，在雪地深处尖叫。

待雪化成了水，泥土湿漉漉的，散发出特有的香味。一缕缕春风吹过，各种生命竞相登场，满世界的热闹。又一年开始了。

二

三年前，秋叶娘的腿断了，不会走路了，她才有机会看这片土地。这片土地，养育了她八十多年。还是腿断后，整天坐在门前的椅子上，她才惊奇地发现，这片土地，还有那么多的秘密。之前，她整天不是在地里奔波，就是在屋里忙碌。翻地，挑粪，播种，除草，洗衣，做饭，洗碗，喂猪……她从没有时间好好看看。可现在，有时间看了，看来看去，心也凉了。她惊奇地发现，半山腰的那片坟地，越来越大了。村庄和坟地之间的地块，越来越小了。许许多多熟悉的人都到半山腰去了，坟堆越来越多了。恍惚间，多少个嫩闪闪的新媳妇，变成了老太婆。多少个粗壮壮的小伙子，变成了老头子。到头来，只给后来人留下一个光秃秃的坟堆。秋叶娘的双唇，像两片早已失去汁液的树叶，在秋风中颤抖。

秋叶娘说，老头子，我要是能像你一样地走，那就是福了。你不知道，你刚走的时候，我就想跟着你走。可我没有你的福气。不知前世作了什么孽，让我今世来受罪。老头子呀！你不知道我有多疼，那该死的断腿有多疼？我一动，那骨头就嘎巴响，疼啊！像心尖尖上插满了针。老头子啊，你不知道，昨天，老六头来陪我坐了一会儿。说起你的走，他都羡慕得要死。不只是他，三斤爷、巴老怪、六指婆，都羡慕得嘴巴像吃糖，啧啧有声。不说他们，我也好羡慕呢！好些次，我都梦见我跟你来了。我拉着你的手，说，老头子，我终于像你一样有福了。可一松手，我就发现，我还躺在我们的那张大木床上，好疼。

老头子临走前的几分钟，都没有离开过他的锄头。他一生用了多少把锄头，谁都不得而知。除了吃饭睡觉，他都扛着他的锄头，行走在田间地角。从八十岁那年的三月初一，他的生日那天，老头子就有了新的癖好。每天从田地里回来，把锄头一放，他就会让秋叶娘打来一盆清水，认认真真地洗脸，洗手，洗脚。然后舒舒服服地躺在他那漆了十二遍的乌黑发亮能照出人影的棺木里睡上一觉。嘴里说一声，好舒服呀！第一次，秋叶娘无比惊奇，以为老头子大限到了。可老头子一觉醒来，神清气爽，又扛起锄头，到田地里去了。两个儿子也很反感，但又没办法。只好任他了。最后，老头子就养成了每天要在棺木里睡上一觉的习惯。这习惯，让老头子目光有神，面色红润。八十二岁那年三月初一的中午，老头子一如既往地洗漱完毕，然后舒舒服服地躺进了棺木里。但是这一躺，就再也没有起来。无病无痛，无疾而终。村里的老人谁不羡慕？

三

按说，大儿子教书，媳妇种地，在农村，已经很好了。有钱用，有饭吃，看的是彩电，洗衣服用洗衣机。可儿子和媳妇还是三天在吵，两天在闹。吵什么？闹什么？秋叶娘不知。

从儿媳妇骂儿子的话语中分析，好像是儿子在外面有了相好的，不帮着媳妇干活，深更半夜才回家。儿子的声音很低，压着，但很狠。骂道，你这无知无识的母夜叉，你再胡说，就往你臭嘴里灌粪！实在过不下去，就离婚！媳妇的声音很大，也脆，是拼了命往高处提的。骂，老娘就不信，那狐狸精的东西会有多香？没那事，天天晚上，深更半夜的，守在人家干啥！张黑狗，也是脓包。长年累月的在外面打啥子工？婆娘都被人家穿成破鞋了，还蒙在鼓里，也不回来收拾一下那些裤子穿不稳的烂人！

　　秋叶娘不敢问，即便问了，儿子儿媳也不会说。甚至，还要挨骂。她觉得，儿子不是媳妇说的那种人。儿子是她一把屎一把尿拉扯大的，一抬眼，就在眼皮子底下，清楚着的。年轻时都不去招惹那些破事，现在，都五十几了，还有啥心思？秋叶娘知道，自己老了，不中用了，变成多余的人了，连吃的都弄不到嘴里了，甚至拉屎屙尿都走不到茅厕了。你想，你还能做啥？秋叶娘恨着自己的无用。那次，儿子儿媳打架，你一个风一吹就会倒的人去拉什么架呢？不但拉不开，倒把自己的腿给摔断了。儿子儿媳都骂，关你屁事？好了，现在腿断了，你自己好受！要吃要拉，你自己管！别人正事都忙不过来，哪有闲心来管你？秋叶娘无话可说。本来，她想说，你们是我的儿子儿媳妇，你们打架了，哪有做娘的看着不管的？可是，想一想，还是人家说得对。你这种样子，能管得了吗？不但管不了，还添乱。秋叶娘只有生自己的闷气了。她长长叹息了一声，在心里说，人，怎么就这个样子呢？一眨眼，就老成这样了。

四

秋叶娘年轻时,一年三百六十五天,从来没有闲过。那时男人挣十分工分,女人挣的是八分。可她,却例外挣了十分。因为她干活从来不比男人差。那时,尽管贫穷,但屋里屋外她都理打得井井有条。两个儿子,一个女儿,上面还有公公婆婆,再加上丈夫,一家七口的吃穿,样样不缺。可现在,怎么连自己都照顾不好了呢?儿子整天教书,靠他来管自己,是靠不上的了。儿媳跟儿子关系不好,又加上整天在外劳动,一天两顿饭都难保证。这可苦了秋叶娘。好些时候,太阳都偏西了,儿子家门上的大锁还锁着。秋叶娘实在太饿了,就双手扶着一个木凳,慢慢走出门来,抓一些干草,在火塘里生火。好在,儿子家用来喂猪的苞谷面,放在秋叶娘的屋里。秋叶娘就在锅里掺了水,抓苞谷面来搅稀饭充饥。然后,坐在门前那把斑驳的木椅上,定定地看着小山包半中腰的那些坟堆出神。

五

秋叶娘就是想不明白,大儿子提出要让她吃轮饭,也就是,大儿子家吃一个月,小儿子家吃一个月。大儿媳妇的嘴脸冷得拧得出水来,她看了,全身就起鸡皮疙瘩。小儿子在外面打工,小儿媳妇在家带着三个孩子,两个读小学,一个还吃奶。她脚上就像安了弹簧似的,整天屋里屋外,跳来跳去。有时一出门,就是半天。好多时候,连水都忘记倒一杯给秋叶娘。

有一次,秋叶娘对小儿媳妇说,儿啊!我饿,你要出门的时候,就倒一杯开水,舀一碗冷饭在我的床头。我要是饿得受不了了,就吃几口!儿媳妇愤怒,说,吃!吃!就知道吃!一天躺着睡着就想吃!我一天忙了地里忙田里,忙了屋里忙外头,忙了猪的忙人的,从早到晚,忙得屁股都不能落在凳子上一会。我不饿,就你饿?我还饿得淌清口水呢!

秋叶娘就再也不敢说话了!就只能熬着。她想,她们这么苦这么累,都能熬,自己整天躺着睡着,为什么就不能熬呢?可是,秋叶娘怎么也弄不明白,现在条件比过去好多了,几个人养一个老人,为什么还非要吃轮饭呢?把老人当皮球了,你踢过去,他踢过来。什么时候没气了,扔了,就清闲了。想当年,就靠自己的一双手,一家七口人的吃喝拉撒,照样做得妥妥帖帖的,哪样漏缺过?算了算了,自己都这个样子了,还想啥子当年?谁叫你要老呢?谁叫你要多管闲事摔断腿呢?古话说得好,老人个个推,小孩争着抱。那时,再苦再累,首先都要把娃儿喂饱穿暖。可现在,自己一把屎一把尿拉扯大的孩子,哪个会想一想他们衰老的爹娘呢?

六

秋叶娘把目光从密密麻麻的坟堆上,移到大路上。她想,女儿今天会不会来呢?她省吃俭用地供女儿读书,让女儿变成了公家人,在城里有了房子车子，这是秋叶娘心里的自豪和骄傲。女儿一月两月的，会回来看她一次。每次都带来大包小包的东西，可也只是把东西一放，说几句话，连水都顾不上喝一口，就回城了，好像永远都有做不完的事。秋叶娘盼女儿回来，就像小孩子盼过年。可年来了，一眨眼就过了，留下的依然是寂寞和孤独。就只有再盼，再孤独。时间，就这样一天天过去了。

  那天，秋叶娘悄悄流泪了。女儿带着她的孙子来看望她，按说，秋叶娘该高兴才是。起初，秋叶娘是高兴的。她看着女儿灰白的头发和满脸的皱纹，神情有些恍惚。好像女儿还在地里捉虫玩，怎么就有孙子了呢？怎么就当奶奶了呢？那小孙子两岁，肉乎乎的，可爱极了。一会儿要这样，一会儿要那样。女儿忙前忙后，一味迁就，忙得汗流满面。小孙子饿了，女儿就喂他奶粉，他噗地吐了出来，女儿就再哄再喂，耐心好得就像年轻时候的自己。秋叶娘想，自己还不如一个孩子了，女儿对她的孙子那么好，可对她的亲娘呢？鼻子一酸，泪水就流下来了。女儿见状，慌了。忙说，妈，妈，你怎么了？你是不是哪里不舒服啊？秋叶娘说，没怎么，我哪里都舒服。秋叶娘抹了一把眼睛，可泪水更汹涌了。女儿着急了，慌乱地问个不停，也跟着流泪。秋叶娘忽然笑了，把女儿搂在怀里，说，闺女呀！看把你急的，娘没事，娘是老糊涂了呀！

七

  这个冬天的早晨，七大爷死了。落了叶的白杨树上，高挂着两个大喇叭。大喇叭里，总管正在井井有条地安排着丧事。七大爷家门口，村民正在忙碌，打灶，生火，做饭，捡菜。一些小孩子，喜欢热闹，在人群里追逐嬉戏。头顶白色孝布的孝男孝女，时不时就爆出凄凄惨惨的哭声。哭声从大喇叭里传出来，高亢，辽远。在村子的上空，转了几个弯，落在冰冷的地上，落在秋叶娘的耳朵里。秋叶娘的眼里就有了泪水。他怎么就走了呢？他还小我两岁呢。好像就在昨天，这个爱说爱笑的小伙子，还在身后偷偷地扯我的长辫子呢！那时，好像自己是刚嫁过来吧！就是他，最爱跟我开玩笑。秋叶娘看了看密密麻麻的坟堆，自言自语地说，下一个，应该是我了吧！

  日子漠漠的，淡淡的，过不了多久，村里的老人又会走一个。曾经年轻的，慢慢老了。曾经是毛孩子的，慢慢长成了大人。时不时，就有一个新娘子嫁进村子来；时不时，就有一个大姑娘嫁出村子去；时不时，就有一个小生命降生在村子里。

  三间大瓦房，一个大院子。门，常常紧闭着，门上常常吊着将军锁，冷冷的，瑟瑟的。偌大的院子里，只有几只鸡在漫不经心地觅食。儿女们在外面忙他们永远忙不完的事，秋叶娘只能孤独地坐在院子里。

八

　　幸好，遇到了西村的梅三娘。梅三娘拄着拐棍从门前走过时，秋叶娘觉得眼熟，说，你是梅三娘吗？好多年不见你了。梅三娘说，姐，我是梅三娘，你还好吗？秋叶娘一边说好，就想站起来跟梅三娘打招呼。可她身子只动了一动，就惨叫了一声，她断了的腿疼进了她的心里。就像失散多年的亲姐妹，两人就坐下来谈心。这一坐，就让她们在今后的日子里形影不离了。

　　梅三娘七十八岁了，小秋叶娘四岁。五年前，梅三娘的老伴儿死了。梅三娘就到她远在昆明的女儿家去住了。她的小儿子住在西村，开了一个小百货店。两个月前，她的小儿媳妇因为地埂失手打死了隔壁张二宝的婆娘，连夜逃跑了。张二宝家抓不到杀人凶手，就把死人埋在了小儿子家的房子里，小百货店也被封了。小儿子不敢在家，也跑到外面做生意去了，村子里就留下了十岁的女儿和八岁的儿子。梅三娘就从女儿家回来，在村子边上搭了一个草棚，照料孙子孙女读书和生活。好在现在政策好，两个娃儿读书不但不交钱，连吃饭都是学校里供着的。

　　娃儿去读书了，梅三娘就没事了，一个人也闷得慌。现在好了，娃儿读书去了，她就来找秋叶娘。娃儿放学之前，她又转回去做饭。西村不远，五分钟就可以走到。一天中的大多时间，梅三娘和秋叶娘都在一起。梅三娘为秋叶娘洗头，梳头，擦身子，熬稀粥。两人好得胜似亲姐妹，什么都说，很少闲着。自己亲身经历的，听来的，村子内部的，村子外面的，天上的，地下的，远的，近的，生生死死，什么都讲，有的都重复很多遍了。

梅三娘说她那死老头子，年轻的时候什么都好，就是很贪。有时，一晚上要四五次，我都怕了。六十多岁了还会要，你说，这死老头子！梅三娘说话时，脸上掠过一圈红晕，嘴角微微笑着。瞬间，还在生动的眉眼，陡然变得茫然无奈了。

秋叶娘说，妹子呀！我有时还真对不起我们家那个死老头子。她用手指了指前面的坟堆。在他之前，我还有个人，我的那个大女儿，就是那个人的。可是，那个死鬼，才二十五岁就被土匪打死了。后来我才明白，他早就是地下党了。那时，我才二十三岁，我的大女儿才一岁。后来，大女儿跟她的奶奶过，我就嫁给了我们家这个死老头子。不过，我没有瞒他，嫁他之前，我把这些事都说了。可他一点不在乎，见到我的大女儿，就像亲生的一样，可热乎了。对我那个好呀！一辈子，没有对我动过半次粗，说过半句重话。唉！不知怎么了，我觉得我的大限也快到了，还真想去烈士陵园看看我原来的那个死鬼。可是，我走不动。昨晚，我都跟老头子说了。他说，去看看吧！应该的。还以为他会有些不高兴，没想到，他爽快地同意了。你说，世上哪有这么好的人呀！这死老头子！秋叶娘的声音很柔，很柔。脸，也红红的。

九

秋叶娘的大女儿用车把秋叶娘接到了烈士陵园。秋叶娘用枯树枝似的手摸着刻有死鬼名字的冰冷的石头，一言不发，默默流泪。冷风，吹乱了她稀疏的白发。

秋叶娘在大女儿家住了三天，无论如何都要回村子。她说，我那个妹子梅三娘，几天没见我了，一定很闷呢！

其实，这三天，梅三娘每天都按时来到秋叶娘的门前，坐在秋叶娘那把斑驳的木椅上，很久很久。村子里的人，要是不细看，还以为是秋叶娘呢！

秋叶娘跟梅三娘又形影不离了。闲着的时候，就数村子前面那密密麻麻的坟堆。第六十二堆，是七大爷的。秋叶娘微笑着说，第六十三堆，就是我的了。梅三娘也笑着说，姐，第六十四堆，应该是我的了吧！

我是张小根

十五岁那年,我被一群人捆绑着送到医院,在捆绑我的人中,为首的那个人是我的父亲。他稀稀拉拉的胡须,像营养不良的枯草,他嘴有些歪,眼有些斜,丑陋极了,我恨死了他。我所在的医院,名字让我讨厌,叫精神病院。他们说我患了精神病。其实我好好的,我觉得他们才患了精神病。但我还是被关进了精神病院。我反抗,但没效。因为他们人多,又不听我说话。那些穿白大褂的医生,也是一群混蛋,欺负我势单力薄,跟我父亲他们那群混蛋狼狈为奸,共同陷害我。让我叫天不应,叫地不灵。

那时,我的眼睛还没瞎。要不,我就不能提着铡刀追赶我的父亲了。

医生说,你为什么要提着铡刀追着你父亲砍?那是你爹呀,你能砍吗?

我瞪着医生说,他不是我爹,是你爹!

医生就狠劲地用手拧我的手臂,拧我的大腿,疼得我直淌眼泪。

我高声说,他就是你们的爹,你们就是他的儿子,你们串通起来收拾我!

医生说,病得不轻,得赶紧治。

医生说,带钱来没有?

我父亲说,带来了。

医生说,有多少?

我父亲说,有九十一元五角。

医生笑了一声,不耐烦地说,这点钱够什么!快去准备,最少也得预交两千元!

我看见父亲的嘴更歪了,眼更斜了,看上去更丑陋了。他的嘴里发出呜呜的声音,好像在哭。

我在心里笑,我真的很高兴。我在心里说,张木头,这会儿你高兴不起来啦!你说我有病,我就是有病,有本事你就去找钱来医啊!两千元,搭上你的老命也甭想筹齐。

我想,张木头没有钱,医院肯定不会收下我了,我就可以到外面自由自在了。

可医生对我父亲说,你把身上的钱留下,我们暂时收下病人,明天把钱筹齐,要不,你就把他带回去!

父亲丧着脸,连连点头,稀稀拉拉的胡须一颤一颤的。

我又在心里恶狠狠地笑了一声。我想,明天我肯定能出去,因为我料定,张木头是筹不到两千元钱的。

父亲走了。

我留下来了。

我吐口水在医生脸上,我用脚踢医生,我用手抓医生,我甚至用身子像炮弹一样飞过去撞医生。最后,他们把我绑在椅子上,让我动弹不得。我就用世间最恶毒的话骂他们,骂他们头顶生疮,屁股流血,骂他们不得好死,骂他们来世变成癞蛤蟆。

我安静下来了,原因是我没有半点力气了。

我想,张木头肯定是没有办法找到两千元钱的。要不,他就不会不送我去读书了,我也就不会提着铡刀追着他砍了。我不知道为什么,我又嘿嘿笑起来了。

我砍张木头是有原因的。张木头是我的父亲,村里的人都说,张木头是个好人,整天老实巴交的,不言不语的,像牛一样的,不分白天黑夜地在地里劳作。不过,我觉得,像牛不对,牛饿了的时候,还会哞哞地叫两声,累了的时候,还会耍点牛脾气。村里的秦三宝在犁地的时候,牛累得走不动了,他就用皮鞭狠狠地抽牛,牛就干脆睡在地上不动了。秦三宝就生气了,用皮鞭狠狠地抽牛,牛也生气了,就猛地站起来,拖着犁铧,低着头,猛地向秦三宝顶去。它那硕大尖锐的牛角洞穿了他的肚子。那牛狠命地把头摇得像拨浪鼓,秦三宝像杂技演员一样,在牛角上盘旋飞翔。

我不知道为什么这样的一个连牛都不如的人就是好人。但村里的人就是这么说的,并且还给了他一个好听的名字——张木头。

在我心里,张木头一点也不好。我刚满十四岁那年,我跟村里的杨铁蛋玩打角板的游戏,我赢了杨铁蛋十五个角板了,可他赖着不给我。

我对杨铁蛋说,你输了,你就得给我!

杨铁蛋说,不给就是不给!

杨铁蛋想跑,我就抓住了他的衣襟。

杨铁蛋就嗷嗷地哭了。

这时刚好遇到杨铁蛋的哥哥杨金蛋到井边挑水,听到杨铁蛋的哭声,就放下木桶,提着扁担追了过来。他二话不说,举起扁担劈在我的头上。

我醒来时,已经是第二天了。

我一睁开眼,就看见张木头歪着嘴对我笑。

张木头说,你还是醒过来了。

我说我怎么了?

张木头说,你都昏迷一天一夜了。

我的头痛得像要爆炸。我慢慢想起来,我是被杨金蛋用扁担打了。

我说,我赢了杨铁蛋十五个角板了,他还没给我。

我说,我赢了,杨金蛋凭什么打我?

我说,爹,你要为我报仇,你也用扁担把杨金蛋打了,让他昏迷一天一夜。

父亲说,杨铁蛋才十二岁,你可十四岁了。你要大一些。

我说,可我赢了,杨铁蛋输了。我大杨铁蛋两岁,可杨金蛋也大我两岁。

父亲说,娃啊!你知道杨铁蛋的爹是什么人吗?

我大声说,是个大麻子。我明白,杨铁蛋的爹满脸的麻子,像蜂窝一样，整天披着衣服，昂着头从村庄的大路上走过，许多人见到他都要打招呼，都要满脸堆笑。

父亲一脸惊恐，连忙伸出枯树枝般的手，想要捂住我的嘴巴。父亲这样做的时候，目光怯怯地往外看，生怕杨大麻子听见似的。

父亲的样子让我很生气。我恶作剧似的大喊一声，杨大麻子！

父亲像触电似的用枯树枝般的手捂住我的嘴，声音颤抖着说，小祖宗，人家是村主任，是你喊得的吗？父亲的脸变形了，嘴歪在了左脸上。

就是从那时起，我就不再把这个歪嘴斜眼的瘦男人叫爹了。他是别人的爹。我叫他张木头。

我恶狠狠地用一种奇怪的眼神看他，那种眼神叫鄙视。我们语文老师讲到这个词时做过示范。

然后我便开始唱歌，那歌是我自己编的。我们语文老师说我有写作文的天赋，我编个歌就不成问题了。我唱道：

张木头，是歪嘴。

斜眼睛，胆小鬼。

养个儿子被人欺，

吓得不敢放个屁。

我唱完这歌，我就开心地哈哈大笑。我说，张木头，你不敢为我报仇，我自己报，我要调动一百号人马，把杨大麻子一家统统杀掉。

张木头，你信不信？我又用鄙视的目光看他。

张木头嘴唇抖动着，全身抖动着。像狂风中一棵枯朽的树，马上就要被连根拔起。

张木头嗫嚅着自言自语，娃出问题了，娃的脑壳坏了。

黑心肠呀！怎么就偏偏要打脑壳呢？你打别处不行吗？

我们家有一把铡草的铡刀。

我在一个夜晚开始磨刀。

我一边磨，一边笑。

张木头说，你磨了干啥？

我说，铡草，铡马草。

我一边磨，一边自言自语，我把杨大麻子一家当马草铡了。

铡刀被我磨得清亮亮的，能照得出人影，我从亮光里看见我的眼睛陷得很深，头发像乱草。我说，你是谁？没有人回答我，我心里就很难过。

我去读书的时候，同学们都躲着我。我不知道他们为什么躲我？我看着他们笑，他们就跑了，离我远远的。

语文老师对我说，张小根，你是不是病了？瘦成这样子？头发又乱又长了，该去理一下了！

我不知道为什么，鼻子一酸就哭了。

升学考的时候，我考了一百九十分。数学一百，语文九十。语文老师高兴地说，张小根考了全乡第一名，能到城里去读中学了。

我把成绩单递给张木头。我说，张木头，我考了全乡第一名，可以到城里去读中学了。

我说，张木头，我的数学考一百分，是全乡第一名，全县第一名，全中国第一名。

张木头不相信似的看着我，然后又看看成绩通知单。他歪着嘴笑了一下，眼里射出奇怪的光。他的嘴唇又开始抖动着，全身也抖动着。他又像狂风中的一棵枯朽的树了，马上就要被连根拔起来了。我看他伸出手向我走过来，好像要抱我。我跑开了。只留下张木头摇摇晃晃地站在空空荡荡的场院上。我笑了，张木头实在像一只受伤的乌鸦。

那天，我提着清亮亮的铡刀在村子里游荡。

我说，我要把杨大麻子一家当马草铡了。

跟着我的那一大群人就叽叽喳喳地议论开了。

有的说，疯了，肯定疯了。

有的说，连杨主任他都敢乱喊。可怜呀！十多岁大脑就出问题。

杨铁蛋看见我提着铡刀，转身就跑了。

杨金蛋看见我，也转身走了，而且走得很快，生怕我追上去似的。

我很高兴，我想，他们怕我了。

只是杨大麻子走了过来，他好像一点也不怕我，稳稳当当地迎着我走了过来。

他吼了一声，张小根，你提着刀子在这里干什么？还不快点给我滚回家去！

我的身子打了一个寒战，我在心里说，我不怕你，我就是不怕你！

我本来想说，杨大麻子，我要把你们一家当马草铡了。但我却说，杨金蛋用扁担砍我的头，我也要砍他的头。我的声音很小，轻飘飘的，好像风一吹就会没了踪影。

杨大麻子向我逼了过来。我提铡刀的手在发抖。我一步一步向后退，我觉得杨大麻子像一座山一样向我压了过来。我想举起刀子向他砍去，可我没半点力气。

啪的一声，我挨了杨大麻子一个响亮的耳光。

无法无天了，青天白日的提着刀子在村子里撒野，还把我这个村主任看在眼里没有。

有人说，疯了，疯了，肯定疯了，要尽快送医院！

杨大麻子大声说，张木头，还不快把这个小狗日的整回家去，要不，整出问题来你吃不掉兜着走。

我大吼一声，说，你们才疯了！

哐当一声，刀子落在了地上，我眼前一黑，也就倒了下去。

待我睁开眼睛时，还是看见张木头歪着嘴，斜着眼，苦着脸坐在我的身旁。他手里端着一个没了耳朵的陶瓷缸，用一个小勺在喂我水。

我的录取通知书下来了，我可以到城里读书了。可他们说我疯了，要把我送到精神病院。

我说我没有疯，可他们说我疯了。

有谁相信我呢？

我提着刀子指着张木头说，张木头，你说我疯不疯？

张木头睁着惊恐的眼睛边退边说，娃，你没疯，娃，是爹疯了。娃，快把刀子放下!

那天晚上,我听见张木头跟我哥张大根说,娃,小根疯了,明天想办法把他送到精神病院去医。看来,他不能读书了。

我摸黑起来,提着铡刀,我要砍了张木头,他骗了我,他说我没疯,现在又说我疯了。他还不让我读书,我是亲耳听到的。张大根读了五年高中都还在读,我考了全乡第一名,凭什么就不能读书了呢?我把张木头追得满村子乱跑,整个村子都鸡飞狗跳的。每一扇门都打开了,每一扇门里都有一束束惊恐的目光射向我和抱头鼠窜的张木头。

我明白,我被张木头和那些医生算计了。

我清醒过来的时候可能是半夜了。我看见电灯照着雪白的墙壁和床单。我想翻身,可不能动弹。我的手和脚都被捆在床沿上了。

我大声地喊,你们这群疯子,放开我!

这时,跑过来几个穿白大褂的人,他们愤怒地说,叫,叫什么!再叫,把你扔出去!

我看他们很凶,我怕他们真的把我扔出去,我就不叫了。

我想,张木头明天两手空空地回来,医生就会把我赶出去的。我渴望天亮。

可第二天,张木头却把两千元钱找来了。

我出不去了。他们把我当疯子留在精神病院了。

这里有七八十个人,男的女的,老的少的,高的矮的,胖的瘦的。这些人唱的唱,跳的跳,哭的哭,笑的笑,闹哄哄乱麻麻的。难道他们都是疯子？

不知从什么时候开始，我的大脑里就热闹起来了。起初是脑海里满是飞机嗡嗡的声音。接着就是有许许多多的人在吵架，在哭在笑在骂街，许许多多的人在指着我骂。

他们说，张小根，你这个狗日的，是疯子。

他们说，张小根，你这狗日的，考了全乡第一名，却不去读书，跑到这里来干啥，简直是疯子。

那些我认识的人，不认识的人，他们凭什么要骂我呢？我没招谁惹谁呀！

我也骂他们，我一刻不停地骂他们。

我说，你们这些狗日的才是疯子。

这时，我看见一个女人解开衣服，挺着两个大奶子笑眯眯地向我走来，她的眼睛很好看，亮晶晶的。

她双手托起她的两个大奶子，在我的眼前晃来晃去。她说，我的小冤家，你不是整天想摸我的奶子吗？这些天你跑到哪里去了？为什么老是躲着我呢？来！摸吧，我让你摸个够。

她的奶子暖烘烘的贴着我的脸了。我的心好像在打鼓，我从来没见过这么好看的奶子。

我伸手摸了一下，感觉像摸到了一团火，烫得我一下把手缩了回来。

我看见她把奶头都要递到我的嘴巴上了。我赶紧仰起头，说，我不吃你的奶，你又不是我妈，我妈早就死了。

接着就有人哈哈大笑。好几个男人都争着来摸女人的奶子。女人眯着眼哼哼的，一副幸福的样子。她嘴里不停地说着一句话，小冤家，只要你喜欢，我就让你摸个够。

医生跑了过来，一把扯开那些忙着摸奶的男人，还有那个女人。大喊了一声，坐好，都给我坐好！

然后命令那个女人把衣服穿好。

那些男人都很听话，就老老实实地坐在活动室的椅子上了。

那个女人也穿好了衣服，只是嘴里还在叽叽咕咕地说，小冤家，你怎么就跑了呢？我要让你摸个够。

我笑眯眯地看着这一切，我的耳朵里还是响着许许多多莫名其妙的声音和骂我的声音。我就跟那些人对骂，我才不怕他们。

张小根，还不快去坐着！你在这里干什么？一个医生瞪着眼睛对我吼。

我说，他们在骂我，我也要骂他们。我才不怕他们。

谁在骂你？医生环顾了一周，说，大家都没有讲话，就是你在讲。你知道吗？你又产生幻听了。走，赶紧吃药去！

我说，我不吃。

医生说，由不得你！

医生强迫我吃了两片药。那些骂我的人就烟消云散了。

我好像睡着了，到处一片死寂，那种像死了一样的安静让我受不了。

我大喊，人呢？人呢？

医生就用绳子把我捆在床上。

我大喊，我要幻听，我要幻听！没有幻听我好孤独！

医生就笑了，说，还诗意得很，还懂孤独呢！

第二天，那些骂我的人又蜂拥而来了。他们骂我，我跟他们对骂。

医生说，这叫幻听。

我喜欢幻听，我习惯了这种对骂。很好玩的，很热闹的，我喜欢。

医生不要我在医院里了。原因是张木头交的两千元钱用完了。

张木头把我领回家的时候，用手紧紧地牵着我的手，生怕我跑了一样。

我把张木头的手甩开了。我说，张木头，放开我，我会自己走。

我嘲笑地看着张木头说，张木头，有本事就去找钱来，再把我送到医院里啊！

起初，张木头整天陪着我，我讨厌他。后来，张木头就不陪我了。他得下地干活去了。

我自由了。我整天在村子里走来走去，一刻不停地跟那些骂我的人对骂。

我又把那把铡刀找出来了。我提着铡刀在村子里一边游，一边骂。

有一天，我遇到了杨大麻子。我一边骂，一边迎着杨大麻子走过去。杨大麻子闪在一边，拿出手机说了几声。不一会儿，就有一辆车子停在了我的身边。车上下来两个警察，他们把我扭上了车。不分青红皂白就把我带到了派出所，丢在了一间阴暗的屋子里。

我看见车上有 110 的字样。

我说，你们是谁？为什么要把我带到这里来？

那两个人说，你说我们是谁？

我说，是 110。

其中一个人就笑了起来，说，还算你聪明。

我说，你们为什么要把我带到这里来？

你说呢？

你知道我们是干什么的吗？

抓坏人的。

对了，就是抓你这种坏人的。

我不是坏人。你们没权利抓我，我没干坏事儿。

别说你，涉嫌违法的都能抓。你算什么？

我哈哈笑着说，我明白了。

你明白什么？

你们是 110，我长大后也要当 110，想抓谁就抓谁，我得先把你们抓起来。

那两个人互相对视了一眼，就哈哈笑起来。

他们就逗我说话，他们也没有打我。我觉得他们也不怎么坏，甚至还很好玩的。

是张木头把我领回去的。

张木头歪着嘴，流着眼泪对我说，儿啊，杨主任说了，你可以在村子里游，但是不能提着铡刀，要不，他还会把你送进派出所的，把你关起来，永远出不来。

我说，张木头，我不是疯子，我没干坏事儿。我不怕杨大麻子，他儿子打了我，我要报仇。

张木头的嘴更歪了，眼更斜了，他几乎哭着说，儿呀，报什么仇，只要你能好好活着就可以了。

我说，张木头，你就把我送进精神病院吧！那里有又好看又好摸的奶子。

张木头说，进医院是要钱的，我们哪有那么多钱啊？

我就哈哈笑了起来。

张木头说，你就在家里好好地待着，不要提着铡刀在村子里乱窜，爹去干活，爹养你，爹养你一辈子。爹还为你讨个媳妇。

我说，我要医院里那个长着好看奶子的女人做媳妇，我用手比画着，比画着奶子的形状和大小。

张木头急了，他说，儿呀，你在说些什么？爹听不懂。

我就哈哈大笑，我忽然觉得爹对我很好的。

我想叫张木头一声爹，但我没有叫出。只是两行泪水滴在我的手背上。

我不想吃药，吃了药那些骂我的人就烟消云散了。没有那些骂我的人，我好孤独。其实，就算我想吃药都吃不上了，因为药是要用钱买的，我和张木头都没有钱。

我不想看见爹歪着的嘴，斜着的眼，还有他浑浊的泪水。于是我就乖了,因为我没有疯。

其实,就算想看我也看不见了。因为我的眼睛不知为什么就瞎了。我先是看不见张木头,接着是看不见我家那间破烂的屋子,看不见杨大麻子,看不见村子里所有的人和所有的一切。但我的耳朵里却充满了许许多多的声音,那些骂我的声音。

我不再提铡刀了。我就在村子里一刻不停地跟那些骂我的人对骂。很好玩的,也很热闹的,尽管我感觉到村子里的人看见我都躲得远远的,但我还是不再感到孤独和寂寞了。

累了的时候,我就躺在草堆里,任凭阳光漫过我的身体,暖烘烘的,夹杂着草香味。我还听见阳光漫过我的身体的声音,那声音在我的身体里慢慢地爬行,发出细微的咝咝声。那声音慢慢地变成溪水流过山涧,又清脆,又透明,好听极了。那声音又变成了花开的声音,变成了露珠滴在草叶上的声音,变成了蝈蝈在月光里唱歌的声音,最后就变成了水,暖融融的水,凉津津的水。那水将我的身体缓缓地托起,托起,我就幸福地漂起来了,飞起来了。飞着飞着,我就听到一个温柔的声音对我说,张小根,你要去的地方,是你从来没有去过的地方。那地方所有的一切都会唱歌,都在等着你呢!

我是英子

一

❶

得知父亲病重时,我正在跟李寿喜闹离婚。

母亲打来电话,说父亲怕不行了。父亲每天躺在床上,不吃不喝,嘴里喃喃地念着一个人的名字,那个人的名字叫黄水仙还是黄顺仙,不得而知。因为父亲的门牙掉了两颗,说得不是很清楚。母亲说,听那名字,八成是个女的。母亲的声音有些颤抖。我告诉母亲,不要着急,父亲是个好人,绝对不会有什么事的,我把手里的事安排一下就回来。母亲顿了顿,叹息一声,然后挂了电话。

❷

父亲和母亲住在营盘，离县城较远。我抓了几件换洗衣服就到车站去坐班车。

父亲躺在乡卫生院的病床上，鼻孔里插着氧气管，已经瘦得像一根干柴了。他对我的到来浑然不知，只有干瘪的胸口细微地起伏，证明他还活着。我拉着他的手，像握着干枯的树枝，我的泪水忽然盈满了眼眶。那个走路虎虎生风、身强力壮的男人到哪里去了呢？那个拉着我的小手谈笑风生地在大街小巷穿梭的男人到哪里去了呢？那个为给妻子买一双手套顶着大雪跑遍所有商店的男人到哪里去了呢？

我责怪母亲，为什么不坐班车到县城里去治疗？

母亲说，你爸的胸口一直都是疼的，只是三天前忽然疼得厉害，我说打电话给你，带他到城里去医治，他死活不同意，说你工作那么忙，不要分你的心，让你好好开馆子。昨天我打电话给你时，他的胸口疼得厉害，都晕过去了，我才请人把他送到乡卫生院。医生说，还是送到县医院去治疗吧，城里条件好。我想，等你回来决定。

母亲说，你爸忽而清醒，忽而昏迷。昏迷了还好，静悄悄的，但是，我又怕他醒不过来。他一醒来，就嗷嗷叫，还念那个黄水仙的名字，我不知道他念的是谁。就问他，黄水仙到底是什么人？可是他说话已经不清楚了。起初我还以为他是在叫我的名字，他平时都是叫我四琴，从没有叫过王四琴。我听来听去，他不是在叫我，他叫的是另外一个人。

母亲说，英子呀！你爸心中肯定还有另外一个人，我都跟他四十多年了,可从来没听他说过呀!母亲的眼里盈满了泪水。四十多年了,你爸对我那个好呀!没得说的,我一辈子都记在心窝窝里。可是,他怎么还有别的人呢?

我说,妈,爸生病了,头脑不清醒了,他说的一定是胡话!

母亲用手背抹了一下眼睛,说,应该是胡话吧!应该是的,你爸对我那个好呀!

这时,爸忽然开口了,他叫着,水仙,水仙,水仙呀!那声音沙哑、粗粝,听起来令人绝望。

母亲一惊,一把抓住我的手,说,英子,你听,你听!他叫的是水仙吧!

我点点头,又摇摇头,我说,妈,爸病得不轻!

我抓住爸爸的手,把脸凑向爸爸的脸,说,爸,我看你来了,我是你的英子呀!

爸的眼睛紧闭着,干裂的嘴唇颤抖着,声嘶力竭地叫,水仙,水仙呀!

母亲嘴唇微张着,呆了似的看着我。

❸

父亲住进了县医院。

检查结果出来了,医生把我拉到一个角落边,轻声对我说,你父亲的病已到了肝癌晚期,只能开点药回去,慢慢养吧,能活一天算一天了。待他清醒过来，尽量让他高兴。我的双腿忽然就软了。

母亲轻声说，英子，你爸是不是没治了？

我说，医生说了，待爸醒来，尽量让他高兴，心理治疗加上药物治疗，可能会产生奇迹的。

母亲迷惑地看着我，自言自语，会产生奇迹的，奇迹，什么是奇迹？母亲说，英子，照你的话，也就说，你爸八成没治了！

我说，不是这样的，只要尽量让他心情愉快，尽量治疗，会好的！

母亲绷紧的脸稍微松弛了一些，连忙点着头说，好好，尽量让他高兴，尽量让他高兴！会好的，会好的！

我心里很愧疚，自己都变成中年人了，父亲也快走到生命尽头了，我还没有好好地尽过孝心。我十多年的摸爬滚打，好歹也有十多万的积蓄，只是，丈夫是个废品，女儿小娟也不争气，自己要是没有点积蓄，女儿怎么过呢？自己又怎么过呢？我想，只要能够延续父亲的生命，哪怕是一年，或者半年，即便要花十万元钱，我也愿意。只有这样，我愧疚的心，才有些许安宁。

母亲说，英子，在这里治病，要花很多钱吧？

我对母亲说，不要紧，钱是人挣的，我会尽力的。母亲连忙点头，万分疼爱地看着我。

我对医生说，尽量用好药，能让我父亲多活一天就多活一天。

医生有些疑惑地看着我，说，好的，只是治标不治本，要想好啊！

我有些生气了，说，你们是怕我没钱吗？你们尽管想办法医治就是了！

医生说，那你先交一些钱进去吧！

我说，多少？

医生说，三万五万随便，完了，我们会通知你。

我就先交了五万元钱进去，手里拿着那张薄薄的单子，心里却很茫然，这就能够买回父亲的生命吗？我长长地吁了一口气，心里好像轻松了一些。

❹

父亲第二天就从昏迷中醒来。嘴里还是不停地叫着，水仙，水仙呀！

我拉着父亲的手，激动地喊，爸，爸，你醒了！我是英子呀！

父亲的眼睛微微张开，嘴唇动了动，发出含混的声音，但我完全感觉到了，他是在叫我的名字。由此，我推断，父亲的思维已经接近清晰了。

母亲也激动地拉着父亲的手，说，老张呀，你都昏迷两天了，好吓人呀！现在好了，你醒来了，胸口还疼吗？母亲眼里湿湿的。

父亲轻轻地摇了摇头，眼角挂着两颗又瘦又小的泪珠。

我连忙给父亲喂稀粥，父亲很配合地把嘴张开。两天来，父亲终于吃了两小勺稀粥。父亲渐渐有了力气。

那天，母亲试探着问父亲，说，老张呀，前些天你一直在叫一个人的名字，那个人是谁呀？都跟你在一起四十年了，还从没听你说过呢。

父亲疑惑地看了一眼母亲,说,我都胡说些什么了?

母亲说,你叫水仙,好像姓黄吧,叫黄水仙什么的。

父亲的嘴唇微微抽了抽,苍老的脸上掠过一圈不易察觉的红晕,父亲一言不发。

我的直觉告诉我,父亲的心中,一定还有另外一个女人。

母亲直直地看着父亲,好像在期待着什么?

❺

父亲躺在医院的床上,整天就是吃药打针。父亲的胸口也不疼了,也不再昏迷了。父亲静静地躺着。母亲也是静静地坐着,默默地守候着父亲。

到第十五天的时候,父亲死活不住院了。我和母亲都尽力劝他,说一定要住院,不然病会复发的。医生交代了,最低还要住一个月。但父亲把头摇成拨浪鼓,死活要出院。

他哑着嗓子说,我要回家!

后来事情还是发生了。父亲在母亲去为他熬稀粥的时候,逃跑了!母亲熬稀粥的时间不到一个小时,母亲端着稀粥回来,为了让稀粥快些冷却,一边走,一边用嘴吹。当走进病房时,忽然发现病床上空空荡荡的。

母亲尖着声音喊,老张!老张!你在哪里呀?

母亲的声音颤颤的，母亲一边哭一边喊。走廊里的人都奇怪地看着母亲。

一个穿白大褂的女护士奔了过来，厉声说，叫什么呢？影响病人休息！

母亲说，医生呀！老张不见了，老张不见了呀！

护士惊愕了，低声说，老张是谁？二十三号床的那个吗？

母亲说，就是就是。

什么时候不见的？

不知道。

你到哪里去了呢？你怎么不看好病人呢？

那个护士就往办公室里跑，一会儿就跟来了好几个穿白大褂的，他们围着母亲问这问那的。他们说，根据病人的身体状况，他是走不远的。大家分散在花园里找一找，他会不会到花园里晒太阳呢？他们跟着母亲来到病床边，说，你看看他的东西都在吗？母亲看了看，惊奇地说，我们多带了两件衣服和一双鞋子，都不在了。他们又说，病人会不会逃出去了呢？他身上有钱吗？母亲说，有，有，昨天他问我女儿英子要的。英子还跟他说，你想吃什么？我们就会去买，你要钱干什么呢？老张说，他整天躺在床上闷得慌，摸一摸钱，看一看钱，解闷呢！他们说，病人有没有表现出不想住院的样子？母亲说，昨天还在说他要回家。他们说，病人肯定回家了，快！到车站去找！

我和母亲赶到老家时，太阳快要落山了。西边的彩云火焰一样在山峦上燃烧，阳光洒在大地上，像血。父亲坐在血一样的阳光里，看上去像一尊雕塑，他用手拄着下巴，嘴巴微微张着，目光探向远方。我和母亲走到他的跟前，他也沉默不语。我蹲在父亲的面前，大声说，爸，你怎么能这样不声不响地跑回来呢？你身体不好，你知道有多危险吗？你知道我和妈妈有多担心你吗？妈找不到你急得差点晕过去了，你知道吗？

母亲拉着父亲的手一句话说不出来，只是一个劲地流泪。

好半天，父亲才沙着嗓子慢慢悠悠地说，我不这样，你们会让我回来吗？你们的钱多得烧包了吗？一天几千元呀！你们就一点也不心疼！

我说，爸，我们到医院去彻底把病治好了再回来，好吗？

父亲把头摇得像拨浪鼓，说，不去！不去！就是不去！

父亲说，英子呀，你就回城去吧！去好好照料你的饭馆，照料小娟，李寿喜那个畜生只会吃白饭，靠不上，屋里屋外还要靠你呢！你就回去吧！爸就担心你呢！

我说，爸，那你就跟我一起去吧，要不，我就不回去，我对你不放心！

爸说，我不去，去了你就要把我送到医院里，我住够了！

母亲看看父亲，又看看我。她没了主意。

我和母亲都没有办法让父亲到城里住院。后来跟母亲商量，我就到城里医院买了目前最好的治肝癌的药回来，由母亲督促父亲按时吃药。

二

❶

　　我刚打开门，震耳欲聋的声音就灌满了我的耳朵。小娟披散着长发，穿着低腰的牛仔裤，一件小褂子短得连肚脐都露在了外面。她扭腰摆臀，长发飞舞，跟着疯狂的节奏边跳边唱，她挺胸翘臀的时候，半个屁股就露在了外面。很显然，她不知道我回来了，还在全身心地疯狂。我又累又饿，心中又烦。就大吼一声，够了！你给我关了，滚进去做作业！她的背迎着我，显然没听到我愤怒的声音。我猛地冲过去，一把抓住她的手，狠狠地把她扔到沙发上。我愤怒地吼，李小娟，你丢人现眼，不做正事，还不快给我滚过去做作业！小娟被我突如其来的举动搞得蒙了足有三秒钟，她忽然从沙发上跳起来，瞪着愤怒的眼睛，挑衅地看着我，咬牙切齿地说，老婆子，你会后悔的！我正要发作，她已扭着屁股跑进了书房，砰的一声把门关上了，震得玻璃哗啦啦地响。

　　我啪的一下把电视关了，又啪的一下把影碟关了，然后像木头一样倒在沙发上，心里空荡荡的。

❷

我对小娟失望之极。她今年十五岁了，在县二中读初三，学习一塌糊涂。穿着打扮倒是时髦，时髦得让人受不了。她的头发一会儿烫卷一会儿又拉直，一会儿染黄了一会儿又染红了，有时甚至还染成白色、麻灰色，让人乍一看，还以为是个老太太呢！有时衣服短裤子长，有时裤子短衣服长，有时裤子短衣服也短，大半个身子白亮亮地露在外面。这样的打扮，也许她自己觉得时髦漂亮，引领时尚，可在一个母亲的眼里，却是那么的令人伤心！令人失望！我忽然觉得自己很失败。小娟小的时候是很可爱的，她八个月就会走路，一岁时就会说话，两岁不到就会背七八首诗。那时，小娟是我的骄傲，是我的脸面。我整天带着她，把她打扮成洋娃娃。那时我们一家是多么幸福啊！我和李寿喜都在县城的食品公司上班，那时的食品公司很红火，很让人羡慕。整个县城的糕点、饼干、糖果以及形形色色的食物，大都是我们食品公司经营的。我和李寿喜都在营销部，无论是春夏秋冬，我们都穿着与季节相符的漂亮服装，在柜台里忙这忙那，从别人羡慕的目光里，我们感受到了幸福。我们总是一副精神饱满容光焕发的样子。并非职业性的，来自心灵深处的幸福的微笑常常开在我们的脸上。上班下班有规律，工资福利也很高。休息的时候，我和李寿喜就会带着孩子到公园里游玩，在街上闲逛，我和李寿喜一人拉着小娟的一只手，任凭小娟像一只可爱的小白兔在我们的面前悠来荡去。我们分明感觉到，那些羡慕的目光总会层层叠叠地落在我们的身上。

❸

那时的我,年轻漂亮,二十六七岁,正是告别青涩走向成熟魅力四射的年龄。人们都说我漂亮温柔,像那个当时大红大紫的节目主持人倪萍。我也常在镜子里欣赏自己,还真有几分像倪萍呢!特别是那双温柔多情的眼睛和整齐洁白的牙齿。那时的李寿喜,也是风度翩翩的,他个子高,精精瘦瘦的,脸色红润,轮廓分明,还有人说他像刘德华呢。这么一说,我们都是明星组合了。可是,好景不长,在小娟五岁那年,我和李寿喜都下岗了,一个好端端的食品公司在短短的几年内,忽然就变成明日黄花了。

说实在的,下岗来得太突然了,虽然食品公司的效益一天不如一天,但我们至少还可以发工资,怎么也没有想到忽然就下岗了!我们的下岗,听说是因为食品公司的老总带着巨款忽然消失了,有人说是跑到新加坡定居了。谁也不明白食品公司会欠着银行八千多万,食品公司当然就只有倒闭了。那个早晨,两百多号工人在食品公司的大门前痛哭流涕。我和李寿喜也在人群中哭得一塌糊涂。大家唠唠叨叨地诅咒老总不得好死,诅咒世道黑暗。

李寿喜在床上不吃不喝躺了三天。我也没有精神,但我不能睡,我的宝贝女儿在读幼儿园大班,我还得去接她,对她微笑,照料她的饮食起居。我不能把心中的痛转嫁到孩子的身上,她还小,才五岁,她没有义务也没有能力承受人世间的痛苦。

孩子的世界,依然是美丽的世界。她回到家里,依然兴高采烈地玩她的玩具，依然仰着可爱的小脸在我怀里撒娇，要我为她讲狼外婆的故事。我知道，我失业了，没有工资了，就要活不下去了。但我还得微笑着给孩子讲故事。

❹

尽管我们是那么地热爱过去的工作、过去的生活，但它毕竟一去不复返了。下岗，毕竟是活生生的现实，我们必须面对现实。更何况整个公司的两百多人都下岗了，大家还得活下去啊！我在寻找活下去的路子，最后，我想到了开一个小馆子。因为开小馆子，成本低，投入少。卖点米线面条的，能维持生活就行，有机会再慢慢壮大。可李寿喜不愿意，不但不愿意，还对什么都失去了信心。他整天躺在床上伤感，流泪。起初我还同情他，心疼他，突如其来的现实给我们的打击确实太大了。但再大，你还得面对现实啊！他开始喝闷酒，常常醉得人事不省的。我劝他，劝他振作起来，可他总是醉眼蒙眬木木地看着我，就像一个木头人。我对他失望了，我逐渐明白，原来李寿喜骨子里就是一个公子哥儿，他只会享福，不能吃苦，只懂浪漫，不懂创业，遇到困难就垮了，垮得一塌糊涂。他的父母都是供销社的老职工，那时的供销社，是很红火的，让所有的人都羡慕得眼睛发绿。李寿喜是独子，他从小就过着衣来伸手饭来张口的日子。他财校毕业，后来分到食品公司，又会写诗，还会说笑话，挺讨人喜欢的。我们是自由恋爱的，我也是财校毕业的，只是比他晚毕业一年。我的父亲在机械厂工作,母亲在家种地,不识字,但人很善良,又漂亮,在我们的村子里,是最好看的女人。李寿喜第一次看见我的母亲,就赞叹,说我母亲年轻时候一定是一个美人儿,说我长得像我的母亲。那时的我心里是多么的滋润!当我把李寿喜介绍给我的母亲和父亲时,他们对李寿喜都感到满意,后来又了解了李寿喜的家庭,父亲母亲就十二分满意了。

可下岗后的李寿喜怎么就忽然没有筋骨了呢?

这个家,他垮了,我不能垮。我要是垮了,这个家就彻底垮了,这个家彻底垮了,我的女儿怎么办?今后的日子怎么过?

经过一个星期的奔波,我的"下岗嫂饭店"终于开起来了。本来我要请一个厨师来的,但我出不起工钱。我平时做饭做菜就不差,我想我自己来当厨师吧!我就去书店翻一些菜谱,自己摸索着做,没想到,生意还很不错!顾客都说,我做的酸辣面是全城最好吃的,我做的川菜,也特别地道,价钱又便宜。面对着顾客的赞美,我用雪白的毛巾抹了抹额头上的汗水,受用极了。

"下岗嫂饭店"只有三十来个平方米,最多只能摆得下四张桌子,但我用石灰把墙壁刷得雪白,桌子上也一尘不染。我把乌黑的长发紧紧地束在头顶,穿着整洁的衣服,炒菜、端菜,微笑着为顾客服务。顾客们都夸我漂亮,夸我能干,夸我服务态度好。有的还说,这么优秀的人才开个小饭馆,浪费了,浪费了啊!我不知道他们说的浪费是什么意思?但我知道他们说的不是什么坏话,因为从他们的表情里,我看到他们是喜欢我的,是喜欢我做的饭菜的。只要这样,我就知足了。

每到吃饭的时候,四桌都坐满了客人,我实在忙不过来了,就找了个小姑娘为我打下手,做些端饭端菜洗碗的事。两个月下来,一盘点,纯收入竟然有六千多元钱,我高兴得不得了,当时在食品公司,我的工资只有七百多元,我两个月就赚了六千多元,真的让我觉得好像是在做梦。

❺

自从开了馆子,我是实在没有时间照顾女儿小娟了,我就让李寿喜早上送女儿去幼儿园,晚上到幼儿园接女儿回家。

可是,李寿喜却常常忘了送女儿去幼儿园,常常忘了把女儿从幼儿园接回家。

我愤怒极了,说,李寿喜,你一个大男人照顾一个孩子都照顾不好,你说你还是一个男人吗?你说你还配做父亲吗?

李寿喜说,这两个月来,小娟不是我送的我接的,难道还是你送的你接的?

我说,两个月来,你五次没按时间送小娟,六次没按时间接小娟,有时错过了一个多两个小时,小娟都哭着对我说,再这样下去,人家要把她开除了,他们的张老师都打电话来批评了。

李寿喜说,那是喝醉了。

我说,谁叫你喝?你不喝会死人吗?

李寿喜说,我不喝,我干什么?

我说,那好,明天你就跟我去饭馆,跟我看店子,帮客人端饭端菜洗碗抹筷。

我把一匝百元大钞啪的一声拍在桌子上，我兴奋地说，李寿喜，我告诉你，我两个月就赚了六千元，一个月多少？三千元。我们在食品公司一个月多少？七百多元。三千元与七百多元相比，你算算是多少倍？四倍还多呀！下岗咋啦？下岗就饿死啦？我告诉你，我们比过去还要富有呢！

李寿喜一惊，侧眼看了看桌上的钞票，目光亮了亮，随后就暗淡了。他睁大睡眼惺忪的眼睛，说，你这钱是咋来的？是苦死累死低眉顺眼低三下四伺候人得来的。我们过去的钱是咋来的？是轻轻松松潇潇洒洒自自由由地就得来了，那时的你我，是让人眼睛都羡慕绿了的，那才是叫人过的日子！你现在，就是再苦多少钱，人家会把你当人看吗？你充其量就是个丫头，就是奴仆！你叫我干什么？帮你看店子？帮客人端饭端菜洗碗抹筷？笑话！我饿死也不会去干这丢人现眼的事的！

我说，这有什么丢人的？难道你就不能干？你是什么玩意儿？你要明白！你是一个下岗工人！你就是死要面子活受罪，过去的日子再好，也早已过去了，一去不复返了！你要面对现实！

李寿喜吼道，即便是饿死，我也不会去干那种丢人现眼的事！

我也吼道，你现在整天醉生梦死，你才丢人！总有一天，你会死在酒上的！

❻

为了孩子,我只有每天早上早早地把孩子送到幼儿园,放学的时候把她接回来,店子里的事,就只有请那个小工小凤仙多担待一些了,我为她多加一点工资。本来我是想把女儿带到馆子里的,但馆子里又闹又拥挤,实在不恰当,就只有把她送回家里。孩子要爸爸带她去游街,去逛公园,可李寿喜就是不肯,他就是躺在床上喝酒吸烟叹息。女儿就哭,李寿喜就打。整个屋子里就是酒味烟味汗味。我深夜回家,女儿都会在梦中伤心地痛哭。我的心都碎了,我知道,过去那个李寿喜已经死了。

可后来的事更让我伤心,李寿喜不仅死了,更重要的是,他变成了魔鬼,紧紧地缠住我和女儿,让我和女儿生不如死。

李寿喜是彻底颓废了。靠他是靠不上了,但我也不能对他不管不问,他毕竟还是我的丈夫。我实在没有办法让他振作起来,但我又不能眼睁睁地看着他自暴自弃。像他这样整天在屋里蒙头喝酒,那就等于慢性自杀。

我对李寿喜说,你不能就这样闷在屋里,你出去走走散散心吧!你出去找人打牌吧!你出去找人吹牛吧!

李寿喜懒洋洋地说,还这样那样的,都下岗了,半分钱都赚不到了,还散心,我心烦呢!

我没好气地说,钱要自己去赚啊!像你这样整天喝闷酒,钱就会长了脚跑上门来找你吗?亏你还是大男人,我过去就是眼瞎了,看错人了!

我丢了一千元钱在桌子上,我知道,李寿喜不是一个会赚钱的人,但他是一个会用钱的人,我让他拿着钱到外面去打打牌,都比闷在屋里喝酒强。

❼

李寿喜果然是一个会用钱的人。他开始了他崭新的生活。

我带着孩子回家的时候,已是晚上十点了,李寿喜没有在家,我想他肯定到外面打牌去了。十一点左右,我和孩子洗漱完毕,李寿喜回来了,他看着我和孩子笑了笑,心情很好的样子。他说,今天手气还不错,赢了五百元。这是李寿喜两个月来的第一次笑,也是第一次清醒。看来,今天他没有喝酒。我心里也高兴,说,就是,出去玩玩心情也要好一些。我又说,今天你没有喝酒吧?李寿喜笑着说,你看我像喝了酒的吗?接着又说,一坐下去就没站起来,连上厕所的时间都没有,哪有时间喝酒?好长时间没出去,还没发现,这个城市里茶室是那么的多,我还以为都是喝茶的,没想到里面摆着的全是麻将桌,里面坐着的也全是打麻将的人。我说遇到熟人了?他说,哪里遇到熟人?我在街上闲逛,看了好多家,走到一家"输赢皆开心"的茶室,我觉得还真有意思,就进去了,没想到有一桌三差一,让我跟他们打,一打,手气还真不错,竟然赢了五百元。约好了,明天再去!

李寿喜好像要把两个月没有说的话,一次性说完。他喜形于色的样子让我沉重的心忽然轻松了许多。我的心里有些恐慌，又有些喜悦。恐慌的是，我知道像他这样下去，今后他就变成了不务正业的玩家了，但他不这样，整天躲在屋子里喝闷酒，他照样变成一个无所事事的废人。与其这样，还不如让他变成一个玩家。只要他不喝酒，高高兴兴的，再慢慢转化他，引导他跟自己开馆子，照顾一下女儿，我相信他会转变的。因为他是一个聪明人。可是后来，我才十分懊丧地发现，我的如意算盘失败了。因为李寿喜在不到一年的时间里，竟然变成了一个吃喝嫖赌的恶棍。

他的变化应该是有预兆的，只是由于我整天忙着开馆子，忙着照顾女儿而忽略了。

第二天，李寿喜输了五百，第三天李寿喜输了八百。李寿喜回到家里铁青着脸，嘴里喃喃地说，我就不相信我的手气会那么差!

我说，你就不会换一家去玩?说不定那三个是同党，撺掇起来收拾你呢?

李寿喜皱着眉头想了想，坚定地说，不会，不会的，我看他们也不熟悉。

后来，李寿喜除了偶然小赢外，其他的尽是输。有一天，他竟然把他一直戴在手腕上的那块金表抵押掉了。我跟他吵了一架。他理直气壮地说，我身上的钱输光了，又欠人家三千多元，我不拿表去抵押，又能咋样呢?

我愤怒地说，你知道这块表的意义吗?

李寿喜黑着脸说，有啥意义?不就是看一下时间，不就是结婚的时候买的吗？

我说，李寿喜，你知道这表值多少钱？五千多元，六年前的五千多元是什么概念？我妈卖了一年的小菜，卖了两个架子猪，再加上我爸存下来买老寿木的钱才筹够给你买的定情物，你却把它抵押了？你说你还是人不？

李寿喜怔了怔，说，那我有什么办法呢？

我把五千元钱摔在桌子上，说，李寿喜，明天你把它赎回来！

第二天，李寿喜没有把金表赎回来，他说，那个人说了，半个月后就给我。

我说，要是你把这五千元钱输了，你还能够赎回来吗？

李寿喜笑着说，不会的，今天我都赢到六百元。李寿喜这些天都是笑眯眯的，说他这些天都赢钱，最低的都是两百元。

有一天，李寿喜竟然换上了一套崭新的白西服，皮鞋衬衫都是新的，看上去很精神的。

我奇怪地说，怎么回事？

他笑着说，今天手气特别好，赢了一千五百元，心里一高兴，想为自己冲一下喜，就去换了一身行头，你看还可以吗？

我看了他一眼，在心里说，还行！神清气爽的，这才像男人嘛！只是，你眼睛有些红，是整天盯在麻将上导致的吧！要是气色再好一些，那就是过去风度翩翩的李寿喜了。

我自己都觉得自己有些妩媚了。我说，寿喜，你就别再去打麻将了，跟我去开饭馆吧！现在生意可红火了，一个月至少也能有五千元

273

的纯收入。寿喜，不要你去洗碗抹筷，只要你坐在那里，指挥一下小工，收一下钱就可以了，再说，也给客人们看看，我的丈夫有多潇洒！也好让一些客人对我不敢产生非分之想。

李寿喜很潇洒地用手指梳理了一下头发，笑着说，还有人对你有非分之想？

我说，怎么啦？难道你觉得我没有那个魅力？

李寿喜把手潇洒地一挥，说，好吧！那我就跟你去看看。

那天，李寿喜头发梳得油光水滑的，还打了摩丝，西装革履的跟我去饭馆。他叼着烟昂着头，悠闲地坐在沙发上，在客人的喧闹声中，潇洒地吐着烟圈，很有几分海归的派头。他果然只是看一看，并不说话，只是偶尔拿眼睛看一看四周，然后又看一看饭馆里的小工小凤仙。

小凤仙不叫小凤仙，她的名字叫张菜花，家在农村，初中毕业就来到城市里打工，今年刚好十八岁。小凤仙这个名字是顾客喊起来的。有一天一个顾客定定地看着端盘子端碗的张菜花，忽然惊叫起来，说，你们看！这个姑娘像不像小凤仙？就是电影《知音》里的那个小凤仙，蔡锷将军的相好那个小凤仙，就是一边弹琴一边唱歌的那个小凤仙，你看那眼神，那脸蛋，那眉毛，那嘴巴，那腰身，哟，要是再穿上旗袍，简直就是一个活生生的小凤仙了！大家随声附和，说极是极是！把张菜花羞得呀，险些把手里端着的盛着宫保鸡丁的盘子掉在地上，脸本来就红，现在却红得像火烧云了。经这么一说，再看张菜花，果真就像小凤仙了，后来，张菜花就变成小凤仙了。

这时的小凤仙，频频给西装革履的李寿喜续水，李寿喜的眼睛在小凤仙的身上也有些黏糊糊的。那时，我还没请厨师，都是自己赤膊上阵，我简直忙不赢多看一眼李寿喜，但凭女人的直觉，我感觉到李寿喜的眼神和小凤仙的眼神有些异样。我在心里说，男人，就是这副德行，看见好看点的女人，就原形毕露。

到下午三点左右，饭馆终于清静下来了。我看李寿喜还很有耐心地坐在沙发上喝茶，我就解下围裙，疲惫不堪地坐在他的身旁。他悠闲地吐了个烟圈，说，英子呀！你这么忙碌，这么辛苦，到处乌烟瘴气的，你不知道，你都一身的油烟味了！像这样的日子，我是一天都受不了的。

我有些没好气地说，不这样过咋个过？谁不想当白领？谁不想过悠闲的日子？但没那个命嘛！

李寿喜笑了笑，说，我是心疼你，我是为你好嘛！说着，瞟了一眼坐在对面的小凤仙。

我说，你心疼我，为我好，那你就来饭馆里当总管！

李寿喜脸一沉，说，让我来做伺候人的事，我不干！

后来，李寿喜又来过一次，依然是西装革履，依然是坐在沙发上悠闲地抽烟。再后来，就再也没有来过。李寿喜依然在外面玩耍，连孩子都不会照料的。我每天除了开饭馆，还要找时间去接孩子，把她接到饭馆里来，找一个相对安静的小角落，摆张小桌子给她做作业。每天都要十点左右才带着孩子回家。李寿喜往往都是要晚上十二点左右才会回来的。

后来，我实在累得受不了了，就请了一个厨师，我跟着小凤仙做一些服务工作。

可是有一天,发生了一件让我肝肠寸断的事。那天,小凤仙请假了,她说,她来例假了,她一来例假,肚子就痛,痛得连走路都走不动了。饭馆里就只有我和厨师两个人。那天,食品监督所的来换卫生许可证,我的身份证丢在了家里,我回去拿时,我就看见了李寿喜和小凤仙在我的床上忙活,我一下蒙了,这是我怎么也没有想到的。这对贱人投入得竟然连我打开了外面的铁门,又打开了卧室的房门都没有发现。我在房门口站了足有半分钟,我实在受不了了,就大吼了一声,李寿喜!这对贱人才像电击了一样,忽然停止了动作,赤裸着身子惊愕地看着我。我一转身,把门砰地关上,在街上狂奔。我跑到饭馆里,一屁股坐在沙发上,喘着粗气,任凭泪水哗哗地流淌。

那天,我打烂了两个盘子、三个杯子,还把一杯茶水泼在了一个顾客的身上,我努力地微笑着向客人道歉,客人说没关系没关系,但却惊奇地看着我。

❽

我让李寿喜在我的心中变成死人。我觉得李寿喜就是一个天生的风流种,想起他整天病恹恹地躺在床上喝闷酒,又想起他跟小凤仙在床上拼命折腾的样子,简直是判若两人啊!可那小凤仙,平时也是乖巧可人的,可怎么也会来"明修栈道,暗度陈仓"这一手呢?这样的人是何等的可怕啊!但问题的关键,还是出在李寿喜身上,小凤仙不就是为了李寿喜身上的几个钱吗？而那些钱，不都是我的血汗钱吗？无论如何，我都得堵住源头，决不能让钱再落在他的手里。没有钱，我看你这个吃喝嫖赌的男人还怎样去吃喝嫖赌？看那些贱货还会不会两腿一张在你面前卖弄风骚？

第二天，小凤仙站在我的面前，红着脸说，姐，我对不起你！

我没好气地说，怎么来啦？你那里不痛了吗？谁是你姐？你认错人了！

小凤仙待了一会儿，脸不再红了，低声说，姐，你是不要我在你这里做了吗？

我鄙视地说，我这里容不下白眼狼。

小凤仙看了我一眼，说，那我还有二十天的工资！

我从包里拿了五百元钱，丢在桌上，我把眼睛瞥向一边说，一天二十元，二十天四百元，这是五百元，拿去吧！多一百元去买点儿药，专门治痛经的，我的语气里充满嘲讽。

小凤仙抓起钱，似是而非地笑了笑，转身走了。我忽然鼻子一酸，眼里汪满了泪。

❾

我都记不清小娟是从什么时候开始变化的。然后变到了今天这种不可救药的地步。我总觉得好累好累，直到有一天，读四年级的小娟的班主任通知我，说小娟好些次没完成作业了。学习也差得让人无话

277

可说。这才让我吃惊,那个像小兔子似的乖巧的小娟怎么会不完成作业呢?她在幼儿园是经常得小红花的呢!当我再看小娟的时候,我觉得小娟好像长大了许多,变得陌生了,我甚至怀疑,面前这个小美人儿,是我生的吗?

我说,小娟,你怎么能不完成作业呢?

小娟嘟着嘴冷漠地看着我,说,谁说我没有完成作业?

我说,小娟,你的班主任老师都告诉我了。

小娟脸上有了明显的愤怒,她说,你就去信那个老妖婆的胡言乱语吧!

我说,小娟,你不能这样说你的老师!你也不能这样跟我说话!

小娟杏眼圆睁,说,我要怎样跟你说话?你整天从早到晚开你的馆子,你什么时候关心过我?

我心里也涌起了愤怒,这些年来,李寿喜已经真正地成为一个吃喝嫖赌的人了。他几乎不回家。即便回家,也是像死人一样躺在床上。不知道他是怎么混的,因为自从我发现他跟小凤仙的事后,我就再也没有给他钱,至于他的父母是不是给他钱,那我就不得而知。我不想管他,也没有能力管他,顺其自然吧!就当这个人已经死了。我原来以为,他是小娟的父亲,我让他照管一下小娟,他会尽职的。可没有想到,他的心中根本就没有这个家,我和小娟在他心中形同外人。为了生计,我东奔西忙,我知道我完全变成了一个烟熏火燎的俗气的小女人,整天奔波在菜市场,跟小贩讨价还价,在饭馆里,为客人端茶端碗。不知有多长时间了,我连镜子都没有照过。我觉得我的人生,实在没有一点儿光亮！至于小娟，还在读幼儿园的时候，把她带到馆子里来吃饭，写字，那时，她还来。可读到二年级，她怎么也不肯来，我就只能每天给她一些钱，让她在外面买点儿吃的，然后回到家里看电视，写作业。好多次，我深夜回去的时候，电视依然开着，小娟抱着她的洋娃娃在沙发上睡着了。我把她抱到床上睡了，心里十分的愧疚，泪水就禁不住流了下来。这时，我就产生一种想法，一定要跟李寿喜这个畜生离婚，然后找一个老老实实的男人结婚，不为别的，只为他能帮着我照顾一下小娟。这么一想，我的愤怒就消减了。

我说，小娟，妈对不起你！谁叫妈下岗了呢！谁叫你爸不是人呢！妈妈真的对不起你，妈没有时间好好照顾一下我的好女儿。小娟，妈就只有你了，你要好好读书，为妈妈争口气！我的泪水涌了出来。

小娟微微一怔，嘴角好像掠过一丝笑容，然后转过身，头也不回就进了洗漱间，待她走出来时，连看都没看我一眼就进了自己的卧室。

我呆坐在沙发上，心像是被什么掏空了似的。我对自己说，一定要好好照顾小娟，让她好好学习，考上大学。要是小娟废了，那我活着还有什么意义呢？

可是，现实并不像我想象的那样，我依然没有时间好好照顾小娟，有时甚至连开家长会的大事都给忘了。有一次，我就忘了为小娟开家长会，小娟后来哭了一夜。她红着眼睛，像个大人似的说，别的家长都不会忘，就是你忘了！像你这样的家长，我一辈子都不会原谅你的！后来一想起此事，我就会毛骨悚然。

离婚的事，总是没有半点进展。经法庭都两次了，但李寿喜就是不同意。我说他吃喝嫖赌不管家，夫妻感情破灭。但他偏说他没有吃喝嫖赌，夫妻感情没有破灭。我又找不到强有力的证据，就这样公说公有理，婆说婆有理的，始终没有结果。好在，小娟还勉强考上了县二中，凭小娟的聪明，如果是我能多给她一些关心，她是一定能够考得更好上县一中的。可是能怨谁呢？现在，小娟已经十五岁了，完全变成了一个大姑娘了，但她哪里有个大姑娘的样子呢？那种穿着打扮，那种眼神，完全是一个不务正业的小混混！我心里莫名其妙地恐慌。我不知道我该怎么办。

三

❶

小时候，父亲家里很穷。父亲小学刚毕业，就再也没钱读书了。爷爷千方百计地托了很多人，才让十四岁的父亲进了机械厂做临时工。父亲人实在，技术也好，做事也卖力，后来父亲转成了正式工。

父亲二十岁那年娶了母亲，那时母亲只有十九岁。当媒人把父亲领到母亲家里时，母亲一眼就看中了这个后来成为我父亲的眉清目秀的男人。据母亲说，她之所以一眼就看上了父亲，主要原因是父亲长得很清秀，又戴着一副眼镜，一看就是一个有文化的人，当时他穿着一件白衬衫，那种白啊！一直白到母亲的灵魂深处。另外一个原因就是，父亲是机械厂的工人，是拿着国家工资的人啊！让人多羡慕！母亲说，她都不知道为什么父亲也一眼就看上了她。

我还记得，母亲曾经跟我说，父亲曾对她说过，他一眼看见母亲头上那两根长长的麻花辫，就喜欢上了母亲。母亲红着脸说，她那时在村里是数一数二的美人，周围村庄里好多小伙子都托媒人来提过亲，但母亲都看不上。母亲说这话的时候，她已经四十岁了，但我依然能够感受到她的美丽。母亲的身子丰腴而不臃肿，鸭蛋脸，尽管常年在田地里劳作，风吹日晒，但看上去依然红润润的，散发着健康的光泽。母亲眼睛大而有神，水灵灵的，好像会说话。凡是见过我和我母亲的人，都说我简直就是我母亲年轻时候的翻版。

有一次，母亲对我说，你爸这个人真怪！我都老了，一把年纪了，他还要我扎着两条麻花辫。我笑话他，是不是老牛想吃嫩草了，那是小姑娘的打扮啊，我都老太太了，这样打扮不是变成妖精了，会让人笑话的。你爸笑着说，我才不怕让人笑话，老黄瓜涂上绿油漆，依然可以装嫩的！这有什么不好？

❷

在我眼里，父亲母亲是一对幸福的人。尽管后来机械厂垮了，父亲没有工作了。但父亲凭着他的一双巧手，在镇上租了一间房子，专门割胶底卖。父亲收来废旧的汽车轮胎，按照不同的码子，割成不同型号的鞋底，卖给农村人。在二十世纪六七十年代，农村人穿的鞋子，大都是这种汽车轮子割的胶底，这种胶底的最大特点就是耐磨，即便鞋帮穿破了，再换上新的鞋帮，还可以继续穿。后来有了一种人造白胶底，尽管这种白胶底做成的鞋子穿上轻便，也好看，但不耐磨，价钱也要高一些。因此农村人还是不太喜欢白胶底，还是青睐那种汽车轮胎割成的黑胶底。

在小镇周围的许多村子，人们穿的鞋子大都是父亲割成的黑胶底做的。父亲做人实在，手艺又好，所以他在农村人的心目中名气很大。小镇方圆十里内，只要提起张胶底，没有一个人不认识的。张胶底就是人们对父亲的尊称。父亲只要看一眼来人的脚掌，就能准确无误地把鞋底割好，鞋底的长短、腰身、肥瘦都是恰如其分的，穿鞋的人都从心底里感到舒服。有的人只拿了个鞋帮来，父亲看一眼，用手一比一划，握紧割刀，像打太极拳一样的三招两式，跟鞋帮匹配得天衣无缝的鞋底就弄好了。

父亲是一个讲究的人，尽管割胶底的活儿又脏又累，但父亲依然穿着雪白的衬衫，头发梳得光光整整的。父亲干活的时候，把一块天蓝色的围裙往腰上一系，就沉浸在自己的工作中了。没有活儿的时候，父亲就把围裙解下来，站起身，走到小店门口，眯着眼睛看天空，看小镇上的行人，很悠闲的样子。那时，父亲喜欢穿白色的衬衣，藏青色的裤子，毛布底鞋子。在那个年代，父亲的这种穿着，是很让农村人羡慕的，城里的中年男人，大都是这种穿着打扮。那时父亲正值中年，结实的身子和悠闲的仪态，透出一股成熟大度的味儿。小镇上的人们，都会用羡慕和欣赏的目光看父亲。父亲总会热情地对着人们微笑。

每天黄昏,父亲总会牵着母亲的手,从小镇上悠闲地走过,走向无边无际的田野,走向垂柳依依的河岸。在那个年代,父亲母亲这种悠闲的散步,成为小镇一道亮丽的风景。小镇上的人们总会看着被夕阳染成剪影成双入对的父亲母亲,幽幽地说,过日子啊,就要像人家张胶底和王四妹了。人家那个好呀!真是让人说不出。不是别人这样说,即便是我,看见父亲母亲这种恩爱有加的样子,我都觉得父亲母亲是天底下最幸福的人。

我是小镇上第一个骑自行车的人。十四岁那年,我拥有了一辆凤凰牌女式自行车,红色的,我骑着它到小镇南面的中学读书,像风一样的自由。人们都羡慕地看着我,夸我漂亮,说我像电影明星一样。说实在的,那时能够拥有一辆名牌自行车,绝不亚于现在拥有一辆小轿车。因为那时,即便是中学里的老师,都很难拥有一辆名牌自行车的。我感激父亲母亲,他们给了我美丽,又给了我聪慧,给了我让小镇人眼红的物质条件。我也就像父亲母亲一样,成为小镇上人们羡慕的对象。我的学习很好,站起来回答问题最多的就是我,得到表扬最多的也是我。

我在心里偷偷地想,等我长大后,一定要找一个像爸爸一样优秀的男人,而且是城里男人,在城市里过浪漫的生活。后来,我考上了中专,后来分到了食品公司,再后来遇到了李寿喜,我觉得我的理想实现了。可是到了二十世纪九十年代,我们家的物质条件直线下降,因为父亲的胶底店开不下去了,穿这种用胶底做的鞋子的人越来越少了。农村人也开始穿皮鞋了。父亲为此很伤心，好在母亲是种地的能手，父亲盘出了胶底店，跟着母亲在家种田种地，由于早年有些积蓄，生产垫本比别的家庭厚实，日子过得还算滋润。尽管整天在田里地里劳作，父亲母亲依然保持着散步的习惯，这让村子里的人们看父亲母亲时，目光怪怪的。但父亲母亲不在乎这种目光，他们依然在劳作之余，风雨无阻地散步。渐渐地，村里人也就习惯了父亲母亲的这种行为。由于父亲母亲为人宽厚，母亲又是干活的好手，我们家的瓜果豆子之类的东西成熟得总是比别人家的要早些，父亲母亲总会摘一些让村里人尝鲜，因此父亲母亲在村子里人缘很好。

母亲常常对我说：你爸对我真好，我都一把年纪了，还会常常捧着我的脸定定地看，还经常为我扎头发，扎成两条长长的麻花辫。我不知道你爸为什么会那么喜欢麻花辫，我都五十几了，他还要我这样装束，一个老太婆像个小姑娘一样的装束，让我感到好别扭。母亲说，英子呀！跟你爸几十年了，他从来没有打过我骂过我，处处让着我，你爸真的可好了。母亲说这样的话的时候，布满皱纹的脸也红红的，满脸洋溢着的都是羞涩和幸福。

❸

母亲让我回去，说父亲的病更加严重了。

母亲瘦了很多。一见到我，她就像一个小孩子一样，扑在我的怀里呜呜痛哭。

父亲静静地躺在床上，无声无息地，眼睛眍得很深，曾经饱满的面容，现在瘪了下去，让我感到十分的陌生。

我像哄小孩一样轻轻地拍着母亲的脊背，说，妈，妈，别哭了！爸爸睡着了呢！

母亲抹了一把眼泪，说，你爸他睡一会儿喊一会儿，喊一会儿睡一会儿，把我的心都喊碎了。

就在这时，父亲又喊了起来，水仙，水仙，水仙呀！那声音涩涩的，哀哀的，充满了绝望。我看见父亲眼睛紧闭着，嘴唇微微颤抖，仿佛梦呓。

父亲已经不吃不喝好几天了。母亲说，这次可能难逃了。

母亲把我拉到另外一间屋子里，抖抖索索地拿出一个灰色的布包，神秘地说，英子，妈给你看一样东西！妈的声音在颤抖。

母亲一层又一层地打开布包，里面露出一张泛黄的照片，照片上是一个十八九岁的女子，胸前挂着两条大麻花辫。照片上的女子鸭蛋脸，丹凤眼，目光很有神，抿着薄薄的双唇，露出甜甜的笑意。照片上的女子长得好像母亲。难怪我觉得好面熟，好亲切。我惊奇地说，妈，这是你年轻时候的照片吗？好漂亮啊！

母亲的肩膀忽然抖动起来，泪水也噼噼啪啪掉了下来。母亲哭着说，英子啊！这哪是妈！要是妈，妈这一生就值了！这女人，肯定就是你爸天天在喊的那个叫水仙的女人。

我激动地说，妈，你怎么知道呢？这照片从哪里来的？

母亲说，我在一个墙洞里的小木盒子里找到的，我觉得你爸时间不长了,我要把与你爸有关的东西都找出来,没想到就找到了这个。英子啊!我都跟你爸在一张床上滚了几十年,但我什么都不知道,什么都不知道啊!你爸对我这么好,这么好,他怎么在外面还有别的女人呢?

我劝母亲,说,妈,你不能这么想!就凭一张照片,你不能这样说爸爸啊!爸爸对你这么好,难道你没感觉到吗?

母亲看着我,漠然的脸上忽然有了一丝笑容,母亲说,是啊,一张照片能说明什么呢?我咋个能凭一张照片就这样说你爸呢?母亲说着说着,忽然又哭了起来,哽咽着说,可你爸白天夜晚喊着的那个人是谁呢?他喊得我的心都碎了。

对,父亲白天夜晚喊的那个人究竟是谁呢?

我说,我爸知道你找到这张照片吗?

母亲说,他不知道,我不敢让他知道。英子,你说,可以跟你爸爸说这事吗?

我陷入了沉思,想,父亲跟这个女人究竟是什么关系呢?

我拉着父亲的手,父亲的手瘦得皮包骨了。我说,爸,爸,我是英子,我看你来了!父亲没有半点知觉,只是涩着声音一个劲地喊,水仙,水仙呀!

我说,爸爸,水仙是谁啊?你告诉英子,英子帮你去找呀!

父亲依然涩着声音一个劲地喊,水仙,水仙呀!

我知道,父亲的时间肯定不长了,他心里一定有什么东西没有了结。我忽然意识到,面对着一个行将离世的老人,不能对他有半点的欺骗，现在，母亲手里的那张照片，是父亲藏了四十多年的，于父亲来说，一定是他最大的秘密，但父亲最大的秘密，在母亲和我的眼里早已公开，我的心忽然很疼。我说，妈，我们不能这样背着爸爸说他这样那样的，我们得想办法让爸爸知道他心心念念想知道的事，才对得起他。

母亲说，英子啊！要怎样才能让你爸知道又不会让他伤心呢？跟他怎么说呢？

我说，父亲都这样了，一定得尽快跟他说，要不，就没有机会了。

父亲睁开眼睛的时候，露出了几分清醒的神色，也停止了喊叫。我和母亲跟他说话，他的嘴唇只是微微嚅动，说些什么，已经听不清了。父亲只要眼睛一闭，喊叫声就大了起来，有些声嘶力竭的味道，而且"水仙"两个字，喊得很清晰，甚至很有力。

我了解到，肝癌晚期病人的疼痛是锥心的。我想，父亲的叫喊，一方面是来自病魔带来的无法抗拒的疼痛；另一方面，父亲的内心深处，一定埋藏着一个只有父亲才知道的神秘的情结。父亲清醒的时候，他就用理智把那情结深深地压在心底，当父亲昏迷的时候，理智的压力便化为乌有了，那情结就像压在水底的皮球，猛然冒出水面。

母亲拉着父亲的手，轻声说，老张啊，水仙是谁？你说啊！我去找！

父亲的目光轻飘飘地划过母亲的脸，嘴唇嚅动着，喉咙里发出嘶嘶的声音。

我说，爸爸，你是不是有什么心事要说，你就跟妈妈和我说啊！

父亲微微睁着的眼睛又闭上了。我和母亲都没了办法。

那天黄昏,父亲忽然特别清醒,安安静静地躺在床上,目光很有神。

母亲一下紧张了,把我拉到外面,喘着粗气说,英子,你爸今天忽然这样有精神,这是不好的兆头。老辈人说,人要死的时候,都会回光返照,我看你爸这样子,就是回光返照的样子。母亲说话的时候,泪水挂满了两腮。我说,妈,你别这样紧张!我们趁爸还清醒,跟他说说照片的事。可是,我和母亲都不知道怎样开口,怎样表达。正当我们一筹莫展的时候,父亲忽然从床上坐了起来,把头转向后墙,伸出右手,抖抖索索地指着后墙,嘴巴里发出呜呜的声音。我知道,父亲不能说话了,他的舌头不管用了。

顺着父亲手指的方向,我和母亲都看见了后墙上的那个墙洞,像一张空洞的嘴巴。我和母亲走到墙洞前,站住,我说,爸,你指的是不是这个墙洞?

父亲点点头。

我说,爸,是不是墙洞里藏着什么东西?

父亲又点点头。

我说,爸,墙洞里什么都没有。

父亲直摇头。

母亲忽然想起了什么,忽然跑出门去,手里捧着一个小木盒,走到我的面前,轻声说,英子,你爸要找的,可能就是这东西!我们不能让你爸知道我们动过这个盒子。

我连忙点头。母亲伸出手在墙洞里慢慢掏,然后忽然转过身,捧着那个小木盒走到父亲面前,激动地说,老张,你说的是不是这个东西?

父亲的嘴唇动了动,脸上的肌肉扭曲着,然后点了点头。

父亲把小盒子捧在手里,干枯的手抖得像冷风中的小树枝。父亲想打开那小木盒,可怎么也打不开,他的手已经没有半点力气。

母亲接过盒子,说,老张,要打开吗?

父亲点头。

母亲打开盒子,接着就拿出一个小布包。母亲装作什么都不知道,惊奇地说,老张啊!这里面是什么?要打开吗?

父亲微微点了点头。母亲就露出紧张的神色,手指颤抖着打开小布包,尽管母亲知道,布包里面的东西,是她打开又包上的一张女人的照片,但母亲的心里依然紧张。

母亲捧着那张女人的照片递到父亲的面前,说,老张啊!这是谁啊!

父亲的嘴唇嚅动着,面部肌肉扭曲着,嘴里发出啊啊的声音。

我说,爸爸,这是谁啊?你的意思是?

父亲用枯枝一样的手指指了指照片,然后又指了指自己的胸口。

母亲说,老张,你是不是想这个女人?

我说,爸爸,你的意思是说,这个女人你认识,你想见她,你让我们去找她?

父亲摇了摇头,然后又点了点头。

母亲拉着父亲的手,说,老张,你放心,我一定找到她,我让她来看你!母亲忽然转过身,耸着肩走出门外,用手捂着脸蹲在地上哭,她的声音被她生生地逼回了胸腔,她的肩膀一耸一耸的,泪水从她的手缝里流出来,滴滴答答地落在地上。

我跑回父亲的床前,就看见父亲皮包骨的脸上,挂着两行泪水。我说,爸,我会跟着妈妈去找那个人的,你放心!父亲还是摇了摇头,然后又点了点头。

❹

母亲哭着说,英子呀!你爸对我那么好,可他怎么会还有其他女人呢?母亲说,英子呀!你爸对我的那种好呀,妈是一辈子都忘不了。几十年来,你爸和我好得像穿一条裤子一样,形影不离的,上个街,种个地,散个步,都在一起,方圆几十里的人谁不羡慕我们?都把我们当成了楷模。可是,英子啊!跟他在一张铺上滚了几十年,我怎么就没看出他的心思呢?

我说,妈,你别这样!我爸都这个样子了,他的时间不多了,不要让他看见你这样子!我爸对你的好是真心的,难道你感觉不到吗?你应该感到幸福才是!

我说,妈,我爸现在不会说话了,他跟你永远说不清楚了。但是我感觉得到,我爸这一辈子对你的好是真心的。仅凭一张照片,能说明什么呢?你跟我爸结婚后,你俩就形影不离,我爸就从来没有跟任何女人来往过，这难道不证明爸爸对你的好？更何况，即便我爸在认识你之前，还跟照片上的那个女人好过，也很正常，要紧的是，他跟你在一起后，就死心塌地地跟你过日子，这是让人羡慕不来的事啊！再说，我感觉得到，爸爸对照片上的那个女人的好，不是你想象中的那种好。

我忽然想到自己的处境，想到那个吃喝嫖赌的李寿喜，想到自己生存的艰难，想到女儿那种疯不疯癫不癫的样子，我的泪水忽然涌出了眼眶。我说，妈，女儿好羡慕你，爸爸一生呵护你，你好幸福呀！

母亲忽然停止了哭声，惊奇地看着我，焦急地说，英子，你咋了？是不是那个畜生对你怎么了？你给妈说啊！

我没给母亲说更多的，我怕母亲伤心难过，母亲一直都是最疼爱我的。我说，等爸爸好了，我就回去跟李寿喜离婚。

❺

第二天一早，母亲忽然决定要去找那个照片上的女人。

母亲让我照看着爸爸，她去找。我说，妈，你那么大年纪，又不识字，到哪里去找？再说，照片上那女人是什么人，在什么地方？你知道吗？

母亲说，她叫黄水仙，知道她的名字，我就不信找不到她。

母亲执意要去，我就决定，跟着母亲一起去！我知道，母亲是为了满足父亲最后的心愿而做出决定的，我没有理由不支持母亲。

我和母亲商定，由我的小姨来照管父亲，我跟着母亲一起去寻找那个照片中的女人。

在走之前，我和母亲又跟已经不会说话的父亲进行了艰难的交流。好在，父亲只是不会说话，但他的头脑还是清醒的。

我把照片捧在手里，递到父亲的面前，说，爸，妈要带着我去找这个人，让她来看你一眼。父亲的面部隐隐露出一丝吃惊的神色，然后轻轻点头。

我说，爸，这个人是不是对你很好？

父亲轻轻点头。

我说，爸，她是不是跟你在过一个工厂？

父亲轻轻点头。

我说，那个女人的名字叫黄水仙是吗？

父亲微微惊了一下，便点了点头。我明白，父亲是为我们为什么会知道那个女人的名字而吃惊。因为他不知道他在昏迷中一声声地叫着这个女人的名字，把母亲的心叫成了碎片。

我说，爸，你知道她家住哪里吗？

父亲摇头。

我知道，要找那个人，就只有从父亲工作过的那个工厂入手。可这个厂，早已垮了几十年了，到哪里去找呢？

我跟着母亲在那个县城找得很艰难，我们走访了街道办事处、工厂附近的居委会、派出所、公安局。我们起得很早，睡得很晚，整天为找这么个人累得筋疲力尽。母亲吃不下饭，睡不好觉，她明显黑了，瘦了。我觉得几十年过了，在茫茫人海中要找一个人，真的无异于大海捞针。也许被母亲的诚心所感动,半个月后,我们终于找到了这个名叫黄水仙的女人。后来,她才弄清楚,黄水仙不叫黄水仙,而叫黄顺仙。因为她长得像水仙花一样的漂亮,人们就叫她黄水仙。黄水仙早年在父亲所在的那个机械厂工作,后来厂子垮了,她就转回了省城。家本来就住在省城。后来,她在一家钢铁厂当领导,现在退休在家,身体也不太好,常年躺在病床上。

我们先找到的是黄水仙的儿子,他在一家公司当经理,一眼看上去,就像电视里的那些经理一样,很能干的样子。我们说明来意以后,他眼里透露出的全是茫然。他说,他母亲早年是在一个机械厂工作过,但从来没有听她说过这些事。他说,你们找错人了吧!

母亲着急地说,不会错的,我们是从县城找到省城来的。我连忙把那张照片递过去,说,大哥,你看看,你认识这张照片吗?

他接过照片看了看,眉头皱成了两个松疙瘩,他说,这是我母亲的照片,怎么会在你们的手里?

母亲高兴地说,那就好那就好,终于找到了,请你带我们去见见你母亲吧!

他疑惑地看着我们,说,你们到底想怎么样?

我知道,我们跟他是解释不清楚的。我就说,大哥,你行行好,你就拿着这张照片去跟伯母说,跟她原来在一个厂的同事的女儿来拜访她。

他拿着照片走了,让我们等着。一会儿他就回来了,把我们带到了他的家里。我们看见了一个老年女人躺在床上,头发花白,但脸色还红润。她惊奇地说，你们是？

我连忙说，伯母，我们是从乡下来的，请问，伯母的名字是叫黄水仙吗？

老年女人说，我叫黄顺仙，不叫黄水仙。

我说，伯母，你早年在云通机械厂工作过吗？

黄水仙说，在过。

我说，伯母，你记得一个跟你在一个厂的名叫张大和的工人吗？

黄水仙拿着照片看了看，皱着眉头想了想，说，那时的工人很多，没印象了。

母亲急了，说，那个张大和一直保存着你的照片，就是你手里拿着的那张。

黄水仙说，我想起来了，这张照片是一个小伙子问我要，我送给他的，那个小伙子叫什么名字我不记得了，我只记得他的额头上有一颗黄豆大小的黑痣。

母亲高兴地说，就是他，就是他，他就是张大和。

我说，伯母，张大和就是我爹，我指了指母亲，说，她就是我妈。我爹得了癌症，快要死了，他现在连话都不会说了，他一会儿清醒，一会儿昏迷，在昏迷中一直在喊伯母你的名字。奇怪的是，他说话说不清，但喊你的名字时却清清楚楚。半个月前，我爹忽然清醒过来，用手指着一个墙洞，我和母亲就在墙洞里找到了一个木盒子，木盒子里面是一个布包，布包里面就装着伯母你的照片。我爹虽然不会说话了，但他用手势告诉我和母亲，无论如何要找到你，要不，他死不瞑目。

我们找你都找了半个月了，现在可好了，伯母，终于找到你了，我爹可以如愿了。

黄水仙的脸色从红润变得苍白了。她说，他跟你们说了什么了？

母亲说，他什么都没有说，他自从跟我结了婚，对我可好了，什么都依着我，惯着我，我们好得像穿一条裤子一样，可是他从来没有跟我说过你，可能他知道他时间不长了，才让我们看到他藏了几十年的那个装有你的照片的那个木盒子。我什么都不知道啊！不管怎样，就凭他对我的好，我都要满足他的心愿。母亲的声音在颤抖。

黄水仙自言自语地说，怎么会这样呢？怎么会这样呢？她的脸色又由苍白变得红润。

后来，黄水仙说，我那时被下放到云通机械厂，我在后勤上，每当吃饭的时候，经常会看见一个瘦瘦的小伙子去打饭，看上去只有十八九岁，他穿的虽然是打过补丁的衣服裤子，但洗得干干净净的。他端着一个暗黄色的大土碗去打饭，每次打的都很少，只有小半碗。好多时候连菜都没打，就这样吃干饭，他一边走，一边吃，一会儿就把小半碗饭吃光了。看见他的次数多了，我估计这小伙子来自农村，家里贫穷，没有钱让自己吃饱饭，心里很同情他。有一天吃晚饭的时候，我让他到我的办公室，我从抽屉里拿了五斤饭票给他，他不接。我就说，就当我借你的，等你有了的时候再还我。后来他接了，但他流泪了。他向我深深地鞠了一个躬，然后转身走了。又过了两年，厂子垮了，我要转省城了，他找到我，说，他没有饭票还我，但他可以还我钱。我说，我不要你还了，现在厂子垮了，我要回省城了，就当我们交个朋友那还不成吗？后来，他向我要那张用玻璃板压在桌子上的照片。他说，他上一次来我办公室，他就看见那张照片了，他想保存那张照片做个纪念。他说，说不一定这一走，一辈子都见不到了。我满口答应了，因为在我眼里，他真的是一个很善良很纯真的大男孩。后来，我就再也没有见过他，再后来，也就完全忘了。没想到，几十年过去了，他还记得我。

黄水仙说到这里的时候，把脸轻轻地转了过去，用手偷偷地抹了一把眼泪。她转过脸来时，轻轻地摇头，重重地叹息。

按照黄水仙的叙述，我的脑海里拼凑出父亲年轻时的样子，瘦瘦精精的身子，清清秀秀的眉目，他端着一个大土碗，碗里盛着半碗苞谷饭，神情忧郁地走在到处堆满废铁的土路上，他走到一个背静的地方，狼吞虎咽地吃饭。许多饭粒布满嘴角，他用拇指轻轻地赶，把每一粒饭全都赶进嘴里。我的眼里忽然有了泪。凭我的经验，我得出这样的结论：父亲和黄水仙根本就没有恋爱关系。其理由是，一个从省城下来的高高在上的漂亮女孩是不会跟一个贫穷潦倒衣着破烂可怜巴巴的农村男孩相恋的。也许黄水仙只是同情父亲给了父亲五斤饭票，父亲心存感激，一辈子念念不忘，说明父亲是一个真诚善良心怀感恩的人。即便当时父亲真的爱上了黄水仙，那也是一厢情愿的单相思，因为父亲把黄水仙的照片偷偷地珍藏了半辈子，却没有对跟他同床共枕半辈子的母亲说过关于此事的半个字。如今，父亲只有在生命即将结束时的昏迷中，才一声声地呼喊出了这个在他心中藏了大半辈子的人的名字。父亲之所以不跟母亲提起那件事，是因为父亲对母亲的爱太深，他怕母亲伤心。我又怀疑父亲当年一眼就相中了母亲，后来一直宠着母亲，惯着母亲，是把母亲当作黄水仙来宠来惯来爱了。父亲真正爱的是他的梦中情人黄水仙，母亲只是他的梦中情人的替身罢了。因为从照片上看，年轻时候的黄水仙跟年轻时候的母亲长得十分的相像，就是现在的黄水仙跟现在的母亲也是很相像的，只是黄水仙的脸色要红润一些，母亲的脸色要灰暗一些。如果这两个老人一起走在大街上，人们一定会认为，她们是亲亲的两姐妹。

　　我忽然被自己的这种想法吓了一跳。我不由自主地看了看黄水仙，黄水仙正双手捧着照片静静地看。我又看了看母亲，母亲的眼里湿湿的，嘴角却挂着微笑，一个人自言自语地说，我就知道，你爸是好人，是好人啊！我知道母亲的心思，母亲心里想的，是父亲对黄水仙的挂念，只是一种感恩，而父亲对她的那种好，才是真真正正的爱。

❻

　　我和母亲请求黄水仙满足我父亲的愿望。但黄水仙那个当经理的儿子拒绝了。他说，这不行，绝对不行！我母亲生着病，她的腿不能走路了，这么远的路程，实在不便。再说，这算什么事啊？我不想让人说闲话！

　　黄水仙对他的儿子说，强子，别人会说什么闲话？英子的爸爸是个善良人，是个老实人，是个懂得感恩的人，我很敬重他，我只是给过他几斤饭票，一张照片，其他什么事都没有，但他现在还在记着我。

这年头，像这样的人是很难找到的了！他得了癌症，时间不长了，天呀！这么善良的人，怎么会得这种怪病呢？黄水仙的声音哀哀的。

我对黄水仙的儿子说，大哥，那我们坐飞机回去吧，省城到县城坐飞机一个小时就能到了。你就让伯母去看一眼我爸爸，就只看一眼啊！我爸快死了，他最大的愿望就是看一眼伯母，要不，他是死不瞑目啊！

母亲也拉着黄水仙的手，泪流满面地说，老姐姐，妹子求你了，你就去看一眼老张吧！

黄水仙的儿子坚决地说，这绝对不行！你们只会为你们的亲人着想，我也得为我母亲的健康着想！她别说坐飞机，就是坐车都晕得一塌糊涂。

黄水仙流着泪说，我的身体是不适应坐车坐飞机的，那这样吧！我给老张通个电话，就说你们已找到我了，就说我身体不好不能去看他了。这样不也很好吗？

母亲说，可老张不会说话了。

黄水仙说，那他耳朵能听见吗？

我说，能的，他除了不会说话，除了昏迷的时候，他还清醒着呢！

我立即拨家里的电话。小姨接到电话急切地说，找到了吗？

我说，小姨，我爸还好吗？

小姨说，还好，你爸这些天一直没有昏迷，睡得好，还吃点东西，一直清醒着等你们的消息呢！

我说，我爸能说话吗？

小姨说，不能。

我说，我爸这会儿醒着吗？

小姨说，醒着呢，他在听我打电话呢！

我说小姨，你赶快把电话拿给我爸，他不会说话，就让他听，我和妈妈找到黄伯母了。

我把电话按在免提上，递给黄水仙，说，伯母你讲，我爸在那边听呢！

黄水仙接过电话，她的手在颤抖，她深深地吸了一口气，然后开始讲话。

黄水仙说，老张啊，你是张大和吗？我是黄顺仙呢！都几十年没见了，你还好吗？谢谢你还记得我，你保存着的照片我都看见了，你的夫人和女儿就在我家呢！你真有福气啊！有这么好的夫人和女儿，你值了呢！

电话里传来啊啊呜呜的声音，那是父亲的声音。

忽然电话里传来一个声音，那声音清晰无比，水仙，水仙啊！接着就是啊啊呜呜的声音，接着就是呜呜痛哭的声音。我和母亲都十分惊奇，父亲居然还能说话，而且说得那样的清晰，只是，他只说了两个字：水仙。后来就再也没有说过了。

黄水仙说，老张啊！你别哭！别哭啊！我身体也不是很好，有病，腿走不动了，要不，我会来看你的，我不适应坐车，也不适应坐飞机，一坐上去，就晕得昏天黑地的。我走不动了，不能来看你了，就在电话里跟你说说算了。你一定要好好养病，好好活着，你的夫人和女儿

299

对你可好了，你要好好活着啊！我让她们为我照一张照片，带回来给你，你放心啊！

电话里依然传来啊啊呜呜的声音，只是声音越来越小越来越小了。

忽然小姨在电话里说，你爸支持不住了，他又昏迷了。

黄水仙拿着电话的手抖个不停。

母亲的嘴巴微张着，两眼直直地看着黄水仙，像一个木头人。

我又把电话打过去，急切地说，小姨，我爸不会有事吧？

小姨说，不会有事，他只是昏迷过去，可能是太累了，休息一下就会好的。

事情只能这样了。我掏出相机，为黄水仙拍了几张照片。我要把照片带回去给父亲看。

❼

我和母亲刚下车，就接到小姨的电话，说父亲走了。小姨在电话里泣不成声。

小姨说，父亲临别时又说了一次话，他喊了一声水仙，又喊了一声母亲的小名四琴，还喊了一声英子，就咽气了。他的嘴角挂着微笑，好像很幸福。

我和母亲都哭成了泪人。

母亲哭诉，老张啊！你怎么就走了呢？你咋个不把我带走呢？你丢下我一个人孤苦伶仃，哪个来宠我惯我，哪个来带我去散步呢？我只知道你对我的好，是真好，你对黄水仙的好，不是对我的这种好。老张啊！你是不是把我当成她来好了啊？你是不是把我当成她的替身了啊？即便是她的替身，受用的还是我，我也知足了，她是感觉不到你对她的好的。老张啊！你在前面走，过不了多久，我就来找你，我还做她的替身，就是在阴间，我也还要你这样对我好。老张啊！你有眼光啊！黄水仙是好人，尽管我和她长得很相像，但我远远不如她，她宽容，她大气，她有知识，她温文尔雅通情达理。我和英子找到她，她理解我们，也理解你，我看得出来，她是真心喜欢你的，她捧着你为她珍藏了大半辈子的照片，她哭了，哭得好伤心的。要是她没病，她是一定会来看你的。老张啊！英子为她照了相，要把她现在的相片带回来给你看的，可你怎么就走了呢？我们还答应她要为你照相，把你的照片寄给她呢！可你却走了，我们怎能把你死了的照片寄给她呢！

我劝母亲，说，妈，你别这样哭了！爸爸对你的好，难道你还怀疑吗？女儿真羡慕你，有个人这样疼你疼一辈子。妈，你也真不容易，为了满足爸爸的心愿，你是那么执着，在茫茫人海中，大海捞针一样的终于找到了要找的人，让爸爸含笑九泉，妈，你真了不起！女儿敬佩你。

四

❶

办完父亲的后事，母亲像大病了一场，显得更瘦了。我让母亲跟我一起进城去，母亲却不去，她说，她就要守着她的房子，她的菜园，她的猪鸭鸡狗。闷了的时候，她就去父亲的坟头，跟他说说话，这样挺好的。

回到城里，当我打开门，屋里冷清清的，桌子上铺着细细的一层灰，看来好多天屋里没人了。小娟到哪里去了呢？李寿喜又到哪里去了呢？父亲的死我没有通知他，我不想见到他，但我还是打电话让他照顾一下女儿小娟，她初中很快就要毕业了，学习很紧，没有人照顾是不行的。

我打电话给李寿喜，关机。再打给小娟，依然关机。这是星期六，小娟没读书，可她跑到哪里去了呢？一看表，正好是五点，我想到饭店里去看看，这个时候，正是顾客最多的时候。饭店里却冷清清的，只有三个人在一张桌子旁，低着头呼呼地吃饭，桌子上摆着一个青椒肉片，一个家常豆腐，一个苦菜汤。小满坐在凳子上看着小街，他身上白色的厨师服依然干干净净的。

看见我，小满站起来，热情地说，英子姐，你回来了！伯父好些了吗？

我一怔，忙说，没事的，没事的。怎么这么冷清？

小满低声说，英子姐，不知道为什么，你走了之后，顾客就一天比一天少。偶然来这里的，也是新顾客。

我觉得奇怪，怎么会这样呢？

小满说，那些老顾客一来，就高声嚷道，老板娘呢？

我们说，你有事回老家了。

他们说，什么时候回来？我说说不准呢！他们就哈哈笑着说，还是下岗嫂饭店呢，怎么就只有一个爷们呢？干脆叫下岗爷饭店算了。

我扑哧一声笑了起来，我觉得这些顾客真逗。

小满凑近我的耳朵低声说，英子姐，我觉得这些臭男人不是喜欢到这里来吃饭，而是喜欢来这里看你呢！醉翁之意不在酒啊！我捶了一下小满的肩膀，心里泛起一丝得意，我含有几分娇嗔地说，去你的！

我说，小满，是不是李狗来过这里？

小满说，噢，来过，他说我们有两个月没有交"管理费"了。我说老板有事回老家了，等你回来再说，他骂我说，你小子别跟我耍心眼！跟我耍心眼的人，吃了亏都还不知道。

我在心里说，李狗也太黑了，我走之前，才给过他两千呢！

我的饭店地处西城，李狗是西城的一霸。据说我们这个城有四霸，东南西北城各一霸。在这个小城里有一个潜规则，就是做各种生意的人，都得向这些土霸王交"管理费"。要是谁不交，谁就在这城里待不下去。也曾有一些开饭馆的、开旅社的或做其他生意的向当地的公安机关反映过，但依然得不到解决。后来，这些反映情况的人在这城里待不下去了，被迫搬走了，有的人还遭到了黑打，险些丢了性命。

后来，我们这些靠做生意讨生活的人就只得老老实实地遵守那令人生厌的潜规则了，即便心里不畅快，也还得打落牙齿往肚里咽。

我在心里一盘算，就明白，我不在的这些日子，饭店生意清淡，除了小满说的那个原因，更重要的，还是因为李狗。李狗一定在这件事上做了手脚。

我到菜市场去购买了新鲜的菜，又安排小满把饭店的卫生认真地打扫了一遍。我想，从明天开始，我就到饭店里来坐镇。这个饭店，没有我，是不行的。

❷

小娟是夜里十一点回来的。她满身酒气，走路像踩在棉团上，东摇西晃的。

借着路灯，我看见送她回来的那个人，是一个头发染成黄色的男孩，看他单薄的身子，年龄大概不会超过二十岁，他绝对不会是学生，学校里不会允许学生有这种打扮。天啊！小娟怎么能跟这些人混在一起呢？

我内心的焦急化成了愤怒。我大声吼道，李小娟，你到哪里去了？你为啥喝那么多酒？你是女孩，你是学生，你怎么能够喝那么多酒呢？

我泪如泉涌，心痛成了碎片。我真想扑过去狠狠地给她两个响亮的耳光。可是小娟像被人抽去了筋骨，软绵绵地扑在沙发上哇哇直吐，满屋子的酒味、污浊味弄得我头晕眼花。小娟醉了，醉得人事不知了。

我打来热水，流着眼泪为小娟洗脸，洗手，洗脚，她的身子软绵绵的，眼角挂着泪水。我看着她稚气未脱的清秀端庄的脸蛋，听着她轻微的呼吸声，我把她紧紧地搂在怀里，就像搂着一个易碎的价值连城的青花瓷器，好像稍一松手，就会掉在地上变成碎片，我的泪水一直在流，打湿了衣襟，一种无边的恐惧笼罩着我，让我颤抖不已。我就这样抱着我最疼爱的女儿小娟，一直到天亮。

在许多个梦里，我都会看见一条无边无际的大河，河水奔腾汹涌，打着漩涡响声震天地在我的梦里翻滚，河岸泥泞，到处是腐烂的衰草和陷阱。一个女孩披着凌乱的长发，在泥泞的河岸上一步三滑地奔跑，好些次她都险些跌进波涛汹涌的河里，她仰起满是泪痕的脸，我看见这个女孩不是别人，而是小娟，是我的宝贝女儿小娟。我飞奔着去拉我的女儿小娟，可刚要抓到，小娟却无影无踪了，我失望地举目四望，小娟却又在前面一步三滑地奔跑。我泪流满面地大喊，小娟，你别跑，小心摔到河里去，你等等，你等等啊！妈带你回家去！每次我都会从梦中惊醒，看着空落落的房间，任凭冷汗流遍全身。我悄悄地走到小娟的房间，小娟睡得正香，这给了我些许安慰，可再回到房间里，我就怎么也睡不着了，只能睁着空茫的眼睛，心乱如麻地等到天亮。

女儿是我唯一的希望，我不能没有女儿。我决定一定要好好照顾自己的女儿，让她吃好穿好，还要跟她交心谈心。让她好好学习，做一个乖女儿，让她理解妈妈的苦楚和心愿。可是，怎样才能跟她交心谈心呢？每次跟她说不上三句话，她就会奔到卧室里，砰的一声把门关得紧紧的。任凭你叫破嗓子，任凭你流尽眼泪。

要是小娟同意到饭店里吃饭，那就方便了，可是小娟死活不同意。我就只得两边跑了，我必须把饭店经营好，因为饭店是我们一家人的生活来源。要是饭店垮了，我们一家人的生活来源就断了。于是，小娟去上学的时候，我就到饭店里去打点，在小娟快要放学的时候，我就提前到家里为小娟做饭。饭店里的许多事情，就交给了小满和小工小梅。

无论是午饭还是晚饭，我都变着花样去做。只为让小娟高兴，讨小娟欢心。我把饭菜摆在桌子上，我就坐在桌子旁等着小娟回来。小娟回来了，把书包一丢，端起碗就吃饭。我无话找话说，可小娟就只顾吃饭，不搭一句腔。吃完了，把碗一丢，扭身就到卧室里，留下我一个人独自叹息。

我还花了好多钱，给小娟买名牌衣服，可她却只是轻描淡写地看一眼，不说一句话，就不了了之了。我心中的痛说不出来。我不知道前世造了什么孽，今世让自己的丈夫和女儿来轮流惩罚。我想，我已经尽力了，一切顺其自然吧！可是，那种无边无际的莫名的恐惧依然笼罩着我，让我整天惶恐不安。

❸

李寿喜已经好长时间没有回来了，电话已欠费停机。我并不难过，因为他在我心中早已死了。只是想到女儿变成这个样子，跟他有着莫大的关系。我在外面奔波赚钱，他却拿着我的血汗钱在外面吃喝嫖赌，连自己的亲生女儿都不照顾,他简直不是人,是畜生!每当想到这些,我就恨得牙痒痒的,巴不得把这个忘恩负义的畜生撕成碎片吃了。

那天,忽然来了几个五大三粗面容凶暴的人,恶狠狠地对我说,李寿喜是你的丈夫吗?

我说,你们是?

其中一个高声说,李寿喜是你的丈夫吗?

我说,你们要找他干什么?

他们说,欠债还钱,杀人偿命,天经地义。

我惊奇地说,他杀人了?

那些人说,人他倒没有杀,但他欠我们债。他赌钱欠了我们五万元,你看看,这是欠条!他让我们来找你取。

我说,他很长时间没有回家了,他欠你们钱,你们去找他要!

那些人没好气地说,这个狗日的要是有钱,我们还来找你?

我说,我跟他离婚一年多了,他欠你们钱,跟我有啥关系?

那些人说,你跟他没有离婚,我们知道的。

一个说,你说你离了,拿出离婚证来看看!

我说,我没有义务这样做。

那些人说,这娘们儿还软硬不吃,我看你是不见棺材不掉泪,走着瞧!我看你这饭店还开不开?我看你那像蜜瓜一样的宝贝女儿还想不想活?

我心里慌了,这些人是什么坏事都干得出来的。我最担心的就是小娟出什么问题。再一点就是,要是这些人使坏,经常到饭店捣乱,让饭馆开不下去，那我们就断绝了生活来源。这两个问题，于我来说，都是天大的问题。

他们说，给你五天时间，要不还钱，有你好看的！

我说，李寿喜欠你们钱，你们就去找他要，你们凭什么来找我？

他们说，凭什么？就凭你是他老婆，就凭你有钱，要是他有钱，我们就不来找你了！

他们狞笑着大摇大摆地走了，其中一个瘦男人还对我做了一个鬼脸，尖着声音说，告诉你，你要注意的，不只是你的馆子和女儿，你这么漂亮，也该留心着点，五天时间，记住！给你提个醒儿！

我心里乱成一团糨糊，有些天旋地转了。天啊！要是这些人真的做出什么事来，那我该怎么办啊？

我整夜整夜睡不着觉，茶饭不思了。五万元，不是一笔小钱，我开的这么一个小馆子，累死累活也要干一年才能赚到啊！我的心真的不甘啊！我恨这些恶魔般的社会渣滓，他们的良心被狗吃了吗？我老老实实做生意，不分白天夜晚地奔波，逢人就赔笑脸，把自尊藏在心底甚至有些低三下四地讨别人欢心，为个啥呀？只为能够活下去。可这些人为什么要这样没良心？要这么为难我？让我走投无路呢？恨着恨着，我就特别恨李寿喜。这个天生就是花花公子的王八蛋，只想享福，不肯吃苦，吃喝嫖赌，爱慕虚荣，死要面子活受罪，把一家人折腾得人不人鬼不鬼。要是他老老实实跟着开馆子，或者踏踏实实地在家照顾女儿小娟，小娟也不会变成这样，他也不会在外面东躲西藏生不如死，我也不会这样把心都操碎了。恨着恨着，我就特别恨自己，自己怎么就瞎眼了呢？怎么就被当初他的假象蒙骗了呢？恨着恨着，我又开始恨社会，要是食品公司不垮，要是我和李寿喜不下岗，我们一家人也不至于沦落到今天这种地步。可是，事实已经摆在我的面前，恨又起什么作用呢？我必须得想出解决问题的办法。

头都想痛了，还是想不出办法。李寿喜这个畜生到什么地方去了呢？他惹了事，却像乌龟一样躲起来，把灾难留下来给我一个人背。我一遍一遍地给他打电话，我要找到这个畜生让他去跟那些人说清楚，让他像个男人一样承担起他所招来的浑事。但都是欠费停机，最后居然变成了空号。我在心里说，这个男人已经死了，你就别指望了，所有的事情你就得自己来扛。

最后，我想出了三个办法。一个就是还钱，另一个就是请李狗出面协调，再一个就是既不还钱也不请人协调，就这么拖着，走一步算一步，最多就是破釜沉舟，鱼死网破。只要有钱，第一个办法倒是轻省，把钱还了，就什么问题都解决了。可是，我哪有那么多钱呢？父亲生病和办理他的后事，用去了我这么多年的积蓄，再加上最近饭馆生意又很清淡，实在没有办法。第三个办法可能会导致我家破人亡，我怎能眼巴巴地看着我心爱的女儿出事呢？现在，我就只有两个亲人了，一个是我的女儿，另外一个就是我远在乡下的母亲。我必须好好地活下去，只有我好好地活下去，我的亲人才能好好活下去，我还要看着我的女儿考上大学，找到工作，结婚生子。看来，就只有第二个办法了，去找李狗帮忙协调。李狗是西门的霸主，我是每个月都向他交"管理费"的，现在我遇到了事，他理所当然要出面解决才是。

❹

　　李狗的年龄四十出头，看上去温文尔雅的，除了左脸上有一条三寸长的疤痕外，没有什么特别之处。但听说，这个温文尔雅的李狗，是个笑面虎，心黑着呢！据说，跟他在一起混的弟兄，要是不听话，他就会用刀把对方的耳朵割下来，逼着对方生生地吃下去。为此，一见到李狗，我心里总是有些莫名其妙地害怕。

　　我把装有五千元钱的信封推到李狗的面前，说，李老板，多亏您的关照，这是我的一点心意。

　　李狗瞟了我一眼，轻轻地拿起信封在手里掂了掂，然后轻轻地放在桌子上，点了一支烟，跷起二郎腿，慢悠悠地吐了一串烟圈，说，有啥事？

　　我就把我遇到的事说了。他时不时瞟我一眼，嘴角好像还挂着一丝笑意。

　　李狗说，这是你的家务事。

　　我一下慌了，泪水都快出来了。

　　我说，李老板，您就帮一帮我吧！您的大恩大德，我一辈子都记得！我把父亲的死，李寿喜的无情无义，女儿小娟的不听话，饭馆生意的清淡都跟李狗讲了。

　　李狗说，那些人是什么人？

　　我说不知道，只是为首的那一个是一个毛胡子，好像左眼是瞎的。

　　李狗冷笑了一声，说，东门的鲍老二，狗日的，到老子的地盘上来干啥啊！接着冷冷地说，能到老子的地盘上来胡闹的人还没生出来呢！

李狗说，那好吧！我就答应你。

我激动得话都说不出来了，连忙说，谢谢您，李老板！我一辈子都记住您的大恩大德。

李狗吐了一个烟圈，慢悠悠地说，不用。他看了看我，又看了看旁边硕大的沙发。

我一下蒙了，我结结巴巴地说，李老板，您……

李狗站起身，向我走来，说，上去吧！

我慢慢退到沙发边，李狗迎着我慢慢走过来。

李狗说，躺下！

我惊慌失措地说，李老板，您……

李狗说，躺下！！

我的泪水出来了，我说，李老板，您……

李狗说，脱！

我说，李老板，您……

李狗说，脱！！

…………

李狗一边动，一边慢条斯理地说，我李狗在社会上能混得下去，最重要的一点就是言而有信，我说话是算数的。

头上的天花板在摇晃。在摇晃中，我看见小娟背着书包放学回来了，她轻快地走在大街上，很幸福的样子。我还看见黄水仙微笑着向我走来，看见母亲坐在父亲的坟头前跟父亲说话。

我忽然大喊一声，妈，你其实很幸福！妈，女儿羡慕你啊！

❺

再艰难的日子依然是日子，是日子就得过下去。在很多个夜晚，我都会在梦中看见瘦小的母亲，穿着一袭黑衣，坐在父亲长满荒草的坟前，跟父亲说话。说些什么？我不知道。但我分明看见，母亲的脸上洋溢着一种幸福的光辉！那种光辉，把父亲坟头的荒草照得很温暖，很明亮。每当这时，我就想跑过去，跟死去的父亲和活着的母亲说话，但我不知如何说起。我只是泪流满面，欲说还休。

扳腰

一

我躺在床上，冷风从破烂的窗户洞里吹进来，像野猫在哀鸣。我忽然觉得自己像一片秋天的黄叶，飘落在浪花翻滚的大海里，随波逐流而没有了自己的方向。那种渺小，那种无力感，像针尖一样刺着我薄如蝉翼的心扉。这一天，正是我二十岁的生日。

我想，我必须走！凭着我的身体条件，我想我能走的。我决定去当兵。可我真是舍不得这群娃儿啊！六十一个，男生四十个，女生二十一个。从我十七岁那年的秋天，我穿着一件单薄的灰色夹克走进营盘小学二年级那间破烂的教室起，我带他们已经足足三年了。

因为有了这群娃儿，我的忧伤被他们叽叽喳喳的吵闹声和天真烂漫的热情融化了。我常年紧锁的眉头舒展了，我阴沉了很长时间的脸上终于有笑容了。我记得我当上代课教师第二周的语文课上，一个男同学放了一个很响的屁，全班同学都哄堂大笑。我看着那个男同学惊恐的眼神，怜悯之心油然而生。我有些生气地说，笑！笑个屁啊！那个坐在后排个子最高的男同学举起手来，说，老师回答正确。全班同学又哄堂大笑。我有些生气，说，笑人家的屁，无志气！这个世界上，你们见过谁不会放屁吗？同学们异口同声地说，没有。声音拖得老长的。我被这群天真烂漫的孩子惹得笑了起来。一个女同学忽然指着我说，你们看，老师笑了！谁说王老师不会笑，王老师笑了！我赶紧收回笑脸，严肃地说，谁说我笑了？是你们在笑！你们笑人家的屁，无志气！你们还笑吗？同学们又齐声说，不笑了。为什么不笑？我们要有大志气！同学们又笑了，我也笑了。我想，同学们一定是想起了开学的第一天，我告诉他们，我的名字叫王大志。

山里的孩子没有什么娱乐活动，课余时间，我就带他们做广播体操，女同学踢沙包，男同学扳腰。扳腰，是我们这里的土话，其实就是摔跤。有时，我也带着孩子们到松林里捡菌子，因为学校的后面就是一座大青山，山里出产松毛菌、灰灰菌、黄丝菌、罗锅菌、大把菌。我把卖菌子的钱存起来，作为班费，买本子和笔来作为奖品发给孩子们。菌子捡得多的发奖，学习成绩好的发奖，劳动积极的发奖，关心同学的发奖，几乎每个同学都得到过不同程度的奖励。到了三年级之后，这个班的成绩每次都是全乡年级第一名。

每个学期期末，我都会得到二百元的奖金和一张鲜湛湛的奖状，捧着奖金和奖状，想着孩子们的笑脸和优秀的成绩，我乐滋滋的。可是这种乐滋滋的感觉，一到夜晚，就枯萎了。我躺在床上，睁着眼睛看着黑夜，残酷的现实摧毁了我白天的喜悦。我每月的工资只有六十元，我省吃俭用最多也只能剩下三十元，这哪里够父亲的医药费呢？

二

我记得十六岁那年，我过得十分的不好。

那时，我读高二，我的母亲患上了胃癌。母亲躺在医院里，瘦成了干柴。我不得不每天到山上采草药，拿到街上卖，然后把卖到的钱交到医院里。我被迫辍学了。班主任老师抓住我的手说，王大志，你母亲的病好了，你一定要回来，你的学习那么好，你一定能够考进重点大学。我感激地对老师说，我母亲的病好了，我一定会回来读书的。可是，我最终还是没有回到学校。因为我的母亲在医院躺了半年，死了。我也在山上采草药半年，累得没有半点人形了，哪还有心思去读书？再说，读书是要钱的，要生活费的，我家里一贫如洗，还欠了两万多元的外债。更要命的是，我的父亲，这个把我母亲捧在手心的男人，因为我母亲的死，伤心欲绝，一病不起，这个三口之家坍塌了。而我，已经十六岁了，是一个男人了。我必须扛起这个家，让我和我的父亲好好活下去！

时间过去刚刚一年，奇迹出现了。

那天正是我母亲的忌日，按照旧历，正好是腊月初一。天气特别好，没有一丝儿风,一缕金灿灿的阳光从裂开的墙缝里照进来,照在父亲的脸上,使他的脸看上去少有地红润。躺在床上一整年的父亲忽然从床上下来,跟跟跄跄地走到门口,双手扶着门框,对正在阳光中劈柴的我说,大志,我想通了,我得站起来,好些个晚上,你妈都跟我说,要我站起来,我们家大志还没讨媳妇,她要我替她抱孙子。我得站起来,帮你讨媳妇!

我提着斧子吃惊地看着躺在床上一年而现在却站起来了的父亲,感到特别陌生。他苍老了许多,歪着嘴笑,显得特别的怪异。我丢下斧头,奔了过去,激动地喊了一声,爹!我说,爹,你能站起来了?!父亲像一个思想者一样,微微地点点头,一字一句说,能,我能!你妈叫我一定要站起来。父亲扶着门框的身子有些摇晃,我连忙扶住他,让他坐在门槛上。父亲说,我不坐,我得站起来,你妈说的。但父亲的身子不听他的话,摇晃了两下,就坐在门槛上了。父亲自言自语地说,今天是你妈的忌日,阳光真好啊!我得站起来好好看看。哪像去年的今天,雪好大,风又硬,我都差点跟你妈去了啊!我忽然觉得父亲变了一个人,变成了一个诗人,一个落魄的诗人,说话都像写诗一样。父亲看着白花花的太阳,说,昨晚你妈跟我说,她在那边过得很好,她让我告诉你,叫你不要难过,让你放心!

父亲看着拴在门前那棵酸梨树上的黄牛,他想站起来,走过去,可他站起来身子摇晃了两下,又坐下去。我扶起他,他便向着黄牛跟跟跄跄走过去,他甩开我扶他的手臂,一只手扶着牛的肩膀,一只手摸着牛的脸。黄牛乖乖地站着,尾巴悠闲地甩着,任凭父亲抚摸它。父亲的眼里蓄着泪水,轻声说,黄牯子,一年了,就把你拴在树上,没得青草吃,对不起你了!自从大志妈走了,我就没有半点力气,站不起来。大志是个好娃儿,他整天打柴种地采草药,他是为了养我,才顾不上管你的,你要理解他!今天是大志妈的忌日,她要我站起来。你说怪不怪,她要我站起来,我就站起来了。之前我也想站起来,可就是没有半点力气。我向你发誓,从今天起,我要站起来,我要走路,我要带你去观音岩吃草,你知道的,那里的草可好了!再过两三个月,我想我的力气一定找回来了。到那时,已经是春天了,观音岩的草,一定嫩闪闪的,等着你去吃!黄牛轻轻点了点头,用它毛茸茸的脸去擦父亲的脸,还哞地回应了一声。

父亲从此就不要我搀扶了。他自己站着,尽管站着站着就歪倒在地上,但他还是不要我去扶他,他自己站起来。慢慢地,他就开始走,摇摇晃晃地走,像喝醉了酒似的。先在院子里转圈,转着转着,就朝着门前的土路上走。走着走着摔倒了,他又爬起来。不知摔了多少跤,但他依然爬了起来。一个月后,他居然扛起了锄头,到半里外的地里去了。两个月后,父亲的饭量增大了,脸色红润了,走路虎虎生风,变成原来的父亲了。他开始打柴种地放牛。他让我回去读书,说我是读书的料。可我在心里发过誓,我一定不去读书了,原因是,我都离开学校一年半了,我的同学有的都考取大学了,我到哪里去读啊?更重要的是,我的父亲即使卖血,也供不起我读完高中又读完大学的。

父亲说,你坚决不读书,也行,但你妈让我站起来,帮着你讨个媳妇，她要我替她抱孙子，这个，你总该同意吧！

我连忙点头说，爹，同意，我一千个同意。可是，你看，我们家这样，到哪里去找一个媳妇呢？

父亲看着我呵呵笑着，眼里射出亮光，看上去有几分狡黠。他说，还蒙我？你老子我也是从你这个年龄走过来的。我惊奇地看着父亲，父亲咳了一声，把一口痰吐在地上，然后伸出右脚在地上碾了几下，说，西村的那个赵小燕，你的小学同学不是很好吗？之前她就来过我们家四次，你妈生病的时候，她还买了脑心舒、绿豆糕来过呢！你妈出殡的那天，她还站在人群里哭呢！

父亲又说，小子，我告诉你，从赵小燕看你的眼神，我就知道那姑娘对你有意，你妈当年看我的眼神，就是这样的！你妈当年不嫌我穷，就嫁给我了！唉！可惜，可惜啊！你妈这么早就……父亲一脸的悲戚。

父亲的话，让我对他刮目相看。以前我一直觉得老实巴交的父亲，就像我们家的黄牯子一样，整天只会干活，不会说话。没想到父亲的内心，竟然那么的细腻。

我对父亲说，赵小燕能看上我吗？

父亲坚定地说，能！一定能！我家大志这么好的娃，肯定能！

我虽然嘴里这么说，心里却乐滋滋的。赵小燕跟我好了三年了，我们初中同班，我和她的成绩都数一数二的好，她漂亮温柔，我很喜欢她，她也喜欢我。她经常从家里带东西来分我吃，有水果糖、红糖、饼干之类的。可是,考高中那年,我考到了地区一中读高中,她却只考到县一中。后来她才告诉我,她考试的那几天,吃坏了肚子,影响了考试的成绩。读高中的时候,我们一直来往着的。我们拉过手,还亲过嘴,当然这是我们的秘密,我们不会让任何人知道的。每当想起她温热甜蜜的唇,我的心就止不住地狂跳,幸福得要死。后来,我母亲病了,我辍学了。她也就不读书了。我劝她去读,她死活不去。她说,你都不读了,我读了还有啥意思?

在一个圆月朗照的夜晚,我们搂在一起发誓,她非我不嫁,我非她不娶。虽然我的母亲死了,父亲又躺在病床上,不幸圆圆实实地笼罩在我的头上,但我还是挺起了脊梁,因为我还有赵小燕。

事情来得太突然,简直让我难以置信。就在我代课第二年的那个春天,我采了许多山茶花去送给赵小燕,因为她特别喜欢山茶花。我满心欢喜地来到她家门前,却看见她的父母坐在门前哭。他父母说赵小燕失踪了,跟来这里开矿的一个广东老板跑了。我在心里一遍又一遍地说,不可能,绝对不可能,我们发过誓的。

可村子里的人都说,赵小燕就是跟那个广东老板跑了,说那个广东老板在大城市里,有十套房子,十辆车子。

后来的结果是,一年多过去了,始终不见赵小燕的影子。

三

好起来的父亲有些口若悬河，跟过去很长一段时间木讷无比的他判若两人。这不得不让我重新认识父亲。

我想起我九岁那年秋天的中午，父亲喝了几口酒，坐在门前的一个树疙瘩上，我跟小伙伴约好要去打角板（一种儿童游戏，角板由纸片折叠而成，孩子们用自己的角板打在对方的角板上，以角板翻过来为赢）。可父亲一反常态地把我叫过去，让我到屋里提出一个小板凳，坐在他的面前，说，小子，你坐着！

我说，我要去打角板。父亲说，打啥子角板！老子今天高兴，多喝了几口酒，本来老子是要去割麦子的，但老子今天高兴，就不去了。你坐过来，老子跟你说说事！

我说，说啥事啊？晚上再说吧！我抓起一把角板就要往外跑。

父亲命令似的说，过来！你给老子过来！老子就要这会说，晚上，说不定老子早没兴趣说了。

我只得乖乖地坐在他的面前。父亲的脾气我是知道的，要是不听他的话，他会用细竹棍狠狠地抽我。我曾经没听他的话，被他抽得屁股都变成了乌龟背。

父亲摸着我的头，笑了笑说，这就对了嘛！这才是老子的儿！

父亲坐在树疙瘩上，把左脚搭在右脚的膝盖上，悠闲地摇了摇，说，娃，你知道今天是什么日子吗？

我不耐烦地说，不知道。

父亲斜了我一眼，有些不屑，说，今天是十月一日，你知道吗？是国庆节，你知道吗？什么是国庆节？你知道吗？就是中华人民共和国成立的日子！

我连忙说，我知道，我们老师告诉我们的，十月一日，是中华人民共和国成立的日子。

父亲说，知道？你根本不知道！我和你妈就是十月一日结婚的，就是中华人民共和国成立的日子结婚的！十年前的今天，就是我和你妈结婚的日子！今天，就是我和你妈结婚十年的纪念日！

父亲激动地说，你知道你几岁了吗？

我说，九岁。

父亲说，对，九岁，十年前的今天，我和你妈结婚，一年后生下了你，所以你刚好九岁，对的，这是对的！

我觉得父亲是喝多了，他说这些，有啥意思呢？我说，说完了吗？我要去打角板。

父亲愣着眼睛看着我，说，打角板重要，还是我跟你说话重要！老子要告诉你，老子和你妈是有文化的人，要不，怎么会选择中华人民共和国成立的日子结婚呢？本来老子想早点告诉你，但后来又想一想，还是十年后的今天告诉你，十是一个圆满的数，十全十美，你知道吗？老子是希望我们的日子十全十美。也许你不相信，要不是你爷爷去修白马水库时被炸药炸死，老子就不会初中都没毕业就回家来务农；要不是你外公武斗时被人杀死，你妈也不会当农民！如果不发生意外，你妈和我绝对都是大学生，你不知道我们读小学、初中时的成绩那个好,我们小学、初中都同班,不是我是第一名,就是她是第一名。你妈从小就看得上我,我也从小就看得上你妈……唉!都是命呢!

父亲叹了一口气,又说,也许你会说,我和你妈有文化,怎么家里不见一本书呢?老子告诉你,当时我和你妈都有好多书呢!除了课本之外,还有好多课外书呢!《三国演义》《西游记》《隋唐演义》《封神榜》什么的,可多了。可后来,我们把它一本不留地烧了。你知道为什么要烧了吗?想想自己的命运,一看见书,我们的心就堵得慌,干脆把它烧了,眼不见心不烦!

这时,我母亲从屋里走了出来,说,有才呀!叫你少喝点儿!你偏要多喝!你看,喝多了对娃儿胡说八道什么呀!一把年纪了,不嫌害羞!

母亲穿着一件大红棉衣,头发收拾得光生生的绾在脑后,脸上那个笑呀,像一朵牡丹花。于是我想起来了,每年都有这么一天,母亲都穿得漂漂亮亮的,像过节一样。

四

我非常庆幸,我的父亲好起来了,他又有能力管理这个家了,我的生活又逐渐走上正轨了。我决定到外面去打工,挣钱回来盖房子,讨媳妇,为父亲养老送终。

可突如其来的事情发生了。我的父亲去放牛时掉下了悬崖,摔断了一条腿。好在,苍天有眼,让我五十岁的父亲保住了一条老命,也让我在这个世界上,还有一个亲人。我又整天守在了父亲的身边。

这个时候,村主任推开了我家的门。村主任是一个德高望重的人,他说的话历来都是一言九鼎的。

村主任慢慢地理着他稀稀拉拉的山羊胡须,看着我,极其信任地说,大志,你离开学校都一年半了,你还打主意回去读书吗?

我说,我决定不读书了。

村主任叹息了一声,说,你这娃是块读书的料,只是,唉!

村主任又说,那你对自己有何打算呢?

我就告诉村主任,我打主意出去打工赚钱,回来盖新房,讨媳妇,让我爹替我妈抱孙子。

村主任点了点头,然后又摇了摇头,说,你这娃应该是公家人的命!

我笑了笑,说,书都没读了,哪有公家人的命?

村主任说,我为你指一条路,你走下去,肯定成公家人!

我疑惑地看着村主任,村主任说,我们村的营盘小学,你知道吧!教二年级的那个杨慧老师是西村的,你也许知道吧!你看,代课代得好好的,悄咪咪地就嫁到城里去了,不回来了,你看,都开学一个星期了,我才知道,那个班的六十一个娃儿散了,这咋个得行?我就想到你,你是我们营盘的高才生,既然不读书了,你就去抵上!这也是为我们营盘人民尽一份力嘛!至于工资嘛,倒是不高,六十元一个月,但这个不要紧,要紧的是,我听收音机里说,代课教师工作满了五年,就可以转成正式教师。这个可了不得,正式教师,不就是公家人吗?工资可高了,比我这个当村主任的挣的多得多呢!我昨晚想了一晚上,觉得这个名额，只配你得！大志，你觉得咋样？

我心里有些激动，当人民教师，是我从小的理想。我在作文里都写过。现在虽然是个代课教师，工资也很低，但将来转成正式教师了，理想不就实现了吗？我点头答应了。我把村主任跟我说的，原原本本地跟父亲说了，父亲也很高兴，说，我们这个家，早就该出个公家人了！父亲看我的目光，都愈发亮了，好像我已经变成了正儿八经的人民教师了。

那时，赵小燕还没有跟广东老板跑掉，我把这个事情告诉了赵小燕，赵小燕很高兴，搂着我的脖子说，我就等着做人民教师的新娘了！她响亮地亲了我的脸颊，左边一下，右边一下。以至于过了很长时间，我都能够幸福地感受到她嘴唇的温润。可是现在，赵小燕在哪里呢？

五

第二次躺下的父亲再没有站起来。由于没有钱去医院治疗，我就只有采草药为父亲在家治病。半年后，他的臀部开始溃烂，我采了许多草药为他治疗都不见效。父亲吃喝拉撒都在床上。好在学校离家不远，我上完课就回家照顾父亲。我的学生们也经常来看望我的父亲，他们常常带来鸡蛋、猪肉、菌子、野果什么的，我一再拒绝，都拒绝不了。逢到周末，学生们还主动帮助我种地、打柴，我很感动，只能尽最大可能把我所学的知识全都教给他们。

一年后，父亲的身体越来越虚弱了。他一夜一夜地睡不着觉，情绪变得极度烦躁。他一见到我，就烦躁地大喊，还不如死了好！

我安慰父亲，您不能死！您得活着！您还要替我妈抱孙子呢！您死了，就不能抱孙子了，您死了，我就没有爹了，我就变成孤儿了。父亲立即安静下来，脸上露出一丝不易察觉的笑意。

有一天，父亲忽然拉着我的手对我说，大志娃，你对我的好，爹知道。可是，我变成废人了，我不想拖累你，你看，你都瘦得皮包骨了，爹心疼！如果哪天爹死了，你要好好活着，讨个好媳妇，生个大胖小子，我和你妈在那边才安心。还有，你妈跟我说，她最近在那边过得很不好，她要让我过去陪她。我流着泪说，爹，您要好好活着！只有您好好活着，儿才能好好活。爹，您要答应儿！父亲笑了笑，摸着我的头，然后轻轻地点了点头。

可是有一天，我放学回来时，发现父亲死了。他用裤带把自己吊在床沿上死了。我真的变成一个名副其实的孤儿了。安葬完父亲，我走路都是轻飘飘的，好像没有风都会飞起来。白天我依然上课，我把我的忧伤交给黑夜。

半年后，我的身体渐渐好起来。我答应过父亲的，我要好好活下去！

我代课三年了，我的工资依然是六十元。物价又不断上涨，这点儿钱，真的不能让我生活下去了。至于村主任跟我说的，代课五年可以转正，我专门到教育局去问过，也咨询了许多人，但都说是没影儿的事。他们说，现在大学生那么多，就业那么难，按社会发展趋势，代课教师也许下一步是要取缔的。我的心动摇了，我的理想肯定是不能实现了。我得为我自己找条出路，尽管我是那么的热爱我的学生，尽管我是那么的想当一名人民教师。

思来想去，我决定去当兵。又一年的征兵工作开始了。

那天我去乡上的武装部去咨询当兵的事，我把我的情况说了，武装部的人告诉我，我正好赶在征兵的范围内，因为我今年刚好二十岁，过了今年，就超龄了。我暗下决心，一定去当兵，部队是一个广阔的天地，我一定要去闯一闯。想着我的学生们，我真的舍不得离开他们，可不离开他们，我没有生活的保障，我看不见未来。本来我想把他们教毕业的，他们只有一年就毕业了，可再过一年，我去当兵就超龄了。我陷入了深深的痛苦。我把自己关在黑夜里，一遍一遍对着黑夜说，同学们，王老师不好，对不起你们！你们理解老师吧！同学们，告别了，同学们，老师有时间会来看你们的。

夜很黑，冷风从窗口吹进来很响，很刺骨。

六

第二天我去上课，发现同学们都很严肃，神色有些不对。他们定定地看着我的脸。我感到奇怪，说，同学们，发生什么啦？我觉得你们有些不对劲呢！

班长杨大头忽然站起来，说，老师昨晚没休息好，两个黑眼圈，像个熊猫眼。就有同学呵呵笑了起来，杨大头扫视了一圈，同学们的笑声立即停下来。

我下意识地揉了揉眼睛，说，是吗？老师怎么没有发现呢？

同学们齐声说，是。

一阵冷风吹来，我不由得打了个寒噤。

同学们又齐声说，天冷了，老师添加一件厚衣服！我赶紧拉了拉身上单薄的衣服，连声说，老师不冷！老师不冷！

第三节是体育课，由于天气冷，我本来是想让他们跑步的。可班长杨大头说，王老师，你以前经常带我们扳腰，现在都两个学期没有扳腰了。老师今天带我们扳腰吧！男同学就拍手起哄，我们扳腰！我们扳腰！

是的，以前我经常教学生们扳腰，学校旁边就是一块草地，像地毯一样的软和。男同学们可喜欢扳腰了，那种卖力，那种蛮劲，真让人高兴。他们经常一对一，一对二，一对三，甚至一对五的，杨大头个子大，身子粗，经常四五个学生都难扳赢他。女同学在一边当啦啦队，气氛可热烈了。记得有一次，十个学生对我，由于他们才是三年级的学生，个子很小，我又怕伤了他们，只是轻轻地用手拉，用脚绊，把他们摔倒在草地上，可后来他们一起扑向我，我绊倒了一个学生就倒在了草地上，十个学生就像堆山一样压在我身上，让我出气都困难。后来同学们各自渐渐长大了，我怕扳腰出现意外的摔伤，就没带学生扳腰了。现在学生们忽然想到要扳腰，我想，也许就是最后一次了，就高兴地同意了。我强调，一定要注意安全，不能伤了身子！

先是杨大头跟杨铁蛋对阵，杨大头至少有一米五，九十斤左右，杨铁蛋矮一些，但很壮实，体重跟杨大头差不多，两人刚比架势，就纠缠在一起，你来我往，拉扯绊带压顶转送挂推劈摔，我教给他们的招式都用上了，不到一分钟，杨铁蛋就败下阵来。先是小的对小的，大的对大的，各自选择对象组合扳腰，可后来就发展到杨大头对阵四到五个同学，杨大头实在太猛了，不一会儿就把同时上阵的五个同学摔倒在地。杨大头看着掌声不断的女同学，微笑着，喘息着，一副幸福的样儿。

杨大头忽然说，王老师，我想和你对阵！

我高兴地说，好啊！老师也想看看你力气长大了多少。

杨大头呵呵笑了两声，一咬牙，猛地向我扑来，嘴里发出啊啊的声音，那种架势，让人想起刚从铁笼里逃出来的小老虎。他抱住我的腰，我抱住他的脖子，他一次又一次地想把我抱起来，然后摔下去！但他的力气显然不足以把我摔倒，尽管我的身子单薄，但我也有一百二十斤，再说，从摔跤的技术上来看，我比他们强得多。我还在儿童的时候，就经常跟村里的孩子比赛摔跤，在孩子中，很少有人能赢我。杨大头虽猛，但毕竟才十三岁，力气还小。杨大头忽然放下我，退了几步，喘了几口气，然后弯下腰，像一颗炮弹似的，猛然撞向我。他是想来一个黑虎钻裆，把我顶翻。我立即身子一侧，双手压在他的头上，往前一拉，他就来了个饿狗抢屎，扑在地上，我跳上去，骑在他的背上，他就在下面拼命挣扎，但无论如何都爬不起来。我把他拉起来，说，还是你们同学之间扳腰吧！等你们长大了，再跟我对阵。

杨大头喘着气说，不，我们就要跟老师对阵，才能学到技术。他说，我和杨铁蛋一起对阵王老师。我笑了笑，看见张小羊在那里手舞足蹈，张小羊灵活、好动，喜欢扳腰，在班上也算力气大的。就说，再加上张小羊吧！张小羊立即跳起来，高兴地说，好呢！男同学们围成一个圆圈，高声地喊着叫着助阵。三个同学从三个角度像猛虎一样向我扑来，我躲闪着，避让着。忽然张小羊一下扑倒在地，双手死死地抱住我的双脚，我猛然后退，杨铁蛋从侧面抱住我的腰，杨大头从后面猛地抱住我的脖子，我便仰面朝天躺在了草地上。杨大头吼了一声，上！十多个男同学像潮水一样扑过来，全都压在我身上。杨大头和杨铁蛋拼命扭我的手臂，扭了压在地上。那种狠劲，哪像是扳腰，倒像是抢劫，倒像是杀人灭口。我的手臂锥心地疼痛，同学们像小山一样压在我的身上，我连喘气都困难。我说，说好的就你们三个，怎么全上了？但我说话的声音，被他们用力的声音淹没了。我好像听到了咔嚓的声音，我想我的手臂肯定骨折了。那种疼，一下子抽空了我的力气。杨大头和杨铁蛋还在狠劲地扭我的手臂，我气愤极了，说你们要把老师弄死吗？老师跟你们一无冤二无仇。恍惚中，我听到杨大头说，王老师，对不起了！强大的压力使我晕了过去，等我醒来时，我看见所有的同学都围着我，稀里哗啦地哭。附近的学生家长也赶来了，他们用两棵小松树，绑上绳子，做了一架简易的担架，他们把我抬上担架，就往乡卫生院跑。后面跟着一群我的学生。我不明白，为什么学生们要将我往死里扭往死里压呢？难道我什么地方得罪了他们？

乡卫生院的条件差，医生说，我的左手臂两处骨折，必须尽快送县医院，得拍片、做手术才行。

乡亲们又打了120救护车，把我拉到县医院。杨大头、杨铁蛋跟着走，一直在流眼泪。我安慰他们，别哭了！你们不是故意的。今后我们不再扳腰了，不再玩这害人的游戏了。我越安慰他们，他们越哭得厉害。

半个月后，我出院了，可我的大事却被耽误了。我再也不可能去当兵了，因为验兵已经过了一个多星期了。明年，我就超过当兵的年龄了。

我很悲伤。但悲伤过后，我还不得不跟这一群屁娃子在一起喜怒哀乐。

毕业晚会上，全班同学都哭了。杨大头和杨铁蛋哭得最厉害。

杨大头说，王老师，那次扳腰是我们故意让你受伤的。我们知道你要丢下我们去当兵了，就故意要跟你扳腰的。我爸说，一个受了伤的人是当不了兵的，我就跟全班同学结盟，要让你受伤，我们舍不得你离开我们。

我叹了一口气，说，你爸怎么知道的？

杨大头说，我爸就是乡上武装部的那个老杨，你去咨询过他的。王老师，我们真的对不起你！

我一把将杨大头和杨铁蛋搂在怀里，说了声，你们呀！你们！泪水就不停地涌出来。

杨大头和杨铁蛋都说，老师，从今以后，我们再也不跟你扳腰了！让你受那么大的苦！

我说，谢谢你们跟我扳腰，扳腰真好，我知道今后怎样跟日子扳腰了！相信，我们一定会赢的！

两个孩子迷惑地看着我，忽然笑了，笑得很好看，像两朵怒放的野花。

七

现在，我还在营盘小学教书。从我代课那天起，已经二十五年了。十五年前，我转成了正式教师。十年前，我当上了营盘小学的校长。从那次让我受伤的扳腰以后，我就再也没有离开营盘小学。我提议把扳腰这个项目，作为营盘小学的一个特殊体育项目。目前，营盘小学扳腰这个特殊的体育项目，开展得有声有色，在全省都很有名气。

黄毛

一

要到城里去了,张老头心情那个好,就不用说了。

忽然觉得有什么东西在碰他的裤腿,回头一看,竟然是黄毛。张老头一惊,放下担子,抱住黄毛的头,说,你这淘气鬼,你是不是一直跟着我来的?不是把你拴在李老头家的石磨上了吗?你怎么挣脱了的?李老头答应过我好好喂养你的,我回来后,你又回来跟我,我敢保证,还像以往一样,我张老头吃啥,你就跟着吃啥。我张老头是说话算话的。

黄毛在张老头怀里撒娇,仰着头,发出哼哼唧唧的声音,把湿漉漉的水汽喷在张老头脸上。张老头摸到了一截老绳头,说,你这淘气鬼,原来你是咬断绳子追来的!黄毛轻轻地汪了一声,点了一下头。张老头放开黄毛,在它背上抹了一遍,说,黄毛,听话,回去吧!好好地跟着李老头，别让人家操心！

黄毛转身走了几步，忽然又转回来，用嘴咬着张老头的裤脚。张老头吼了起来，黄毛，听话，你给我回去！回去好好跟着李老头，他答应我不会亏待你的。黄毛不听，始终咬着张老头的裤脚，张老头生气了，用另一只脚，踢了一下黄毛，把它踢到了路边的土坎下，脸上做出愤怒的表情说，你怎么不听人话啊？你给我回去！不要给我添麻烦，我这是要到城里去打工。城里，我都有些害怕，别说你这黄毛狗了。黄毛爬了起来，依然咬着张老头的裤脚。张老头说，黄毛，我跟你说，我知道你想跟我去见世面，这样吧，你先回去，待我先到城里，我先问问人家老板，要是老板同意你跟我一起看工地，我就回来接你，你看行不行？

黄毛咬着他的裤脚不放。张老头说，我明白了，你是现在就要跟我走，那好，我们得先回去跟李老头说说，要不，他发现你不在了，还不知着急成什么样呢。

刚转身，李老头就追了上来，高声喊，老张，黄毛不见了，定睛一看，看见黄毛居然伏在张老头脚下，就骂道，这该死的黄毛，害老子到处找，它居然咬断绳子追你来了！

张老头拍了拍黄毛的头，说，李老头喊你来了，回去吧！乖乖跟着他！

黄毛始终不动。张老头就说，老李，这样吧，这淘气鬼要跟我进城，你就回去吧！我带它去，要是城里不要它，我再把它送回来，到时再请你照管！

张老头挑着担子在乡村土路上悠哉乐哉,黄毛跟在身后摇头摆尾。黄毛可高兴了,有一会儿看见一只小麻雀,它还去追一阵子。

到了汽车站,可麻烦了,驾驶员无论如何不让张老头带狗坐车。

张老头说,我给狗买票还不行吗?人的多少,狗的就多少。张老头从怀里掏出一张五元的票子递过去。

售票的中年女子,一脸横肉,盯着张老头的脸恶声恶气地说,老东西,你给我文明点儿!你在骂谁?

张老头的心一下虚了,蒙了,他不知道售票女人为什么那么凶恶。他说,我没骂人啊!我又没疯,我怎么会骂人呢?

黄毛伸着舌头,两眼和善,一会儿看主人,一会儿看售票的中年女人,一会儿看乘客。

一个三四岁的小女孩,伸手去摸了摸黄毛的鼻梁,黄毛轻轻地舔了舔小女孩白嫩的手背,一个年轻的女人一把抓过小女孩,啪地打了小女孩一巴掌,吼道,脏死了,好危险,要是咬你一口,会得狂犬病的,你知道吗?小女孩偎在女人的怀里,哇哇直哭,眼睛时不时就看一眼黄毛,黄毛当然不知道发生了什么,还伸着舌头,友善地看着车里的人们。

驾驶员不耐烦地说,你看你看,都把人家小娃儿吓哭了!车要走了,快把你的狗弄下去!

张老头一脸的苦相,说,它一直要跟着我走,我弄不下去,我也不想让它去的,可它从家里把绳子咬断了,一直追着我来的!

张老头揪着黄毛脖子上的皮圈,说,黄毛,你回去吧!你看见了的,不是我不让你去，人家班车不搭狗的，给你买跟我一样的票，人家都不允许的。你就回去吧！好好跟着李老头，过一段时间我就回来看你。

黄毛低下头，用身子蹭张老头的腿。

张老头摸了摸黄毛的头，说，我知道你舍不得我的，我其实也舍不得你。可我没有办法。

张老头对售票员说，我给我的黄毛买一张票，它不要座位，就躺在我的脚下，要是大家害怕，张老头指了指巷道里那个装了被子的化肥口袋，说，我就把我的被子拿出来，把我的黄毛装在口袋里，这样就安全了，求求你了，同志，求求你了，师傅！

有乘客转弯，说，这黄狗看上去也很乖的，师傅，就将就搭着走了吧！

驾驶员说，不怕一万，就怕万一，这黄狗这会儿看上去倒很乖，要是忽然不乖了怎么办？要是忽然咬伤人了怎么办？这年头的狗，大都带有狂犬病毒，一旦倒霉了，会死人的，我们不能开玩笑！出了问题，谁来负责？你们说说，谁来负责？大家都不敢说话了。

老头子，弄下去！坚决弄下去！

张老头眼里都有泪水了。他大喊一声，黄毛，你给我回去！我知道你聪明，找得到回家的路的！黄毛还不走，用舌头舔张老头的裤管。张老头一咬牙，狠起心肠，一脚踢在黄毛肚子上，大吼一声，黄毛，你给我走，你这狗日的！黄毛被突如其来地踢了一脚，惨叫一声，滚下了车门。车子走了，张老头捂着头喘粗气。

车子把黄灰卷成了一条长龙，一条黄狗，随着长龙的舞动狂奔。

快要到县城的时候，汽车不知为什么翻下了一个五米多高的土坎。此次事故造成一人死亡，三人重伤，其余的不同程度的轻伤。张老头其实是被吓晕了的，他其实左脚背伤了一点皮，他醒来的时候，发现黄毛在舔他的手臂。他抱着黄毛哭了。

后来，侄儿来接他的时候，黄毛和他一起平生第一次坐上了细皮嫩肉的轿车。

二

建筑工地的老板说，很好，我正要去买个狼狗，却来了一条土狗，管它狼狗也好，土狗也好，能打个响声也行。

建筑工地的老板拍着张老头的肩膀，热情地说，杨波是我最铁的哥们儿，他的老辈子就是我的老辈子，您来为我管材料，我放心。您带来了一条土狗，很好，跟您做个伴儿，打个响声，很好！原来说，每月给您一千，现在，多了一条土狗，每月再给您加两百元，作为土狗的生活费。

张老头很高兴，同时心里又有些不爽。高兴的是老板的大方，一下就多给了两百元钱。两百元，不是一笔小钱，地里要长多少东西才能长出来啊！一年下来，不就是二千四百元了吗？二千四，相当于一头肥猪呢！哈哈，真稀罕，连狗都有生活保障了，而且每月两百元呢！在农村，那些费了九牛二虎之力才弄到的低保，还没有这个高呢！张老头不爽的是，老板一口一个土狗的说法。这分明有些小看的意味。

张老头笑着说，不是土狗，是黄毛！

三

张老头在县城里工作了五年，但他对整个县城的认识就是五个工地。工地上的东西大同小异，大都是钢筋水泥沙子挖掘机之类的，现在修房子真是奇怪，白天就只有挖掘机在操作，那些戴着黄色安全帽的人也不很多，但大片大片的房子甚至不到一年就拔地而起了，那种高，抬起头来望到顶，帽子都会从后脑勺处掉下去。

老板给了张老头两顶帽子，一黄一蓝。说查看工地的时候必须戴上，这样安全。最初戴上，虽然有些重，头有些昏昏的不太适应，但很快张老头就喜欢上了。戴上帽子往玻璃上一照，他发现自己完全变了一个人，自己分明就是一个正宗的工人了，而不是那个土头土脑在土地里刨食的农老二了。张老头觉得自己的心长了权，尽管他喜欢自己的土地，把土地看成是自己的命，但他又蔑视整天在土里刨食的自己。他觉得自己有些忘本，他开始厌倦过去土头土脑的自己，开始喜欢现在戴着安全帽工人模样的自己。细细一想，他就找到了来龙去脉，工地上容易长出钱来，而土地里长的全是庄稼，这些庄稼，除了自己和牲口吃，剩不了多少，拿到街上去卖，卖不了几个钱。他是一个吃穿不缺的人，但他缺一口棺材，一口上好的棺材。他打听过，一口材料好、做工好、漆工好的棺材，至少要几千上万元，那么多钱，要在土地上想办法，不知要多少年才能想出来。在工地上，不到两年，除了吃喝拉撒，完全可以挣到一口上好的棺材，不仅这样，还可以准备起七套老衣，三重垫盖。这样，到了死的那天，也就安心了。活着的时候，凄苦了一辈子，死了的时候，也就体面了。他要村子里的人，不再小看他，要让他们看到他死后的风光，羡慕得要死。

看管工地是不能离开工地的，离开工地就是失职，后果就像农民不管自己的土地，把自己的土地放荒了一样的严重。好在，他的二亩土地，是请李老头照管着的，要不，他绝对寝食难安。

五年来，他唯一离开过工地两次，每次都不到一天。第一次是他刚到县城的那年春节，一早起来，他就听到远远的地方有人零零星星地放爆竹。工地在城郊，看不见城市的繁华，周边的农户也已搬迁，很少见到人生活的迹象。老板走进工棚来，手里提着一瓶油，一小袋米，说，老张，今天过年了，我们要初八才动工。这八天嘛，您还得坚守工作岗位，这一点点东西嘛，算是我给您拜年了。张老头还没有反应过来，他从来没有遇到过这种事，别说老板给他拜年，就是在老家，亲戚朋友又有谁给他拜过年呢？他激动得不知该怎么说，老板又从包里摸出一个巴掌大的红包，压在他的手里，说，这是一点点压岁钱，收下吧！这半年来，老张，您干得真不错！辛苦了。黄毛站在旁边，仰着头，双眼柔情地看着这一幕，尾巴摇得像丫头为老爷扇蒲扇。

老板说，老张，半年了，您还没有机会到县城里看看，趁今早我还有点儿时间，锁上门，走，我带您去看看！

张老头高兴得不知说什么好，看了看自己已经破了的布满灰尘的鞋子，又看了看灰不溜秋的衣服。黄毛用嘴顶他的腿，好像是在催促他快去看县城一样。

张老头赶紧换上一双平时舍不得穿的胶鞋，趁机数了数红包里的钱，六百六，是的，一分不多一分不少，六六大顺，农村人都知道的最吉利的数字。老板看上去五大三粗的，心却这样细致。张老头眼里都有温热的东西在涌动了，他忽然想起自己的侄儿，要不是侄儿好心，他哪会认识这么好的老板。

张老头走向大门，黄毛跟在他的后面优哉游哉摇着尾巴。张老头说，黄毛，我要跟老板去县城见世面，你就留下来代我看好大门！黄毛亲了一下张老头的手背，转身回去了。张老头开心，自言自语，对嘛，不枉我老张对你的好，哪顿饭都是我老张吃什么，你就吃什么，还管饱，饭量还比我老头子的大。你见过农村哪家的狗，有这样的待遇？

张老头锁上门，一回头就看见一辆黑色汽车安静地停在路边，嘴巴上还长着四个圈圈，像四只鼻孔。美中不足的，是这车身上有些黄灰，轮子上也有些黄泥。

张老头不知道怎样开车门，他真怕自己粗糙的手，弄坏了细皮嫩肉的车子。老板半开车窗，对张老头喊，拉！往外拉！有把手的嘛！张老头还是不知道往哪里拉。老板叹息一声，也不恼，下车来，为张老头打开车门。

张老头一进车，就闻到了一股好闻的香味，循着香味一看，前面坐着一个头发像面条一样溜顺的女子。老板说，小娥，这是我们工地上的门卫。女子侧过脸，看了一眼张老头，微笑了一下。女子的脸白嫩，眉眼那个好看，还真说不出来。

到了一个很大的公园，公园的旁边有一个很大的超市，老板说，老张，这是我们县最大的公园，新修的，很漂亮，花了几个亿。你就随便转一圈吧！估计要一个多小时，转完就在车边等我，我跟小娥去超市逛一下。

老板搂着那个好看女子的腰朝超市走去，张老头看着一眼望不到边的公园，仿佛在梦中。

四

五年一晃就过去了，张老头从城里回来了。

张老头明白了，他毕竟是要回来的，县城再好，但它是别人的。在这个世界上，只有自己的二亩土地，是不会嫌弃他的，只有他的黄毛，是不会丢下他的。

回来那天，他看着自己的两亩地，干皮潦草地在冬天的冷风中抖索着，他哭了，泪水在皱纹里徘徊，像找不到家的孩子。

这两亩地，他太熟悉了。它的颜色，它的气味，它在雨水中洗澡，它在风中哼歌，它在冰雪里偷笑……这一切的一切，他太熟悉了，就像对他自己和对十五年前就钻进土里的老伴儿一样熟悉。毕竟，他跟它相依相拥了三十年。

看着满地的野草，他知道，他的地被放荒了。他开始恨李老头。李老头不是答应过他，要好好地把他的两亩地管好的吗？怎么说话不算话。他双手捧起一捧泥土，用鼻子使劲地闻，声音哽咽，说，我的宝贝呐，别难过，我回来了，再也不走了，我会好好对你们的。

张老头直奔李老头的家，他要向李老头讨个说法。李老头的木门紧闭着，几只麻雀在长满荒草的场院上跳来跳去。他的心很紧，李老头到哪里去了呢？

老队长拿着烟斗走过来，淡淡地说，老张，回来啦？别看了，老李半年前忽然倒在田埂上，就站不起来了，身子都不会动了，他儿子把他和他老伴儿接到城里去治疗了，说什么中风，这绝病，咋个会恁个厉害？

张老头两眼一黑，一屁股坐在了野草上。黄毛站在他的身边，用舌头舔他的手臂。

五

以后的日子里，许多不可思议的事接踵而来。这世道，怎么就变成这个样子了呢？

太阳刚出来，红，大，还透着暖融融的水汽。坝子真大，一眼望不到边。太阳金灿灿的光芒一照，绿，亮，好像水在流淌。张老头张着掉了两颗门牙的嘴巴，深深地吸了一口空气，清香，甘甜。他在城里五年，从来就没有吸到过这么舒服的空气。

听到苞谷叶子唰唰的响声，一团白色的光移了过来。

张大爷，我就知道你在这里！

一听声音，张老头就知道又是大眼睛姑娘来了。

341

大眼睛姑娘来找他，至少也有十次了。第一次见到大眼睛姑娘，是在五组的群众会议上。来的人很多，说是乡上的领导。组上的人，都是熟悉的面孔，陌生的，就有十多张，在这十多张面孔中，有一张给他留下的印象最深。大眼睛姑娘太像他的大女儿了，可大女儿现在哪里呢？她出去打工，八年了。五年前，还有联系，现在，半点音信都没有了。

来参加群众会议的，大都是老年人，还有一些小孩，在人群的缝隙里窜来窜去的，都是图热闹玩耍的。

那个说话声音很响亮的中年男人，是乡长。他挥着手，为群众讲党的方针政策，说为了让广大人民群众快速脱贫致富，市上要在这里搞一个万亩苹果示范基地，说靠公路两边的所有土地，要全部流转。什么叫土地流转？就是政府统一规划，快速发展乡村经济，大家把你们承包地的使用权，转包给其他人，由其他人付给你们承包费。现在，五组的这些土地，承包期是二十年，每亩土地每年一千元。一千元，这是纯收入，你不投资劳动力，也不投资生产垫本。大家可以算算细账，一亩地，种洋芋也好，还是种苞谷也好，除了劳动力，除了生产垫本，还有多少啊？绝对不会超过五百元钱。所以大家把手里承包地的使用权转包了，对大家都好，既支持了政府的工作，自己又坐着就赚到了钱。双赢啊！要是还想挣钱，随便出去打打工，每月千多元钱，绝对不费吹灰之力。一年是多少？上万啊！现在，年轻人几乎都出去打工了，小孩子在读书，老年人又动不起了。好些家的土地放了荒着，这个是政府不允许的，你种不起，政府把它收回来，总行吧！可现在好了，你可以把种不起的土地转包给别人啦！一亩一千元钱，立即就到手。这样的好事，哪里去找？

人们议论纷纷，有的点头，有的摇头，有的说，没有了土地，鸡鸭猪狗吃什么？有的说，有钱能使鬼推磨，啥子事情做不到？

乡长大手一挥，又说，哎！大家安静！我要明确告诉大家，有的说，一年一千元钱就把土地卖了，不是这个意思，土地还是你的，这一千元钱，只是人家租用你一亩土地的租金。二十年后，你想种啥，就可以种啥。不过，严格地说，土地也不是你的，是国家的，土地是不可以买卖的。你的土地只是国家承包给你的，你只有使用权，而没有买卖权。

张老头自言自语，我张老头倒是不干，我要是没了土地，咋个活？要说钱，我也有几万元钱的，钱能让你一天那么开心？

有人说，张老头，你说你有几万元钱，别吹牛了！你说你不干，你想抵抗政府？

张老头呵呵笑着说，谁说了？我啥子都没说。

乡长说，各位父老乡亲，拜托了！以后的工作，五组就由我们乡国土所所长蒋小涛负责。接着，那个像自己大女儿的大眼睛姑娘就站在前台来，说，感谢各位父老乡亲了，请你们多支持我，多帮助我！我是乡上国土所的蒋小涛。说着，就向大家鞠躬，一脸笑容。那声音，那笑容，都极像自己的大女儿。

张老头的心既温暖，又悲凉，甚至还有几分纠结。他是不会放弃他这二亩命根子一样的土地的，可要是这个像自己大女儿的姑娘来找他，他该怎样面对她呢？

大眼睛姑娘的微笑好像生来就嵌在脸上的，你任何时候看她，那微笑都甜甜地开在脸上。

大眼睛姑娘的声音也是甜的，是玉米汁那种甜。她蹲在张老头面前，分明就是乖顺的女儿。是的，自己的大女儿，的确是乖顺的，可她初中还没毕业，村子里那个穿金戴银的张翠翠来家玩两次，女儿大凤就在那年正月初六连招呼都没有打一个跟着张翠翠走了。到哪里去了呢？张老头当然不知道。只是一年以后接到一封信，说她们在深圳打工，一切都很好，挣钱也容易，让张老头好好照顾自己，有时间她会回来看望他的。一晃，都多少年过去了，哪有女儿的影子。张老头甚至怀疑，女儿是不是被人拐走了？或者遇到了什么不幸？村子里的张翠翠也没有回来，要是回来，他一定要抓住她问个明白。

大眼睛姑娘说，大爷，您老人家心地最善良了，我每次来，只要地里有的，什么青苞谷新洋芋青辣子葱葱蒜苗茄子番茄什么的，都要给我一些，不要都不行，给您钱您也不要。让我心里好难为情的。大爷，我都来了第十次了，您就帮助帮助我，就同意把土地流转了，您看您的这二亩土地，又在公路边，这是万亩果园示范基地，省上市上县上的领导经常要下来视察的，您这地要是不流转，肯定是过不掉关的，我也向领导反映过，说您离不开土地，可领导说了，好端端的一大片果园，就您这里敞着一个缺口，咋个行？大爷，就算我求求您了，您这里的工作是分给我做的，我要是做不好，我就会受处分，我才二十七岁，就背上一个处分，以后还咋个过？

张老头的心很疼，像有两只手在从两个方向撕扯，他知道自己离不开这两亩土地，他也知道自己心疼面前这个像自己的女儿的蒋小涛。

六

土地就是张老头的命根子，就是张老头晚年的依靠。从城里回来后，他就一头扎进他的土地里，他赤着脚把土地侍弄得酥松可人，清香扑鼻。他把二亩土地按节气栽种，分成无数个小块，种玉米的，种洋芋的，种辣子、小葱、蒜苗、茄子、番茄的，应有尽有。他每天天一亮就到地里，为农作物除草，给它们喝水，陪它们说话。他能听得懂它们拔节的声音，它们会唱歌会说话，张老头都听得懂。因为有了这些农作物，他的生活变得有滋有味。他养两头猪一条狗一只猫十只鸡五只鸭，本来还要养一头牛的，但他觉得一头牛的成本太高，数千元才能够买到一头小牛，还要拉去放，还要盖牛圈，还要买犁铧。张老头没有那么多时间，再说，这二亩地，张老头用双手去翻，也是一件轻而易举的事，张老头喜欢享受那种翻地时新鲜泥土盖住脚背的那种舒服的感觉。

狗还是那条跟着他去城里见过五年世面的黄毛，其他的小动物，都是新买来的。这些小东西，见风长，只要给它们吃饱喝足，它们就讨好似的赛着长，一天一个新模样。那只黑白相间的猫，长着长着就变成了熊猫，胖而懒。喜欢跳到窗台上晒太阳，眯着眼睛，时不时对着爬上树梢的太阳，喵喵地叫上几声，好像在跟太阳说话，谁也听不懂。

天一亮，鸡就开始唱歌，一边在土里捉虫，一边拍着翅膀，学习飞翔。鸭呢，粗着嗓子晃着身子往门前的小溪里扑。只有猪，太懒了，躺在栅栏里哼哼唧唧说梦话。

　　张老头一早起来，准备猫食，油汤泡饭。然后，用一个木盆端着金灿灿的苞谷，抓在手中往空中一撒，鸡鸭就开始唱歌跳舞了。鸡鸭们都知道，张老头是给他们先垫个底，然后就让它们各自去觅食，该捉虫的捉虫，该摸虾的摸虾。至于猪，一日三餐，张老头会定时定量伺候它们的，至于吃什么，无外乎就是洋芋苞谷面还有地里的蔬菜之类的，随便搭配一下，它们依然吃得耳朵像在扇扇子，依然长得膘肥个子大。张老头喜欢每天在猪背上用手指去卡，度量猪又长长了多少，然后又把手指横在猪背上，度量猪又长厚了多少。每次度量，张老头的嘴角都挂着微笑，微笑里透露出来的，是他对猪的生长表示满意。至于黄毛，打小就跟他共餐，他能吃上什么，黄毛就吃什么。他能跟黄毛对话，他们的任何一个举动任何一个眼神，对方都能读懂。他和黄毛，既像父子，也像兄弟。可以说，除了睡觉，他们几乎形影不离。这一切的一切，都是因为有了这二亩土地。尽管他口袋里有钱。但他知道，他口袋里的钱，就像水缸里的水，是死水，死水是经不住瓢舀的。他老了，没有能力随时往水缸里加水了。而这二亩土地，就是一口怎么舀也舀不干的井。他的晚年，就要靠这口井生活。

七

张老头想了这么多,但他无法说得清。他只能对蒋小涛说,娃,其他的说什么都行,但我这块地,我是无论如何不能没有的。

蒋小涛的眼里含着泪水,好可怜的样子,说,大爷,我跟您算过好多次了,这一亩土地一年一千元,两亩就是两千元。你老人家想想,你一年到头种出来的东西,能卖多少钱?除了生产垫本和劳动力,还剩多少钱?肯定只剩几百元!您把土地流转了,净钱都是两千元,您完全可以不用每天顶风冒雨地去种地,您这么大年纪了,完全可以休息一下了,闲着,想散步就散步,想游街就游街,想吃点什么东西,就买点什么东西,真的就是神仙日子了。

张老头有点不高兴了,但又心疼这个眼里含着泪水的姑娘。他说,你这娃呀!这个账你跟我算了几十遍了,我知道你说得对的,可我就是想种地,就是喜欢土地上长出来的东西。我也不拿去卖,我就想把这些东西,跟我的那些老伙伴们一起享受。娃,你说的劳动力,我这把老骨头的劳动力,就是给我这二亩地的,不给它,我会憋得难受的。娃呀!我知道你的难处,你就只懂跟我算经济账,我们这些农老二的生活,是不适合算经济账的。我们老年人的生活呀,娃,你不懂的,你不会懂的。

姑娘说,大爷,你可以去打工啊!别人一两百一天,您至少也可以五十一天,一个月也是一千五啊!

张老头呵呵笑着说,娃,你还说对了,我是去城里打过工的,五年，整整五年。他拍了拍坐在旁边的黄毛的头说，它也跟我一起去的，还被你说中了，真是一个月一千五呢。不，起初一千四，后来才是一千五。

就是嘛，守着这点土地，挣不了多少钱的。

可我已经六十多岁了，城市不要我了，两年前就不要我了。黄毛，你可是亲眼看见的啊！

怎么就不要了呢？您看您精神那么好，会有人要的。

不会有人要的。

为什么一定要在城里打工呢？在乡里也可以打工啊！

乡里谁愿意给你这么多钱？

老人家，我可以给您想办法，乡里不是在到处建洋房吗？帮人家搅拌灰浆也行，一天五六十元没问题，当天就结账。或者，乡政府大楼要新修了，您老人家如果愿意，我帮您协调，去看工地，每月绝对不少于一千五。您看行吗，大爷？至于土地嘛！您就同意流转了吧！就当是您老人家在帮我，不，应该是救我才对！

张老头低着头，不说话，用手扯着地里的杂草。黄毛摇着尾巴，亲他的裤管。好半天才说，我不要去打工，这么大的岁数了，拿人家的钱，过意不去。

咋个过意不去？您付出劳力，理所当然要得到报酬。

看工地也好，拌灰浆也好，都是短暂的，房子总有修好的时候。

咦！这个房子修好了，新的房子又要修了嘛！总之，随时都有修房子的嘛！我可以随时帮您引荐！

我一年比一年老了，干不动了，人家会嫌弃，不要我的。

大爷，按您说的，老了干不动了，那您还不是不能种地了。所以还是流转了好。大爷，真的，过了这一山，就没有这一寨，以后要流转，就难了。

张老头呵呵笑着说，我这一辈子，都要守着土地，我老了，土地也不会嫌弃我的，就像我的黄毛一样，不会嫌弃我的。

大眼睛姑娘点了点头，用无奈的眼神看了一眼张老头，然后猛一仰头，牙齿咬着嘴唇，看着空茫茫的天空，长长地叹了一口气。自言自语，大爷，我理解您，可是谁又理解我呢？

我是担心，乡上来硬的，到那时怎么办呢？大眼睛姑娘低声说，您看，村子里在范围内的土地都流转了，就大爷您的了，昨天乡上开会，乡长强调了，必须完美无缺地完成上级领导交办的任务，是层层签了责任状的。就您这二亩地缺着，乡上肯定是不会同意的。蒋小涛忽然觉得自己有些犯糊涂，自己不就是乡上的吗？怎么跟张老头说这些呢？再一想，就发现自己的潜意识里，是站在张老头这一边的。乡上已经把张老头定性为最强硬的"钉子户"，说尽到最大的努力做思想工作，做得通更好，做不通，也必须拔掉！当然这些话，蒋小涛是无论如何不能说出来的。蒋小涛深知，自己是实在没有办法做通张老头的思想工作的。做不通也就做不通了，自己该要受什么样的处分，自己也认了。只是，要是强制性把张老头的土地拿了，张老头还能活下去吗？张老头对土地的那份感情，还真像她爹对土地的那份感情。她爹已经七十岁了，一辈子守着他的那块土地，过得蛮开心的，好几次她都劝说，说爹年纪大了，就到城里跟她过，她爹死活不同意。有一次到了城里一个星期，他居然病了，没有半点喜色，像干旱了的禾苗。迫不及待回到乡下去，他的病立即好了，像沙滩上的鱼儿回到了河水里，精神着呢！不得不承认，好多时候，蒋小涛把张老头当成是自己的爹了。

　　张老头也把蒋小涛当成了自己的女儿，她的大眼睛，她说话的神情，简直就是大凤。

　　张老头曾说，娃，你跟我家大凤，简直就是一个人。可惜她出去打工，就再也没有回来。

　　后来蒋小涛在给张老头做工作的时候，也曾打过这张亲情牌。蒋小涛说，大爷，您不是说我像你家大凤吗？您看，要是你这土地不流转，拖了政府的后腿，我是要受处分的，受了处分，我要调进城去工作就没得指望，没得指望，我家小宝就不可能到城里去读书，不可能到城里去读书，就受不到更好的教育，受不到更好的教育，就影响他的前途，他没有前途，我这一辈子就完蛋了。大爷，您忍心看着您家大凤完蛋吗？

　　张老头定定地看着蒋小涛，眼里升起一团湿雾，他伸出粗糙的大手，摸了摸蒋小涛的脸，好像在辨别是不是大凤。蒋小涛的心颤抖着，她的内心觉得自己好卑鄙。为了达到目的，真的有些不择手段了。

　　张老头慢慢缩回手，低下头，忽然说，娃，大爷对不起你，这地，真的是我的命根子。没有地，我咋个活？娃，除了这地，你说什么我都依你！

蒋小涛内心有些失望，但同时又有些释然。

蒋小涛临走的时候，张老头拔了一把绿油油的葱和蒜，装在塑料袋里，让她带走。每次张老头都要让她带走一些东西，只要地里有的。

蒋小涛不明白，为什么那些东西散发出的气味，总让她想流泪。

张老头曾对蒋小涛说，娃，你没把我当外人，我也没把你当外人，有些东西我总是弄不明白，想问问你。我们村里的那个李老头，他可有文化了。他经常对我说，土地是国家承包给我们农民的，买卖土地是违法的，但我们农民有种什么或不种什么的权力，说土地流转是要双方同意才行的，如果有一方不同意都不行，不能强迫，强迫也是违法的。娃，你说李老头说的对不对啊？唉！可惜李老头，一年前忽然倒在田埂上，中风了，不会动了。要是他在，我让他跟你说。

蒋小涛说，大爷，这种说法当然对的，但是，既然土地是国家的，现在国家要用地了，农民是不是要支持国家？个人服从集体，集体服从国家，这没有错吧？这里要建的，就是一个万亩果园示范基地，这不是个人要建的，这是国家要建的。

张老头眨巴着眼睛，情不自禁点头。忽然说，李老头还跟我说，国家领导经常说，人民利益无小事，群众利益大于天。说我们农民也是人民，也是群众，说我们的事都是大事，我们的利益比天还大。现在，我要种我的地，我不想流转，这是比天还大的事，娃，请你回去跟国家讲讲，替我跟国家说说情，就给我种着我的地，行吗？

蒋小涛眨巴着眼睛，不知说什么好。

蒋小涛说，大爷，您就别一口一个李老头了。李老头家的三亩地，

351

几天前就流转了，协议都签了，还是李老头的儿子亲自按的手印。

张老头很吃惊，说，不可能的，李老头爱土地如命的，不可能的。他不会同意他儿子按手印的。

蒋小涛说，大爷，这是真的，绝对真的。

张老头一脸的疑惑，原来李老头在骗我。

蒋小涛乘胜追击，说，大爷，还是签了吧！李老头也像您一样爱土地，国家要用地了，他还不是忍痛割爱支持国家。大爷，你也支持国家吧！也是支持我，您不是说我像您家大凤吗？

张老头还是一脸的疑惑，说，娃儿，你是在骗我。李老头中风了，不会动了，我知道的，土地是他的命。你们趁他不会动了，就哄他的儿子把手印按了。你们不地道！要是哪天李老头会动了，他会跟你们拼命的。

蒋小涛当然知道李老头的儿子签协议的原因。李老头的儿子是县里农业局的局长，县领导直接让儿子去做老子的思想工作，也就说，李老头的土地必须流转，要不，儿子的局长帽子就戴不住了。

张老头抬头看着天空，说，娃儿，不管李老头家签还是没签，我是不会签的，我知道你恨我，但我是不会签的。他把双手插进潮湿的泥土，把一捧泥土捧在手里，低头去嗅泥土，鼻尖都把泥土顶了一个小圆窝，然后他举起手，把新鲜的泥土撒在自己的头上。泥土哗哗往下落，有的落在他的嘴角，他一伸舌头，就把泥土揽在了嘴里。

八

张老头的地在公路边，县上的领导来检查的时候，就只有张老头的二亩土地还没流转。领导不高兴了，就拿书记乡长问责，结论是，尽快完美收官，不得有半点闪失。

当天晚上，书记、乡长、大眼睛姑娘都亲自出面了，还有男男女女二十多人，浩浩荡荡开往张老头的家。张老头没有见过这样的阵仗，吓蒙了。首先当然是做思想工作，轮番轰炸，但张老头死活不放手他的二亩土地，张老头把对大眼睛姑娘说过的话又颠三倒四地说了一遍，说得口唇生烟唾沫成雪。最后，张老头始终没有按下手印。

人走了，空空荡荡的屋子里灯光昏暗，只有黄毛坐在他的身边，用舌头轻轻地舔他的手背。张老头一夜难眠，他真的不知道该如何是好了。

天快亮的时候，张老头恍恍惚惚进入了梦乡：他带着黄毛，赶到他的地里。他被眼前的景象惊呆了，眼前是无边无际透着荒凉的黄土，他满地的白菜、葱葱、蒜苗全都不见了。

我的地啊！我的菜啊！你们到哪里去了？他嘶哑的声音透着绝望，越来越小。他一头栽倒在疏松的黄土上，像一条黑色的影子匍匐在大地上，又瘦又小。他的黄毛坐在影子的旁边，伸着舌头，呼呼喘气，眼里荡着湿漉漉的水汽。

月光

吉叔拉了拉我的袖子,说,平子,你去把你爹接上来吃饭嘛!饭快熟了。

我心里高兴,两个小时前,我开着车要去吉叔家时,我就对我爹说,我们一起去玩吧!

我爹开心地笑了笑,然后顿了顿,说,还是算了吧。

我从我爹犹豫的神情中,看出他是想跟我一起去的。

我说走吧,你闲着也是闲着,你去跟吉叔玩吧!

我爹说,还是算了吧!要是去了,万一你吉叔不在家呢?

我说,走吧!他肯定在家的,你们又是老同学,在一起摆哈嘛!都这个年龄了。

我爹说,摆呢,倒是没啥摆的,不过还是好久没见着他了。

我高兴地启动车,说,爹,上车吧!

我爹站在车外,摇了摇手,说,决定不去了,你去玩吧!

我有些不高兴,说,刚才都说好久没见吉叔了,咋个忽然又变卦了呢？

我爹转过身就走，边走边说，平白无故的，去整啥子？麻烦人家。你看，我都在他家吃过三顿饭了，他还从来没在我们家吃过一顿。

我说，那我明天就做好饭，请他下来吃嘛！这样总行了吧！快，上车！

我爹已经走远了。他回过头来坚定地说，我决定了，不去了。

我知道我爹的脾气，他一旦决定了的，就是铁板钉钉，不能动了的。

我说，吉叔，我来的时候，就让他跟我一起来，他不来。

吉叔说，他是不是有事？就算是有事，也不能不吃饭嘛！

我说，事倒是没啥事，开头都想要来的，忽然就说不来了，你知道他脾气的，犟得很。

吉叔呵呵笑着说，哦，我明白了，他是说我没有招呼他，我这就打电话给他。吉叔掏出手机来就要拨号。

我笑着说，吉叔，你就别打了，你知道我爹耳朵很背的嘛，听不到，手机早就没玩了。

吉叔说，那我跟着你去接他。

我说，何必麻烦呢！我去接就是了，看他会不会来。

吉叔坚定地说，我不跟着你去，他是不会来的。

我爹正站在卧室门口看墙上的照片。那些照片是三年前去北京旅游时照的。墙上挂着一个一尺来宽的镜框，镜框只放得下九张照片。

我们进去的时候，他的手还停留在一张照片上，照片上的三个人是我爹、吉叔和我。

吉叔扯了一下我爹的衣袖，我爹被吓了一跳，立即转过身来，看见吉叔和我，满脸都是笑。

吉叔说，我跟平子来接你上去吃饭。

我爹显然很高兴，笑着说，你也是，何必呢？我看哈照片。灰得很，我擦一下。

吉叔说，中午明志说平子他们要来我家玩，我就打主意下来接你上去玩的，天忙地忙的，就搞忘记了，唉，老了，记性不好了。现在饭都熟了，我才想起来，我就跟平子来接你。你看，老的就是我两个，他们小的玩他们的，我们老的玩我们的，嘿嘿。

稍等哈！我换双鞋子。我爹在几块木板搭成的鞋架上取下一双皮鞋来，看了看，发现有些灰，于是抓了一块毛巾，到水管上打湿，拧干，快速地擦起鞋来。

吉叔说，何必呢，还在干净的嘛，又不是去北京。

我爹说，还是灰，擦干净点嘛，你家才盖的新房子。

我爹跟吉叔是小学同学，那是六十多年前的事了。也就说，几十年来他们是没有什么来往的。真正有来往，是从三年前我带他们去北京旅游开始的。

我和明志在读初中的时候就了为非常要好的朋友。可以说，一年当中，有一半时间，我会在明志家，明志也会有一半的时间在我家，这就说明，我和明志几乎每天都在一起，形影不离。

我们两家隔着几块田，走路只要五分钟就到。村子里的人都说我们像双胞胎。

后来，我和明志都各自谈恋爱了，结婚了，生孩子了，各自有了自己的家，在一起的时间就相对少了。但是，我们的心却是相通的，只要有点时间，就会在一起，聊天聊地的。

我妈六十四岁的时候，因糖尿病并发症离开了人世。我爹很孤单，脾气也越来越暴躁，而且还常常生病，跟家里的人常常闹别扭。为了让我爹高兴，我决定每年都带我爹出去旅游一次。第一站就是去北京。

我跟几个朋友说了我的想法，大家都挺高兴，后来就组成了一个老年旅游团。明志也非常高兴，但他当时工作挺忙，走不了，就委托我，把吉叔也带着一起出去旅游。本来，吉婶也想出去旅游的，但她晕车，一上车不出半里地，就吐得昏天黑地的。

在北京旅游的时候，吉叔、我爹还有我，每晚都住在一起。他们俩虽然话不多，但关系却逐渐好起来。

坐飞机的时候，我爹的位置刚好在窗子边。我爹把头一直贴在窗玻璃上往外看。他的脸生动极了，黑红的肌肉好像都在跳动。他自言自语，太壮观了！太壮观了！这一辈子值了！我做梦都没有看见过的东西，今天看见了。我为我爹说出壮观一词而感到惊奇。后来又想，这也不足为奇，他毕竟是喜欢读书的。原来我爹的语言也是很丰富的，

357

只是平时我们没有时间跟他交流罢了。

我爹对吉叔说,别睡了,别睡了,你从窗子往外面看,太壮观了!我是第一次坐飞机,你也是第一次坐吧?太壮观了,你往外看,那白云像棉花,真是神仙住的地方,这一辈子值了!

吉叔睁开眼睛,有些迷茫地往窗外看。但只看一眼,又闭上眼睛,睡着了。

我爹拉了拉他的衣袖,说,难得出来,还是别睡了,看看外面的大好河山。第一次坐飞机,我倒是舍不得睡。我换你到窗子边来,窗子边看得更远。

吉叔迷迷糊糊地说,唉,我还是不看了,我一上飞机就想睡觉。

我对爹说,吉叔想睡觉,就别影响他,你慢慢看吧。

我爹叹息了一声,说,好吧,我倒是舍不得睡觉,一出门就觉得眼睛不够用,要看的东西太多了。

在简陋的旅馆里,我们睡三人间,我爹和吉叔,有一搭没一搭地说话。

我爹说,机会难得,你还是把她带出来看一看外面的世界,与我们老家还真不同呢!

吉叔说,我都跟她说了的,我们一起出来玩,可她晕车实在厉害,出不来。她一晕车,比大病一场还厉害。

我爹说,唉,怎么会晕车呢?太可惜了!平子妈,我倒是不知道她会不会晕车,因为她就从来没有坐过汽车嘛。可惜,她走得太早了,都八年了。她要是还活着,我这次倒一定要把她带出来,看看外面的世界。她这一辈子,连县城都没有去过。

吉叔说,是呀,得坏病了,命呀!

我爹说,就是嘛,真是命呀!以前穷,没机会出来,现在娃娃们条件好了,想带老人出来走一走看一看,人却没了。我爹又是一声悠长的叹息。唉,管他呢,走的,已经走了,我们活着的,就好好地活着,你看儿女们又有孝心,我们就好好地活着,该吃的吃,该走的走,该看的看,趁还走得动。说不准,哪一天,就没了。

吉叔说,就是喽。

两人有一搭没一搭的,说了一会儿话,呼噜声就起来了。两位老人都七十岁了,奔波了一天,真的很累了。

窗外白花花的,不知是月光,还是灯光。

一个星期的旅游,我为他们照了许多照片。可每张照片,他们的表情,都是一个模样的,姿态,也是一个模样的。我也提醒他们换一种姿势,换一种表情,可白搭,一照相,他们又是那种既呆板又紧张的表情了。

吉叔在前,爹在中间,我走在后面。一跨进吉叔家红色的大铁门,展现在面前的就是一大片园子,因为是夏天,所有的植物都长得非常茂盛,空气里弥漫着香味。

我爹说,你这园子咋整的?好得很嘛!

吉叔说，远处的土地都没种了，给人家去种了，我就整这一点。

我爹说，真的很好了，你看，果啊花啊菜啊，啥子都齐全。核桃、板栗、橘子、柿子、石榴、苹果、樱桃、小葱、蒜苗、白菜、青菜、豌豆、蚕豆……哎呀，数都数不清。

吉叔笑得很灿烂，说闲着也是闲着，什么都种一点，一年四季，都有吃的，娃娃们喜欢。你看几个娃娃，个个周末都要回来。路边的车子停得老长的。他们回来焖豌豆饭吃喽，焖蚕豆饭吃喽，钓鱼喽，赏花喽，总之，他们都喜欢回来。这样就好啊！

新房子在南面，是一栋三层楼的小别墅。北面还有四间小平房，是原来的老房子。明志说，本来这几间小平房是要拆了的，但是吉叔舍不得，他习惯住在小平房里，晚上好睡觉。

我爹说，占地面积大得很哦！

吉叔说，也大不到哪里，只有三亩。

阳光很好，那些绿油油的植物，好像要流出绿色的油脂来，散发着好闻的味道。

我爹穿梭在形形色色的植物中间，吉叔走在他的后边，一边走，一边介绍。

在园子里游了一圈，吉叔说，新房子你还没进去看过，我们去看一看。

我爹说，好，就跟着吉叔往小别墅里走。

刚一进大门，屋里喧闹声忽然安静下来。里面喝茶的、打牌的、聊天的男男女女的年轻人,都站起来,看着两位老人说,坐吧!坐吧!

吉叔连忙笑着说,不坐不坐,你们玩你们的,我带平子的爸爸看一看房子。说着就径直走到转角楼梯边,一直往上走。

这是大儿子的卧室。

这是二儿子的卧室。

这是女儿的卧室。

这是卫生间。

这是花台。

这是客厅。

这是书房。

…………

吉叔带着我爹边走边介绍,语气里充满喜悦满足和骄傲。我跟在他们的后边,看着两位老人高兴的样子,也很开心。

我爹站在三楼的阳台上,往前面看,赞叹说,哦,开阔得很,看得老远的,连前面的照壁山都看得一清二楚。

我爹说的照壁山,就是我小的时候我爹常常带我去那里放牛、割草的地方,山上松林茂盛,野菌子挺多,那时,我们经常一箩筐一箩筐的捡回来,真是人间美味。

我爹说,这房子是你设计的。

吉叔说,我哪有这种本事。这房子的造型,是大儿子明志在网上看来的。这种新玩意,我还真不懂,我就是整天给施工队的烧一点水给他们喝,煮一点晌午饭给他们吃。至于怎么修,买什么材料之类的,都是明志做的。

我爹说，哦，难怪。

下得楼来，吉叔又带我爹到一层的一间卧室，里面一张大木床，被褥都是全新的。

吉叔说，这就是我的卧室，太宽了，只是明志的妈妈，都走了一年了，要是她还活着，就好了。

我爹顿了好一会儿，才幽幽地说，唉，你现在也跟我一样了，就一个人了。

吉叔说，就是喽！你看，好不好的，说不在就不在了，还跟着我去街上，走路还轻巧得很，说想吃凉粉，还买了两个凉粉呢，回来刚吃完凉粉，碗一丢，人就没了。你说，无痛无痒的，好好的，怎么说走就走了呢？

吉叔的眼里蓄满了眼泪。

我爹安慰吉叔，说，人的命谁说得清，你家这个，好歹还活到七十四岁，我家那个，只活到六十四岁。以前穷，根本没过上一天好日子。等日子好了，她却走了。我以前根本不知道糖尿病有这么凶，一下子就把一个好端端的人带走了。

吉叔说，是啊，人的命啊，说变就变了，我家这个，什么病都没有，你说，还吃了一碗凉粉，瘫到地上，就不行了，还没送到医院，人就没了。唉！别说这个了。这边新房子里，年轻人多，闹得很，我俩去北边的平房前，坐着喝茶，那里清静。

我爹走出别墅的大门，站在门前的场院上，抬头看房子。嘴里说，好，好，好看，又高。

我跟着我爹和吉叔来到平房前，吉叔连忙泡了两杯茶，放在一张小方桌上。然后端来两个凳子，示意我爹坐下，他也坐下。

吉叔对我说，平子，你去那边跟他们玩吧，你们年轻人在一起，好玩。我在这边跟你爸摆龙门阵。

我刚要转身，我爹拉着我的袖子说，刚才，我在明志家的新房子里看见你写的两幅字，好看。顿了顿，我爹又说，你的字写得那么好，也只有这么好的房子，才配得上挂。你看，我们家的老房子，如果挂上你的字，不会好看吧？

我心里一惊，知道我爹对我有意见了，因为他以前跟我说过几次，说你的字好多人家都挂着，我们自己家什么时候也能挂上一幅呢？

我说，等到以后装修一下，我好好写两幅来挂着。只是一直忙，没时间把老房子装修一下，所以我也没把字写来挂上。因为老房子又矮又黑，挂上去的确不太好看。现在听我爹这么一说，我就赶紧说，好好好，我们家里老房子里挂上也好看的，我很快找人来装修一下，好好挂上一两幅字。

我爹呵呵笑着说，你不是很忙吗？说了多少年了，都没有时间装修，唉，不过也没什么的，没什么的，你去跟他们年轻人玩吧，我在这里跟你吉叔说说话。

吃饭的时候，鸡鸭鱼肉摆了一大桌，还有许许多多的蔬菜，全都是从地里摘回来的，百分百的原生态。

明志的朋友很广，医生、老师、公务员、律师、企业家，各行各业的都有，大家都喜欢跟明志在一起玩。大家都觉得明志善良，大度，有情怀，好交朋友，最重要的是有情趣，跟他在一起总是很开心。

一张大圆桌，能坐二十五个人，迎着大门的两个主位空着。红酒白酒斟满了杯子，满屋子里的菜香和酒香。

明志和我一起去请两位老人入席。两位老人都说，你们先吃，你们吃完了我们再随便吃点，我们想摆龙门阵。

我说，那边都是些年轻人，他们说你们不去他们才不吃呢！

吉叔呵呵笑着说，好吧，这些年轻人也是的，我们就过去随便吃一点，再过来摆龙门阵，不要让娃娃们等着了。

两位老人坐定了，吉叔笑着说，我是明志的爸爸，然后又拉了拉我爹的袖子说，这是平子的爸爸。我们俩同岁，今年都70岁了，我们是小学时候的同学，还一起去北京玩过呢，是平子带我们去的。

我爹是喝酒的，但吉叔是不喝酒的。吉叔说，今天晚上，我要陪我的老同学喝一点点，本来我平时是一点都不沾的。喝完酒，我们随便吃点，就要到外面去摆龙门阵了，你们玩。

大家就鼓掌，都说，慢慢吃，慢慢吃，难得老同学相见，我们要好好敬你们这一对老同学。于是，大家就频频敬酒，不断地往我爹和吉叔的碗里夹菜，好像两位老人就是他们的爸爸一样。

两位老人互相敬了一次，然后又同时站起来敬年轻人一次，就把杯里的酒喝了，然后就吃菜。大家还想敬老人喝酒，但两位老人坚持不要了。

不一会儿吃完了饭,两位老人站起来,笑着对大家说,你们慢慢吃,慢慢玩,我们两个老同学要到外面摆龙门阵去了。两位老人出去了,屋里更喧闹了,喝酒,吃菜,说笑话,简直就像在开晚会一样。

大家你一杯我一杯,桌子上的六瓶白酒就空了。大家的情绪都很高,还想喝。我说,酒喝尽兴就可以了,不能再喝了。

忽然,有人拉开门,大声喊了起来,你们来看,你们来看,好大的月亮哟,连里面的桂花树都看得清清楚楚,还能看见嫦娥,你们快来看啊!

于是就有人提议说,一直喝下去,也不是事。干脆我们来搞个篝火晚会,狂欢一下。大家就齐声响应。

明理高兴地说,你们再喝一会儿,我马上把篝火搭起来,再来叫你们行不行?明理是吉叔的二儿子,是个做生意的老板,热情奔放,好交朋友,做事很利索。

不到二十分钟,门前场院上的篝火就燃起来了,哗啵作响的火焰,贪婪地舔舐着夜空,从火焰里看过去,那又圆又大的月亮,好像在蹦蹦跳跳地燃烧。

唱歌,跳舞,欢笑,这一群酒足饭饱的年轻人,一改平时的温文尔雅,整个儿的放浪形骸。

我的酒喝得有些多,就到北面平房门口的一棵樱桃树下,听我爹和吉叔聊天。

一张小方桌上摆满了东西,凑近一看,是大小不一形形色色的证书。

吉叔和我爹借着月光看证书，一本一本地翻。如果天上有云彩，偶尔遮住月亮，吉叔就打开手电筒，照在证书上，每打开一本，就向我爹介绍，说那证书是哪年哪月，因为什么事情获得的。我爹每看一本，就要点一次头，一脸羡慕的神情。

我说，吉叔，怎么会有这么多证书啊？您老厉害啊！

吉叔笑着说，不多不多，只有二十五本，从年轻时候到现在，七十多岁了，才二十五本，不多嘛！

在吉叔断断续续的讲述中，我才知道吉叔是个老共产党员，党龄都有五十多年了。他当过村文书、农科技术员、生产标兵、劳动模范、社长、族长，村里红事白事没有他就不行，哪里有事哪里就有他。以前还经常到公社去开这会那会的。他说话的神色，满满透露出他昔日的荣光。

我说，难怪，吉叔是村子里德高望重的名人嘛！

我爹听着吉叔的介绍，自叹不如。我爹用手指着自己的耳朵叹息说，我呢就被这双耳朵害掉了，才八九岁就得了耳聋。要不，我肯定有个正式工作的，说不一定，也会得到几本证书，当然，要有你这么多肯定是不可能的，我爹边说边笑。

吉叔呵呵笑着说，是呀，是呀，以前读书你学习就比我好得太多太多，我是知道的。

我爹双手抚摸着桌子上那些红红绿绿的证书。点点头又摇摇头，说，命呀，唉，一切都是命呀！

吉叔往我爹的杯子里面续茶水，说，喝水呀，喝一点吧，只顾说话，连水都没喝，冷了我换一下。

我爹连忙说，不冷不冷，可以喝的，说着就端起杯子来，咕嘟咕嘟喝了一大口。

我爹说，像你这种证书，我是一本都没有，这倒比不过你喽。

我们俩今年都七十多岁了，好在身体还挺棒，你看上一次爬长城，我们俩都走在前面，好多比我们年轻的还走不赢我们呢！

吉叔呵呵笑着说，这倒是，这倒是。

我爹说，我现在呀，喜欢读书，古人说，书中自有颜如玉，书中自有黄金屋。平子经常买一些书来给我看，我一看还上瘾了，对自己的帮助也挺大，平子给我买了《黄帝内经》《了凡四训》《穴位按摩大全》，还有厚厚的名人传记，比如说《毛泽东传》《蒋介石传》《邓小平传》《刘少奇传》《杜月笙传》《毛人凤传》啊之类的，还有什么《雍正王朝》《康熙大帝》。好多好多，平子都让我看。平子说，多读书，就懂得保养，眼界就宽，心态就好，身体就健康。多读书还能让人变得善良，宽容，智慧。我读了以后收获还真大，也好打发日子。你如果喜欢看，我找时间带几本来给你？

吉叔说。不了，不了，我对看书不太感兴趣，看不进去。这方面我倒是比不上你呀！你爱学，爱看，喜欢思考问题，一出门就舍不得闭上眼睛睡觉。

我爹呵呵笑着，不断点头，说，这个倒是真的。

吉叔看着我爹，眼里全是羡慕，我爹昂着头，面带微笑，目光探向远方，一副伟人的模样。

南面场院上，忽然响起了音乐，唱的是海来阿木的《别知己》《点歌的人》。

明理高声说，现在大家跳起来吧！音乐响起来了！我到隔壁的小学借了这个音响，还真棒！大家齐声说，还是明理厉害，大家跳起来！唱起来！来来来！

忽然起风了，几片乌云遮住了月亮，大地顿时暗了下来。

平房大门上的对联，发出啪啪的响声。那白纸黑字的对联没有贴牢固，风一吹就像在跳舞。

我不需要看都知道上面写的字，因为那是我在一年前明志妈妈过世时写的。上联是"看白云有来有去"，下联是"想吾母无踪无影"。

看着身边的树影，我又好像看见了明志妈妈在地里锄草的样子。心里有些酸楚，甚至有些发蒙，明志妈妈已经离开人世一年了。

我说，有些冷吧，你们两位老人还是回屋坐在沙发上暖和一些。

我爹说，这天也是的，大夏天的，怎么一刮风，还感觉有些冷呢？

吉叔和我爹就收拾桌子上的证书，装在一个黑色的提袋里，然后走进平房的屋子里坐在沙发上。

吉叔说，你去跟他们跳了玩嘛！不要管我们两个老人，我们在一起摆龙门阵，不闷的，你去玩吧！

我说我酒喝得有点多，我进屋里，在沙发上躺一会儿，顺便听你们摆龙门阵嘛！

我躺在沙发上,迷迷糊糊中听到吉叔说,以前听说有人帮你找了个女人,有这事吧?

我爹低声说,有。我家的一个老表给我介绍的,都五六年前的事了,那女的比我小两岁,家里有五个娃娃。我不同意,不是说对那女的有什么看法,而是她家的娃娃那么多,没有一个公家人,一遇到事,肯定要找我家平子,我家平子一个人咋个管得过来!我想一想就决定算了,老了,自己过好自己的日子就可以了。能给平子省点儿事就省点儿事。

吉叔说,如果平子不反对,我看还是可以的。少是夫妻老是伴,有个伴么也不孤单嘛!

我爹说,我没跟平子说,如果我跟他说他肯定是不会反对的,因为平子是个孝顺的娃娃。

我爹的话让我的心又温暖,又疼痛,他宁肯牺牲自己的幸福,也要为儿女着想。我不愿意让他们知道,我已听到他们的谈话,我就假装打起呼噜来。

音乐忽然停了下来,喧闹声却大了起来,有人喊,快送医院,快送医院,血喷得猛得很。有人说先用布条扎住腿,不要让血流得太多,尽快送医院。

迷迷糊糊的,我忽然清醒过来,奔出门外。原来是一个朋友,跳着跳着摔倒了。被旁边的尖石块扎破了小腿。

大家手忙脚乱,用布把他的腿扎起来,扶着他上了车。所有的人都说晚了，该回家了，然后一哄而散。

旁边的大路上，一辆辆汽车的灯光，把宁静的月夜挖出了一个又一个大洞。

我爹要跟我一起回去，吉叔一个劲挽留，说你回去也是一个人，我这里也是一个人，我们就在一起摆龙门阵吧！好吗？

吉叔说话的语气，像小孩子的语气。

我爹坚决地说，算了，算了，有时间我们又在一起吧，我不习惯在外面过夜，我要回家去，年纪大了，在别处过夜不好。

我非常理解我爹，因为我爹跟我说过，他认识的几个老人，上了年纪在别人家过夜，后来就死在了人家，这样对别人还是对自己都非常的不好。

我曾经对我爹说，那是个例，不是所有的老人都会这样，不要想那么多。但我爹说，哪怕有百分之一的可能，都不好，还是自己在自己的屋里面，即便出了什么问题，也是在自己的家里。

瞬间，硕大的院子就变得空空荡荡了，明志和明理也帮着送那个受伤的朋友到医院里去了。

吉叔送我和我爹走出大门来，他一言不发，神情有些哀伤，他的腰已经有些佝偻了，看上去显得有些矮小。

我走到车边，又回头看了一眼生机盎然的院子和向我们招手的吉叔。

人走了，别墅的灯光熄灭了，那生长着各种植物的园子和向我们招手的吉叔，安静得像黑色的雕塑。只有薄纱似的月光，在夏夜的风中，飘飘忽忽。

香味

一

　　日子周而复始地过，似乎每一个日子都是一样的。其实，每一个日子的内部都是新鲜的、风生水起的。它的质地、它的纹理、它的气息，是完全不同的。比如，在某一个春天的早晨，潘老汉嘎叽一声拉开木门，新鲜鲜湿润润的空气迎面扑来，原来夜里悄无声息地下了一场春雨。潘老汉惊奇地发现，满树的桃花儿已含苞待放了，有三五朵已经露出了粉红的小脸。苹果花的花苞已有指尖大小，像懵懂青涩的女孩，不知不觉就要长大了。潘老汉还惊奇地发现，他种下去的洋芋、苞谷忽然从土里探出了鹅黄色的小脑袋，好奇地打量着这个陌生的世界。潘老汉欣喜地想伸出手去轻轻地抚摸它们，可又不忍心，它们太娇嫩了，经不起他粗糙的手掌的抚摸。第二天早晨，潘老汉又嘎叽一声拉开木门，奇迹出现了，桃花、苹果花全开放了，鲜湛湛的，粉生生的，有几分火爆，有几分娇羞，真像即将出嫁的姑娘。那洋芋和苞谷，头天还在探着鹅黄色的小脑袋，几缕春风，几片阳光，一夜春雨，鹅黄色的小脑袋就变成了嫩绿的叶片，蛮成熟的样子。

天一亮，潘老汉就披着衣，趿着鞋，嘎叽一声拉开木门，习惯性地扬起右手，用手背揉揉眼角的眼屎，不慌不忙地向厕所走去。厕所在一个半亩地的园子的东南角，潘老汉出门向右走三十五步，再向左走二十五步就到了。当然，这是现在的步子。十年前，他刚好六十岁，那时他只需向右走二十五步，再向左走十五步就到了的。可随着年龄增长，步子就越来越小了。到现在，同样的距离，步子挪动的次数差不多增加了一小半。随着步子挪动次数的逐渐增加，潘老汉的心也逐渐悲凉。他悲哀地意识到，自己老了，一天比一天老了。现在六十步就可以从门口走到厕所，说不一定，明天就要六十一步，后天就要六十二步。那么一月两月一年两年后呢？说不定就要一百步，几百步，直到连步子都迈不动，直到连床都下不来，直到屙屎屙尿都要人伺候……那可叫人咋个活？潘老汉这么想的时候，就在心里说，要是到了那个份儿上，就吃安眠药或者喝农药自行了结，省得拖累儿女。

潘老汉痛痛快快地解了手，一边系裤带，一边径直走进他的园子，眯着眼睛，微笑着，慈祥地打量园子里的所有生灵。这园子，可以说是果园，也可以说是菜园，还可以说是个百花园。只要是这种气候条件、土壤条件下可以生长的东西，都应有尽有。比如果树类的，就有樱桃、苹果、板栗、梨子、李子、枇杷、核桃、桃子、杏子等；比如蔬菜类的，就有豌豆、红豆、毛豆、蚕豆、青菜、白菜、莲花白、小葱、大葱、

373

芫荽、薄荷等；比如粮食类的，就有苞谷、洋芋等；比如花卉类的，就有金银花、紫薇花、玫瑰花等；还有一些叫不出名的。这园子的中间，还有一个鱼塘，直径不到五尺。鱼塘里的水常年都是清汪汪的，白天装太阳，晚上装星星和月亮。当然，里面还游着几条二指大小的红鱼和青鱼。他知道，孙子最喜欢扑在鱼塘边，看鱼儿自由自在地游玩。

二

一晃，潘老汉的大儿子都参加工作了，而且还在县城的某个单位做了个小官；二儿子在昆明打工，有了自己的房子，自己的车子；小女儿在城里当了医生，走到哪里，都开着黑亮亮的轿车。懂行的人说，那车最低都要值二十多万。只有大女儿没读出书来，在农村务农，但日子也很好过，每年卖苹果的收入也有三万多，还有牛，还有猪，还有鸡鸭鹅，虽然土一点，但日子还是过得很红火的。潘老汉到了六十岁的时候，儿女们一个个离开了他。陪着他的，就只有跟他同岁的老伴儿了。

要等到逢年过节，儿女们才会回来一次。每次回来，都像蜻蜓点水，最多吃点饭，就回去。有时甚至连饭都不吃，看几眼老家，说几句家常话，开着车就走，咋个留，都不中。儿子说，孩子要补课。媳妇说，要回城去跳广场舞，一晚上都不能落下，要不，瘦下来的身子又会反弹变胖。有时，儿子也会说，他要回去请领导吃饭，请朋友吃饭，或者说，朋友请他吃饭。儿子还说，这年头，就流行关系圈，没有关系圈，就寸步难行。可这关系圈，就是要经常在一起吃，在一起喝，在一起玩，才能牢固。看着儿子风光体面的样子，潘老汉和老伴儿把儿子奉为神明，就像儿子小时候把他们奉为神明一样。潘老汉和老伴儿常常站在门口，像两个干枯的树桩，看着儿子的轿车卷起一团团的灰尘逐渐远去。

潘老汉心里明白，儿女们尽管很少回家，但毕竟还是恋着家的。因为儿女们每次回来，都会带走家里的一些东西，比如小葱、蒜苗、白菜、青菜、新洋芋、嫩苞谷之类的。儿女们说，家里的东西，地地道道是原生态的东西，是无公害无污染的东西。城里卖的是农药污染过的，吃了容易生病，你看电视上报道的什么吊白块、瘦肉精、苏丹红，全是对人体有害的东西。再说，城里的空气污浊得很，农村的空气清新得很。潘老汉听得眼睛一眨一眨的，他在心里说，城里的生活，真是地狱里的生活啊！可那么多人，咋个还在削尖脑袋地往城里钻？但他相信儿女们说的话是真的。因为儿女们是读过大学的人，是见过世面的人。

三

潘老汉打心眼儿里希望儿女们经常回家，但他的希望常常落空。儿女们依然很少回家，即便偶尔回来了，凳子还没坐热又要走。潘老汉的心空落落的。潘老汉整天看着门前的半亩田发呆。看着看着，忽然产生了一种伟大的想法。这种伟大的想法就是，如何最大限度地把儿女们哄回家来。他决定建一个园子，让园子里生长着更多的、能吸引儿女们经常回来的东西。

还是冬天的时候，潘老汉就把他的半亩田改成了园子。

潘老汉在刺骨的寒风中，带着老伴儿挖田。一锄，又一锄，再一锄，千千万万锄。锄头扎入泥土的声音涩而闷。新翻的泥土散发出青涩的腥味和庄稼的芳香。锄头把太光滑了，捏不稳，每扬起一次锄头之前，潘老汉都会呸地向手心里吐一次唾沫，这样握锄头就会握得更稳，力量也就更足，目标也就更准。汗水出来了，他一扬手背就揩了。手指开裂了，冒着血珠，他把手一甩，把血珠甩落，用白胶布一缠就没事了。他的旁边总放着一只小小的竹篮，他把藏在泥土里的石子抠出来，装在竹篮里，满了，就提到大路上面路。他觉得这些坚硬的石子，生来就是铺路面的，怎么跑到泥土里来跟植物抢地盘呢？他不允许这些石子乱了秩序，他要把它们安排在该在的地方去。

半亩田，他和老伴儿足足挖了五天。挖起来的土垡也显得细小而散碎。潘老汉看着这些新鲜的土垡，有些许欣慰，又有些许无奈。他用右手握成拳头，反身捶了捶腰，看着老伴儿有些佝偻的腰，长长地叹息了一声，说，老了，不中用了。玉芝啊！你还记得吗？我们刚结婚那个时候，这么点田，我一个人一天就挖完了，还要放老早工。那时挖的土垡啊，一个有现在的三个大，又挖得深，每个垡子都见老底子，像脸盆那么大。哪像现在的，像猪拱的一样。

老伴儿笑了笑，缺了门牙的嘴巴黑洞洞的，她说，咋个记不得，那时你像一头牛似的，使不完的力气，白天那个苦，晚上还不闲着！

老伴儿对着潘老汉眨了眨眼睛，头就微微低下去，布满皱纹的脸似乎有了些许潮红。

潘老汉呵呵笑着说，就是呀！就是呀！玉芝，你记得有一年我带着你栽秧，湾田埂那块田，至少有一亩吧？还连拔秧，太阳还有一竹竿高就栽完了。我还带你去二小队的豌豆地里去偷豌豆吃呢，那豌豆可好了，人躺下去，连个影子都看不见，豌豆那个结啊！又大又嫩，一抓一大把。当时我两个都吃到太阳落，顶着星星回家，肚子胀成鼓。

玉芝咯咯笑起来，她曾经清脆的声音已经不再清脆，因为缺了两颗门牙而发出咝咝的风声。

那时的潘老汉还是个小伙子，那时的玉芝还是个大姑娘，可一眨眼，他们就生了四个娃儿，再眨眼，四个娃儿就长大成人离开了他们。现在就只有老两个守着几间房，几只猪狗，几只鸡鸭鹅，一个菜园。闭上眼天就黑，睁开眼，天就亮。日子就像个大轱辘，咕噜咕噜往前滚。滚着滚着就把一拨又一拨人滚老了，滚到土里去了。

挖好了的田垡子素面朝天，冬天的阳光一照，渐渐干了。几场大雪一下，那些错落有致的田垡子，就变成了一团团洁白温暖的棉花。年一过，几缕春风一吹，雪一化，那曾经坚硬如石的土垡子就像发过酵的面团一样，变得松软了。潘老汉和老伴儿扛上锄头和榔头到了田里，用锄头砸，用榔头捶，把碗口大小的土垡子捶成细面，脚一踩上去，软绵绵的。

潘老汉常常不无得意地想，你们这些儿女，就算你们变成了鱼，我也要把我的园子变成诱饵，就不信把你们钓不回来？

潘老汉白天夜晚都在想他的园子，规划他的园子。首先要解决的，是种什么。接着要解决的，是怎样种。种什么是最关键的，种的东西必须要能吸引儿女。怎样种也很关键，关键是要在季节、时令上下功夫，在规划、布局上显水平。最理想的是春夏秋冬都有吃的，都有看的，吃的看的都要吸引儿女们的胃和眼球，这样，儿女们就会经常回家，他和老伴儿就能够时时看到儿女们的身影。

想来想去，潘老汉就有了自己成熟的方案。

先种豌豆。豌豆早熟，旧历三月底就能吃。青豌豆清香甜脆，儿女们个个都喜欢吃。用豌豆、老火腿、大米焖成的豌豆饭，儿女们更喜欢吃，一打开锅盖，清香四溢，别说吃，就是看一看，都养眼养胃。白的是大米饭，红的是火腿肉，青的是青豌豆，一看上去，就像一幅春意盎然的图画。并且，米饭的醇香，火腿的浓香，豌豆的清香，恰到好处地交融在一起，形成了只属于豌豆焖饭的独特香味。这香味在小院子里弥漫，一直弥漫到整个村庄，村庄里的人翕了翕鼻翼，说，哟，谁家来客人啦，吃豌豆焖饭，好香呢！

再种蚕豆。蚕豆最好推迟十天半月种，待豌豆熟了十天半月，蚕豆又成熟了。这样儿女们吃了豌豆焖饭，隔不多久，又可以回来吃蚕豆焖饭。既然要吃豆饭，还得配有新鲜的蔬菜，还得有作料。于是就得补充种一些青菜、白菜、莲花白、大葱、小葱、蒜苗、薄荷、芫荽之类的东西。

还得种苞谷，种洋芋。儿女们最喜欢吃青苞谷了，煮了吃，烧了吃，都很美味。当朝气蓬勃的红缨挂在苞谷棒子上时，轻轻撕开绿叶，就看见莹莹玉齿似的玉米粒，用指尖轻轻一掐，鲜湛湛的、乳汁般的汁液，就喷在你脸上，整个空气里就弥漫着丝丝缕缕的清香。儿女们看上哪一苞，就掰哪一苞。那种高兴劲，城里人是咋个都找不到的。

还得种点草莓，种点花。孙子喜欢吃草莓，他胖乎乎的小手摘草莓的样子，让你爱不够。孙女喜欢花，那种月季花，红的像火，白的像雪，衬着孙女的小脸蛋，分不清哪是花，哪是人了。

还得种果树。三四月份可吃樱桃、杏子和李子，五六月份可吃早熟苹果、早熟梨，七八月份可吃软枣和枇杷，九十月份可吃核桃，十一十二月份，还有干葵花子儿、干枣、干核桃。这样一来，基本上一年到头都有让儿女们喜欢的东西，也就是说，通过这些东西把儿女们哄回来，潘老汉和老伴儿就可以经常见见儿女们了。

潘老汉当了三十年的社长，他跟农科站的人很熟悉，他在农科站科技人员的帮助下，精心地选择各种蔬菜、花卉、果树的种苗。精心栽种，精心伺候，他的半亩园子就变成了生机勃勃、清香四溢的百花园。

四

潘老汉每天在自己的园子里，慢慢地看，慢慢地锄草，慢慢地浇水施肥。然后，坐在树荫下，看着瘦骨嶙峋的老伴儿把鸡鸭鹅从圈里放出来。鸡鸭鹅兴奋地咕咕、嘎嘎、哦哦地叫着，奔到场院上来，老伴儿扬起手，把盆里的苞谷撒在水泥地上，微笑着看它们抢食。嘴里还不停地骂着，看你们那点样子，都是自私鬼，抢，抢什么呢？盆里多得是，看你们那种急，噎死你们，拿来熬汤喝！一听这话，这些鸡鸭鹅，也就不那么抢得欢了。或许是吃饱了，或许是怕噎死了被拿去熬汤喝。这样的场景，潘老汉每天都要看上一遍的，每看一遍，他的脸上都带着微笑。日子好像还是原来的日子，但其实还是有了细微的变化。比如这些鸡鸭鹅，慢慢地就从小鸡小鸭小鹅变成了大鸡大鸭大鹅，变成老鸡老鸭老鹅，曾经光滑漂亮的羽毛变得暗淡了，凌乱了。有的还落了毛，露出粉红粉红、皱皱巴巴的肉，让人生出几许慨叹，几许怜惜。又比如老伴儿，似乎昨天还是一个风风火火的小媳妇，转眼间就变老了。昨天她给鸡鸭鹅们撒食的手还扬得老高，很有力气的样子，今天分明就矮了许多，显得有气无力的，她虽然依旧骂它们，可声音分明低了几度，节奏也慢了几拍。潘老汉解手的速度也明显慢了，首先是蹲下去时，身子一个劲往下沉，站起来两腿微微打战。特别是小便时，哪有原来那种汹涌的抛物线，而是几乎垂直滴落，懒洋洋地滴在脚尖上，常常湿了拖鞋。潘老汉走进园子的时候，步子明显拖沓了，变小了，没有弹性了。

  原来为苹果、栗子、樱桃之类的果树疏花疏果，他抬头、挺胸、举手、垫脚，一系列的动作，有板有眼的，游刃有余的。必要时，抓着树杈，轻轻往上一撑，就爬上树去，在树上操作，像猴子一样灵活。可现在，他心有余而力不足，上不去了。有一次，他勉强上去了，可腿上、手上的劲儿小了，一不小心掉下树来，幸亏泥土松软，没伤到老骨头，只擦破了一点皮，但还是扭伤了肌肉，一个星期了还在疼。

五

一天早上,潘老汉一进园子,惊奇地发现,豌豆已经接近熟了。他随手摘了一个,剥开,放在嘴里,那个香甜呀!简直无法说。潘老汉还惊奇地发现,满树的樱桃已经打玫瑰色了,当阳的地方,看上去已经熟了,他摘了一颗放在嘴里,立即皱起眉头,虽然还有些酸,但已经有点甜味了。

潘老汉惊叫起来,玉芝!玉芝!快起来看!豌豆熟了,樱桃也要熟了!

潘老汉跑到屋里,匆匆忙忙翻看挂在墙上的日历,日历上的画全是美女,儿子跟他说过,是城里电视台的女主持。大儿子把这日历送回老家,挂在老家的屋里,每次回来,都要去翻了看看。因为其中的一个,跟大儿子关系好着呢!有一次还跟着大儿子来过老家呢!潘老汉一眼就看出来了。心里不由觉得儿子真的很了不起,带回家来的人都变成画上的人了。四月份这页上的画,正是来过老家的那个姑娘。潘老汉顿了顿,那个姑娘的样子就站在他的面前,声音就响在他的耳边。那个姑娘真好看啊!个子那么高,腰杆那么细,那眉眼啊,好像一直都在笑,特别是那牙齿,咋个会那么白呢?说话的声音又柔又甜,还真像青豌豆的香甜呢!

潘老汉看清了,今天正是星期三,离星期六还有三天呢!因为,只有星期六星期天两天休息时间,孩子们才有可能回来。甚至在休息的这两天时间里,也很少回来。一打电话,儿女们总说忙,说什么朋友们早就约好了,要出去玩啦!说孩子要补课,要照料孩子啦!说要加班啦!说上面来了领导要接待啦!说累了一个星期骨头都要散架了,要好好休息一下啦……总之,一句话,就是忙。儿女们怎么会有那么忙呢?潘老汉怎么想都想不明白。不过,三天正好,三天以后,豌豆应该全部熟了,樱桃也基本可以吃了。按照往年的惯例,樱桃成熟期大约在十天之内,这样,儿女们这个星期六来吃青豌豆、樱桃,下个星期六回来,还可以吃到樱桃。不过,就算吃不到樱桃了也不要紧,因为再过几天,青蚕豆也熟了。儿女们总有吃的东西的。这么想着,他又忍不住看了一眼画上的姑娘,这个姑娘一个劲地看着他笑。他的脸有些微微发烧,觉得自己手忙脚乱让人家姑娘见笑了,好像有什么秘密被姑娘看出来了。他赶紧转过身,走出门,向菜园走去,边走边说,正好!正好!

潘老汉在心里祈祷,但愿儿女们这个星期六星期天能有时间啊!

潘老汉又转过身,朝屋里喊,玉芝!玉芝啊!你打电话给大毛二妞,就说青豌豆熟了,樱桃也熟了,就说这个星期六星期天一定回来,再不回来,青豌豆就老了,樱桃就掉了。他们要是说这样那样的理由不回来,你就说我得急毛病了,一下就昏倒了,起不来了!

老伴儿有些为难,说,这样说不太好吧!这毛病那毛病的,怪不吉利!他们有他们的事,能回来他们会回来的!

潘老汉无奈地说,不这样,他们会回来吗?都两三个月了,没有回来过一次。我这个菜园里的东西,不全都是为他们种的吗?快打!就按我说的,打吧!

老伴儿用枯树枝似的手指摁电话键盘，好半天，终于接通了，便高声说，大毛，豌豆熟了，樱桃也熟了，你爹叫我跟你说，叫你星期六或者星期天带着羊羊一家人回来吃豌豆和樱桃！

大毛是潘老汉大儿子，在城里的卫生局工作，大毛是他的小名，尽管大毛也是四十多岁的人了，但潘老汉和老伴儿始终还是喜欢喊他的小名。大毛说，好的，只要没有特殊事情，我们就来，都好几个月没有回来了，羊羊也特别喜欢吃青豌豆和樱桃的。

老伴儿挂了机，一脸的笑容。她对潘老汉说，大毛说没有特殊事情，他们就回来，羊羊也想回来了。

潘老汉有些不高兴地说，什么特殊事情不特殊事情的，说回来就一定要回来，过了豌豆都老了，樱桃都掉了。

潘老汉又让老伴儿打电话给二妞，二妞是潘老汉的二女儿，在城里的医院里当医生。老伴儿拨通了电话，说，二妞呀，豌豆熟了，樱桃也熟了，你爹叫我跟你说，叫你星期六或者星期天带着旺旺一家人回来吃豌豆和樱桃！

二妞说，我星期六星期天都要上班，来不了呢！

老伴儿转过脸对着潘老汉说，二妞说她要上班来不了呢！

潘老汉沉着脸，打着手势悄声说，就说让她换班，回来！就说我得急毛病了，昏倒了，起不来了！让她回来！

老伴儿就说，二妞呀！你爹说她得急毛病了，昏倒了，起不来了，你回家来，看看他呀！

二妞一下就急了，焦急地询问前因后果。

老伴儿说，二妞，你可别急，你爹现在好多了，醒来了，只是走不动路，很快就会好的，你星期六来看看他就可以了。

二妞在电话里说，如果严重，就赶紧坐班车来城里治疗。要不就先在乡卫生院去看看，一定要看看！不要拖啊！

老伴儿一个劲地说，好的，好的！

挂了电话，老伴儿就埋怨潘老汉，说，你看你，把二妞吓成那样！哪有你这样当爹的？

潘老汉说，不这样说，她会回来吗？都几个月没有回来了。

潘老汉又自言自语地说，要是二毛不要去广州打工就好了，这狗日的，发什么神经，儿子都十岁了还离婚，人家高美美哪点差了？个子又高，嘴又甜，脚勤手快的，要跟人家离婚？现在好了，把我的孙子都离给人家了。这个高美美也是的，跳跳是我潘家的根，你带着去干什么呢？

潘老汉就高声对老伴儿说，要是二毛这个狗日的不瞎整，这个星期六几家都回来热闹热闹，不是更好吗？

老伴儿说，要是他早点听你的话，他就不会像今天这样人不人鬼不鬼的了！

六

星期六到了，一大早，潘老汉和老伴儿就起了床，一看是个晴天，心里就很高兴。

潘老汉最担心的是下雨，一下雨，村里的土路和地里的稀泥会弄脏儿女们的鞋子、裤子的。他让老伴儿赶紧喂鸡鸭鹅，喂完后把它们赶回圈里去。这些鸡鸭鹅高声叫着，不高兴了，它们疑惑今天不知发生了什么事，怎么刚刚放出来又要把它们赶回圈里去呢？有几只鸡想反抗，朝着园子方向跑，潘老汉生气了，抓起竹竿劈头盖脸就打过去，这几只鸡见势头不妙，赶紧跑回圈里去。

潘老汉说，玉芝，你赶紧把场院上的鸡屎扫干净！我提水来冲洗，要不，大毛二妞他们又觉得脏。

左看右看，到了中午，十辆白的黑的灰的轿车开过来了，卷起长龙似的黄灰。

潘老汉和老伴儿一脸笑容，皱纹密密麻麻地绽放开来，像园子里的植物一样茂盛。车子在路边一字排开，那种气势，在乡村是很难看见的。村子里的人都走出门来，站在门前观看。一个妇人说，哟，我说咋个恁个热闹？原来是潘老汉家大毛二妞回来了。另一个妇人说，在营盘村，也只有他家才有这种气派！唉，这老鬼，有福了，几个娃儿恁个有出息！潘老汉不止听过村子里的人这样评价他一次两次，而是无数次。每次潘老汉都觉得很滋润，很养人。他只是连连点头，呵呵笑着，一副憨态可掬的样子。

先下车来的是二妞。二妞提着一包药物，准备给潘老汉输液，她慌忙火急地蹦进院子，看见潘老汉和老伴儿笑容满面地迎上来接她。二妞先是吃惊，接着是疑惑，潘老汉面色红润，精神爽朗，怎么看都不像一个病人。

二妞惊喜地叫了一声，爹，妈。二妞说，你们都好吧？

潘老汉和老伴儿笑着说，好！好得很呢！

爹的病完全好了？

潘老汉笑着说，完全好了呢！说完还抬了抬腿，扬了扬手，像个小学生做广播体操。

二妞笑着说，好了就好了，我还带着输液工具来给你打点滴呢！

潘老汉看了看老伴儿，挤了一下眼睛，好像在暗示什么。然后对二妞爽朗地说，你看你爹这身体多棒，那一点小病算什么，几天就好妥了！

这时，大毛带着媳妇、儿子下车来了，从每一辆车里都走出一群人来，男的、女的、老的、少的。一个个都粉生生的、光鲜鲜的，完全像电视里走出来的人。小孩子们蹦蹦跳跳，高声叫着，噢，下乡来了！一窝蜂地奔进园子，有的弯下腰摘豌豆，摘草莓，有的爬上樱桃树摘樱桃。随后，大人们也涌进园子，一边摘豌豆吃，一边感叹，太漂亮了！空气太好了！真是世外桃源呀！真是人间仙境呀！一个戴眼镜的年长些的男人笑着说，太安逸了，你看，又是小平房，又是大场院，还有这么大一个菜园子，要吃什么就有什么，无公害无污染，地道的原生态，城里到哪里去找这种环境呀！特别是这空气，哎呀！妈妈的，太新鲜了，他猛地吸了吸，说，呀！到处是花香，到处是植物的体香！

一个说，就城里那些拥有小别墅的，也没有这种感觉。

一个说，当然啰！城里的空气哪有乡下的新鲜啊！你闻闻，这乡下的风，都飘散着泥土的芳香，哪像城里的，全是汽车尾气的臭味，全是化学物的味道！

戴眼镜的男人说，等退休了，我也到乡下买块地，就像这样，像陶渊明一样过一过神仙日子！

一个穿红裙子的小女孩，站在绿油油的豌豆丛中，清脆地喊，妈妈！快来摘豌豆呀！这豌豆好甜呀！她的两只小手都捏满了青豌豆，嘴巴里也含着一个青豌豆。一个梳着披肩长发的高个子漂亮女人走过去，笑着说，丫丫，喜欢就摘，妈妈来帮你！

二十多个人在场院里有说有笑的，热闹得像开会了。鸡鸭鹅们在圈里，透过木栅栏，看着门前一下来了那么多好看的城里人，也想出来凑热闹，可惜木栅栏太高，出不来，就在里面咕咕嘎嘎地唱歌，惹得几个小屁孩扶着木栅栏看它们，高兴地把手里的爆米花、薯片、脆皮肠丢给它们吃！

潘老汉和老伴儿高兴得像个孩子，看着这群像从电视里走出来的人，热情地说，快到地里摘青豌豆吃！草莓也有，樱桃也有，想吃什么就摘什么！

大毛对大家介绍说，这是我爹！潘老汉就一个劲地笑，一个劲地点头。

大毛又对大家介绍说，这是我妈！潘老汉的老伴儿就一个劲地笑，一个劲地点头。

有嘴快的人就问，老人家，多大年龄啦？

潘老汉和老伴儿就齐声回答：七十啦！我们同岁的呢！属羊的。

大家感叹：七十岁了啊！看上去这么年轻！最多六十岁的样子！乡下，就是养人啊！

就是就是！大家七嘴八舌地说。

潘老汉不知说什么，就扬了扬手，踢了踢腿，展示自己的健康。老伴儿露出不好意思的神色，说，你们去摘豌豆吃！嫩着呢！

大毛又向爹和妈介绍来的朋友，潘老汉和老伴儿一个都记不住，但知道他们都是儿子城里的朋友。有教育局的、卫生局的、公安局的、做生意的，还有好多，他们说不上来。潘老汉那个高兴啊，真的说不出来，恁大一个营盘村，哪家还会来这么多城里人啊！单是那十辆车子，在阳光下闪着气派的亮光，就足以让人羡慕了！更重要的是，开这些车子的人，都是自己的儿女大毛二妞的好朋友。张老汉看了看，有些疑惑，那个在画上的姑娘怎么没有来呢？他只是在心里问。他只是觉得，有那么好看的姑娘来到自己的家里，怪有面子的。

场院上，大家打牌，喝水，吃瓜子，吃豌豆，说笑话，其乐融融。小孩们围着绿油油的菜园子追逐嬉闹，欢声笑语的。

大毛媳妇和几个好看的女子，有的剥豌豆，有的切火腿，有的洗蔬菜。白的是折耳根，绿的是黄瓜和薄荷，豌豆、蔬菜都是园子里的，火腿是山里的柴火熏出来的苏甲火腿，大米是自己田里种的，货真价实的原生态。火炉是几个土块垒成的，柴是山上干枯的松枝，易燃，火焰通红，发出噼噼啪啪的响声和幽幽连连的香味。锅是青幽幽的大铁锅，锅口大得两个人都合抱不过来。

开始焖豆饭了。雪白的猪油在锅里炼化，再把沁红的火腿肉丁倒进去炒熟，把炒熟的肉丁捞起来，把豌豆米倒进去，炒到半熟，放上少许的盐，倒上适量的开水，再把煮熟的白米饭盖在豌豆上，然后又在白米饭上撒一层肉丁,这样一层米饭,一层肉丁,最后一层又盖上米饭,这样三层后,用一个大盆扣在铁锅上,先大火,再小火,后文火。用耳朵一听,就可以判断锅里的水汽是否干了,待水汽一干,文火一烘,满场院都是豌豆饭的清香味。

有人就说,太香了!太香了!

有人就咕咕地咽口水。

其间,潘老汉和老伴儿就帮着一会儿拿盐,一会儿找辣椒,一会儿递花椒面,一会儿递烟倒水,一会儿在人群里这里坐坐,那里站站,一会儿到园子里这里摸摸,那里看看,苹果树的枝芽密了,就顺手掐了,地里偶尔冒出野草来了,就随手拔了。或者,就围着园子转一转,就像上了发条的钟,一刻不停地动,但完全是一副一脸阳光、满心欢喜的样子。

开饭了,在光滑的场院上,摆上三张小木桌,上面摆上凉拌黄瓜、水煮青菜、凉拌折耳根、凉拌薄荷。无论是孩子还是大人,手里都捧着一个硕大的丰收碗,每个丰收碗都盛满了红绿白相间的豌豆饭,直冒气,散发出独特的香味。有人说,这么好的饭不喝酒可惜了,有人说,这么好的饭,喝酒败坏了口味。后来,几个男士还是喝酒了,小孩和女士吃饭。

大家吃饭,说话,大笑。气氛好得像过年。

潘老汉和老伴儿微笑着看着大家吃,幸福沉醉的样子。有明眼的,就说,两位老人家吃饭了嘛!趁热呢!

潘老汉和老伴儿就笑着说,要得要得!你们先吃着,一会儿就吃!

389

但大家都吃完了，两位老人还没吃。看着儿女和儿女的朋友们这么快乐地吃饭，多么的幸福啊！这种幸福充盈在心里，肚子也就饱饱的，心里也就实实的。

七

夕阳西下，西边的天际披上玫瑰红的薄纱。阳光温润，斜洒在场院上，场院上的所有事物都变成了玫瑰红。

儿女们要洗了碗，要把场院打扫干净了再走，但潘老汉和老伴儿不同意，说他们会慢慢洗，慢慢打扫的。

黄昏来临，儿女们要回城去了，儿女的朋友们也要回城了，好像城里一直就是儿女们的家一样。潘老汉自言自语地说，其实，营盘村才是你们的家，怎么回家来一会儿就要走了呢？

场院上开始散乱起来，人们说笑着朝大路走去，朝车子走去。

潘老汉和老伴儿并排走到大门口，脸上虽然笑着，但分明染上了一层厚厚的落寞。

潘老汉对着大家说，下个星期，樱桃完全熟了，蚕豆也熟了！你们再来啊！

潘老汉的老伴儿对着儿女说，大毛，二妞，下个星期又约着他们来啊！我和你爹等你们！一定要来啊！

大毛和二妞说，要保重身体啊！我们还会来的！

村道上，一绺黄灰像长龙一样腾起，汽车轰隆隆地走远了。

潘老汉和老伴儿站在大门口，眯着眼睛，看着长龙似的黄灰慢慢消散，然后才缓缓地回到场院上。一大盆的碗筷中，两个老人能够分得出哪个碗哪双筷是儿子用过的，哪个是二妞用过的，哪个是儿媳用过的，哪个是孙子用过的。仿佛那碗筷就是一面镜子，能够照出儿女和孙子的影子来。能够照出他们衰老的影子来。两个老人就这样默默地洗碗，默默地对视，影子在灯光下晃来晃去，像两片干枯的树叶。

两个老人把碗筷洗干净了，整整齐齐地放在桌柜里，然后就拿着扫帚走到场院上，绿色红色的塑料凳零乱地摆在场院上，豌豆壳、揉皱的餐巾纸丢了一地。潘老汉用扫帚扫地，老伴儿把凳子一个个地叠在一起，哪个凳子是儿女坐的，哪个凳子是儿媳坐的，哪个凳子是孙子坐的，她也记得清清楚楚。她坐在儿子刚才坐的凳子上，看着暮色，人就一时恍惚起来。她记得怀大毛的时候，她反应得很厉害，整天吐着酸水，闻见油腥味就吐，整个人瘦得像一片树叶。老头子那个时候还是个小伙子，就东家西家去借鸡蛋，为她补充营养。可她刚吃下去，就吐了出来。老头子那个心疼呀，真让人说不出。那年头，要吃上一个鸡蛋，真不容易啊！毕竟，她吐出来的，是他走东家串西家借来的鸡蛋啊！大毛出生的时候，只有三斤半，她又没有奶水，还以为带不大，哪想到，大毛整天只喝点米汤，还一天一个样，一岁的时候就会走路，一岁半的时候就会说话，五岁就读书，学习怪好的。一眨眼，大毛就四十五岁了，对，是四十五岁了，属羊的，四月初五上灯时候生的。老伴儿记得，她还在吃力地插秧，忽然肚子一阵疼，爬上田埂来就生了。那时的老头子啊，还在是一个二十多岁的小伙子，他和村里的一个小伙子杨八斤用挑秧的箩筐和扁担，一人抬一头把她抬到屋里。现在杨八斤在哪里呢？他都已经死了十年了。说也奇怪，还好端端的挑着一担柴走路，走着走着摔了一跤就死了。老伴儿摸了摸自己布满皱纹的脸，叹息了一声，唉！你说咋个不老呢？大毛都四十五岁了呢，头发都白了一半了呢！吃饭的时候，她看见大毛笑起来的样子，额头和眼角的皱纹都明明白白的了。

玉芝，你发什么呆呢？快把凳子撂拢！我要扫地呢！潘老汉说话的声音把她吓了一跳。

老伴儿就哗啦啦地撂凳子。

潘老汉就唰唰地扫地。

他把揉皱的餐巾纸和豌豆壳分开，豌豆壳拿来喂猪，餐巾纸埋在樱桃树下，让它腐烂，变成肥料。

场院打扫完了，潘老汉坐在大毛坐过的那个凳子上，老伴儿坐在二妞坐过的那个凳子上，中间摆着孙子坐过的那个凳子。潘老汉和老伴儿抬起头，他们都想看看前面看了一辈子的青山，可看不见了，现在已经光秃秃的青山融进夜色里了。他们就这样看着苍茫的夜色发愣。他和老伴儿精心呵护的园子在夜色中黑乎乎的，风吹过，发出唰啦啦的声音，好像园子里的那些植物，都变成了一个个可爱的小精灵，在快乐地唱歌呢！他和老伴儿听着歌声，就知道什么时候豌豆熟了，什么时候樱桃熟了，什么时候梨子熟了，什么时候苹果熟了，什么时候板栗熟了……总之，一年四季，都有熟透了的东西，散发出诱人的香味，有了这种香味，散落在天涯海角的儿女们，就会循着香味回来。

苍生

一

我在仰望，月亮之上，有多少梦想在自由地飞翔……手机铃声突兀、激昂。顾正实从梦中惊醒，猛地坐了起来。他迷糊了至少三秒钟，不知身在何处。

砰的一声，妻子杨菊捶了一下床垫，拖着睡意蒙眬的声音厌倦地说，还要不要人活啊！

顾正实在黑夜中伸手去摸床头柜上的手机，没料手机啪的一声，砸在了木地板上，但激昂的歌声依然在夜色里回响。

顾正实连忙裸着身子跳下床，拾起手机，手机屏幕上显示着杨富贵的名字。顾正实连忙摁下接听键，激昂的歌声戛然而止。他随手抓过睡衣，胡乱披在身上，走出卧室，顺手把房间门关上，直奔书房。他怕影响妻子睡觉。

之前，顾正实还在文体局上班，睡觉的时候，他是把手机关了的。在这样的单位，虽然是副局长，但一般情况是没有什么急事的。

后来去扶贫，到边远的营盘当第一书记，他就二十四小时开机。

顾正实本来就是营盘人，从小在外读书，后来参加工作分配到城里，一晃几十年，对老家人很生疏了。营盘是边远山区的一个村庄，近年来，因为兴修了一个很大的电站，营盘村的许多土地和村落将被淹没，又加之营盘地处国家自然保护区内，按照相关政策，属于易迁对象。这次领导安排顾正实到老家营盘做第一书记，理由是家乡人办家乡事，有利于工作推进。他也坚信，自己能够把这工作搞好。可事实是，工作难度远远超出了他的想象。到了晚上，顾正实怕电话铃声打扰着妻子，就把手机调到震动上。但由于工作太忙，责任太重，白天累得像狗，晚上就睡得很死，有几个重要的电话没有接到，险些误了大事。后来，顾正实就把电话调到铃声上，而且选用了《月亮之上》。突兀激昂的歌声忽然响起，像平静的水面突然蹦出一条大鱼，鲜活，刺激，即便睡得再死，或者环境再喧闹，都能够听到。并且，月亮之上究竟有什么，也能给人带来无限神秘的遐想。说到底，顾正实既是一个务实的人，又是一个喜欢幻想且有几分浪漫气质的人。

现在，十天半月回家一次，他也不敢把手机关机。他从营盘调到了幸福馨居担任管委会常务副主任，面对的是新环境、新情况、新问题，肩上的担子更重了，随时都有可能有意想不到的问题发生。这种时候，手机的畅通，是最最重要的。

杨富贵在电话里大声地说，顾领导，顾领导，你是顾领导吗？我妈不在了!

顾正实的心咯噔一声,那个最麻烦的老女人赵德芝精神不是好得很的吗?怎么就不在了呢?顾正实说,是不是生病了?现在在什么地方?

你这领导也是的,要是我知道她在什么地方,我还打电话给你吗?杨富贵的语气充满了责备。

你妈在什么地方你都不知道,这怎么可能呢?顾正实反问道。

你这话什么意思?我们都找了快两个小时了,都没找到,才打电话给你的,因为你是挂包我们家的。要不,我也不打给你。

直到这时,顾正实才明白,杨富贵说的他妈不在了,不是他想的不在了。

顾正实说,那好,你们先找着,我马上开车过来,半个小时就到。顾正实看了下手机,已是凌晨一点半。他不敢开灯,轻手轻脚地从书房踱到卧室,抱起自己的衣裤,又回到书房,快速穿戴好。他抓起车钥匙准备出门的时候,又他转回身,准备跟杨菊说一声。但转念一想,杨菊这段时间太辛苦了,很难入睡,把她叫醒了,影响她休息。他轻轻推开门,卧室里静悄悄的,他又轻轻转过身,刚迈出一步,卧室里传来一个声音,那声音在黑夜里分外的响亮。

顾正实,三更半夜的,你要到什么地方去?杨菊的声音里显然透着不满。

顾正实说,要到安置点去,我挂的一个建卡户,他的母亲不在了,哦,不是不在,是走丢了。本来我想跟你打个招呼的,还以为你睡着了，怕影响你。都一点半了，你好好睡吧！我还是去一趟，怕出大事。顾正实说着，用手轻轻地摸了摸老婆的脸。

这些人也是的，他母亲不在了，不会自己去找吗？深更半夜打电话，也不会替别人想一想？你去了，你也不知道他母亲在哪里啊。你去了，也不见得就能够找到。这些人的坏脾气，都是扶贫扶出来的，杨菊的话语充满不满。

顾正实说，也不怪，他们从山上刚搬到山下，人生地不熟的，全是高楼大厦，找不到家，可以理解，慢慢就会好起来的，我还是去一趟，你好好睡吧！

你说我还能好好地睡吗？我都快崩溃了。杨菊的声音，有一些绝望。

顾正实开着车，心里愧疚。他觉得实在对不起老婆。

本来昨天晚上都是不能回家的，安置点的工作千头万绪，像一团乱麻，他得把它尽快理顺。但是他已经一个星期没有见到老婆了，还没跟老婆说自己工作变动的情况，他想抽时间跟老婆谈一谈，让她明白自己现在的工作。可杨菊最近身体很不好，脸色蜡黄，情绪也很暴躁，睡不着觉，你跟她说什么，她要么沉默不语，要么高声吼道，求求你，让我静一静好不好？顾正实处处小心，不让她发怒。

顾正实默默陪伴着她，静静坐在沙发上，看着天花板发愣，快到十一点了，顾正实又轻言慢语，哄杨菊到铺上去睡。好不容易睡着了，杨富贵的电话就打进来了。

顾正实想，杨菊肯定是被一个星期以前发生的那件事刺激了。一个星期前,她科室的副主任吴晓春被人杀死在办公室,手段残忍,令人发指。

在顾正实的印象里,杨菊历来都是一个坚强的人,可这个坚强的人,忽然变得如此脆弱易碎,顾正实一下子难以适应。

二

灯光把黑夜挖出一个金晃晃的窟窿,他开着车在窟窿里奔驰。脑海里一会儿浮现出赵德芝的身影,一会儿浮现出顾小强的身影,一会儿又浮现出杨菊的身影。

但愿赵德芝不会有什么事吧!不会有事的,她只是找不到回家的路。她说不定在哪一幢楼脚睡着了。顾正实这样想。

他觉得自己对不起儿子顾小强,对不起老婆杨菊。

儿子顾小强还在读初三的时候,顾正实就被派到营盘当扶贫工作队第一书记。顾正实基本上每个月只能回来一两次,但基本上都是见不到顾小强的。顾小强在一所私立学校就读,这所私立学校,是全封闭管理的,只有到周末才能回来一天。

可顾小强也不想回来,因为回来基本上都见不到妈妈和爸爸,回家又有什么意思呢?本来顾小强的学习是非常好的,完全可以在县城里最好的龙凤中学就读。可龙凤中学,不是封闭式学校,大都早去晚来,顾小强回家来没有吃饭的地方,没有说话的地方。杨菊和顾正实面对实际困难,不得不多出一点钱,让孩子到这个城市最好的私立学校就读。

杨菊是市人民医院最有名的外科医生，人称"杨一刀"。她是一个工作狂，一站上手术台，天地就只有手术台那么大。她很少有时间回家，即便回家，也是斜躺在沙发上，看着天花板出神。她不说累，但她分明就很累。顾正实也很理解妻子，只要妻子回到家，他都会买菜做饭，让妻子补一补身体。妻子也感动，但感动之余又常常发脾气，原因是他们唯一的儿子顾小强，学习越来越差，每次开家长会的时候，顾正实和杨菊大都没有时间参加。偶尔参加了，听到老师说的，大都是顾小强脾气如何如何怪，学习如何如何差。

杨菊觉得孩子变成这样，不是孩子的责任，而是自己和顾正实的责任，她觉得她和顾正实都没有尽到教育孩子的义务。不是他们不想尽义务，而是他们没有能力去尽义务，她和丈夫的工作都不允许他们尽好义务。以他们所处的情况，他们很难处理好孩子、工作、家庭、教育的关系，所以，两个人的脾气都越来越不好。

去年顾正实把自己调到营盘去当扶贫第一书记的事，告诉杨菊。杨菊就跟顾正实吵了一架。杨菊生气地说，顾正实，儿子你管不管？他马上就要读高中了，你又要去扶贫。一去扶贫，就是十天半月回不来，儿子怎么办？

顾正实说，不是我要去扶贫，而是单位安排我去扶贫，我也不想去，但有什么办法呢？

杨菊说，怎么就没有办法？你们不是有两个副局长吗？别人不去为什么偏偏你去？

顾正实说，是有两个副局长，可一个生病住院，一个怀孕，他们能去吗？难道你叫局长去吗？市里安排的，我们单位就一定要去一个副职，不是我去，还有谁去呢？

杨菊说，你们那个副局长会生病住院，你就不会生病住院吗？你就这么厉害，要扛起来？你在家庭当中，如果像在单位上那样好，我们家庭就什么问题都解决了，可是你只是会为单位考虑，就不会为家里考虑。

顾正实生气地说，我怎么就不为家里考虑了呢？孩子从小学到初中，你做过几顿饭给他吃，你给他洗过多少次衣服？整天管孩子的是你还是我？你自己说！

杨菊也生气地说，这一点我承认，我知道你以前对孩子挺好，可为什么孩子到了关键时刻，要上高中了，你就不关心了呢？你在关键的时候拆台，你还是一个称职的父亲吗？

顾正实说，我也不想拆台，但是我是靠工作吃饭的，我总不至于不工作吧？现在是特殊时期，扶贫是政治任务，我能推脱吗？我也跟局长说了我的情况，但是局长也没有办法，这是市里安排的任务，我肯定只能自己去了。

我想，等那个副局长出院了，他顶我去一下，我就争取回来。现在是没有办法的。杨菊，你怎么不从你那里想想办法呢？儿子，是我们俩的儿子，我们要共同关心他才是道理呢！

杨菊气愤地说，你想一想，那么大一个医院，那么多病人，我又是外科主任，手术台上能离开我吗？

399

顾正实狡黠地笑了笑，说，对啊！你我都是靠工作吃饭的，只有工作搞好了才能养家糊口，所以大家要相互理解。抚养儿子是我们共同的义务，我们一定要弄明白。杨菊一时无语。

唯一的办法就是让孩子进私立学校。这个私立学校，可以跟龙凤中学媲美，只是要多出一些钱。出就出吧，省吃俭用一点，这个世界上，熊掌鱼翅不可兼得，有得有失，只能将就事情了。

孩子进私立学校了，后来一家人就很少见面了。即便见面，杨菊和顾正实都不太说话，都是冷着。至于夫妻间的事情，都好像忘记了一样。即便睡一张床，也是背对背。悄无声息，彼此就有了鼾声。天一亮，又各自奔赴自己的战场。

现在，一年满了，顾正实依然在脱贫攻坚的战场上。本想申请回来了，但偏偏领导又安排他去幸福馨居任管委会的常务副主任。组织部考察他的时候，他把自己家庭存在的实际困难，尤其是孩子没有人管的实际困难说出来，希望组织不要考虑他再去任管委会的副主任了。但是组织部门劝导他，说打好脱贫攻坚战，是党的重要政治任务，作为一名党员干部一定要提高政治站位，一定要不忘初心，牢记使命，坚决打赢脱贫攻坚战。战场上，讨价还价是不应该的。这样的劝导，顾正实听明白了，也听进去了。只是现在他不知道怎样跟妻子说这件事，因为两人冷战都快一年了，这种内心的煎熬和伤痛，是别人无法理解的。

本来是该回来的时候了，现实却又要让他再次出征，这一出征，也许就不是一年两年了，或许是三年五年。孩子马上就进入高二了，一晃就要考大学了，可成绩却令人十分担忧。老实说，顾小强总是发呆，总是走神，不知道他心里在想什么。

现在，要是把这件事说出来，这无疑是火上浇油，到时候导致的结果，就不是冷战，可能就是热战，是赤身肉搏的白热化战争了。这种战争一旦开战，轻则伤痕累累，重则樯橹灰飞烟灭。这个管委会常务副主任的担子有多重，他心里是非常清楚的，这比他当第一书记，至少要重十倍八倍的，他甚至怀疑自己没有这个能力胜任。

形势不能让人回避，他还必须硬着头皮往前冲。他斜躺在沙发上，一边抽烟，一边喝茶，寻找着冲锋陷阵的最佳方式。

三

早上顾正实是给杨菊打过电话的，杨菊说六点下班。他在电话里说，老婆，辛苦你了，我好不容易回来一次，我就好好地做几个菜给你补补身体，也算是一年来对你关心不够的一种补偿。

顾正实呵呵笑着，分明有一种讨好的意味。

杨菊以她一如既往平静的话语说，谢谢你，今天我有一个手术，应该六点会回来的。

顾正实到菜市买了一条鳜鱼，两斤牛肉，一只土鸡，准备做清蒸鳜鱼、红烧牛肉、土鸡天麻汤，都是杨菊最喜欢吃的菜。之前没有下乡当扶贫第一书记的时候，每隔十天半月，他都会做几个菜，犒劳犒劳老婆。的确，老婆非常辛苦，而且压力和责任都很大，这一点他是

401

很理解的，老婆心里也是温暖的。

六点的时候，他的菜准时出炉了。但还是不见老婆回来。又等了半个小时，还是没回来。顾正实就打电话给老婆，可老婆的电话没有人接。他想，她可能做手术耽搁了时间。他不再打电话，因为有什么事，老婆会打电话给他的，他就坐在沙发上等着，随便翻翻书，随便看看电视。

他想，要是儿子顾小强能够回来，一家人好好地吃一顿饭，那该有多好。可是今天才星期三，顾小强肯定是在学校里出不来的。都快八点了，还是不见老婆回来，他索性发了条短信。也许老婆又开紧急会议，她不方便接电话，用短信更恰当。好半天过去了，也不见老婆回短信，顾正实有些坐不住了，究竟老婆遇到什么事了呢？即便遇到什么事，老婆也应该先告知一声啊！

到了九点，老婆打过电话来了，声音压得很低，还透着悲伤，说，我的副主任不在了。顾正实说，她会去哪儿呢？没关系，回来吃完饭再说吧，六点钟我就把菜准时端到桌上了，清蒸鳜鱼、红烧牛肉、土鸡天麻汤都是你喜欢的。

老婆说，不是，她被病人家属杀死了。刚才一直在抢救，可是她还是走了，我要跟着一起把她送到殡仪馆，别管我了，你自己吃点！说完，杨菊就把电话挂了。

这个副主任，顾正实知道，叫吴晓春，个子挺高，很有气质，真的是一个大美女。这个有名的医院，流行的一句话，叫杨一吴二。也就是说，杨菊是第一把刀，吴晓春是第二把刀。她年龄不小了，35岁了，据说还是黄花闺女，没有找到对象。

顾正实也会想，那么优秀的女人，怎么会是单身呢？这一点，让他百思不得其解。她怎么就会被病人家属杀了呢？这么好的人怎么就没有了呢？顾正实的心有些疼痛。

顾正实喝了一碗鸡汤，然后就洗漱了躺到床上，在床上随便翻书。顾正实有一个习惯，就是每天晚上睡前都要翻一翻书。老婆曾经取笑他说，你看你这个人，真没趣，难道我还不如你的一本书吗？顾正实连忙把书放下，抚摸着老婆，呵呵笑着说，你怎么不如我的一本书呢？你本身就是我的一本最好最珍贵的大书，我一辈子都想翻、一辈子都翻不厌的奇书啊！我现在翻一翻其他的书，预热预热再来翻你这本书吧！

现在，顾正实躺在床上，一行字都看不进去，脑海里总是闪现着吴晓春被杀的情景，当然这些情景都是他内心中想象出来的。鼻孔里飘荡着丝丝缕缕的血腥味。

他担心老婆的安全，这年头，医患关系紧张，全国各地随时都有医患关系升级的事。总的来说，老婆的脾气是挺好的，尤其是对病人是温柔体贴细致的。只是在家里，为了孩子的事，他们会吵一下嘴，夫妻嘛，哪有不吵嘴的呢？这点他能理解。他想老婆应该没有什么事的，会安全的。但是那个副主任吴晓春也是温柔的，怎么就被人杀了呢？顾正实的心很乱。

到了凌晨一点，老婆回来了。顾正实听到门响，连忙披衣起床，他看见老婆的脚好像画着圈，挺沉重的。她把外衣扔到沙发上，然后，像一根树桩，咚地倒在沙发里。

顾正实说，回来了老婆？

杨菊没有说话，只是微微地点头。

顾正实又说，我马上给你热菜，好好吃一点，肯定饿坏了！

老婆摇了摇手，说，不用，不想吃，一点胃口都没有。老婆斜躺在沙发上，默默地流眼泪。

顾正实把纸巾递过去，也不说什么。他不想再问什么，她怕又一次伤了老婆的心，他想，老婆想说的时候，她一定会跟他说的，他就这样，坐在老婆的身边，用手扶住她的肩，任凭她的肩膀一耸一耸的。

顾正实还是热了一碗鸡汤，端到老婆手里，让她喝下去，说都一天没吃东西了，身体要紧。老婆慢慢喝鸡汤的时候，顾正实用少有的温柔的语言说，天有不测风云，人有旦夕祸福。这样的事情发生了，凡是有良知的人都一定感到伤心难过。可是既然发生了，又无法改变，我们活着的人，最重要的就是保重身体。杨菊点了点头。

后来躺在了床上。那一夜，老婆像受了惊吓的小鸟，紧紧依偎在顾正实的怀里。她是那么的娇小，让人心疼。她那种姿势，总觉得手一松，顾正实就会飞掉似的。顾正实的心很疼，很柔软，就这样搂着她，连动都不敢动，好像稍微不小心，老婆的身子就会破碎了似的。在顾正实的印象中，杨菊很少这样柔弱过。

杨菊居然打起了呼噜，那微弱的呼噜声，好像是轻音乐，悠长而舒缓。顾正实倒是一夜未眠。天亮的时候，杨菊搂着他的腰，把事件的前因后果说了出来。

凶手姓朱，四十五岁，是个屠夫。他六十五岁的母亲，从楼上摔下来，摔坏了股骨头，送到了市人民医院，是吴晓春给老人做的手术。手术快两个月了，老人还不能动弹。朱屠夫就来问吴晓春，说吴晓春手术没有做好，都快两个月了，怎么还在不能动弹，还在喊疼？吴晓春向朱屠夫解释说，伤筋动骨一百天，更何况，这是粉碎性骨折，至少也要三个多月，才会慢慢痊愈，让他有耐心，配合医生治疗。可这个朱屠夫脾气挺暴躁，整天骂骂咧咧地说这事，说吴医生没有把他母亲的脚治好。吴医生一再强调，要家属好好照顾老人，不要让她乱动，这样才能痊愈得快一些。可那天朱屠夫上街去，老人从病床上滚了下来。护士发现的时候，她腿上的伤口又裂开了，疼得嗷嗷叫。

朱屠夫回来以后，就骂护士，甚至还要打医生，说，出了那么多的钱，怎么还让他的母亲摔下来？

吴晓春通过检查，觉得老人必须二次手术。朱屠夫说，这一次完全是怪医院的医生，要做手术，他不出半分钱，而且如果出了什么问题，要由医院负全部责任。

治病要紧，吴晓春还是为老人做了手术。这个老人，本来身体状况就不太好，这一次老人昏迷的时间有一些长，但是按吴晓春的判断，应该是没有问题的。

这个时候，朱屠夫见老人昏迷过去，失去了理智。他到处跑，大骂医生，完全像一个精神失常的人。

吴晓春悄悄地回到她的办公室，把门关上，她实在太疲倦了，需要休息一下，缓和一下。没想到朱屠夫推开门闯了进来。吴晓春刚抬起头，还没反应过来，就被朱屠夫用杀猪刀抹了脖子，吴晓春的喉咙血管颈椎都割断了，手段之凶残，令人发指。

后来朱屠夫被保安制服了，医院里的医生及时对吴晓春施行抢救，其实那种抢救，也只是一种不死心的努力罢了。估计吴晓春当场就死亡了。

杨菊说，当时她的心像一下子掉进了冰窟窿里。那种人啊，真让人不可理喻。短短的半天时间，她感觉好像是过了几辈子，恍恍惚惚的，甚至心里产生了绝望，人啊人，怎么会这样呢？

朱屠夫的母亲怎么样了呢？顾正实问。

科室里几个医生还盯着，也就是说，吴晓春才到办公室的时候，朱屠夫的母亲就醒过来了，手术非常成功。

第二天早上，杨菊又要去医院，说发生了这么大的事，她要到医院里去，不能让医院更混乱，她一定要稳住。顾正实把一碗鸡汤面端到老婆的手里说，吃点吧！你要保重身体。

这一次，他实在没有机会向老婆说出他要到幸福馨居安置点任管委会常务副主任的事，他想以后再说吧。已经够乱了，让老婆的心安静一点。

一夜没睡觉，头昏沉沉的。组织部打来电话说，现在正是脱贫攻坚易迁安置的关键时期，特殊事情特殊办理，一边完善手续，一边走必须走的程序，人必须今天就到幸福馨居安置点开始工作，尽快进入角色，保证完成脱贫攻坚的易迁安置任务。

顾正实一头扎进工作中，一晃，一个星期就过了。这一个星期，他居然没有时间给老婆打一个电话。他只得回来一次，但依然没有机会跟老婆说一说话。本想陪着老婆睡个安稳觉，没想到一个电话又打破了宁静。

四

在顾正实的印象中，赵德芝是一个难缠的主。他有两个儿子，大儿子叫杨富银，小儿子叫杨富贵。杨富银是非卡户，他有一辆微型车，常带着老婆跑客运，在村子里，日子也算滋润的。三个娃娃在村小学读书。

小儿子杨富贵，长得帅。十八岁就讨了媳妇。他媳妇是另外一个村子最漂亮的姑娘。两人赶集相遇，青春年少的感情，犹如干柴烈火，一点就燃，几次眉来眼去，两人就住在了一起。短短五年，这个叫胡才仙的姑娘就给杨富贵生了一个女儿，两个儿子。小儿子两岁的时候，杨富贵就带着胡才仙到浙江打工去了。因为营盘在大山深处，海拔又高，气候恶劣，土地贫瘠，在这里生活的人，吃的就靠广种薄收的洋芋、荞子、麦子。有点经济垫本的，可以喂几只羊、马或者牛，但在村子里，能够喂得起马牛羊的，毕竟是少数。

到外面打工去。山里的年轻男女，都不想跟那些黄土耗一辈子，都想到外面去挣钱，见世面。

顾正实挂包杨富贵家的时候，杨富贵还在浙江打工。杨富贵的母亲赵德芝带着杨富贵的两个孩子在老家读书。杨富贵的女儿杨小娥当时已经十四岁，辍学了，跟着杨富贵在浙江的一个小饭馆里打零工。

赵德芝住的是土墙茅草房，而且墙体有些倾斜，属于危房，这是杨富贵打工之前住的房子。由于扶贫，要签许多字，要联系许多事情，顾正实都会打电话给杨富贵。

按照扶贫要求，危房必须清零，也就说危房不住人，住人不危房。顾正实就让赵德芝搬去跟他的大儿子住。可她死活不去，问她为什么不去，她的理由是，一个人住，想吃什么就做什么，不看别人的脸色。后来社长说，她的大儿子良心倒是好，只是大儿媳妇挺凶。赵德芝也去跟大儿子住过，但是受不了那种冷遇，有时还会被儿媳妇辱骂，于是赵德芝就搬出来，住在那个茅草房里。

杨富贵是建档立卡户，要求搬迁到城里的幸福馨居。他家五个人，按每人二十五个平方米计算，他可以分到一套一百二十五个平方米的房子。顾正实在电话里把搬迁的政策告诉他，杨富贵说要不要交钱？顾正实告诉他，这都是政府为贫困户修的。杨富贵说，如果不交钱我就同意搬迁，因为我实在没有钱。

顾正实给杨富贵打了许多电话，主要是要让他把女儿杨小娥送回来读书，她才十五岁，还是义务教育的年龄。可杨富贵说，我已经劝了一百遍、一千遍了，她实在不去读，我真的没有什么办法。

顾正实追得急了，杨富贵说，我真的没有办法劝她回来，她现在已经跑回老家去了，连电话也换了，我找不到她。顾正实又问赵德芝能不能找到她的孙女杨小娥，赵德芝说她也不知道她在哪里，她根本没有回来，你要去问她爹。

顾正实说，不管怎样，你都要把杨小娥劝回来读书，如果不回来读书，只有两条路。第一条是你回来到当地派出所告知说女儿失踪了，然后让民警发协查通报把她找回来读书。第二条，就是起诉你，按照义务教育法，你是她的监护人，必须起诉你，让你保证把女儿找回来，至少要拘留十五天，这样对你很不好，以后你要在外面打工，你的信誉度就没有了，许多事情都不好办，你好好考虑一下。

顾正实又一次打电话给杨富贵，杨富贵说，我真的没有办法劝她回来读书，但是她的电话我已经找到了，我说给你，你打电话给她，看你能不能把她劝回来。

顾正实把电话打给杨小娥，杨小娥操着普通话说，你是谁？

顾正实说，我是挂包你家的扶贫工作队员，你才十五岁，按照义务教育法，你必须回来读书。

杨小娥操着普通话说，我不回来读书，我对读书一点兴趣都没有，我读不读书，取决于我愿不愿意，我读不读书，与你没关系。

顾正实很有耐心地说，你才十五岁，还小，多读一点书对你有好处，现在国家要求，凡是十六岁以下的，按照义务教育法，必须得读书。国家是对你们好，你说多学到一些知识，今后出去打工也能多挣一些钱，这一点你知道吗？你看你这么小在外面打工，人家也不要，这是用童工，国家是不允许使用童工的，所以你还是回来读书吧！

杨小娥说，谁说人家不要？我现在就在城里帮人家打工，在饭馆里，一个月能挣两千元钱，我想怎么用钱就怎么用钱，想买什么口红就买什么口红，想吃什么就吃什么，平时跟我爹随便要一点钱，他还不给，即便给，那种脸色也是让人看着很不舒服的，我用我自己的诚实劳动养活我自己，哪里错了？我才不回来读书呢！我回来，你给我发工资？

顾正实心里很不爽，这哪像一个小孩子说的话啊？

顾正实忍了忍，说，你好好想一想小朋友，听你说话就知道你很聪明，你这么聪明，读书一定挺厉害的，你还是回来好好读书吧！

杨小娥呵呵笑着说，这一点算你说对了，我原来读书，读到三年级，学习挺好的，当时我爹就不让我读书，把我带到浙江去，现在又要叫我读，打死我也不读。

顾正实没有办法，就说，杨小娥，你实在不回来读，我们就要把你爸爸起诉到法庭，要让他拘留十五天，还要把你弄回来读书。拘留倒不算什么，只是你爸爸的征信就出问题了，因为他犯法了，犯了义务教育法。以后坐车啊，打工啊，住宾馆啊这些都会有影响，也就说，你爸爸要是被拘留了，就坐不了车，住不了宾馆，打工没人要。要是这样，他今后怎么挣钱来养活你们一家？所以，你要为你爸爸着想，为你们一家着想。另外，你要是不回来读书，就要让你爸爸去你们老家的派出所报案，说你失踪了，然后派出所就要发协查通报，到处来找你。你知道现在要找人很容易的，随便就找到了，然后就把你带回老家来读书。

杨小娥说，你就别吓唬我了，我用我自己的劳动挣钱养活自己，一不偷二不抢，谁来找我我都不怕，国家也不会拿我怎么样的，至于说我爸爸，你们爱怎么就怎么，要把他抓了关起来也行，反正跟我没关系,这是他的事。

杨小娥啪的一声就把电话挂了。

顾正实气得说不出话,好半天才说,现在的孩子,真是的,唉,真是的。

五

那天幸福馨居要拿钥匙了。杨富贵从浙江坐飞机回来了,还带着一个女的,据说是他现在的老婆。据赵德芝说,三年前,杨富贵的老婆就跟别人跑了,杨富贵现在跟着的这一个女人,还带着一个十岁的儿子。社长也跟顾正实说过,这个杨富贵,人倒是长得好看,但是脑袋好像被屎糊住了,自己的三个娃娃,送给自己的老妈管,去养别人家的娃娃,你说他是不是脑袋瓜被屎糊了?

顾正实看见杨富贵,一头短发,穿着一件白色的羽绒服,一条灰白的牛仔裤,一双雪白的旅游鞋,看上去还挺帅的,还显得很时尚,根本没有半点山里人的影子。特别是他脖子上那条金闪闪的金项链,小手指那么粗。顾正实在心里说,拿去拴狗狗都跑不掉。跟在他旁边的那个女的,高个子,微胖,脸色红润,披着长发,还很有几分姿色,一说话,面带笑容,一口标准的普通话,让你感到这个女人一定是有文化的。

又过两天,顾正实接到区里的电话,说平山镇明天要庭审二十个违反义务教育法的家长,杨富贵的名字也在其中。

顾正实通知杨富贵，叫他一定要带着女儿，按时去参加庭审。杨富贵说，我从安置区赶到平山镇，有二百里，我又没有车，我没有办法去啊！

顾正实说，你一定要去，你认真想一想，如果不去，法院来叫你去，那就不太好了，你自己要权衡，而且一定要把你的女儿杨小娥带着去！

杨富贵说，我哪里去找我的女儿，她一点都不听话，我根本不知道她在哪里。

顾正实说，这个我不管，反正我相信你是找得到她的，到时候，在平山镇见，我先走了。

顾正实到了平山镇中学，已有成千的人聚集在那里了。离开庭还有二十分钟，杨富贵来了，他旁边还有一个胖胖的小女孩，头发染成黄色，脸上的粉涂得很厚。看得出，涂粉的技术挺差，白一块花一块的，口红打得太红，是时下流行的樱桃状，但不规则，看上去就有一些小混混的模样了。

顾正实走过去，说，你就是杨小娥？那女孩睐着眼睛看着顾正实，说，你怎么知道我？

顾正实说，我跟你打过电话，你的口才挺好，现在你回来了，就太好了，好好的读书，一看就是个聪明伶俐的姑娘。

杨小娥微微笑了笑，说，想要我读书，不可能。然后很蔑视地看了顾正实一眼，又睐起眼睛看了一眼杨富贵，就捧着手机，玩起游戏来了。

操场上坐着的学生和家长，至少上千。

法官威严的声音，在操场的上空回荡。被告的二十个家长，只来了十五个。法官把平山镇起诉的材料念了一遍，问杨富贵是不是属实，杨富贵说属实。最后让杨富贵一定要把孩子找回来读书。

杨富贵说，我一定好好地劝她，下个学期一定来读书，法官说不是下个学期，而是现在。

杨富贵说行，我都已经把她带来了。

还有一个家长说，他的女儿虽然刚满十五岁，但是她在外面已经结婚了，都有一个娃儿了，这种再弄回来读书，不可能吧！

下面坐着的人，就发出了一阵笑声。

庭审完以后，杨富贵走下台来，一脸的平静，好像什么事情都没有发生过一样。

顾正实起初还有些难为情，有些对不起杨富贵。觉得这样会伤了杨富贵的脸面。顾正实还安慰杨富贵说，也不要有什么心理压力，其实这种做法，目的也就是让你把孩子送到学校来读书。

杨富贵微微一笑说，这有什么心理压力呀，我一不偷二不抢，我又没有犯法，孩子不读书，我有什么办法呢？如果再逼她，她做出过激的行为来，我还要告政府。

顾正实感到震惊。杨富贵的这种行为，让他百思不得其解。

你们这些当官的，我以为你们把我的儿子拿去枪毙了，现在还不是好端端的。嘿嘿，我说你们有多大本事，我家跟你们一无冤二无仇，娃娃不读书，你们拿我的儿子这样收拾。现在娃娃也回来了，就站在你们面前，有本事，你们就把她捆去读书嘛！

顾正实回头一看，是赵德芝，还真不知道她什么时候摸到庭审现场来的。

顾正实有些想发火，但是他必须忍住，说，老人家，这就是您的不对了，政府之所以把您的儿子杨富贵弄到法庭上来，目的还是让您孙女好好读书。读书嘛，还是为你家好嘛！政府错在哪里了？你们要理解政府才对呀！

赵德芝吹了一下鼻子，说，为我们好，简直是猫哭老鼠！然后鼻子一吹，甩着出去了。她年龄大了，走路有些踉跄。

六

赵德芝一定要住在危房里，顾正实必须要把她从危房里弄出来，住到安全的房子里，这让顾正实颇费了一番脑筋。

顾正实又去商量他的大儿子，大儿子说，她是我妈，我当然同意她跟我住，这也是我们儿女赡养老人的一种义务。儿媳妇说，她愿意来住，我也同意，只要她住得习惯住得舒服，喜欢在这里住就行。后来跟赵德芝说，赵德芝要自己住。如果你们不让我住在茅草房里，那么我大儿子家街上还有一间砖房，只是没有门，没有窗，没有装修过，你们去把那间房子装修一下，我就搬到那个地方去住，那就安全了，行吗？

顾正实觉得这种要求太过分，赵德芝的大儿子是属于非卡户，要是答应赵德芝的要求，整个村、整个镇，这种情况多得是，开了这个头，别人也这样要求，咋个摆得平？即便是建档立卡户，涉及面依然很广，谁敢同意这样做？这肯定是不合法的，行不通的。

顾正实只得从杨富贵那里找突破口。正在为难的时候，杨富贵打电话来了，说他们在浙江打工，耽误时间长了会被厂方开除的，他们想现在就回去打工。

顾正实灵机一动，说，你们要去打工也可以，这是你们维持生存的一种方式，但是你的新房子里必须要有人。我想，你把你的老母亲接下去照看着你的三个儿女，你们两个就可以去打工，如果老人不下去，你们就不能到外面去打工，必须住在新房子里。

杨富贵说，为什么要这样？

顾正实说，为什么？你就不想一想，政府免费为你们修起了新房子，目的就是要让你们离开生存都难以维持的大山，你们不搬下来住，咋个说得过去？政府随时要来检查的呢！

杨富贵说，这样吧，我们就把三个娃娃留在新房子里，我和我老婆出去打工，这样总行吧！

顾正实说，不行。你家三个娃娃都还是未成年人，必须要有大人在他们身边作为监护人才行。我的意见是，要么你们留下来，要么把你母亲接下来，或者你家两口子留一个下来，由你选择。

杨富贵说，我一个人出去打工，肯定是不行的，我老婆也要出去跟我一起打工，才能养活这个家，我还是把我妈接来吧！

第二天，赵德芝就搬到幸福馨居来了。

顾正实正为自己的聪明而高兴,但没过两天,却接到了杨富贵的电话,说赵德芝又不见了。这个赵德芝,真不让人省心啊!

七

顾正实赶到幸福馨居,就看见杨富贵和一大群人正在焦急地等着他。有人说,来了来了,领导来了,我们问他要人,是他要我们搬出来的,你看现在老人走丢了,如果有个三长两短,他必须负责。

顾正实说,情况咋个样?

杨富贵说,我们都找了三个多小时了,还是不见,所有的地方我们都找遍了,领导你说咋个整呢?

顾正实说,你们是怎么找的?详细跟我说一下,我们要先分析判断,老人会不会还在这个地方?她会不会走出小区去?会不会朝老家的路上走?

是呀,我们怎么就没有想到从外面找呢?有人这样说。

她怎么会从外面走呢?深更半夜的,外面黑灯瞎火的,她从外面走,能走到哪里?我想不会的,有人这样说。

即便从外面找,也不可能找得到,到处都是路,黑灯瞎火的,一个人要是跑到黑夜里,要找到,比大海捞针还难吧!

杨富贵说,我们分头在小区里面找,花园里,花台边,有沟沟坎坎的地方,凡是想得到的地方,我们都找了,还是找不见。我们就喊我妈的名字,大声地喊赵德芝,后来小区里的许多人都下来了,都跟着喊,跟着找,可还是不见踪影。

有个年轻人说,这样吧,把监控调出来,一看不就知道了吗?

顾正实说,监控还没调试好,还没使用呢。

就有人说,我就说现在的这些领导,脑壳就是被屎糊了,水电不通,电梯不通,就要叫我们搬进来,搬进来吃个屁啊!现在出事了,哪个来负责?

另一个说,逼着我们要买新家具,逼着我们要在新房子里做饭吃,那天我家买了,又是床,又是沙发,又是柜子,又是锅碗家什的,最气人的是电梯没有电,用不成,打电话给挂包我家的领导,人家说协调,协调半天,说今天电不会来了,线子出了问题,工人正在抢修,至少要明天才会有电。你说,那么多东西丢在楼下,咋个放心?随便丢失一样,都是红通通的血汗钱呀!我就带着婆娘抬上去,十六楼呀!我脑壳都整晕了,尿都整出来,整到半夜才拿上去,我婆娘腰杆也扭伤了,你说这不是做缺德事吗?

顾正实让杨富贵详细说明她母亲失踪的情形。

杨富贵说,他母亲走出去的时候说,我要坐电梯下去,我从楼上看到,右前边有一片树林,太像我们老家的那片树林了,我要去那里看一看,坐一下。整天在这个楼上,闷死了。又不敢站在阳台上往下看,太高了,晕乎乎的,生怕摔下去,脚都发软,无遮无拦的,好害怕,唉!还是老家坐着舒服,又有树,空气又好,脑壳又不会晕。

杨富贵说,当时他老婆得了重感冒,他正在给老婆熬药,就有些不耐烦地对母亲说，你就别出去了，天都黑了，那个树林有什么看头，你都看了一辈子了。你下去，要是找不回来，就麻烦了，人生地不熟的，你就别添乱了！

赵德芝说，我怎么找不回来，我们家就住在十三层，我能找得到的。

杨富贵说他熬完药回来的时候，母亲就不在了。

他心里想，她玩一会儿肯定会自己回来的。没有想到，老半天了，还不见回来。外面的风呜呜地刮着，好大，又冷。我就慌了，又过了一会儿，我妈还没回来，我就下去找。可是到哪里去找啊？怎么找都找不到。当时整个小区都在喊我妈的名字，可是就是不见我妈的影子。

汇集在一起的人，至少上百了，都是营盘搬来的。

顾正实就说，各位父老乡亲，赵德芝这个老人不识字，很可能找到别处去了，请大家一栋楼一栋楼的，从一楼找上去，我们每栋楼都找到，看一看有没有老人。

有人说这也有可能，要是老人找错了，找累了在什么地方睡着了也难说，所以不要放过一个楼道，慢慢找，只要她不跑出小区去，肯定是找得到的。

有人说有没有喇叭，用喇叭大声喊赵德芝的名字，即便赵德芝睡着了，也会把她喊醒的。

顾正实看了看时间，已经是凌晨三点了，他觉得用喇叭喊，不适合，那么多的人睡着的，一喊，必然会造成混乱。都是才搬来的人，对新的环境都很陌生。要是更多的人出门来，肯定好些都找不到回家的路，那岂不是乱了大事。

顾正实说，不能用喇叭喊，喊了有些老人一着急要下来找，下来后又找不回去，不是更乱套吗？大家都觉得对。于是就分头一栋一栋的上楼去找。找到凌晨五点了，还是没有找到。

顾正实都有些绝望了。因为安置区还在建设中，有些地方还有一些坑塘之类的，老人会不会摔到坑塘里去了呢？于是大家又按照这个方向去找。

天快亮的时候，杨富贵打来电话，说他找到他妈了。在一个下水道里，幸亏下水道里还没有水，还在安管子，有两米多高，他母亲在下面都睡着了。他下去的时候，拍了好一会儿才把他的母亲拍醒。好在，他的母亲只是伤了一只腿。现在，他和母亲上不来了，让顾正实他们抬梯子去，把他们救上来。

顾正实连忙组织人，抬着梯子跑到那个地方，把杨富贵和赵德芝营救上来。赵德芝的头摔破了一点皮，脚上有伤，好像也没有大问题，后来及时送到医院，才发现她的左小腿骨折了。

顾正实松了一口气，立即派人和杨富贵一起，在医院里照顾赵德芝。只要没有生命危险，就是不幸中的万幸了，好在只是轻微的骨折，住了一个星期院，就出院了。

顾正实一夜未眠。压在他肩上的担子太重了，赵德芝找不到家被摔伤的事，绝对不是一件小事，就像暴雨来临之前的一颗雨星，给人们一个小小的提醒。一个拥有五万人的易地搬迁安置区，像赵德芝这种不识字的老人至少有几千人，今天赵德芝找不到家，以后就可能有更多的赵德芝找不到家。单凭这一点，都要把管委会的人折腾个半死。就别说这么多人的就业、养老和娃娃入学之类的棘手问题了。

第二天，又发生了一件让人啼笑皆非的事。一个老人用自己的钥匙去开自己家的门，总是打不开。他就敲门，门开了以后，一看坐在屋里面的人都是他不认识的，他想可能是儿子的朋友吧。坐在屋里的人问他，老人家你找谁呀？

老人不高兴地说，我才正要问你们，你们找谁呀？我儿子去哪里了呢？你们是不是找我儿子有事啊？

家里的人一个看一个，都蒙了，说，我们没有找你儿子啊，是你来我们家，你是不是来找你儿子，你儿子是谁呀？

过了一会儿，那些人中有一个说，这个老人肯定是走错了路。就说，老人家，这是我们的家，不是你儿子的家，你肯定走错路了。

老人说，我怎么会走错路呢？肯定没有走错。我记得的，一上楼，左手边那一间，就是我儿子家。

一个年轻人说，你儿子家住的是哪一幢？哪一层？哪一间？

老人说，我记不起来了，但是我儿子家的门头挂着一块红的，刚才我就看见了，门头就挂着一块红，你不信你们出去看，就是这一间。这分明就是我儿子的家嘛！

后来老人说出了他儿子的名字，好在这家人还认识老人的儿子，并通过电话联系上了，才把老人送回去。老人一边走一边说，怪了，明明就是那里的嘛，咋个会错呢？

现在发生了安全事故，这是没有排除安全隐患的原因，五万人生活在里面，不知还会出现什么样的事，顾正实非常的焦虑和担心。他知道自己处在这个位置上，必须要通盘考虑，分步实行。可现在最要紧的，就是尽快完善设施，尽快想法让那些不识字的人能够出得门来，回得家去，不要再发生像赵德芝找不到回家的路这种事件。可怎样才能够让这些人记得住自己的家呢？他陷入了深深的沉思。

八

第二天，顾正实就召集三个社区的主任和九十个楼栋长开会，专题研究怎样让不识字的人记住自己的家这件棘手的事。

顾正实要求，大家必须群策群力，必须在一天之内把整个幸福馨居不识字的人的名单拿出来。另外，大家认真思考，多想办法，借助网络媒体，找到最直接的办法，帮助不识字的人记住自己的家。

结果让人震惊，整个幸福馨居，居然有一万余人不识字，这一万余人，从大山里搬到了城里，住进了几乎一模一样的高楼，可以说，在这样一个特殊的群体里，出现任何意想不到的事情，都是有可能的。而最直接最容易发生的事，就是找不到家。因此眼下最要紧的，就是要想方设法让这不识字的一万余人，能够记住自己的家。现在还有一件重要的事，就是要招募大量的志愿者，要让这些志愿者散落在整个小区里，至少要二百人，让他们帮助那些找不到家的人，同时为所有易地搬迁来的人排忧解难。

顾正实找来王仁真科长，王科长办法多。王科长又找来丁小丽，丁小丽刚大学毕业，对网络非常熟悉。王科长吩咐丁小丽，在网上招募志愿者，另外拟定一条爱心征集启事，通过网络主播向有识之士征集能使易迁安置小区里不识字的人记住自己家庭住址的金点子。

丁小丽就在网上发布了消息，又请了几个平时有来往的网络主播友情支持。仅仅三天，就招募了二百名来自各条战线的志愿者。一时，网络上热闹异常，许多热心的网友都奉献出了自己的金点子。顾正实肯定了王科长和丁小丽的工作。然后就开会研究，最后大家一致同意，采纳了一条金点子。这条金点子就是，针对易迁人员都是农民，对动物、植物、果实非常熟悉的特点，建议把小区打造成动物植物果实庄园。

顾正实就召开会议研究决定，把幸福馨居 A 区定为动物庄园，B 区定为植物庄园，C 区定为果实庄园。

每个区的大门口都有相应的文字和图像。譬如动物庄园，每一栋用一个动物代替，在楼房正面最醒目的地方，画上一只人们最熟悉的动物，比如马牛羊猪狗猫之类的，每一栋楼有两个单元，每个单元依然用动物命名，进了单元楼以后进电梯，电梯一共十七层，每一层依然由一个动物代替。总之，就是尽可能让人容易记住。比如说猫栋，里面两个单元就设为猫单元、鼠单元，进了电梯，每一层都是一个小动物。这样，一个不识字的人，也能很快记住自己的家庭住址。

植物庄园、果实庄园的楼栋、单元、楼层的设置，跟动物庄园的设置模式完全一样。

王仁真科长和丁小丽主动请缨，三个庄园的标记设置由她们俩统筹实施，保证三天完成任务。顾正实很欣赏这两个干起事来风风火火的女人，立即同意了。

王仁真和丁小丽立即跟教体局和住建局的领导联系，选了二十个美术老师，十个电脑设计专业人才，十个搭架子的专业人士，早上开了半个小时的会，把施工方案拿出来，把目的意义要求讲清楚，然后立即行动。第二天一天就把三个庄园九十栋房子及单元电梯楼层的所有标记全部完成。接下来的事，就是组织实施培训不识字的人了。

顾正实立即召开社区主任楼栋长工作会议。把任务分解细化，要求各楼栋长，把任务分解到各家各户。让每个家庭识字的或者中小学的学生，教会不识字的老人，让他们记住自己家住什么庄园，住哪一栋楼、哪一个单元、哪一层楼。对应的是什么动物、什么植物、什么果实。

一层楼上有三间房子，一上楼，左边一间，正对门的一间，右边一间。许多老人分不清左和右。王仁真早已经想好了，跟区上的摄影家协会的主席联系，请摄影家协会的会员为扶贫攻坚作贡献，为幸福馨居的每一户人家义务照一张全家福，由楼栋长牵头负责，每一家门边贴一张全家福。并配上每一个人的名字。这些工程完毕以后，顾正实就让楼栋长组织实施演练。每一栋楼，分别有三个志愿者，随时解答老百姓遇到的问题。

这样全民动员起来，不到半个月，一万余个不识字的人，就能够熟练地找到自己家的房子，能够轻易地回到家里。不管他们走到什么地方，只要他们抬头去找，都能够找到自己的家。

那天顾正实在小区里，测试性地问过几个老人。

他问一个老人，老人家你识字吗？

老人说，我不识字。

顾正实说，你能找到自己的家吗？

老人说，能，现在能了。

你家住在哪一幢楼啊？

老人呵呵笑着说，我家住在有猫的那栋。

住哪个单元你知道吗？

知道知道，我家住耗子那道门。我都记清楚了，一抬头就看见一个胖乎乎的大耗子呢！

你会坐电梯吗？

会坐啊。他们都教过我了。

哪个教过你啊？

我大孙子教过，还有外面穿红衣服的那些人也教过。

哦，那就好。你说的那些穿红衣服的，是我们的志愿者。

志愿者？什么是志愿者啊？

就是心甘情愿帮我们老百姓做事情的人。

哦，还有这样的人啊！好得很呢！

老人家，你家住哪一层哪一间你知道吗？

咋个不知道？我家住在有狗的那一层。你问住哪一间么，就更好找了嘛！我家一家人的照片都贴在门口的嘛！

顾正实又问了许多人，那些人都说，现在么，根本不可能走丢了。都画得有图的，照着图就直接回家去了。

其中一个老人说，也有找不着的呢！

顾正实一惊，说，咋的呢？不是说照着图就能直接找回家去的吗？

老人说，像老羊鞭就找不回去嘛！

咋个的呢？

他孙子教了他一百遍了，那些穿红衣服的也教了好多遍，他就是记不得他家住狗栋鸡单元羊层。你说奇不奇怪？老羊鞭年轻的时候，记性好得很，队上的几百只羊子，哪一只叫什么名字他都一清二楚，才七十多岁，脑壳就不管用了，有人说他得老年痴呆了。咋个会呢？我还比他大三岁呢，我都教两遍就记得了，他就是记不得。

另一个老人说，得病了，脑壳不管用了，记不得也正常嘛！记不得就好好待在家里不要出来干乱嘛！不出来，就不会走丢了嘛！

顾正实呵呵笑着说，说得对呀！只要大部分人都不会再走丢，就好了嘛！

几个人笑呵呵地说，要这样还走丢，也就是变成老羊鞭了，脑壳出问题了嘛！

几个老人呵呵直笑，一副开心的样子。

顾正实还是有些不放心，就说，几位老人家，你们中哪个演练一遍给我看下嘛！看看到底是不是真的找得到自己的家？

看上去年纪最大，手里拿着一支二尺长的老烟锅的老人说，我来演练。

另外几个也争着说，我来演练。

年纪最大的那个老人把老烟锅往空中划了一道弧线，斜着眼睛看着那几个人说，争，争什么？哪个先说的？你们的耳朵聋啦？我好歹还是你们的老队长嘛！

几个人便不吭气。

顾正实说，就是您老人家了，谢谢您！

老人昂首挺胸走在前面，其他几个老人七嘴八舌说着话跟在后面。小声但激动地说，我也不费什么力就找得回去的。走，闲着也是闲着，跟着去，看看人家老队长咋个找回家去的？

老队长忽然转过身，斜了几个老人一眼，鼻子吹了一下，说，什么？你们还敢怀疑我？笑话！

老队长一边走一边对顾正实说，你是这里的领导吧？我一看貌相，就知道你是这里的领导。不过，政府也倒是挺聪明的，山头来的人，大都不识字，想出这画一些猫啊狗啊猪啊的，倒真管用，我其实也大字不识一个，但这些图，我看一眼就知道我家在哪里了。

老队长昂着头，在七弯八拐的水泥道上穿梭。边走边说，要是没有这个办法，倒是真难找，不识字还真他妈是个大问题。你看恁个多房子，都长成一个模样，就像一个妈生的一样。要没有那些图，不识字的人肯定找不到。连我都是大问题，别的就更不用说了。

后面的几个老头点了点头，然后挤了挤眼睛，又瘪了瘪嘴。

老队长熟练地走到猫栋的楼下，走进老鼠单元，按了电梯键，电梯开了，大家走进电梯，老队长对着狗的旁边按了一下，电梯就往上走了，电梯一开，老队长走出门，往右一转，再往左一转，指着门边的全家福说，这就是我家，你们看，左边这个是我大儿子，右边这个是我大儿子媳妇，前面这三个是我孙子孙女，中间那个就是我。唉，当时照相太急了，我应该穿前不久政府送我的那件毛领大衣，照下相来才好看。

老队长要让大家进去坐一会儿。顾正实说有事，就不进去了。然后向老队长跷大拇指，几个老人也学着顾正实跷大拇指。

顾正实感觉很温暖，心里不由佩服王仁真和丁小丽。她们办事，干净利落，有主意，有办法，跟时代接轨。短短几天，有如此效果，难得！这一大一小两个女人，人又漂亮，做事又雷厉风行，他为自己能有这两个得力干将而庆幸。

九

顾正实打电话给老婆杨菊。

杨菊说，明天是周末她休息。顾正实说，老婆，实在对不起，明天是周末，无论如何，我都要请一天假，回来好好陪陪你，好好做些好吃的，犒劳犒劳你，我再把我们的儿子接回来，我们一家人晚上好好团聚一下，吃完饭再把孩子送到学校去。

电话好一会儿没有声音。顾正实说，老婆，是不是信号不太好，怎么没有声音呢？

杨菊说，如果实在没有时间，也不要紧的，你忙你的工作，我随便吃点就行，我只想好好地睡一觉。

顾正实说，不行不行，这么长时间了，我实在对不起你和儿子。我今天晚上处理完事情就回来。

杨菊说，你自己心中要有数，要根据情况，现在脱贫攻坚是大事呢！千万不能出问题。再说，都老夫老妻的了，何必在乎形式，我一个人都习惯了，习以为常了。

顾正实听出了老婆话里的无奈和埋怨。是的，他也知道自己的确对不起老婆和孩子，但他又没有办法改变这个现状。他唯一能做的，就是回家好好地做一顿好吃的，然后再找点时间跟老婆和儿子交流交流，沟通思想。因为一家三口人，平时都是东奔西忙的，根本没有时间在一起，都显得有些生分了。

顾正实还有一个想法，就是跟老婆和儿子好好商量一下，让老婆和儿子到幸福馨居走一走，看一看，更多地了解易地搬迁下来的这几万人的生存状态和生活方式。更重要的，是想让老婆和儿子亲身感受一下他肩上的担子和工作的难度究竟有多大，然后达到让老婆和儿子更好地理解他支持他的目的。相信老婆和儿子都没有见过如此壮观如此艰巨的扶贫工作，这不仅仅是几万人生存环境的改变，更重要的是精神的改变。特别是对上了高中的儿子来说，让他走出教室，投身到火热的现实生活中，切身感受一下飞速发展的社会变革还是非常有必要的。当然，最好是能劝他们母子到王大毛家去吃一顿饭，让他们感受一下什么是山里人，什么是山里人的生活。但愿能成功吧。如果成功了,他相信老婆和儿子是一定能够受到触动的,那样,老婆就能更好地支持他的工作了,儿子也就会更懂事,更能体谅他老爸的不容易了。

顾正实本来打算六点回家,老婆六点也下班回来了。然后在一起吃吃饭,聊聊天,晚上再进行深层次交流。

是的,已经很长时间没有进行那种深层次交流了。想想,还有些小激动。

这时,又有人打来电话,说动物庄园的羊栋狗单元的电梯出了点问题,居民进去,被锁在里面出不来了。

顾正实立即打电话给羊栋的楼栋长,让他联系电梯管理员尽快抢修,尽快把人弄出来。

弄完事,已经七点了。顾正实准备回家,刚上车又接到李太平的电话,说果实庄园桃子栋李子单元杏子楼层的马友宽老人从马桶上摔下来,摔伤了股骨。老人的儿子正在跟楼栋长李太平吵架,说一切后果都要由政府负责,本来他家老人是不愿意搬下来的,现在搬下来就摔伤了,肯定是政府的责任。

顾正实又赶到现场,派人尽快把老人送到医院,然后再做老人儿子的思想工作。先看病要紧,以后怎么样又再说。安抚好以后已经九点了,顾正实才开着车往家赶。

快要到家了,忽然接到王大毛的老婆马三妹的电话。马三妹一边哭一边说,王大毛的左脚断了,流了好多血,顾领导,你在哪里?你快来瞧呀！咋个整呀？

顾正实问，怎么断的？

马三妹说，他要把菩萨抱在供桌上，没放稳，菩萨掉下来砸在脚上了。

顾正实来不及问多，立即掉转车头，说，马三妹，你想办法止住血，我很快就到。他一边开车一边打电话给楼栋长，让他尽快赶到王大毛家，及时处理，他马上就到。可楼栋长在县城里，他老婆生病了。

顾正实开着车飞奔，好在晚上车不多，他都开到一百二十迈了。

王大毛躺在屋子里嗷嗷叫，马三妹哭，四个娃崽也哭。菩萨也躺在地上，头在一边，身子在一边。

顾正实来不及说什么了，一把抓起王大毛，背在背上，说，马三妹，你跟我走，去医院，几个娃娃好好待在家里！

到了市人民医院急诊科，医生一检查，王大毛伤得不轻，脚踝脚背粉碎性骨折，必须立即手术。

好在医院对建档立卡户一切优先，王大毛很快便被推进了手术室。

看来，不可能回家了。他这会儿才有空给老婆打个电话解释一下。电话只响了两声，老婆就接电话了。老婆的手机二十四小时开机，除了在手术台上或者其他特殊情况，老婆接电话都是最快的。

老婆说，顾正实，你不是说要回来做饭吃的吗？怎么还不回来？你看都十一点了，你还回来不回来？老婆一生气，语言总是这样直截了当。

顾正实连忙道歉，连忙解释。老婆语气温婉了一些，说，别解释了，我就知道肯定又遇到麻烦事了,我也懒得打电话。你忙你的吧!我要睡了,明早八点,还有一台手术呢!

电话挂了,顾正实深深叹了一口气。

这个王大毛啊,老是不让人省心。

十

关于王大毛,顾正实心里一直都很憋屈。王大毛家六口人,四个娃娃,住在一间四壁通风、房顶漏雨的茅草房里,属于典型的危房。

王大毛性格直爽,脾气暴躁,很固执,他认定的事,九头牛都难以拉回来。顾正实挂包王大毛家,去他家的次数至少也有五十次。

最初去王大毛家的时候,顾正实经常给他讲国家的扶贫政策。告诉他要勤劳致富,打扫好家里的卫生,种好庄稼,放好牲口,要把孩子送到学校去读书。只有读书才有前途,才能改变一家人的命运。这些,王大毛都能听进去。可后来,顾正实就告诉他,按照国家的扶贫政策,像他这样的人家,要求搬迁到城里的幸福馨居去住,说国家已经修好了房屋,这房屋就属于你们自己的。下去住挺宽敞的,按照你们家庭人口,应该有一百五十个平方米。以后四个孩子,就在下面读书,下面办得有中学小学幼儿园,还有医院,还有菜市场和操场。总之,什么都有。顾正实对王大毛说,你不是喜欢打篮球吗?那里还有篮球场,那里的篮球场,比山里的这个木板做的好得多。说还有多漂亮的花园文化广场,可以在那里休息乘凉,环境非常非常的美,像电视剧里面的那种美。

王大毛一下生气了，大声说，没门！我就是不搬，你要叫我搬，你就马上出去！我不欢迎你到我家。说的比唱的好听，我搬到下面去，喝西北风吗？离开了我的土地离开了我的庄稼，离开了我的牲口，我靠什么来养活这个家？你们是要把我们饿死掉吗？以后不准任何人再对我说搬家的事。再说，我就不客气了。

顾正实把内心的委屈吞到肚里，耐心地说，老王，不要激动，你先听我说，听完以后再做决定。我来你家这么多次了，都是老朋友了，我们相处得这么好，你怎么这样激动呢？你怎么就要把我从你家屋里赶出来呢？这样不好嘛！你老王也不是那种无情无义的人嘛！我给你说，搬到下面，你一定能够养家糊口的，而且比现在过得更好。你想，在这么贫困落后的地方，你都能够生活下去，到了下面，就更能生活下去了。下面有许多打工的地方，一个月至少可以挣两千元以上嘛，你算一算，一年下来，你能挣多少钱啊？还有你老婆，你老婆一个月也能挣两千元左右啊，你算一算，你家两口子一年能挣多少钱？至少可以挣四五万嘛！你在上面虽然有粮食，有牲口，除了垫本，还有多少啊？最多也就是两三万元钱。下面有蔬菜基地、苹果基地、扶贫车间、公益性岗位，有许许多多的扶贫政策，多得很，要搬迁下去的不只是你一家，四五万人呢，人家都搬下去了，你在这里耗着干什么？找个时间，我带你下去看一看，看了以后你再决定要不要搬。老王，我这话听得吗？

王大毛低着头，好半天说了一句，你说的倒是好得很，空口说空话，哪个信？

顾正实说，你实在不信我也没有办法，明天我就带你下去考察嘛！

王大毛冷着脸说，考什么察？我忙得很，要放羊。

顾正实再次去找王大毛，王大毛一看见他，扛着锄头转身就往山上跑。顾正实大喊，王大毛，王大毛，老王，老王，你等着吧！我跟你说几句。

王大毛不耐烦地说，没得说的，你不要再来我家，我不想见你，你要说的就是要让我搬家，你不安好心，你不让我们好好的活，你再也不要来找我。我家不欢迎你！

顾正实就去找王大毛的老婆马三妹。马三妹人长得漂亮，慈眉善目的，就是看上去胆子很小，也不爱说话。每次顾正实到他们家问这问那，都是王大毛在说话。有时顾正实故意问一下马三妹，马三妹就把眼睛睖起来看王大毛。看王大毛没有什么反应，就一句话也不说，只是微微笑着，低着头坐在旁边。看样子，她是非常怕王大毛的。

马三妹正在生火煮猪食。顾正实说，马三妹，你家怎么就不签搬迁协议呢？你看我们村子里四十多家人，就只有你家没签了。到时候人家都搬下去了，你家一家人在这里，怎么过呀？即便杀个猪都找不到人来帮忙。你还是劝一劝你家王大毛，还是搬下去好了，你家六口人，就有一百五十平方米的大房子，多宽敞多气派，干干净净的，五个房间，还有厨房，两个厕所，还有客厅，就像电视里面的那些城里人住的一样。到时候你亲自下去看一看，真的太好了，不搬，你们家会后悔的，一定会后悔的。

马三妹说，你要去问他，我做不得主。

顾正实说，你要多劝劝他！你想一下，你家四个娃娃，大的在读六年级，小的才读幼儿园，要到村完小读书，十多里山路，天阴下雨，稀泥烂路的，随时都是雾茫茫的，连路都看不见。娃娃去读书真的很辛苦，又危险，你看你这几个娃娃，长得怪好看的，可是脸都冻坏了。如果搬下去，学校就在楼底下，他们上完课就回家来，跟你在一起，多幸福啊！

马三妹只顾把柴放进锅洞里，不说话，蓝色的烟雾升腾起来，摇摇摆摆融入天空，都分不清是烟还是云了。马三妹被烟熏得直咳嗽，她用手去抹眼睛，把脸都抹花了一片。

按照要求，王大毛家是必须搬迁出去的。但是顾正实做了很多工作都不起作用，王大毛总是躲着他，而且对他充满了敌意。有一次，顾正实到了王大毛家。王大毛刚要出门，顾正实就在门口堵住他，说，老王，你一定要坐着，我好好地跟你谈一谈，谈完以后你要做什么再去做什么，你认真想一想，今天必须要把这份搬迁协议签了。

王大毛愤怒地说，从今以后，我不让你到我家来。王大毛转身，就抓了一把菜刀，在空中挥舞着说，出去出去，谁再劝我搬迁，我就砍了他，要不活大家都不活了。顾正实感到非常为难，他实在想不出能让王大毛签了搬迁协议的办法。

这个村住在危房里的人，只有他们一家了。危房不住人，住人不危房，这是最基本的规定。如果放之任之，因为他们一家影响全村的脱贫攻坚计划，那就是天大的事。顾正实就把这个事情向镇上的书记反映。书记说,一定要努力争取让他搬迁,如果通过努力他都不搬,那就想办法让他搬到镇上的周转房去住,总之,就是不能让他们住在危房里。

镇上和村上组织了十个人的小分队,去王大毛家劝说。王大毛一看来了那么多人,就跑到屋里,提起一把砍柴的斧子,站在门口,说,谁要是进我家的门,老子就把他砍掉。然后就用非常难听的话辱骂小分队。

大家都不敢上前,顾正实走到前面,说,老王,老王,王大毛,王大毛,你听我说,我都来你家,几十次了,都挂包你家一年多了,你还不知道我的为人吗?

王大毛挥着斧子,不让顾正实进他家的门。

他的斧子挥得越来越快,那样子几乎失去了理智。一边挥舞一边大骂,姓顾的,你不是人!你约了这么多人来,老子也不怕,老子跟你们同归于尽。哪个牛日马下的敢进来,老子就把他劈成两半。小分队里有两个女同志,实在听不下去他骂的脏话,都用手捂着耳朵。

顾正实走上前去一步,说,老王,你要砍就向着我砍,我们一切都是为你好,为了你的孩子好,让你们一家搬到城里去,你还这样对待我们,你说你还是人吗?

王大毛的斧子寒光闪闪的,很锋利,很吓人。小分队的一个同志一把抓住顾正实,说,顾书记,没必要,我们就站在这里跟他说。

有人说,王大毛,政府为你修了一百五十个平方米的房子,在城里至少要卖七八十万,你还不领政府的情,你究竟是什么人啊?

有人说，你听不进去，直接告诉你，你住在这个危房里是不行的，一定要搬迁的，今天无论如何，要把搬迁的协议签了。

有人说，王大毛，听说你实在不想搬迁，那么你就住到镇上的周转房里去，那里的房子是政府修的，也挺好的。总之，就是不能住在这个茅草房里，这是危房，出了人命，谁负责？

王大毛一边挥舞斧子，一边大吼，老子不搬，老子就是不搬，老子就要住在这里！老子住哪里，关你们屁事？你们要是再敢进一步，老子就死给你们看，他忽然把斧子迎向了自己的脖子。这一招，把顾正实和小分队的人都吓住了。

顾正实就大声地喊，王大毛，你把斧子拿开，我们就走！

你好好想一想，你不搬迁，今后真的会后悔的。

大家都怕出事，就打道回府，再商量对策。

镇上的党委书记就把派出所的所长叫来，说根据他们所说的情况，你仔细地去核实，拿起一些资料来，看看像王大毛这种，算不算妨碍公务？可不可以把他抓起来？像他这样放纵下去，起到了很坏的反作用，别人就会照着来，全镇要搬迁的上千户，那可怎么办？

派出所所长通过了解调研，跟镇党委书记说，他这种完全属于妨碍公务，可以把他拘起来。但是，这家人有个特殊情况，怕出问题。也就说这家人，他的大哥原来跟他的嫂子吵架，大哥说了几句，嫂子就上吊了。王大毛的大哥的舅子就找到了王大毛的大哥说，好了，我姐姐被你逼死了，你看怎么办？最后王大毛的大哥提着一根绳子到后山上，又吊在树上死了。像他这种人，受不得气，又受不住惊吓，稍不小心，容易出问题，我看还是再想想其他办法吧！

镇党委书记觉得有道理，于是就把这事暂时放一放。但是，上面检查组很快就要来了，如果有人住在危房里，一票否决，这显然是不行的。镇党委书记就找到了顾正实，说，你再好好想想办法，总之，一定要让他搬迁，如果不能，也要让他家搬到周转房里去住，到时候把他的危房拆掉。但是，千万要小心，不能出任何问题，尤其是不能出生命问题。

机会说来就来了。

这天晚上，顾正实接到王大毛的媳妇马三妹的电话，说王大毛喝了几口酒，忽然就喊肚子痛，痛得翻来打滚的，晕过去了。顾正实立即开着车赶到王大毛家，二话不说就让马三妹帮着，把王大毛抬到车上，立即送医院。

山道弯度很大，又有雾，最多看十米远，顾正实开着车，尽最大的努力，把速度放快。因为怕遇到对头车，就拼命地摁着喇叭。顾正实让马三妹坐在后座上，抱着王大毛。王大毛一会儿晕过去，一会儿又醒来，醒来时就像杀猪一样号叫，叫着叫着又晕过去了。终于到了医院，医生一检查说是胰腺炎，立即抢救。经过两个多小时的抢救，王大毛终于醒了过来。

马三妹拉着王大毛的手，一个劲地哭，边哭边说，你这个没良心的，把我吓死了。是顾领导把你送到城里来看病的，要不是顾领导，可能你早就没命了。顾正实拉着王大毛的手，说，大毛，没事了，你这病是喝酒喝出来的胰腺炎，很疼，会疼死人的。现在好了，住个把星期的院，就可出院了，以后不能再喝酒了，听到没有？王大毛瞪了顾正实一眼，那眼神挺复杂，但还是看到一丝柔和。他低下头去，用手背抹眼泪。

住了八天的院，顾正实每天都来看望王大毛。住院的手续，出院的手续，都是顾正实帮着办的。因为马三妹不识字，王大毛也不识字，他们真的是东南西北都摸不到。

出院那天，顾正实用车拉着王大毛和马三妹到幸福馨居安置点，让他们看一看，感受一下安置点的环境。顾正实心里想，我要让他们亲自看看下面有多好，然后再让他们搬。

走进安置点，一栋栋高楼大厦拔地而起，水泥道路宽敞明亮，花园里绿树成荫。王大毛马三妹从来都没有见过这样的气势，两人眼睛睁得老大，一脸的惊喜。

顾正实说，这就是我要你们搬来的地方，以后你们就住在这里了。顾正实又拉着他们看了中学小学幼儿园和医院，还有篮球场、健身场。顾正实把他俩带到一楼一百五十平方米的房子里去参观。这家人已经搬进来了，屋里配有沙发茶几电视机。顾正实扶着王大毛四周看一看，为他介绍，说这是大卧室小卧室书房，有两个卫生间、一个厨房。

顾正实对王大毛家两口子说，你们家搬下来，住的就是跟这个一模一样的房子，是政府给你们家的，你们不出半分钱，就住在这里。旁边还有工业园区职教中心。孩子们大了，可以在职教园区读书，你们下来以后，也可以在工业园区找工作。也可以栽花栽树种庄稼，什么工作都有，等你身体好一点，我带你去看，总之，不愁找不到工作的，无论是哪项工作，最低工资都是一两千元一个月的。

王大毛说，你要我们搬下来的房子就是这个？是真的？你说找工作的事也是真的？我们家的娃娃，就在这个学校里读书，也是真的？

顾正实说，当然是真的，我什么时候说过假话？我都跟你们宣传过百遍千遍了，你们就是不信。

顾正实又拉着他们去蔬菜基地、红萝卜基地、苹果基地、扶贫车间、工业园区去转了一转，说，以后我们搬下来的许多人就要在这些地方工作，这里有得是事情给大家做，而且工资也不低。大家千万不要怕养不活一家人。

已经到了吃午饭的时候，顾正实带王大毛和马三妹到再回首馆子里吃饭。顾正实多点了几个菜，黄焖鸡、蒸火腿、清蒸鳜鱼、麻婆豆腐，还有一个大白菜。顾正实一直为王大毛和马三妹夹菜。马三妹吃着吃着就流眼泪。王大毛瞪了一眼马三妹，说，哭，哭个屁，吃饭就好好吃！马三妹赶紧用手抹掉眼泪。

王大毛吃得很爽的样子，他非常喜欢吃这种菜。顾正实说，大毛，你刚做过手术，医生说不能吃得太多，我们打包走吧。王大毛看着顾正实，说，好的。王大毛的眼睛有一些湿，说，顾领导，以前是我对不起你，真的对不起你。

顾正实心里想，看样子搬迁的事，应该不会有大问题了。

从公路到营盘的路实在难走。平时开车都是把车子停放在公路边，走路下去。虽然只有两公里路，但至少也要走半个小时以上。因为那路坑塘很大，弯弯扭扭的，而且坡也比较陡。这一次，由于王大毛刚做过手术，走路肯定吃不消，顾正实决定开车把他们送到家里。顾正实的车是越野车，只要选着路面走，慢慢开还是可以的。

远远的，就看到了王大毛家孤零零的茅草屋，显得又寒碜，又可怜。可王大毛为什么就一定要住在这寒碜可怜的茅草屋里呢？想来想去，顾正实就觉得，人要解决的最重要的问题，就是脑壳问题，也就是思想问题。他感受到了扶贫道路的艰辛和漫长。人们平时认识的扶贫，一般意义上来说，就是给对方物质和生存条件。但更重要的是要改变他们的人生观、世界观、价值观，也就是改变他们的思想，但这谈何容易。你看这个王大毛，让他从危房里搬到洋房里去住，他就是死活不搬。给他做了那么多思想工作，结果白搭。问题究竟出在什么地方呢？顾正实百思不得其解。

车子在崎岖不平的山路上摇来摇去，终于快要到王大毛家了。

顾正实说，老王，你跟我说，为什么那天我们去动员你家搬迁，你要用斧子砍我们？恁个好的条件，你为什么不愿意搬迁啊？

王大毛说，实在对不住你们，我知道你们也是对我好，可是我就是不想搬。世世代代住在这里，习惯了。还有，我最怕的是搬下去，怎么养活这一家人，我只会放牲口种庄稼，要在下面去打工，我没有那个本事。

顾正实说，怎么没有那种本事呢？许多东西，一学就会了，更何况你那么聪明。你一定要相信搬下去的生活，一定会更好，现在住的这个地方，穷山恶水的，真的很难养活人呢！政府为了让我们老百姓过得更好，花了多大的代价啊！你怎么就不理解呢？今天你也看见了，恁个好的环境，孩子读书挺方便。要看个病啊，买点菜啊，锻炼身体啊，什么都方便。你好好的考虑一下，还是搬下去为好。

王大毛说，顾领导，你对我们好，这个没得说的，又救了我的命。你说别的我都听，只是搬家的事，我做不了主，要问我的祖先才行，我会好好想一想的。

要问你的祖先才行，祖先在哪里啊？顾正实感到惊奇，你怎么会这样说呢？

王大毛指了指天，说，在天上，他随时都看着我的。

终于到了王大毛的家，顾正实扶着王大毛慢慢往茅屋里走。马三妹提着打包回来的黄焖鸡，还有一半的清蒸鳜鱼，对迎上来的四个娃娃说，等一会儿你们热了吃，好吃得很，是顾领导给你们吃的。大的娃娃，要懂事一些，就问王大毛，爹，你身体好些了吗？王大毛点头说，没事，没事。其余的几个娃娃就忙着去接马三妹手里的东西，小的那一个高声喊，我要吃我要吃。

王大毛忽然盯着马三妹的眼睛，说，那天你有没有跟娃娃们说，要每天都给菩萨烧香？马三妹一脸的惊奇，害怕地说，当时你晕过去了，我急了，就忘记说了。现在我就去烧，我就去烧。王大毛把目光移向四个娃娃，恶狠狠地说，你们这些只会吃闲饭的畜生，就不会动脑筋，难道你们没看见每天我都要跟菩萨烧香的吗？我们不在家你们就不会替我做吗？四个娃娃坐在火塘边，不敢说话。

441

王大毛忽然站起来，就往堂屋扑去，右手抓了一把香，左手抓起一个一次性的塑料打火机，勾着腰往外走。出门左手边不到二十米的地方，就有一座小庙，那庙挺小，占地不足两平方米。王大毛奔到庙前，扑通一声跪下，用打火机点燃香，一边磕头一边说，大慈大悲的菩萨，求您原谅我的祖先，原谅我。那天我生重病晕过去了，马三妹也被我的病吓糊涂了。四个娃娃还小，不懂事，一个多星期没有给你烧香了，大慈大悲的菩萨，一定请您原谅，以后我会加倍的敬奉您的，给您早烧香晚磕头的。王大毛做完这些回来，长长地舒了一口气。
　　顾正实感到奇怪了，说，大毛，你在庙前喋喋不休地说些什么啊？
　　王大毛说，领导，你对我们的好，我记在心上，我也就不遮掩了，跟你说实话，我不搬迁，一个原因是这个地方住了我们几代人了，习惯了。儿不嫌母丑，狗不嫌家穷，住惯的山坡不嫌陡，习惯了，不想走。还有一个原因是怕搬下去养不活这一大家人，我没有本事变成城里人。再一个原因就是下面不可能有庙有菩萨，而我家这里庙子就在旁边，我每天都能给菩萨烧香，磕头。我儿子都四岁了，在我儿子出生之前，我就向菩萨许过愿了，请菩萨保佑我家生个儿子，后来，我家果然就生了儿子。从此以后，我就心甘情愿每天敬奉菩萨了。你知道吗？我是敬奉菩萨以后才有了我儿子的，前面三个都是姑娘。我许下愿后，每天要为大慈大悲的菩萨烧香磕头的，如果食言，要遭五雷轰顶的。
　　顾正实说，菩萨既然是大慈大悲的，他就一定能够原谅你们一家，你们不是对菩萨不敬，是遇到了灾难，遇到了特殊情况，菩萨不仅原谅你们，而且还会保佑你们。你看，你都差点死过去了，现在又活过来了，不是很好吗？

王大毛说，是的，你说的很对，就是菩萨对我太好了，要是我搬下去，我怎样对菩萨好呢？我咋个能够让大慈大悲的菩萨孤零零地在荒山野岭呢？

顾领导，你说，如果我搬下去，可以在那些地方建一个庙子吗？如果可以，我搬下去，就没有什么牵挂了，如果不可以建庙，我就不搬下去了。我是对菩萨许过愿的，要一辈子敬奉菩萨。

顾正实惊奇地看着王大毛，他被王大毛提出的问题吓愣了。在安置小区建庙宇，这也太奇葩了吧。

顾正实坚定地说，建庙宇是绝对不可能的。王大毛，我告诉你，敬奉菩萨，不一定要建庙宇，菩萨就在你心中，你默默地敬奉就可以了。

这当然是不可以的，菩萨就应该在庙宇里，如果你们同意，我就把菩萨搬下去，给他建一小个庙宇，只要容得下菩萨就可以了。你想一想，我想要儿子，菩萨就给我儿子。我生病差点死掉了，菩萨又保佑我活过来。菩萨对我的这种大恩大德，我咋个能抛下菩萨就走掉了，这绝对不可能的。

顾正实无法说服王大毛，他的心情很沉重。他想，一个拥有五万贫困人口的安置小区，要让他们搬得来、稳得住、能发展、能致富，谈何容易啊！在扶贫扶志扶智的道路上，究竟要付出多少心血才能够实现啊？

王大毛必须要搬出危房，这是不争的事实。顾正实以为通过这一次对王大毛的帮助，王大毛感动了，会搬迁了。没想到王大毛的思想如此的封建，提出了非分的要求，要在安置小区建庙子，这无论如何是不可能的事。顾正实想来想去，无论如何还得让他搬下去。最后悄悄跟王大毛商量，同意他在新房子里供一尊菩萨，但是这种菩萨可以用一个石膏做的。顾正实说，大毛你看你家旁边的这个菩萨是土地菩萨，很粗糙，样子也不那么好看，我帮你买一个石膏制作的菩萨，看上去也挺美观漂亮的，行吗？但王大毛坚决不同意，他要带下去供着的就是老家旁边这个庙子里的土地菩萨。

王大毛家的新房，有一间书房。他家除了娃儿的几本教科书之外，就没有什么书，顾正实建议王大毛把菩萨供到书房里，每天烧香磕头，敬奉菩萨也方便。但告诉王大毛，坚决不允许向外面的任何人说，只能他一家人知道。顾正实严肃地说，王大毛，这事你如果说出去，这事就泡汤，你听清楚了吗？

王大毛同意搬迁了，顾正实把这消息告诉镇上，镇党委书记、镇长以及挂包队员们都非常高兴。毕竟这最关键、最难啃的骨头，现在被顾正实啃下来了。整个营盘就实现了危房不住人、住人不危房的目标了。

顾正实帮着王大毛拿到了新房的钥匙，然后又领着王大毛和马三妹到新房附近的商场选好了新的家具和家居生活用品，沙发、茶几、床、床垫、电磁炉、电饭煲、电炒锅、碗、瓢、盆、筷子等，应有尽有。政府补助了三千元的搬家费，目的就是让贫困户购买必需的生活用品。这一买就买了六千元，多出来的三千元，王大毛家显然是拿不出来的。顾正实暗想，就算是我对王大毛家的帮扶吧。王大毛家能搬出危房，已经谢天谢地了。他要是实在不搬,还真拿他没有办法。这对上级要求的全面脱贫,就是天大的问题了。现在事情解决得如此顺利,有如神助,出点钱算什么,心里开心啊,压在心里的那块沉重的石头,终于落下来了。

搬家前,顾正实就让王大毛家把要搬的东西收拾好,把不要的东西丢下。搬家那天,顾正实找来了一辆货车,帮着把王大毛家的粮食,还有一些必要的锅碗瓢盆搬上车。有一些东西实在太破、太脏了,比如那些棉絮床垫破沙发破凳子之类的东西。顾正实说,这些东西就不要了,拿下去实在与新房子不匹配,你看那些要用的新的东西,我都帮着你们买来了,所以该丢的就丢,搬下去,是新家,就要有新景象才对嘛。

王大毛把那些东西拿起来,又放下,再拿起来,再放下,一副依依不舍的样子,顾正实语气强硬地说,这些东西一定不能拿下去了,无论如何是要不得的。那个用石头雕琢成的菩萨,王大毛到街上专门买了一张床单,用清水把菩萨洗了一遍又一遍,然后慢慢地抱着在火塘边烘干,用崭新的床单包了一层又一层。他不愿意把菩萨放在其他的杂物中间,而是自己换上了一套新衣服,紧紧地抱着,生怕菩萨碰到哪里。好在那菩萨不重,最多只有五六十斤,要不,王大毛是无论如何也不能抱着的。

马三妹说,王大毛在庙子里要搬菩萨之前,跪在菩萨面前磕了九十九个头。还哭了,哭得鼻涕一把眼泪一把的。边哭边说,菩萨,实在对不起您,本来我也是不想搬的,现在只得把您搬走了。上面要求我家一定要搬下去，帮扶我们家的那个挂包领导，对我们家太好了，如果不搬下去，他要受牵连，要担责任，我实在不忍心连累他。再说，下面的房子还真的很好，比我们现在住的好得太多了。我还是要搬下去，无可奈何，只能委屈您了，我会尽量小心的，如果把您哪儿弄疼了，痛了，请您不要计较，您对我们家这一辈子关心得太多太多了，要儿子您就给我儿子，我差点病死了，您又把我救回来，您的大恩大德，我这一辈子是报不完的。菩萨，一定请您保佑我，理解我，不要怪我。

到了幸福馨居那天刚好没有电，那么多的东西，要搬到十三楼，从楼梯上走，肯定是搬不动的，只有等电来了的时候从电梯里搬。

顾正实立即联系，看什么时候来电。回答说至少要晚上八点电才会来。现在是三点，还要等五个小时。

王大毛说，就等着吧，我们等着。王大毛始终没有离开过那个床单包裹着的菩萨，他就坐在旁边，用一只手轻轻地扶着，生怕那尊菩萨长了翅膀飞掉似的。

八点钟，电终于来了，顾正实帮着王大毛，想把那尊菩萨抱到电梯里，但王大毛不允许，他说不准别人动，他抱得动的。顾正实说，你的伤口还没有完全好，还是我来帮你吧！王大毛说，不用不用，我能行，这是不能让别人帮忙的，要我亲自来办才行，我是跟菩萨说好了的，不能够让你来插手。

顾正实怕伤到王大毛的伤口，但王大毛又不让他插手，就只得帮王大毛搬一些粮食锅碗瓢盆之类的东西。王大毛把菩萨搬到了一间房子里。顾正实对王大毛说，你一定要记住，千万不能让外人知道，也不能对外人说,你平时要在这里烧香磕头,就把门关上。王大毛连忙点头说,我知道的,我绝对不会让别人知道我家供着菩萨的。

为了增进感情,顾正实说,王大毛,我挂包你家已经快两年了,现在你家搬进新房里来了,你欢不欢迎我带我的老婆和儿子来你们家做客。马三妹连忙说,肯定欢迎,好得很,只是我们家太穷,怕你们来了,看不惯。

顾正实说,你说我看不惯吗?我到你家来多少次了,连在原来的危房里都看得惯,现在搬进新房里了,更看得惯了,如果你同意,我就去做我老婆和儿子的工作,找个时间带他们来你家做客,我们就是亲人了。我老婆是个外科医生,二十多年的工龄了,给成千上万的人做过手术,人挺随和的,既然是亲戚,就要认识一下。我儿子读高二,对人也挺好的,只是平时我管他管得太少了,脾气有一点怪怪的。你看你们家四个娃娃,我们家就只一个,让他们变成兄弟姊妹,经常来往,好不好啊?

王大毛睁着一双惊奇的眼睛,看着顾正实说,他们看得起我们家吗?

顾正实说,那当然啦。

十一

顾正实联系了老婆杨菊,请老婆为王大毛做手术。王大毛的手术很成功。

顾正实把杨菊带到王大毛的病房。对王大毛说，王大毛，你知道是谁给你做的手术吗？

王大毛说，是医生。

顾正实说，你知道是哪个医生吗？

王大毛说，不知道。

我告诉你，为你做手术的医生就在这里，就是她，她叫杨菊，这里的外科主任，我的老婆。顾正实用手轻轻拍着穿着白大褂的杨菊的肩膀说。

王大毛睁大眼睛，一下欠起身，激动地说，谢谢你，谢谢你！我给你磕头，你就是顾领导家的啊？！

杨菊平静地说，磕啥子头？医生的职责嘛！不要动，踏踏实实躺在病床上个把星期就行。

马三妹的嘴微微张着，定定地看着顾正实和杨菊，那眼神，像看菩萨一样的虔诚。

这天傍晚，顾正实和杨菊终于能够双双回到自己的家。顾正实使出十八般武艺，做了一桌杨菊最喜欢吃的菜，还喝了两杯一直舍不得喝的红酒。唯一遗憾的，就是儿子因为学校封闭式管理，不能出来一家三口人团聚。顾正实一边喝酒，一边叨念，说自己因为工作，照顾不着老婆和儿子，心里很愧疚。杨菊说，老顾，你根本不必要这样愧疚，你其实很好的，心地善良，有责任心，做事踏实能干，你知道我当初为啥会嫁你？就是因为我喜欢你这一点。

顾正实很感动，借着酒劲，又变得很激动。他把心里积压的好多要说的话，一股脑儿说了出来。说了对不住妻子儿子，说了扶贫攻坚工作中的酸甜苦辣，说了这些年来肩上担子的沉重，还说了生在这个时代不可抗拒的责任。他说得掏心掏肝，声情并茂，眼里都盈满了泪水。

杨菊站起身，泡了两杯茉莉花茶，茶叶多的那一杯递给顾正实，茶叶少的那一杯留给自己。杨菊说，老顾，喝点儿茶，慢慢说。真是的啊，虽然是一家人，都好长时间没有在一起好好说话了啊。杨菊说，我在医院工作二十年了，好像从来就没有轻松过。特别是最近这些年，不知为什么呀，病人特别多。前不久吴晓春被杀这件事，给整个医院的医护人员带来的影响都很大，或多或少心里都留下一些阴影和创伤。我们这职业呀，真的是行走在刀锋上的职业呀！吴晓春，多好的一个人，一眨眼就走了。多可惜。好在，作为一名医生，见过的生死也太多了，不管怎样，还得面对现实，还得摸爬滚打。我现在，都好多了。刚刚那几天，脚老是发软，打不起精神来，拿手术刀的手都是抖的，根本做不了手术。

杨菊说，自从我俩结婚，我都是一直支持你的工作的，你也是支持我的工作的，我是医生，由于职业的特殊性，我对家里的事管得实在太少，不是懒，主要是累，心理压力大，实在没有时间。这些年，家里家外的，几乎都是你顶着的。现在，全国上下都在抓扶贫，我们这里的脱贫攻坚任务又特别重，领导又把你推到最前线，你实在没有退路，这一点我是心知肚明的。我知道你很苦很累，一个五万人的安置点，完全就是一个新兴城市呢，更何况那些人一直生活在大山里，现在忽然搬下来，一下子要变成城里人，他们文化水平低，好多人还不识字，除了种地、放牲口，他们啥都不会，一切要从头学，这么多人要在一个人生地不熟的地方好好生活下去，谈何容易啊！可是老顾啊，你摊上的，又恰恰是这种难事。

顾正实内心激动，说，老婆，我的好老婆，谢谢你对我的理解。

杨菊说，我不理解你，谁还能理解你啊？

顾正实说，老婆，还有一件事要跟你商量，就是你跟他做手术的那个王大毛，他家搬新家了，邀请我们一家人去他的新家吃一顿饭，他担心我们嫌他家穷，看不起他家。我没征得你的同意，就一口同意了。因为他家是我的挂包户，他家以后怎么脱贫就是我的责任。我是想选一个星期六的下午，我把儿子小强接回来，跟小强商量好，带着你们一起去参观一下一个拥有五万人的幸福馨居究竟有多壮观。另外呢，也让你们感受一下我们这些贫困户的生活状况，我想对小强也是一种思想教育。再一点呢，也让王大毛一家高兴，以后在脱贫致富中多给我省点心。我跟你说过的，这个人在我挂包的人家中，是让我最不省心的一个。

杨菊说，哎呀！别说那么多了，那么客气，就像对外人一样。你我都是农村人嘛，又不是没见过穷人。我们去就是了。亲自去看看我们家老顾的"领土"嘛！小强呢，估计也没问题，他在学校里关得太久了，带他出去散散心，他肯定会高兴的。

杨菊又说，老顾，儿子那里你就别担心了，因为你担心了也没用，你就根本没有时间来管。那天，我请他们的班主任徐老师吃了顿便饭，徐老师说，小强现在学习进步很快，人也很听话，不淘气了。可能是孩子随着年龄的增长，自己懂事了。现在又是封闭式管理，家长即便有时间管，也管不了的。总之，我会多拜托徐老师，请他们多辛苦一下，应该没问题的，小强很聪明的。

顾正实说，那当然，你看他老爸老妈，都是重点大学毕业的嘛！智商都很高的嘛！顾正实轻轻把杨菊搂在怀里，轻轻抚摸她的头发。这个年轻时时时操练的动作，都好些年没有复习了，都显得有些生分了。杨菊欠了欠身子，说，老了，白头发都好多了，枯焦焦的没有水色了。年轻那时，你是最喜欢我那一头长发的，睡觉都舍不得放手。现在，唉，老了。

顾正实把脸贴在杨菊的脖颈上，轻声说，神仙都会老的，别说人了，自然规律嘛！更何况，我的小菊菊一点都不显老，还腰是腰胸是胸屁股是屁股的，只是有点疲倦罢了。小菊菊，我们去洗个澡，睡早点，都好长时间没有深入交流了呢！

杨菊拍了一下顾正实，说，还想深入交流，恐怕你早就记不得怎样交流了呢！

顾正实亲了一下杨菊的额头，说，咋会记不得？轻车熟路的，就是闭着眼睛都可以交流得让你神魂颠倒的。

看你得意的！杨菊的脸有些发烫。

小菊菊，你先去洗吧！

浴室那么宽，我们一起洗不是很好吗？就像以前一样嘛！

呀，都有些不好意思了呢！

那更好，知道不好意思就更有感觉啊！

两人就像年轻时候那样洗了澡。然后上了床准备深入交流。就在这时,手机响了。我在仰望,月亮之上,有多少梦想在自由地飞翔……手机铃声突兀、激昂。好不容易酝酿起来的激情瞬间没了。顾正实一把抓过手机,是马三妹打的。马三妹在电话里说,顾领导,我家老王死活要让我给你打电话,说那天书房里的菩萨从供桌上掉下来砸断了他的腿,菩萨的头也从脖子处断了,头在一边身子在一边的。他说他估计还要在医院里好多天的,无论如何明天一大早请你拉着我回家去,想办法把菩萨的头接起,要不,他咋个都睡不着,一闭上眼睛,菩萨就在骂他没良心。顾领导,我家老王说,就算是求你了,无论如何都请你答应他。他说你答应了他,以后他会向你磕头感谢的。

顾正实心里很恼火,但又不能发作,真是不可思议,咋个就恁个封建呢?他说,好的,明早八点我来接你,你告诉他我答应他了。然后啪的一声把手机挂了。

杨菊睁着眼睛盯着顾正实,刚才的电话她也听明白了。杨菊摇了摇头,自言自语,说,神了,神了,这些人还真是神了!

两人躺在床上,本想继续深入交流,可深入交流的氛围和激情早已荡然无存了。

两人都不说话,也没有睡意。已经是深夜十二点了。

顾正实说,老婆,睡吧!你明天不是还有两台手术吗?

杨菊嗯了一声。

我在仰望,月亮之上,有多少梦想在自由地飞翔……手机铃声突兀、激昂。

顾正实火冒三丈，一把抓过电话。电话是区委办公室打来的，通知明天早上八点半，在视频会议室召开新型冠状病毒肺炎（后更名为"新型冠状病毒感染"）防控工作会，不准请假，必须按时参加。原来以为这种病毒离自己很远，现在终于来到身边了，顾正实感受到了形势的严峻。他预感到，随之而来的各种问题，会多如牛毛，这一点，他心里是明白的。顾正实摇了摇头，目光冷峻地看着墙壁，在心里说，来就来吧！兵来将挡，水来土掩，该扛起的，还得扛起。

杨菊曾建议顾正实，把铃声换了，换个温柔点的，这个《月亮之上》一响起，惊乍乍的，总会把人吓一跳。顾正实笑着说，我要的就是这种效果，我特别喜欢这个名字呢，月亮之上有什么呢？总给人带来无限的遐想。

顾正实把电话铃声调在震动上，他怕铃声在深更半夜突然响起，影响杨菊的睡眠，她明天还有两台手术呢！过了一会儿，他又把电话调在铃声上，他怕自己睡得太死，有重要的电话打进来接不到，误了大事。

后记

营盘，是我文学意义上的故乡。《苍生》里的二十个故事，都发生在营盘，或者说都与营盘有牵绊。

营盘，是中国大地上一个普通的村庄。也可以说，营盘是中国大地上千千万万个普通村庄的一个缩影。营盘在历史变迁中的人和事，其实也就是中国广大农村在历史变迁中的人和事。

我沉浸在我的营盘里，塑造了二十个不同时期、不同角色的典型人物，构思二十个中短篇小说，力求深层次、多角度地挖掘营盘的历史、文化、民风、民俗以及营盘人在历史发展变化中的人心、人性等在急速变化的时代下的嬗变。

营盘不大，故事却多。铁打的营盘，流水的人。在历史的长河里，在那些留在营盘或走出营盘的人身上，总会衍生出许许多多令人深思的故事。这些故事牵扯着个人的、群体的、社会的、经济的、政治的、人性的方方面面的碰撞、阵痛、撕扯、无奈和新生。这里的山水草木、沙石瓦砾以及所有的生命，在奔腾的时代洪流里，映射出中国社会剧烈变化的复杂景象以及中国农村面临的转型局面和人心走向。我试图塑造这些鲜活典型的人物形象，讲述这些跌宕起伏的故事，从而为读者构建一部相对完整而又曲折的农村变迁史。

二十个故事，既独立成篇，又有内在联系，时空交错，视觉变幻独特，人物形象复杂饱满。

这种由中短篇串联成完整长篇的构想，得到了《中国作家》原主编王山先生的认可和赞同，在他的帮助和指导下，我顺利完成了《苍生》的创作。

谨以此为后记，并真诚感谢导师王山先生，感谢为此书付出心血的编辑老师。

2023 年 1 月

图书在版编目（CIP）数据

苍生 / 刘平勇著. -- 北京：北京联合出版公司，2024.2
ISBN 978-7-5596-7287-2

Ⅰ.①苍… Ⅱ.①刘… Ⅲ.①长篇小说－中国－当代 Ⅳ.①I247.5

中国国家版本馆CIP数据核字(2023)第239648号

Copyright © 2023 by Beijing United Publishing Co., Ltd.
All rights reserved.

本作品版权由北京联合出版有限责任公司所有

苍生

作　　者：刘平勇
出 品 人：赵红仕
责任编辑：孙世燕
封面设计：柒拾叁号

北京联合出版公司出版
（北京市西城区德外大街83号楼9层　100088）
北京联合天畅文化传播有限公司发行
北京山华苑印刷有限责任公司印刷　新华书店经销
字数：308千字　880毫米×1230毫米　1/32　14.5印张
2024年2月第1版　2024年2月第1次印刷
ISBN 978-7-5596-7287-2
定价：68.00元

版权所有，侵权必究
未经许可，不得以任何方式复制或抄袭本书部分或全部内容
本书若有质量问题，请与本公司图书销售中心联系调换。电话：（010）64258472-800